Jeaniene Frost vit en Floride. Elle n'est pas une vampire, même si elle admet qu'elle a la peau pâle, une prédilection pour les vêtements noirs et qu'elle aime faire la grasse matinée dès qu'elle en a l'occasion. Elle adore aussi visiter les vieux cimetières.

Du même auteur, chez Milady :

Chasseuse de la nuit :
1. *Au bord de la tombe*
2. *Un pied dans la tombe*
3. *Froid comme une tombe*
4. *Creuser sa tombe*

Le Monde de la chasseuse de la nuit :
1. *La Première Goutte de sang*
2. *L'Étreinte des ténèbres*

www.milady.fr

Jeaniene Frost

Creuser sa tombe

Chasseuse de la nuit – 4

Traduit de l'anglais (États-Unis) par Frédéric Grut

Milady

Milady est un label des éditions Bragelonne

Titre original : *Destined for an Early Grave*

ISBN : 978-2-8112-0469-3

1re édition : février 2011
2e tirage : mars 2012

Bragelonne – Milady
60-62, rue d'Hauteville – 75010 Paris

E-mail : info@milady.fr
Site Internet : www.milady.fr

À ma sœur Jeanne,
qui a eu le courage de partir,
et la force de ne pas revenir.

Remerciements

Une fois encore, je tiens à remercier Dieu, qui m'aide à concrétiser mes vieux rêves tout en me donnant la force d'en poursuivre de nouveaux.

Si je devais citer toutes les personnes qui m'ont aidée, encouragée, ou qui ont joué un rôle dans le succès rencontré par ma série au cours de l'année qui vient de s'écouler, il me faudrait un volume entier. Pour gagner de la place, je ne nommerai donc que quelques personnes qui me sont absolument indispensables : mon éditrice, Erika Tsang, dont le soutien et l'instinct ne cessent de m'émerveiller et qui ne se contente pas d'améliorer mes livres. Si je ne te l'ai pas dit ces derniers temps, je te suis très reconnaissante pour tout ce que tu fais.

Merci à Thomas Egner, dont les magnifiques couvertures agissent comme des aimants sur les lecteurs. Merci également à Amanda Bergeron, Carrie Feron, Liate Stehlik, Karen Davy, Wendy Ho et tout le reste de la fantastique équipe d'Avon Books/Harper Collins.

Un immense merci à Nancy Yost, mon agent. Merci pour ton professionnalisme, l'attention exceptionnelle que tu portes à tes clients, et ton aide inestimable pour guider ma carrière.

Merci aux fans de la série *Chasseuse de la nuit* de me permettre de partager avec eux mon univers et mes personnages. Si mes livres voient le jour, c'est uniquement grâce à votre enthousiasme et votre soutien. Pour faire court,

vous êtes géniaux ! Je remercie tout particulièrement Tage Shokker, Erin Horn et Marcy Funderburk, qui rendent mon site Internet si agréable aux lecteurs… et à moi !
Melissa Marr et Ilona Andrews, je ne vous remercierai jamais assez pour votre amitié, votre sagesse, vos critiques, et tout simplement pour les personnes que vous êtes ! Grâce à vous deux, j'ai pu surmonter les cahots inattendus de ces douze derniers mois. Vive les « Sorority Sisters » !
Comme toujours, à mon mari et à ma famille… je serais perdue sans vous.

Chapitre premier

S'il m'attrape, je suis morte.

Je courais aussi vite que possible, slalomant entre les arbres, les racines enchevêtrées et les pierres de la forêt. Le monstre qui me pourchassait grogna, et j'entendis qu'il avait gagné du terrain. Je n'arrivais pas à le semer. Il accélérait sans cesse alors que moi, je m'essoufflais.

Entre les arbres qui commençaient à s'espacer devant moi, j'aperçus un vampire blond sur une colline au loin. Je le reconnus tout de suite. L'espoir m'envahit. Si j'arrivais à le rejoindre, je serais sauvée. Il m'aimait. Il me protégerait. Mais j'étais encore si loin de lui.

Une brume commença à recouvrir les pentes de la colline et à s'amasser autour du vampire, lui donnant une apparence fantomatique. Je hurlai son nom tout en entendant le monstre se rapprocher. Paniquée, je fonçai droit devant moi en évitant de peu les mains osseuses qui voulaient m'attirer dans leurs tombes. Redoublant d'efforts, je sprintai en direction du vampire. Ce dernier m'encourageait, tout en grognant des menaces à la créature qui refusait d'abandonner la poursuite.

— Laisse-moi tranquille ! hurlai-je lorsque des mains implacables se refermèrent sur moi et me tirèrent en arrière. Non !

— Chaton !

Le cri ne provenait pas du vampire devant moi, mais du monstre qui me faisait tomber. Je levai vivement la tête vers le vampire au loin, mais ses traits se firent flous puis s'effacèrent complètement, et le brouillard l'enveloppa. Juste avant qu'il disparaisse complètement, j'entendis sa voix.

— *Ce n'est pas ton mari, Catherine.*

Une secousse brutale fit disparaître les derniers lambeaux de mon rêve, et en me réveillant, je découvris Bones, mon amant vampire, penché au-dessus de moi.

— Qu'est-ce qu'il y a ? Tu t'es fait mal ?

Question incongrue, me direz-vous, vu qu'il ne s'agissait que d'un cauchemar. Mais avec la puissance et la magie adéquates, les cauchemars pouvaient se transformer en armes redoutables. Quelques mois auparavant, j'avais failli mourir ainsi. Mais cette fois-ci, c'était différent. Même s'il m'avait semblé extrêmement réel, ce n'avait été qu'un rêve.

— Ça va aller, si tu arrêtes de me secouer.

Bones me lâcha et poussa un soupir de soulagement.

— Tu ne te réveillais pas et tu gesticulais dans tous les sens sur le lit. Ça m'a rappelé de mauvais souvenirs.

— Je vais bien. C'était… un rêve bizarre.

Le vampire qui y était apparu avait quelque chose d'agaçant. Comme si j'avais dû savoir qui il était. Mais c'était absurde, car il était sorti tout droit de mon imagination.

— C'est étrange que je n'aie rien perçu, poursuivit Bones. D'habitude, tes rêves me font l'effet d'une sorte de musique d'ambiance.

Bones était un Maître vampire, plus puissant que la plupart des vampires que j'avais jamais rencontrés. Entre autres dons, il possédait le pouvoir de lire dans les pensées des humains. Même si j'étais à demi-vampire, j'étais suffisamment humaine pour que Bones parvienne à lire dans mon esprit, sauf si je faisais l'effort de le bloquer mentalement. Mais ce qu'il venait de me dire était nouveau pour moi.

— Tu entends mes *rêves* ? La vache, ça doit être un sacré souk dans ta tête ! Je me tirerais une balle si j'étais à ta place.

Ce qui serait d'ailleurs très loin de lui être fatal. Seules une arme en argent plantée dans le cœur ou la décapitation pouvaient avoir raison d'un vampire. Une balle dans la tête résoudrait *mes* problèmes de façon permanente, mais ne causerait à Bones qu'une vilaine migraine.

Il se cala de nouveau sur les oreillers.

— T'en fais pas, ma belle. J'ai parlé de musique d'ambiance, donc c'est plutôt apaisant. Pour ce qui est du silence, sur ce bateau, je n'avais jamais connu un tel calme, à part la fois où je me suis retrouvé à moitié flétri.

Je m'allongeai de nouveau, frissonnant à l'évocation de la mort qu'il avait frôlée. Le coup était passé si près que ses cheveux avaient entièrement blanchi, mais ils étaient aujourd'hui revenus à leur belle teinte brune habituelle.

— C'est pour cette raison qu'on dérive sur un bateau en plein milieu de l'Atlantique ? Pour que tu puisses trouver le calme et le silence ?

— Je voulais qu'on passe du temps seuls tous les deux, Chaton. Ça a été si rare ces derniers temps.

Ce n'était rien de le dire. Même si j'avais démissionné de mon poste de responsable d'une branche secrète de la Sécurité intérieure chargée de pourchasser les vampires et les goules hors la loi, je n'avais pas eu le temps de m'ennuyer. Tout d'abord, nous avions dû nous remettre des pertes causées par la guerre que nous avions menée contre un autre Maître vampire l'année précédente. Plusieurs amis de Bones – ainsi que Randy, le mari de ma meilleure amie, Denise – avaient été tués. Ensuite, nous avions passé plusieurs mois à traquer les derniers protagonistes de cette guerre pour les empêcher de comploter de nouveau contre nous. Puis j'avais dû former ma remplaçante, pour que mon oncle Don disposât d'un appât lorsque ses agents s'attaquaient aux membres les plus turbulents du monde des morts-vivants. La plupart des vampires et des goules se nourrissaient sans tuer leurs victimes, mais certains donnaient la mort juste pour le plaisir. Ou par stupidité. Mon oncle était là pour faire en sorte que ceux-là paient pour leurs méfaits… et que les citoyens lambda ne se rendent pas compte de leur existence.

Donc, lorsque Bones m'avait annoncé que nous partions faire une croisière, je m'étais dit que c'était pour nous lancer dans une nouvelle traque. Voyager pour le plaisir était une notion totalement inédite dans notre relation.

— On s'évade le temps d'un week-end ? demandai-je d'un ton incrédule.

Il me caressa la lèvre inférieure du doigt.

— Ce sont nos vacances, Chaton.

J'étais complètement éberluée.

— Et mon chat ?

Je lui avais laissé de quoi manger pendant quelques jours, mais pas le temps d'un long voyage.

— Ne t'inquiète pas. J'ai envoyé quelqu'un chez nous pour s'occuper de lui. On peut aller à l'autre bout du monde en prenant tout notre temps. Alors dis-moi, où veux-tu qu'on aille ?

— À Paris.

Je me surpris moi-même en le disant. Je n'avais jamais vraiment éprouvé le désir de m'y rendre jusqu'à présent, mais pour je ne sais quelle raison, j'en avais subitement très envie. Peut-être était-ce parce que Paris est censée être la ville des amoureux, même si le simple fait de regarder Bones suffisait généralement à me rendre d'humeur romantique.

Il avait dû entendre ma pensée, car il sourit, ce qui rendit son visage encore plus époustouflant, à mes yeux en tout cas. Sur le fond bleu marine des draps, sa peau trop parfaite pour être humaine, pâle et soyeuse comme l'albâtre, semblait rayonner. Les draps étaient entortillés en bas de son ventre, ce qui m'offrait une vue imprenable sur son abdomen sculptural et sur sa poitrine ferme et musclée. Des éclats émeraude commencèrent à apparaître dans ses yeux marron foncé, et des canines percèrent sous la courbe de ses lèvres, m'indiquant que je n'étais pas la seule à sentir tout à coup ma température monter.

— Va pour Paris, dans ce cas, murmura-t-il avant de rejeter les draps.

— … nous arriverons bientôt. Oui, elle va très bien, Mencheres. Bon Dieu, vous m'avez appelé presque tous les jours… d'accord, on se retrouve au port.

Bones raccrocha et secoua la tête.

— Soit mon grand-père nous cache quelque chose, soit il a développé une obsession malsaine pour tes moindres faits et gestes.

Je m'étirai dans le hamac fixé sur le pont.

— La prochaine fois, passe-le-moi. Je lui dirai que ma vie n'a jamais été aussi belle.

En effet, les trois semaines qui venaient de s'écouler avaient été merveilleuses. J'avais eu besoin de vacances, et Bones encore plus. En tant que Maître d'une grande lignée et Maître associé d'une seconde encore plus importante, Bones était constamment surveillé, jugé, défié, ou occupé à protéger ses subordonnés. Toutes ces responsabilités finissaient par lui peser. Cela ne faisait que quelques jours qu'il avait réussi à se détendre suffisamment pour dormir plus que ses quelques heures habituelles.

Un seul nuage venait entacher cette croisière idyllique, mais je n'en avais pas parlé. Pourquoi gâcher nos vacances en disant à Bones que j'avais eu plusieurs autres rêves ridicules sans queue ni tête ?

Les fois suivantes, il ne s'en aperçut pas davantage. Ce qui signifiait sûrement que je ne donnais plus de coups de pied dans mon sommeil. Je ne m'en souvenais quasiment plus au réveil, tout ce que je savais, c'était que le vampire blond sans visage qui m'était apparu lors du premier rêve y jouait toujours un rôle. Celui qui m'appelait par mon vrai nom, Catherine, et qui disparaissait toujours avec la même phrase énigmatique : *« Ce n'est pas ton mari. »*

Selon les lois humaines, Bones n'était effectivement pas mon mari. Mais nous étions unis par le sang et mariés à la mode vampire, et le divorce n'existait pas chez les morts-vivants. Ces derniers prenaient vraiment l'expression « jusqu'à ce que la mort nous sépare » au pied de la lettre. Mes rêves traduisaient peut-être un désir subconscient de mariage traditionnel. La dernière fois que nous avions réfléchi à organiser une cérémonie classique, nous avions dû y renoncer à cause de la guerre que nous avait déclarée une vampire férue de magie noire.

Mencheres nous attendait sur le quai. Il paraissait aussi jeune que Bones, même si ce dernier l'appelait « Grand-père », car il avait créé le vampire qui l'avait à son tour transformé. Ils devaient certainement avoir le même âge en années humaines lorsqu'ils avaient été changés. En outre, Mencheres avait une beauté exotique, avec un port royal, des traits égyptiens et de longs cheveux noirs qui volaient au vent.

Mais ce qui retint véritablement mon attention, ce fut de voir les huit Maîtres vampires qui l'accompagnaient. Avant même de descendre du bateau, je sentis leur puissance combinée faire crépiter l'air comme de l'électricité statique. D'accord, Mencheres se déplaçait rarement sans sa cour, mais ces huit vampires faisaient plus penser à des gardes du corps qu'à des groupies d'outre-tombe.

Bones s'avança vers Mencheres et lui donna une brève accolade.

— Bonjour, Grand-père. Comme ils ne sont certainement pas là pour faire joli, dit-il en désignant du menton les vampires qui attendaient, j'imagine qu'il se passe quelque chose.

Mencheres hocha la tête.

— Il faut qu'on parte. Ce bateau trahit beaucoup trop ta présence.

Faucheuse était peint en lettres écarlates sur la coque. C'était un hommage à mon surnom, la Faucheuse rousse, en référence à la couleur de mes cheveux et au nombre élevé de cadavres de morts-vivants que j'avais semés sur mon passage.

Mencheres se contenta de m'adresser un bonjour rapide et poli alors que nous traversions l'appontement jusqu'à un van noir. Six des gardes s'engouffrèrent dans un second véhicule identique. Lorsque nous démarrâmes, ils nous suivirent à courte distance.

— Parle-moi de tes rêves, Cat, dit Mencheres dès que nous commençâmes à rouler.

Je le regardai, bouche bée.

— Comment êtes-vous au courant ?

Bones semblait abasourdi, lui aussi.

— Je ne lui en ai pas parlé, Chaton.

Mencheres ne prêta aucune attention à notre échange.

— De quelle nature sont tes rêves ? Décris-les-moi le plus précisément possible.

— Ils sont étranges, commençai-je, et Bones haussa les sourcils en entendant l'usage du pluriel. C'est toujours le même vampire qui y apparaît. Pendant les rêves, je sais qui il est. Je peux même m'entendre prononcer son nom, mais au réveil, je ne m'en souviens plus.

Mencheres parut presque alarmé par mes paroles. Bien entendu, je ne le connaissais pas assez bien pour le dire avec certitude. Mencheres avait plus de quatre mille ans et était passé maître dans l'art de camoufler ses émotions, mais il me sembla que sa bouche s'était crispée l'espace d'un instant. Ou peut-être la luminosité me jouait-elle des tours?

— Combien de fois as-tu fait ce rêve? demanda Bones.

Il n'était pas content. La manière dont ses lèvres se serrèrent n'était de toute évidence pas due à la luminosité.

— Quatre, et ne commence pas. Tu nous aurais fait foncer jusqu'au bunker le plus proche si je t'en avais parlé, et tu ne m'aurais plus lâchée d'une semelle, de jour comme de nuit. Nos vacances étaient tellement agréables que je n'en ai pas parlé. Rien de grave.

Il ricana.

— Rien de grave, dit-il. Maintenant, ma belle, on va vraiment voir à quel point c'est *grave*. Avec un peu de chance, ça ne te coûtera pas ta jolie tête de mule. (Il se tourna ensuite vers Mencheres.) Vous saviez que quelque chose n'allait pas. Pourquoi ne m'en avez-vous pas parlé sans attendre?

Mencheres se pencha en avant.

— La vie de Cat n'est pas en danger. Néanmoins, il y a un… petit souci. J'avais espéré que cette conversation ne serait pas nécessaire.

— Pour une fois, est-ce que vous pourriez cracher le morceau sans nous faire mariner?

Mencheres avait pour habitude de tourner longtemps autour du pot. Depuis le temps qu'il était sur cette Terre, il avait dû emmagasiner une quantité de patience inconcevable.

— Avez-vous déjà entendu parler d'un vampire du nom de Gregor ?

Je ressentis une douleur fugace à la tête qui disparut si vite que je regardai autour de moi pour voir si j'avais été la seule à en souffrir. Mencheres me regardait fixement comme s'il essayait de pénétrer jusqu'aux tréfonds de mon esprit. À côté de moi, Bones poussa un juron.

— Je connais quelques Gregor, mais un seul que l'on surnomme le Marchand de sable. (Il abattit son poing sur l'accoudoir et le démolit.) Vous estimez que *cela* ne représente pas de danger pour ma femme ?

— Je ne suis pas ta femme.

Bones me lança un regard stupéfait alors que je portais une main à ma bouche. *Qu'est-ce qui avait bien pu me pousser à dire ça ?*

— Qu'est-ce que tu viens de dire ? demanda Bones d'un ton incrédule.

Abasourdie, je me mis à bafouiller.

— Je-je veux dire… la seule chose dont je me souvienne dans mes rêves, c'est de ce vampire en train de me dire « Ce n'est pas ton mari ». Et je sais qu'il parle de toi, Bones. C'est ça que je voulais dire.

Bones donnait l'impression que je venais de le poignarder, alors que l'expression du visage de Mencheres était à la fois calme et indéchiffrable. Il ne laissait rien transparaître.

— Vous savez, on dirait que chaque fois que les choses vont vraiment bien entre nous, vous débarquez pour tout foutre en l'air ! explosai-je à l'intention de Mencheres.

— Tu as choisi de venir à Paris, comme par hasard, répondit ce dernier.

— Et alors ? Vous avez quelque chose contre les Français ?

Je sentis monter une colère irrationnelle contre lui. Un cri se mit à enfler en moi. *Vous ne pouvez pas nous foutre la paix ?*

Puis je me repris. *Qu'est-ce qui était en train de m'arriver ? Une crise de syndrome prémenstruel excessivement violente, ou un truc de ce genre ?*

Mencheres se massa les tempes. Ses traits finement ciselés m'apparurent de profil lorsqu'il détourna la tête.

— Paris est une belle ville. Amusez-vous bien. Visitez tout ce qu'il y a à voir. Mais ne sortez jamais seuls, et si jamais tu rêves de nouveau de Gregor, Cat, ne le laisse pas te toucher. Si tu le vois en rêve, enfuis-toi.

— Ouais, si vous comptiez vous en sortir avec ce genre de baratin vague, c'est loupé, dis-je. Qui est Gregor ? pourquoi est-ce que je rêve de lui ? et pourquoi est-ce qu'on l'appelle le Marchand de sable ?

— Et surtout, pourquoi refait-il surface aujourd'hui pour s'en prendre à *elle* ? ajouta Bones d'une voix aussi froide que de la glace. Personne n'avait vu ou entendu parler de Gregor depuis plus de dix ans. Je pensais qu'il était mort.

— Il n'est pas mort, répondit Mencheres d'une voix légèrement sinistre. Gregor, tout comme moi, a des visions du futur. Il a essayé d'altérer l'avenir à la suite de l'une de ces visions. Lorsque je l'ai appris, je l'ai emprisonné pour le punir.

— Et qu'est-ce qu'il veut à *ma femme* ?

Bones accentua ces mots tout en me regardant, le sourcil dressé, comme pour me mettre au défi de contester ce titre. Je ne dis rien.

— Il a vu Cat dans l'une de ses visions, et il a décidé qu'il la désirait, répondit calmement Mencheres. Ensuite, il a découvert que tu te lierais à elle par le sang. Aux alentours du seizième anniversaire de Cat, Gregor a tenté de la localiser et de l'enlever. Son plan était très simple : si elle ne te rencontrait pas, elle serait à lui, pas à toi.

— Espèce de petit salopard sournois, articula Bones alors que je restais bouche bée. Je le féliciterai pour son ingéniosité… pendant que je lui arracherai le cœur avec une lame en argent.

— Ne sous-estime pas Gregor, dit Mencheres. Il a réussi à s'évader de ma prison le mois dernier, et je ne sais toujours pas comment. Gregor semble plus obnubilé par Cat en elle-même que par l'envie de se venger de ce que je lui ai fait. À ma connaissance, elle est la seule personne qu'il ait contactée en rêve depuis son évasion.

Pourquoi est-ce que tous ces malades de vampires me prennent pour un objet de collection ? Le fait d'être l'une des seules hybrides connues m'avait valu une quantité d'ennuis inimaginables. Gregor n'était pas le premier à me considérer comme une sorte de jouet exotique, mais je devais reconnaître que le plan qu'il avait concocté pour s'emparer de moi était de loin le plus original.

— Et vous avez emprisonné Gregor pendant une dizaine d'années juste pour l'empêcher de modifier mon avenir avec Bones ? lui demandai-je, ouvertement sceptique. Pourquoi ? Vous n'avez pas fait grand-chose pour arrêter Ian, le créateur de Bones, lorsqu'il a voulu faire la même chose.

Mencheres cessa de me dévisager et tourna ses yeux couleur acier vers Bones.

— L'enjeu était plus important, finit-il par répondre. Si tu n'avais jamais rencontré Bones, il serait peut-être resté plus longtemps sous la coupe de Ian et n'aurait pas revendiqué sa liberté pour fonder sa propre lignée, et par conséquent il n'aurait pas pu devenir Maître associé de la mienne lorsque j'aurais eu besoin de lui. Je ne pouvais pas prendre ce risque.

Il n'avait donc pas agi par bonté d'âme pour sauver notre amour. Cela aurait été trop beau. Les vampires faisaient très rarement preuve d'altruisme dans leurs décisions.

— Que se passera-t-il si Gregor me touche dans un rêve ? demandai-je pour ne pas m'appesantir là-dessus. Qu'est-ce qui m'arrivera ?

Ce fut Bones qui me répondit, et l'intensité brûlante de son regard aurait eu de quoi me calciner la peau du visage.

— Si Gregor s'empare de toi en rêve, à ton réveil tu seras avec lui, là où il se trouve. C'est pour ça qu'on l'appelle le Marchand de sable. Il peut enlever les gens dans leurs songes.

Chapitre 2

J'avais tenté d'argumenter, bien entendu. Les deux hommes me regardèrent d'un air qui disait combien il était inutile de débattre de choses dont ils étaient sûrs. Les dons de Gregor ne fonctionnaient normalement qu'avec les humains, car les vampires et les goules avaient un contrôle mental surnaturel qui les immunisait contre ce genre d'enlèvements subconscients. Mais comme j'étais une hybride, il était possible que les pouvoirs de Gregor aient un effet sur moi.

J'étais impatiente d'apprendre à mon oncle qu'il existait un vampire capable de faire ça. Il s'en évanouirait de trouille.

— Gregor va essayer de t'enlever dans tes rêves, dit Mencheres en nous quittant. Le mieux serait que tu n'écoutes pas ce qu'il te dit et que tu te réveilles le plus vite possible.

— Vous faites pas de bile pour ça, marmonnai-je. Au fait, qu'est-ce que Paris vient faire là-dedans ? Vous avez insinué que notre décision de venir passer nos vacances ici n'était pas due au hasard.

— Gregor est français, répondit Mencheres. Vous avez choisi de visiter l'endroit où il a vécu pendant près de neuf siècles. Je doute que cela soit une coïncidence.

Je me raidis.

— Où voulez-vous en venir ?

— Cela me semble évident, dit Bones en me tirant par le bras alors que nous approchions d'un chalet pittoresque camouflé par du lierre. C'est Gregor qui t'a suggéré de venir ici.

Un charmant couple de vampires français nous accueillit sur le seuil avec des paroles de bienvenue que je ne compris pas. Bones leur répondit dans la même langue, avec un accent qui me paraissait aussi authentique que le leur.

— Tu ne m'as jamais dit que tu parlais français, murmurai-je.

— Tu ne m'as jamais dit que tu avais refait le même rêve, rétorqua-t-il en anglais.

Il était toujours en colère. Je soupirai. Au moins, nous avions eu droit à quelques semaines paisibles.

Les présentations se firent en anglais. Sonya et Noël, son mari, seraient nos hôtes pendant notre séjour à Paris.

— Vous êtes mariés ? demandai-je, surprise, avant de rougir. Excusez mon étonnement, mais...

— Vous êtes le premier couple de vampires vraiment mariés qu'elle ait jamais rencontré, mes amis, poursuivit habilement Bones. Je crois qu'elle commençait à se dire qu'elle avait le monopole de ce statut.

Ils rirent tous les deux, ce qui dissipa ma gêne. Sonya ne jeta même pas un coup d'œil à la demi-douzaine de vampires qui prirent position autour de sa demeure.

Ils nous montrèrent notre chambre, dont les fenêtres donnaient sur les jardins environnants. Sonya était horticultrice. Le Paradis n'aurait pas été plus idyllique.

— Diligence et patience, très chère, dit-elle en réponse aux compliments que je lui fis. Deux qualités qui sont toujours profitables.

Elle regarda Bones avec insistance après avoir prononcé ces mots, ce qui m'indiqua que ce qu'il avait dit plus tôt ne lui avait pas échappé.

— Ma chère Sonya, j'essaierai de m'en souvenir, répondit-il sèchement.

— Vous mourez certainement d'envie de vous rafraîchir et de vous installer. Cat, il y a des fruits, du fromage et du vin au frais. Bones, tu veux que je t'envoie quelqu'un tout de suite ou plus tard ?

— Plus tard. J'ai d'abord deux mots à dire à ma femme.

De nouveau, il articula ce terme sur un ton de défi. Sonya et Noël nous quittèrent. À peine étaient-ils sortis que Bones s'en prit à moi.

— Bon Dieu, Chaton, je pensais qu'on avait dépassé ce stade, mais une fois encore, tu m'as caché une chose dont tu aurais dû me parler.

Une partie de mes remords s'évanouit quand j'entendis ce ton accusateur.

— J'ai pensé que ce n'était pas grave, c'est pour ça que je ne t'ai rien dit.

— Pas grave ? C'est un peu léger pour décrire les tentatives d'un vampire célèbre de t'enlever en plein dans notre lit.

— Je ne me rendais pas compte qu'il s'agissait de ça.

— Tu savais que quelque chose n'allait pas, mais tu me l'as caché. Je pensais que tu avais appris, il y a six ans, que c'était toujours une erreur de me tenir à l'écart.

C'était un coup bas. Plusieurs mois après notre rencontre, ma nature hybride avait été exposée en plein jour lors de mon arrestation pour le meurtre du gouverneur de l'Ohio. J'ignorais que Don, l'agent du FBI qui m'avait alors interrogée, était le frère de mon maléfique géniteur vampire. Ma mère était tombée enceinte parce qu'il avait couché avec elle très peu de temps après sa transformation. J'ignorais également que Don connaissait ma nature depuis ma naissance. À l'époque de mon arrestation, j'avais pensé qu'il n'était rien d'autre qu'un agent du FBI haut placé qui avait connaissance de l'existence des vampires… et qui menaçait de tuer Bones si je n'acceptais pas d'entrer dans son équipe d'élite secrète.

J'avais eu recours à la ruse pour m'enfuir avec lui, car je croyais qu'il s'agissait du seul moyen de sauver la vie de Bones. Ce dernier n'avait pas franchement apprécié d'être abandonné. Il lui avait fallu près de quatre ans pour me retrouver, puis il m'avait prouvé à quel point j'avais eu tort de croire qu'il nous était impossible d'être ensemble. Je m'en voulais encore terriblement d'avoir fait ça, et il venait de rouvrir cette ancienne plaie au fer rouge.

— Tu vas me le faire payer encore longtemps ? À en croire ta dernière remarque, je sens que tu vas me le ressortir pendant des années.

La colère qui se lisait sur ses traits s'apaisa quelque peu. Il se passa la main dans les cheveux et me lança un regard agacé, mais tout de même moins furieux.

— As-tu la moindre idée de ce que j'aurais éprouvé en découvrant que tu avais disparu sans laisser la moindre trace ? Cela m'aurait rendu fou, Chaton.

J'inspirai profondément et expirai lentement. Si j'avais craint de voir Bones disparaître en plein sommeil, enlevé par un vampire étrange pour des raisons inconnues, je perdrais moi aussi jusqu'à mes dernières bribes de rationalité. *Reprends-toi, Cat. Ce n'est pas le moment de compter les points. Alors que vous ne pensez ni l'un ni l'autre ce que vous dites.*

— Essayons d'oublier ça, OK ? J'aurais dû te parler de mes rêves. Si cela se reproduit, je t'en informerai dès mon réveil. Parole de scoute.

Il s'approcha de moi et me saisit par les épaules.

— Je ne supporterais pas de te perdre comme ça, Chaton.

Je posai mes mains sur les siennes.

— Ça n'arrivera pas. Je te le promets.

Le Palais Garnier était un édifice extravagant jusqu'au moindre détail. Son architecture semblait typiquement européenne à mes yeux d'Américaine. Sonya et Noël nous accompagnaient, ainsi que nos gardes du corps. Bones ne voulait pas courir le moindre risque de voir Gregor pointer le bout de son nez pour tout gâcher.

C'était la première fois que j'assistais à un opéra. En temps normal, je ne portais une jolie robe que lorsque je devais tuer quelqu'un, mais à moins que l'action soit plus animée que le suggérait la brochure, ce ne serait pas le cas ce soir-là.

Bones fut l'objet d'un si grand nombre de regards admiratifs lorsque nous montâmes les marches qui menaient à l'entrée que ma main se crispa autour de la sienne. D'accord, il était époustouflant dans son smoking noir, avec son écharpe de soie blanche, mais les femmes ne pouvaient-elles donc pas s'empêcher de le regarder aussi *fixement*? La plupart du temps, j'étais moi-même bouche bée devant sa beauté étincelante, et j'avais du mal à croire qu'un homme aussi affolant puisse m'appartenir. Mais à certains moments, les regards lascifs qui se posaient sur lui me faisaient souhaiter qu'il soit moins affriolant.

— Ce n'est pas moi qu'on regarde, mon chou, murmura Bones. C'est toi. Et je les comprends.

Je souris en le voyant me dévorer d'un regard concupiscent.

— C'est cette robe, lui dis-je par provocation. La manière dont elle tombe donne du volume à mes hanches et à mes seins.

La robe de taffetas vermillon se gonflait effectivement au niveau de la poitrine et camouflait la légère armature qui permettait à la robe de tenir sans bretelle. Ces couches supplémentaires se rassemblaient au niveau de mes hanches et s'évasaient en queue de poisson au bas de la jupe, longue et étroite. Jamais je n'avais porté une aussi belle tenue.

Bones émit un petit rire.

— Je n'arrête pas de me demander comment je vais bien pouvoir te prendre sans que tu l'enlèves. Pour l'instant, je pense que c'est la levrette qui s'impose, mais j'aurai peut-être changé d'avis d'ici à la fin de l'opéra.

— Pourquoi est-ce qu'on est venus si tu comptes passer la soirée à fantasmer sur moi plutôt que de profiter du spectacle ?

— Parce que c'est déjà très agréable en soi, répondit-il avec un sourire diabolique. Je vais prendre beaucoup de plaisir à imaginer tout ce que je te ferai une fois qu'on sera seuls. (Il devint tout à coup sérieux, et l'éclat lubrique quitta ses yeux.) En fait, je pensais qu'après cet opéra, nous pourrions nous offrir un dîner tardif avant de nous dégourdir les jambes en explorant la ville. Même si notre escorte nous suit, j'imagine qu'on ne les aura pas forcément sur le dos. Ça te plairait ?

Je restai bouche bée. Me promener sans mon attirail de protection habituel et sans un groupe de combat armé jusqu'aux dents à mes côtés ? En touriste, comme une personne normale ?

— *Yes, sí*, oui dans toutes les langues du monde. Pitié, ne me dis pas « poisson d'avril ».

— Non. La représentation va commencer ; il est temps de gagner nos places.

— D'accord.

— Tu es bien docile, dis-moi. (Sa voix avait retrouvé son petit ton sournois.) Je ne manquerai pas d'en profiter tout à l'heure.

Lorsque le rideau se baissa pour annoncer l'entracte, j'étais sûre de trois choses : j'adorais l'opéra, je voulais boire un verre, et j'avais envie de faire pipi.

— Je t'accompagne, dit Bones lorsque je lui fis part de mon besoin pressant.

Je fis les gros yeux.

— C'est interdit par le *règlement*.

— Il faut que je me repoudre, Cat, ça t'ennuie si je te suis ? demanda Sonya. Bones, tu pourrais aller chercher du champagne, j'ai très envie d'une petite coupe moi aussi. C'est juste en face des toilettes, tu nous retrouveras facilement.

Ses propos étaient très faciles à traduire. Bones serait tout près en cas de problème, que cela soit mon soupirant onirique malvenu ou un mort-vivant mordu d'opéra, et j'aurais une garde du corps.

Il hocha la tête.

— Je peux t'escorter. Ce n'est pas jouer au papa poule, ce sont tout simplement des bonnes manières.

— Bien sûr, dis-je en m'efforçant de garder mon sérieux. Si tu le dis.

Il y avait une grande file devant les toilettes pour dames. Bones laissa échapper un ricanement amusé lorsqu'il vit avec quelle tentation je regardai l'accès dégagé du côté des hommes.

— C'est interdit par le *règlement*.

— Je sais que toutes ces filles n'attendent pas pour soulager leur vessie. Il devrait y avoir un endroit séparé pour se remaquiller, et pour que les autres puissent aller faire pipi, grommelai-je avant de me retourner, penaude, vers Sonya. Euh, je ne disais pas ça pour toi. Ne tiens pas compte de ma dernière phrase, il vaut mieux.

Elle rit.

— Je sais ce que tu voulais dire, ma chérie. J'ai souvent pensé la même chose, parce que ça fait longtemps que les toilettes ne me sont plus d'aucune utilité.

— Va me chercher de l'alcool, Bones, et vite, pour éviter que je sorte d'autres âneries.

Il me fit un baisemain.

— On se retrouve ici.

Lorsqu'il s'éloigna, je ne fus pas la seule à profiter du spectacle de son départ.

— Mmm hmmm.

Ce petit murmure gourmand émanait d'une brune, un peu plus loin dans la file. Je la regardai en haussant un sourcil et tapotai ma bague de fiançailles pour souligner mon propos.

— Déjà pris, chérie.

Si elle n'avait pas été humaine, je lui aurais sauté dessus pour lui faire payer le deuxième regard qu'elle laissa traîner sur Bones avant de hausser les épaules à mon intention.

— Rien n'est éternel.

Je serrai les dents.

— Sauf la mort.

Sonya dit quelque chose en français qui fit apparaître une moue boudeuse sur les lèvres de la fille. Cette dernière s'éloigna en me décochant une dernière flèche.

— Si tu ne supportes pas qu'on admire ton homme, tu ferais mieux de le laisser à la maison.

Son fort accent français rendait certains mots presque incompréhensibles. *Tu ne vas pas la tuer sous le simple prétexte que c'est une traînée*, me rappelai-je. *Même si tu* pourrais *faire en sorte qu'on se débarrasse discrètement de son corps…*

— Il baise encore mieux que ce que tu peux imaginer, décidai-je de dire. (Plusieurs têtes se retournèrent. Je m'en moquais ; j'étais hors de moi.) Et son joli visage sera fourré entre mes jambes dès que nous rentrerons à la maison, ne t'en fais pas pour ça, lui dis-je en singeant son accent.

J'entendis Bones rire au milieu de la foule qui se pressait devant le bar. Sonya gloussa. La fille me lança un regard plein de venin et sortit de la file.

— Bon, une personne en moins devant nous, on aura fini avant qu'il ait le temps de nous amener nos verres, observa Sonya une fois qu'elle eut fini de rire.

— Et d'une. (J'observai les femmes qui faisaient la queue devant nous. La plupart souriaient ou évitaient mon regard suite à la scène qui venait de se produire.) Encore une dizaine et ce sera bon.

Dix minutes plus tard, lorsque nous entrâmes dans les toilettes, je faisais tout mon possible pour ne pas me tortiller d'impatience. C'était le mieux que je puisse faire pour attendre mon tour sans demander à Sonya d'hypnotiser les autres femmes pour nous laisser passer. Cela n'aurait pas été très correct.

Lorsque je ressortis, Sonya rangeait son rouge à lèvres dans son petit sac à main. Je la rejoignis devant le miroir pour me laver les mains.

— Le monde est petit, dit une voix sur ma droite.

Je me retournai et vis une jolie blonde qui me regardait.

— Excusez-moi ?

— Tu ne te souviens pas de moi ? (Elle secoua la tête.) C'est vrai que ça fait longtemps. Je n'étais pas vraiment sûre que c'était toi avant que tu t'en prennes à cette fille, mais ta couleur de cheveux est inoubliable. D'ailleurs, tu étais déjà très chatouilleuse la première fois qu'on s'est rencontrées.

D'après son accent, elle était américaine. Et je ne l'avais jamais vue de toute ma vie.

— Je suis désolée, vous devez confondre.

Après tout, j'étais douée pour remettre les gens. Ça venait à la fois de ma mémoire d'hybride et de la nature de mon ancien boulot.

— J'étais au *Ritz*, place Vendôme, tu te rappelles ? (Je secouai de nouveau la tête. Elle soupira.) C'est pas grave. Je suis désolée que ça n'ait pas marché avec l'autre type, mais on dirait que tu as gagné au change, alors tant mieux pour toi.

— Hein ?

Je commençais à me demander si elle n'était pas folle. Sonya se rapprocha de moi. La fille se repoudra le nez avant de replacer son poudrier dans son sac à main.

— De toute façon, tu avais l'air bien trop jeune pour te marier, qui pourrait t'en vouloir…

— *Hein ?* répétai-je, cette fois sur un ton franchement incrédule.

Elle soupira.

— C'est pas grave. Contente de t'avoir revue.

Elle sortit des toilettes. Sonya s'avança vers elle pour la rattraper, mais je marmonnai : « Laisse tomber. Elle se trompe de fille ».

J'éprouvai une douleur fulgurante à la tête, comme si on m'enfonçait de petites épingles dans la cervelle. Je me massai les tempes.

— Ça va, Cat ?

— Très bien. Elle confond, répétai-je. Après tout, c'est la première fois que je viens à Paris.

Nous remontions à pied la rue Auber, nos gardes du corps nous suivant à plusieurs mètres. J'avais renoncé à un vrai dîner en faveur d'un croissant et d'un cappuccino dans l'un des nombreux et charmants petits cafés qui bordaient les rues.

Sonya et Noël étaient rentrés pour nous laisser profiter de notre quasi-solitude. Cela me paraissait très intime, si je faisais abstraction de notre escorte et des centaines de passants. Nous n'étions que l'un des innombrables couples qui profitaient de la nuit dans les rues parisiennes.

En chemin, Bones me décrivait les bâtiments devant lesquels nous passions… et me racontait leur histoire. Il me fit rire aux éclats avec des anecdotes les mettant en scène lui, son meilleur ami Spade et son créateur Ian. J'imaginais sans mal ces trois-là faire les quatre cents coups.

Nous nous arrêtâmes au bout de l'une de ces longues rues dans lesquelles les bâtiments étaient particulièrement rapprochés. Bones dit quelque chose à voix haute en français, puis m'entraîna encore plus loin dans l'étroite allée.

— Qu'est-ce que tu viens de dire ?

Il sourit.

— Mieux vaut que tu ne le saches pas.

Il posa alors sa bouche sur la mienne et m'embrassa passionnément tout en me serrant contre lui. J'en eus le souffle coupé, lorsque je sentis ses mains remonter ma robe.

— Tu es fou ? Il y a une demi-douzaine de vampires tout près…

— Aucun d'entre eux ne peut nous voir, m'interrompit-il en gloussant. Comme je le leur ai demandé.

— Ils peuvent nous *entendre*, Bones, continuai-je à protester.

Il me retourna et je me retrouvai face au mur.

Il continua de rire.

— Dans ce cas, pense bien à ne dire que des choses flatteuses pour moi.

Bones avait passé un bras autour de ma taille pour me maintenir collée à lui. Mon agitation n'eut pour seul effet que d'aider ses mains à remonter ma robe encore plus haut.

Puis je me figeai lorsque ses dents percèrent la peau de mon cou. Il émit un grognement sourd de plaisir.

— Ah, Chaton, tu aimes ça presque autant que moi. Plonge en moi, ma belle, comme je le fais aussi.

J'avais l'impression que le sang qui me quittait pour se déverser en lui laissait la place à une douce brûlure. Bones avait raison : j'adorais qu'il me morde. Ma peau se mit à chauffer, mon rythme cardiaque s'accéléra… et je me retrouvai en train de me frotter contre lui et de gémir d'impatience à cause de la lenteur avec laquelle il déboutonnait son pantalon.

— Bones, parvins-je à articuler. Oui…

Le mur me percuta si fort le visage que je sentis les os de ma joue se fracturer. C'est alors que les coups de feu retentirent.

J'entendis des rafales sèches venues d'au-dessus de nous, de tous les côtés… de partout sauf du bâtiment contre lequel j'étais écrabouillée. Bones me maintenait fermement comprimée contre les briques. Il me protégeait en me recouvrant complètement de son corps. Tremblant, il martelait le mur de coups de poing pour essayer de percer une ouverture dans la façade.

Ce fut alors que je compris pourquoi il tremblait. Il se faisait cribler de balles.

D'après ce que j'en entendais, le sort que connaissaient nos gardes était encore moins enviable. Alors que Bones encaissait les impacts, je compris qu'ils avaient dû former un périmètre de protection autour de nos corps. Ce ne fut que lorsqu'une rafale prolongée se termina par un cri interrompu brusquement que je commençai à m'agiter, paniquée. La situation était pire que je l'avais imaginée. Nos ennemis inconnus utilisaient des balles en argent.

— Bon Dieu, on ne peut pas rester là, tu vas te faire massacrer ! hurlai-je en tentant de me libérer.

Mais il me maintenait de toutes ses forces, et j'agitais vainement les bras et les jambes comme une tortue retournée sur sa carapace.

— Si on s'enfuit, les balles risquent de te tuer, dit-il d'une voix grinçante, quasiment inaudible sous le vacarme de la fusillade. Nos hommes ont forcément appelé des renforts. On ne bouge pas. Mencheres va arriver.

— Tu seras mort avant, répliquai-je.

Il n'était pas facile de tuer un vampire en lui tirant dessus, même avec des balles en argent, parce qu'il fallait trop longtemps pour lui déchirer le cœur. C'était Bones qui me l'avait appris : *« Aucun vampire ne prendra la pose pour servir de cible ».*

C'était ce qu'il m'avait dit six ans auparavant pour me démontrer l'inutilité des armes à feu. Mais dans le cas présent, Bones offrait une cible idéale. Les renforts arriveraient trop tard. Il s'en doutait forcément, tout comme moi. Pour une fois, il me mentait.

La structure du bâtiment céda sous ses poings. À l'intérieur, des gens se mirent à hurler. Si on lui en laissait le temps, Bones parviendrait à créer une ouverture dans le mur, et nous serions à l'abri des tirs incessants. Mais casser des briques d'une seule main tout en se faisant cribler de balles ? Les gestes de Bones étaient déjà plus lents, et ses coups donnaient l'impression qu'il était saoul. Mon Dieu, il allait mourir recroquevillé sur moi, en plein milieu de cette ruelle.

Une étincelle sauvage s'alluma en moi. Mon cerveau n'eut même pas besoin de donner un ordre clair à mon corps. Tout ce que je savais, c'était qu'il fallait mettre Bones à l'abri des balles suffisamment longtemps pour qu'il ait le temps de se remettre sur pied.

Cet objectif en tête, je parvins à manœuvrer pour me dégager de son étreinte avant de bondir à la verticale en le tenant dans mes bras. Nous atteignîmes le sommet du bâtiment de quatre étages contre lequel nous étions blottis. Une fois sur le toit, je fis une roulade avec lui, mais curieusement, aucune balle ne siffla près de nous.

Je ne me demandai même pas pourquoi les tireurs avaient cessé de nous prendre pour cible. En effet, je sentais Bones s'affaisser dans mes bras. Motivée par la peur, je sautai avec lui sur le toit de l'immeuble voisin. Puis sur le suivant, et encore, sans même prendre le temps de m'étonner de mes exploits. Une fois loin des bruits de fusillade, je m'arrêtai. Après ce que je m'apprêtais à faire, j'allais m'effondrer comme une masse, mais Bones avait besoin de sang. De beaucoup de sang.

Aucun assassin volant n'était à nos trousses. Nos gardes étaient peut-être en train de les contenir, mais cela risquait de ne pas durer. Je saisis fermement la tête avachie de Bones et m'entaillai le poignet sur ses canines pour que mon sang lui coule dans la bouche.

L'espace d'une seconde effrayante qui sembla durer une éternité, rien ne se passa. Il n'avalait pas, n'ouvrait pas les yeux, et ne faisait pas un geste pour retenir le liquide rouge qui lui coulait le long des lèvres. Prise de panique, j'actionnai sa mâchoire avec mon autre main pour forcer le sang à pénétrer dans sa gorge. Mes yeux étaient noyés de larmes, car son corps était criblé de trous remplis de balles en argent, même ses joues. *Oh Mon Dieu, faites qu'il ne meure pas...*

Enfin, il avala. Ses yeux restèrent fermés, mais je sentis sur mon poignet une succion soudaine. L'aspiration s'intensifia, attirant le sang hors de mes veines, et le soulagement qui me submergea engourdit l'étourdissement qui s'ensuivit. Hypnotisée, je regardai les trous enfler, puis les balles en argent être expulsées du corps de Bones. Cela me fit sourire alors même que ma vision se troubla, puis s'assombrit au moment où Bones ouvrit les yeux.

Chapitre 3

— … se réveille…

— … partirons bientôt, il arrivera demain…

Des bribes de conversation flottaient au-dessus de moi. J'avais chaud. Enfin, partout, sauf au bras. Une chose douce et fraîche me frôla le front.

— Tu es réveillée, Chaton ?

Cela me fit ouvrir les yeux d'un seul coup et sortir de ma léthargie. J'essayai de m'asseoir, mais une poigne ferme m'en empêcha.

— Ne bouge pas, ma belle, laisse au sang quelques minutes pour circuler.

Au sang ? Je clignai plusieurs fois des yeux et Bones apparut clairement. Il était toujours maculé de rouge, mais son regard ne vacillait plus. Cela me calma assez pour que je reprenne ma position initiale, qui était apparemment allongée sur ses genoux. Deux sachets de plasma vides, une aiguille hypodermique et un cathéter se trouvaient à côté de lui.

— Où sommes-nous ?

— Dans un van, en route pour Londres, répondit-il. Tu te souviens de l'attaque ?

— Je me rappelle avoir vu ton corps recracher assez d'argent pour financer notre retraite, répondis-je en regardant autour de moi et en découvrant que Mencheres et quatre autres vampires étaient avec nous. Tu aurais pu te faire tuer. Ne recommence jamais un truc pareil.

Bones pouffa.

— C'est fort de café, de la part de la femme qui s'est quasiment vidée de tout son sang pour me le donner.

— Il y avait trop d'argent en toi pour que tu guérisses. Qu'est-ce que j'étais censée faire, m'asseoir et te regarder agoniser ?

— Les tireurs auraient pu te faire sauter la cervelle, répondit-il d'une voix calme.

— Qui étaient-ils ? Est-ce qu'ils se sont enfuis ?

Je touchai ma joue. Aucune douleur. Le sang que Bones m'avait donné n'était pas uniquement humain. Je guérissais plus vite qu'une personne lambda, mais seul du sang de vampire pouvait ressouder aussi rapidement des fractures.

— Je suis désolé, ma belle, murmura Bones. J'ai failli te faire tuer en me précipitant dans leur piège de manière aussi irréfléchie.

— Combien de gardes du corps sont morts ?

— Sur les six, trois ont été tués.

Je sentais du remords et de la tristesse dans sa voix, mais il y avait également autre chose que je ne parvenais pas à identifier.

— On s'est fait attaquer par des goules, et elles étaient sacrément bien armées, comme tu le sais. Juste après notre fuite, sept ou huit autres vampires se sont jetés dans la bataille.

— Au moins, on a reçu de l'aide. (Je souris à Mencheres). Merci.

La bouche de Bones se tordit en un rictus.

— Ce ne sont pas les hommes de Mencheres qui sont venus à notre rescousse. Les vampires se seraient certainement ensuite retournés contre nous si Mencheres n'avait pas fini par arriver avec des renforts.

Le sang que je venais d'ingurgiter n'était peut-être pas encore parvenu jusqu'à mon cerveau, parce que je ne comprenais pas.

— S'ils n'étaient pas sous vos ordres, à qui obéissaient-ils ?

— Nous étions suivis par deux groupes différents, récapitula Bones. Ces goules et les hommes de Gregor, j'imagine. Il a dû se lasser d'essayer de t'attraper dans tes rêves et décider de tenter un véritable enlèvement.

Je ne manquai pas de remarquer que Mencheres n'avait pas encore dit un mot.

— Quel est votre avis là-dessus ?

Il tourna son regard vers moi.

— Quand nous serons arrivés chez Spade, le lieu se prêtera plus à une conversation de ce genre.

— Maintenant.

Bones avait prononcé ce simple mot avec une résolution inflexible.

— Crispin…

— Et en plus vous m'appelez par mon nom humain, comme si j'étais toujours le jeune homme d'il y a trois siècles, l'interrompit Bones. Je suis votre égal par alliance, et vous allez donc me dire tout ce que vous savez à propos de Gregor.

Si Mencheres refusait de répondre, il risquait de déclencher une guerre civile au sein de leur lignée. Je ne m'étais pas attendue que Bones le mette ainsi au pied du mur, et à voir l'expression de Mencheres, lui non plus.

Le vampire égyptien eut finalement un léger sourire.

— Très bien. Je vous ai dit que j'avais emprisonné Gregor parce qu'il tentait d'interférer avec l'avenir de Cat pour l'empêcher de te rencontrer. Ce que j'ai tu, c'est que Gregor avait déjà enlevé Cat avant que je le capture.

Je me levai d'un bond.

— Je n'ai jamais rencontré Gregor de toute ma vie !

— Tu en as perdu le souvenir, répondit Mencheres. Tu as mal à la tête chaque fois qu'on mentionne Gregor, n'est-ce pas ? Ce sont les stigmates de ta mémoire refoulée. Tu as passé plusieurs semaines avec Gregor avant qu'on vous retrouve à Paris tous les deux. Le temps qu'on vous repère, il avait réussi à te faire tomber amoureuse de lui et il t'avait abreuvée de mensonges. Je savais que je devais modifier ta mémoire pour tout arranger, ce qui explique pourquoi tu n'as aucun souvenir des jours que tu as passés avec lui.

— Ce n'est pas… mais il ne peut pas…

Les marteaux commencèrent à résonner dans ma tête. *Ce n'est pas ton mari… désolée que ça n'ait pas marché avec l'autre type… C'était au* Ritz, *place Vendôme…*

— Mais le contrôle mental des vampires est sans effet sur moi, finis-je par bafouiller. Je suis hybride ; ça n'a jamais marché sur moi.

— Ce qui explique pourquoi j'étais le seul à pouvoir le faire, dit calmement Mencheres. J'ai dû faire appel à toute ma puissance, ainsi qu'à un sort, pour effacer cette période de ton esprit. Un vampire de moindre rang n'y serait pas parvenu.

Bones semblait abasourdi lui aussi.

— « Ne touche pas à la femme de mon maître »*, murmura-t-il. C'est ce que l'un des vampires de Gregor m'a hurlé avant de s'enfuir. C'est donc pour ça que Cat l'obsède tant.

Mencheres garda le silence. Bones le regarda, puis tourna les yeux vers moi.

— Je m'en fiche, finit-il par dire. Gregor peut se fourrer sa revendication là où je pense.

---

* Tous les mots suivis d'un astérisque sont en français dans le texte original (*NdT*).

Je n'étais toujours pas convaincue.

— Mais je détestais les vampires avant de rencontrer Bones. Je ne serais jamais partie avec l'un d'entre eux pendant plusieurs semaines.

— Tu les détestais à cause de l'influence de ta mère, répondit Mencheres. Gregor s'est d'abord occupé d'elle en la forçant à te dire qu'il était l'un de ses amis et qu'il te protégerait.

Bones grogna.

— Beaucoup de gens sont au courant de la revendication de Gregor ?

Mencheres l'observa avant de répondre.

— Tu ne m'as pas encore demandé si ça s'était vraiment produit.

J'avais l'impression qu'ils parlaient une langue étrangère.

— Hein ?

— Ça ne compte pas. S'il veut Cat, il faudra qu'il la prenne sur mon cadavre flétri.

— Quoi ?

Je donnai un coup de poing à Bones pour accentuer mon interjection.

— La revendication de Gregor, dit Bones d'une voix glaciale. Maintenant qu'il a retrouvé la liberté, il est en train de dire à tout le monde qu'au cours de ces semaines que vous avez passées ensemble, il t'a épousée.

C'était dur à croire, mais j'ai vraiment connu quelques moments dans ma vie au cours desquels je suis restée sans voix. À seize ans, lorsque ma mère m'avait appris que toutes mes bizarreries venaient du fait que mon père était un vampire, par exemple. Ou encore lorsque j'avais revu Bones après quatre années de séparation. Mais ce qu'il venait de dire décrochait la médaille d'or. Ma stupéfaction dura plusieurs secondes, pendant lesquelles je ne pus prononcer un mot.

Je n'étais pas la seule à avoir les yeux écarquillés. Même dans mon état, je remarquai que les autres vampires qui nous accompagnaient dans le van affichaient tous un air abasourdi qui s'effaça rapidement sous le regard menaçant de Bones. Mencheres me regardait toujours de manière aussi intransigeante, et je parvins enfin à articuler la première pensée cohérente qui me vint à l'esprit.

— Non. (Le simple fait de prononcer ce mot me fit du bien, et je le répétai donc, plus fort.) Non. Ce n'est pas vrai.

— Et même si ça l'est, cela ne durera que jusqu'à sa mort, promit Bones.

Je fis un geste en direction de Mencheres.

— Vous étiez là, non ? Dites-moi que cela ne s'est pas produit.

Mencheres haussa les épaules.

— Je n'ai assisté à aucune cérémonie d'engagement par le sang. Gregor affirmait que cela s'était passé juste avant mon arrivée. Quelques membres de sa lignée ont dit qu'ils en avaient été témoins, mais ils mentaient peut-être, et l'honnêteté de Gregor est loin d'être sans tache.

— Mais *moi*, qu'est-ce que j'ai dit ?

Tout à coup, je sentis la peur m'envahir. M'étais-je réellement liée à un vampire inconnu ? Je n'aurais quand même pas fait ça, si ?

Mencheres me regarda droit dans les yeux.

— Tu étais hystérique. Gregor avait manipulé tes émotions, et on l'emmenait pour lui faire subir un châtiment dont tu n'avais aucune idée. Tu aurais dit n'importe quoi, vérité ou mensonge, pour empêcher que cela arrive.

En d'autres termes...

— Bones a déclaré quelle était sa position à ce sujet. (Mencheres regarda d'un côté à l'autre du van.) En tant que Maître associé, je le soutiens. Quelqu'un a-t-il une opinion divergente ?

Plusieurs « non » résonnèrent aussitôt dans le van.

— Dans ce cas, c'est réglé. La revendication de Gregor est infondée, et ne sera donc pas prise en compte. Cat n'est pas en mesure de confirmer elle-même l'engagement, et, à part lui, elle est la seule personne qui puisse savoir s'il a eu lieu ou pas. Bones ?

Un sourire illumina soudain son visage, mais il était aussi froid que ce que je ressentais au plus profond de mon être.

— Je suis curieux de voir quelle sera l'espérance de vie de ceux qui suggéreront que ma femme n'est pas *ma femme.*

— Comme tu veux. (Mencheres ne montra aucune émotion à la mention de l'hécatombe qui menaçait ses troupes). Nous serons chez Spade avant l'aube. Moi, en tout cas, je suis fatigué.

Nous étions deux. Mais je doutais de réussir à trouver le sommeil. Je venais de découvrir que plus d'un mois de ma vie avait été effacé de ma mémoire, et je ressentais une impression de profanation. Mes yeux se posèrent sur Mencheres. *Pas étonnant que je n'aie jamais été à l'aise avec vous.* Inconsciemment, mes instincts avaient dû se rappeler qu'il avait manipulé mon esprit contre mon gré, même si le souvenir exact de ces moments était perdu.

Mais était-ce réellement le cas ?

— Pourquoi est-ce que vous ne fouillez pas dans ma mémoire pour voir par vous-même ce qui s'est passé ? Vous avez effacé mes souvenirs, vous ne pouvez pas les faire revenir ?

— Je les ai enfouis hors d'atteinte de quiconque, même de moi, pour m'assurer qu'ils ne ressurgiraient jamais.

Génial. Si Mencheres le méga Maître ne pouvait pas les ressusciter, cela signifiait qu'ils étaient *réellement* perdus.

— Je me fiche de ce que Gregor ou n'importe qui d'autre peut bien croire, me dit Bones d'un ton plus doux. Tout ce qui m'intéresse, c'est ce que tu penses toi, Chaton.

Ce que je pensais ? Que ma situation était encore plus noire que ce que j'avais cru jusque-là. Un mois de ma vie avait été effacé de force de ma mémoire, des souvenirs liés à un inconnu que j'avais peut-être épousé, ou peut-être pas… Je ne savais même pas par où commencer.

— Si seulement on voulait bien nous laisser tranquilles, dis-je. Tu te souviens quand il n'y avait que nous deux dans cette grande caverne sombre ? Qui aurait cru que ce serait la période la plus simple de notre vie ?

Chapitre 4

Le Baron Charles de Mortimer, qui s'était rebaptisé Spade pour ne jamais oublier le temps où il avait été prisonnier d'une colonie pénitentiaire où on ne l'appelait que par le nom de l'outil qu'on le forçait à manier, possédait une demeure étonnante. Sa maison était un magnifique domaine aux pelouses immaculées, entouré de haies infranchissables. Son style XVIIIe laissait à penser qu'elle datait de l'époque où Spade était encore humain. À l'intérieur se trouvaient de longs et spacieux couloirs. Des murs en bois sculptés. Des plafonds couverts de fresques. Des lustres en cristal. Des tapisseries tissées à la main et des meubles antiques. Une cheminée assez grande pour servir de salle de réunion.

— On est chez la reine d'Angleterre ? murmurai-je irrévérencieusement après qu'un serviteur nous eut ouvert la porte.

— Ça ne correspond pas à tes goûts, ma belle ? demanda Bones avec un regard entendu.

Pas vraiment. J'avais grandi dans la campagne de l'Ohio, et mon ancien costume du dimanche aurait eu l'air d'un torchon à vaisselle à côté du tissu qui ornait le canapé devant lequel nous venions de passer.

— Tout est si parfait. J'aurais l'impression de profaner les fauteuils en m'asseyant dessus.

— Je vais peut-être devoir changer la chambre que j'avais prévue pour vous et voir si on n'a rien de plus approprié dans les écuries, dit une voix moqueuse.

Spade apparut, ses cheveux noirs et hérissés tout ébouriffés, comme s'il venait de sortir du lit.

Une fois de plus, j'avais royalement mis les pieds dans le plat.

— C'est *charman*t, chez toi, dis-je. Ne fais pas attention à ce que je dis. J'apprendrai les bonnes manières quand les poules auront des dents.

Spade serra Bones et Mencheres dans ses bras avant de me prendre la main et, curieusement, d'y déposer un baiser. Il n'était pas si formel d'ordinaire.

— Les poules n'ont pas de dents, et elles ne volent pas. (Un petit sourire se dessina sur ses lèvres.) En revanche, il paraît que tu t'es sentie pousser des ailes cette nuit.

Le ton sur lequel il dit cela me mit mal à l'aise.

— Je n'ai pas volé. J'ai simplement sauté très haut. Je ne sais même pas comment j'ai fait.

Bones me lança un regard que je ne parvins pas à déchiffrer. Spade ouvrit la bouche pour parler, mais Mencheres leva la main.

— Pas maintenant.

Spade donna une tape dans le dos de Bones.

— C'est vrai. L'aube approche. Je vais vous montrer votre chambre. Tu es pâle, Crispin, je t'envoie quelqu'un.

— Si je suis pâle, ce n'est pas à cause de la faim, dit Bones d'une voix morne. Quand je suis revenu à moi, elle s'était quasiment vidée de son sang pour me le faire boire. Heureusement que Mencheres est arrivé avec les sachets de plasma, sinon j'aurais été forcé de la transformer en vampire avant qu'elle y soit prête.

Nous suivîmes Spade dans l'escalier.

— Son sang est différent de celui d'un humain, comme nous en avons eu cent fois la preuve, donc je t'envoie quand même quelqu'un.

— J'ai d'autres soucis en tête que mon repas.

Spade n'était pas encore au courant de la cerise sur le gâteau de notre soirée. Il savait simplement que nous avions été attaqués par des goules.

La porte s'ouvrit sur une chambre spacieuse au mobilier antique, avec un lit à baldaquin digne de Cendrillon, après son mariage avec le Prince Charmant, bien sûr, et une grande cheminée. Le regard que je jetai dans la salle de bains m'apprit que ses murs étaient entièrement en verre, et peints à la main. Je me retrouvai de nouveau mal à l'aise à l'idée de toucher quoi que ce soit. Même les couvertures à coutures de soie du lit semblaient trop belles pour que l'on s'allongeât dessus.

Bones ne partageait pas mes scrupules. Il ôta sa veste, laissant apparaître sa chemise et son pantalon déchirés par les impacts de balles, enleva ses chaussures et s'écroula dans le fauteuil le plus proche.

— Tu ressembles à un morceau de gruyère, commenta Spade.

— Je suis crevé, mais il y a quand même une chose qu'il faut que tu saches.

Spade releva la tête.

— Quoi ?

En quelques phrases succinctes, Bones le mit au courant de ces semaines perdues, l'année de mes seize ans… et du fait que Gregor affirmait que j'étais sa femme, et pas celle de Bones.

Spade ne dit rien pendant une minute. Il fronça les sourcils, puis laissa finalement échapper un petit sifflement.

— Bon Dieu, Crispin.

— Je suis désolée.

Je marmonnai cela en détournant les yeux de Bones et de ses vêtements transformés en passoire. *Tout est de ta faute,* ajouta impitoyablement ma conscience.

— Ne t'avise plus jamais de t'excuser, répondit immédiatement Bones. Tu n'as pas demandé à naître comme ça, et tu n'as pas demandé à Gregor de s'entêter à te harceler. Tu ne dois d'excuses à *personne.*

Je n'en croyais pas un mot, mais je m'abstins de répondre. Cela aurait demandé plus d'énergie que nous n'en avions lui et moi.

Je me contentai donc de camoufler mes pensées, un art dans lequel j'étais passée maître en un an.

— Spade a raison, tu aurais bien besoin d'un peu de sang. Je vais me doucher, tu n'as qu'à aller boire au premier cou qui passera.

Spade hocha la tête pour marquer son approbation.

— Dans ce cas, c'est réglé. Cat, j'ai prévu des vêtements qui devraient t'aller, et pour toi aussi, Crispin. Mencheres, je vous montre votre chambre, et nous discuterons de tout cela plus tard.

La Mort m'avait prise en chasse. Elle me poursuivait sans relâche dans les rues étroites et les allées resserrées par lesquelles je m'enfuyais. Chacun de mes halètements essoufflés était ponctué d'un appel à l'aide, mais j'avais l'horrible certitude que je ne disposais d'aucune échappatoire.

Ces rues avaient quelque chose de familier, même si elles étaient désertes. Où étaient donc passés tous les gens ? Pourquoi personne ne venait à mon secours ? Et ce brouillard… ce maudit brouillard. Il me faisait trébucher sur des obstacles invisibles, et il semblait s'accrocher à mes chevilles alors que je courais dans ses volutes.

— Par ici…

Je connaissais cette voix. Je me tournai vers elle et redoublai d'efforts pour me précipiter vers ce son. Derrière moi, la Mort maugréa des jurons mais ne se laissa pas distancer. Régulièrement, ses griffes creusaient des sillons dans mon dos et me faisaient hurler de peur et de douleur.

— Tu y es presque.

La voix me fit courir de plus belle en direction d'une silhouette cachée dans l'ombre qui apparut au bout d'une ruelle. Dès que je la vis, la Mort ralentit et prit plusieurs longueurs de retard. À chaque nouvelle foulée qui m'éloignait du mal qui me poursuivait, je me sentais un peu plus soulagée. Pas de panique, j'y suis presque…

L'homme sortit de l'ombre. Ses traits se révélèrent, et je vis d'épais sourcils couronnant des yeux gris vert, un nez aquilin, des lèvres charnues et des cheveux blond cendré. Une cicatrice zigzaguait de son sourcil à sa tempe, et ses cheveux tombant jusqu'aux épaules volaient au vent.

— Viens, ma chérie.

Un signal d'alarme se déclencha dans ma tête. Tout à coup, le désert urbain qui nous entourait disparut. Il ne restait plus rien que lui et moi, en plein milieu du néant.

— Qui es-tu ?

C'était une sensation étrange. J'avais envie de me précipiter vers lui, mais quelque chose me retenait.

— Tu me connais, Catherine.

Cette voix. Familière, mais pourtant parfaitement inconnue. Catherine. Plus personne ne m'appelle comme ça…

— Gregor.

Dès que mes lèvres prononcèrent son nom, mon malaise se dissipa. Cela devait être lui, ce qui signifiait que j'étais en train de rêver. Et si j'étais en train de rêver…

Je m'arrêtai à quelques centimètres de ses mains tendues et reculai. Nom d'un chien, j'avais failli me jeter dans ses bras.

Il grimaça de frustration, puis fit un pas vers moi.

— Viens à moi, mon épouse.

— Pas question. Je sais quelles sont tes intentions, Marchand de sable.

J'avais retrouvé ma propre voix. Je reculais à chaque mot et je m'incitais silencieusement à me réveiller. Ouvre les yeux, Cat ! Debout là-dedans !

— Tu ne sais que ce qu'on t'a dit.

Il avait un accent français, ce qui n'était pas surprenant, et ses paroles résonnaient en moi. Même en rêve, sa puissance était palpable. La vache, ce n'est pas une petite hallucination de pochette-surprise, hein ? Méfie-toi, Cat. Tu cours un vrai danger.

— J'en sais suffisamment.

Il rit sur un ton de défi.

— Vraiment, ma chérie ? Est-ce qu'on t'a dit qu'on m'a effacé de ta mémoire parce que c'était le seul moyen de te séparer de moi ? Est-ce qu'on t'a décrit les hurlements que tu as poussés lorsqu'on t'a arrachée à mes bras, la manière dont tu les as implorés pour leur dire que tu ne voulais pas me quitter ?

Je reculais à mesure qu'il approchait. Et évidemment, dans ce rêve, je n'étais pas armée.

— Quelque chose dans ce genre. Mais je ne suis pas ta femme.

Gregor s'approcha encore. Il était grand, près d'un mètre quatre-vingt-quinze, et son sourire amplifiait la beauté cruelle de ses traits.

— Ne préférerais-tu pas le découvrir par toi-même, plutôt que de te faire dicter ce que tu dois croire ?

Je lui lançai un regard plein de soupçons.

—Désolé, mon pote, mais pour moi, l'affaire est close. Mencheres ne peut pas rouvrir le dossier, et seule ta parole me dit que nous sommes mariés.

—Ils ne peuvent pas te rendre tes souvenirs. (Gregor tendit les mains vers moi.) Mais moi, je le peux.

« Gregor tentera de t'enlever dans tes rêves. » *L'avertissement de Mencheres résonna dans ma tête. Il avait vu juste.*

—Menteur.

Je me retournai et me mis à courir dans la direction opposée, mais Gregor se matérialisa devant moi, comme par magie.

—Je ne mens pas.

Je regardai autour de moi, mais ne vis qu'un brouillard pâle qui ne m'offrait aucun recours. Il fallait que je me réveille. Si ce type posait la main sur moi, je risquais de me réveiller dans de sales draps.

—Écoute, Gregor, je sais que Mencheres t'a gardé prisonnier pendant longtemps, et ça te met en rogne, mais soyons raisonnables. Je suis liée par le sang à l'homme que j'aime, et je ne suis pas le seul poisson dans l'océan. Disons-nous adieu, et tu pourras aller hanter les rêves d'une autre fille.

Il secoua sa tête dorée avec tristesse.

—Ce n'est pas toi qui parles. Tu ne voulais pas devenir une tueuse et passer toute ta vie à regarder par-dessus ton épaule. Je peux effacer tout cela, Catherine. Tu as eu le choix. C'est moi que tu avais choisi. Prends ma main. Je te rendrai ce que tu as perdu.

—Non.

J'entendis un bruit derrière moi, une sorte de grognement sourd. Un frisson de peur parcourut ma colonne vertébrale. La Mort était de nouveau à mes trousses.

Gregor serra les poings, comme s'il l'avait entendue lui aussi.

—Écoute, Catherine, tu dois venir avec moi tout de suite !

Les grognements s'amplifiaient. La Mort était derrière moi, Gregor devant, et je devais choisir entre les deux. Pourquoi est-ce que je ne me réveillais pas ? Qu'est-ce qui m'avait permis de sortir du sommeil la dernière fois ? J'étais également en train de courir, poursuivie par un monstre…

Je me retournai en un éclair sans prêter attention au cri de Gregor et fonçai la tête la première en direction de l'hideuse silhouette de la Mort. Soit cela marcherait, soit…

Une gifle, puis une autre. Quelqu'un était en train de me secouer à m'en disloquer la mâchoire. Bones me parlait, et il se concentrait tellement pour me réveiller qu'il me fallut crier trois fois pour attirer son attention.

— Arrête !

— Chaton ?

Il me saisit le visage, les yeux étincelants de vert et le regard fou. Je repoussai ses mains en tremblant et me rendis compte que j'étais toute mouillée. Et que j'avais froid. Et mal. Et que nous n'étions pas seuls.

— Qu'est-ce que tu m'as *fait* ?

J'étais par terre, Bones à mes côtés, et vu le tapis trempé, les divers objets qui nous entouraient et les spectateurs inquiets, j'avais dû rester inconsciente un bon moment. Je regardai mon corps, et ce que je vis confirma mes soupçons. J'étais toujours aussi nue que je l'avais été lorsque nous nous étions endormis.

— Bon Dieu, Bones, on n'a qu'à inviter tout le monde la prochaine fois qu'on fera l'amour, comme ça ils pourront tout voir d'un seul coup !

Spade, au moins, n'était pas nu, contrairement à la dernière fois où je m'étais réveillée d'un cauchemar dans une pièce remplie de monde. Mencheres et une humaine inconnue se tenaient à ses côtés.

— La vache, plus jamais je ne veux revivre ça, grogna Bones en se passant la main dans les cheveux d'un geste las. C'était différent des autres fois, Mencheres. Qu'est-ce que cela signifie ?

Bones était nu lui aussi, mais il s'en moquait. Les vampires n'avaient absolument *aucune* pudeur. Je me recouvris de la première chose qui me tomba sous la main, en l'occurrence le couvre-lit, et lui tirai la main.

— Va te chercher un pantalon, et une robe de chambre pour moi. Qu'est-ce que… ?

Le simple fait de bouger déclencha une douleur subite dans mon dos qui s'intensifia rapidement en élancements réguliers. J'avais également le goût du sang dans la bouche, et ma tête me faisait mal.

Mencheres s'agenouilla à côté de moi.

— Est-ce que tu te souviens des détails de ce rêve, Cat ?

Des vêtements. Tout de suite, pensai-je à l'intention de Bones.

— On s'en fiche, marmonna-t-il, mais il enfila tout de même un pantalon et alla me chercher une robe de chambre.

— Tiens, dit Bones en s'entaillant la main avant de me la coller sur la bouche. Avale.

Je collai mes lèvres à sa plaie et ingérai son sang qui soulagea sur-le-champ les douleurs de mon corps. Puis je m'assis sur le lit, et la vue de l'endroit où j'avais été couchée me laissa bouche bée.

— Mais qu'est-ce que tu as *bien* pu me faire ?

— J'essayais de te réveiller, répondit Bones d'un ton cassant. Je t'ai entaillée, aspergée d'eau, giflée et brûlée aux jambes. À ton avis, laquelle de ces méthodes a fonctionné ?

— Bon Dieu, sifflai-je entre mes dents. Je comprends mieux pourquoi tu apparaissais comme la Mort incarnée dans mon rêve, et pourquoi j'ai commencé par courir *vers* Gregor.

— Dans ce cas, tu te souviens de ton rêve, dit Mencheres. C'est de mauvais augure.

Je lui répondis avec brusquerie, effrayée par ces mots.

— Hé, le pharaon des temps modernes, et si pour une fois vous laissiez tomber les bonnes manières et que vous vous exprimiez comme une personne du XXIe siècle ?

— Ça va chier, bouge-toi le cul, yo, répondit-il du tac au tac.

Je le regardai, abasourdie, puis éclatai de rire, ce qui ne collait pas du tout avec l'avertissement très solennel qu'il venait de me donner.

— Je ne vois pas ce qu'il y a de drôle, maugréa Bones.

— Oh, moi non plus, mais c'est quand même hilarant, parvins-je à lui répondre. Désolée pour le tapis, Spade. Du sang, des brûlures, de l'eau… finalement, tu aurais peut-être *vraiment* mieux fait de nous installer dans les écuries.

— Comme je le disais, reprit Mencheres, c'est inquiétant. (Il me lança un regard qui me mettait au défi de faire un commentaire. Je m'abstins, les lèvres toujours agitées par le fou rire.) Tu te rappelles ton rêve et tu es restée insensible aux stimulations extérieures, ce qui signifie que Gregor n'est pas loin. Tu dois partir sur-le-champ.

Bones tourna son regard vers Spade.

— Tu as dit à quelqu'un que nous arrivions ?

Spade secoua négativement la tête.

— Bon Dieu, Crispin, c'est à peine si vous m'avez prévenu. Tu es mon meilleur ami, et ma maison n'est pas très loin de Paris. Il en a peut-être déduit que c'était ici que vous viendriez.

— C'est possible. (Bones ne semblait pas convaincu.) Ou peut-être que nous n'avons pas été aussi prudents que nous le pensions et que nous avons été suivis.

— Je fais venir la voiture, mon pote.

— Trois voitures. (Bones me lança un regard circonspect.) Qui partiront dans des directions différentes, avec chacune un humain et au moins deux vampires. Si quelqu'un nous surveille, cela lui compliquera la tâche.

— La fuite ne suffira pas à résoudre ce problème.

Une idée sarcastique germa dans mon esprit. *On devrait laisser Gregor quelque temps en ma compagnie, ça lui fera passer l'envie de vouloir passer le reste de sa vie avec moi.* Les ennuis me suivaient comme des mouches.

Mais je me contentai d'un sourire faussement éclatant.

— Spade, j'adore ta déco. Mencheres… comme d'habitude. Bones. (La pendule indiquait 9 heures. Je n'avais dormi que deux heures, mais il n'était pas question que je m'assoupisse de nouveau.) On y va quand tu veux.

— En route, ma belle. (Il me jeta des vêtements et enfila une chemise sans même la regarder.) Dès que tu seras habillée.

Chapitre 5

L'avion atterrit violemment sur la piste. Cela ne me dérangea pas, mais je vis Bones serrer les lèvres. Il n'aimait pas prendre l'avion. Si la distance n'avait pas été trop grande, je crois qu'il aurait essayé de me persuader d'embarquer à bord d'Air Vampire. Il se serait transformé en jet privé et j'aurais traversé l'Atlantique en m'agrippant à son cou. Mais tout le monde a ses limites.

Nous avions embarqué trois petites heures après avoir quitté la maison de Spade. J'avais téléphoné à mon oncle Don pour l'informer que nous devions rentrer immédiatement aux États-Unis, et il avait fait jouer ses relations pour que le vol Londres-Orlando, pourtant plein, accueille quatre passagers supplémentaires. Un oncle avec un carnet d'adresses étoffé avait parfois ses avantages.

Mencheres et Spade étaient restés à Londres, mais deux vampires appelés Hopscotch et Band-Aid [1] nous accompagnaient. Pour passer le temps, je leur avais demandé comment ils avaient choisi leurs surnoms. Hopscotch, un aborigène qui connaissait Bones depuis plus de deux cents ans, m'avait répondu que la marelle avait été le jeu préféré de sa fille adoptive. Band-Aid avait souri avant de me dire qu'il avait pris ce nom car il ne connaissait pas la douleur. J'avais préféré ne pas lui demander plus de détails à ce sujet.

---

1. Hopscotch signifie « marelle » et Band-Aid « pansement adhésif » (*NdT*).

Le personnel de bord nous fit descendre les premiers, alors que l'appareil n'était même pas encore relié au terminal. Nous sortîmes grâce à l'une de ces grandes échelles mobiles généralement réservées aux employés de l'aéroport. Une limousine était garée tout près. La vitre descendit, révélant le visage de mon oncle.

Cela faisait quelques mois que je ne l'avais pas vu. Lorsqu'un sourire apparut sur son visage ridé, je me rendis compte à quel point il m'avait manqué.

— Je me suis dit que je vous ferais une petite surprise.

Bones étudia attentivement les alentours avant de m'escorter jusqu'au véhicule. Band-Aid et Hopscotch tournèrent autour de nous et reniflèrent comme des chiens de chasse tandis que nous prenions place à l'intérieur. Puis ils nous suivirent et s'installèrent sur la banquette opposée.

Instinctivement, je serrai Don dans mes bras, ce qui nous surprit tous les deux. Lorsque je le lâchai, j'entendis une voix familière sur le siège avant.

— *Querida*, pas de bisou pour ton *hombre* ?

— Juan ? m'exclamai-je en riant. Don te fait jouer les chauffeurs ?

— Je ferais la route en tracteur pour te voir. (Il sourit et se retourna.) Tu m'as manqué, ton sourire, ton visage, ton joli petit c…

— Démarre, mon pote, l'interrompit Bones. On est pressés.

Don sembla pris de court par la brusquerie de Bones. En temps normal, Bones et Juan s'entendaient très bien, si l'on passait outre à la question de la hiérarchie, car Bones avait transformé Juan en vampire l'année précédente, ce qui faisait de ce dernier un membre de sa lignée. Juan parut lui aussi surpris par l'ordre sec de Bones, car il flirtait toujours avec moi – ainsi qu'avec toute femme à cent mètres à la ronde –, mais il ne répondit rien. Il me lança un dernier sourire furtif et démarra.

— Je vous ai demandé de mettre une voiture discrète à notre disposition, dit Bones à mon oncle. Au lieu de cela, vous garez une limousine à côté de l'avion. À quoi est-ce que vous rêviez ?

Don se tritura le sourcil.

— Patientez une minute et vous verrez si vos critiques sont fondées.

— Nous sommes tous les deux fatigués, répondis-je.

Puis je pensai silencieusement, à l'intention de Bones : *Personne ne sait que nous sommes de retour aux États-Unis. Arrête de t'en prendre à tout le monde.* Mais je lui serrai la main en même temps, tout en lui promettant que nous nous sentirions mieux tous les deux une fois arrivés à destination.

— Je suis un peu sur les nerfs, Don, pardonnez ma réaction, s'excusa Bones en enroulant ses doigts autour des miens en réponse à ce que je lui avais dit en pensée. Toi aussi Juan, mais fais-moi plaisir. Réduis tes compliments au strict minimum. J'ai peur que ce ne soit un sujet assez sensible en ce moment.

— *Bueno, pero cuál es el problema ?*

— Parle anglais, rappelai-je à Juan.

— Il veut savoir quel est le problème, ma belle. (Bones s'adossa à la banquette et me tapota la hanche.) Mets ta ceinture. Il ne manquerait plus que tu sois blessée dans un accident de la route.

J'enclenchai la boucle de la ceinture.

— Heureux ?

Une limousine noire nous doubla en trombe. Puis une autre. Et encore une autre. Stupéfaite, je regardai par la vitre arrière, et vis une file d'une bonne dizaine de limousines qui quittaient l'aéroport en suivant la même route que nous.

— Les acteurs du dernier film Miramax viennent d'obtenir l'autorisation de quitter l'aéroport. (Don tira une dernière fois sur son sourcil avec un air de profonde satisfaction.) Les pauvres, ils ont été retenus au poste de sécurité. Cela fait des heures qu'ils attendent.

Bones commença à sourire.

— Vous êtes vraiment un vieux renard.

— J'ai l'habitude de cacher Cat, si vous vous rappelez.

Bones poussa un soupir de dérision.

— Ça, pour m'en rappeler, je m'en rappelle.

— Sois gentil, dis-je.

Il ne manquait plus qu'ils se mettent à se chamailler.

Bones me serra les doigts.

— Ne t'en fais pas, j'ai digéré la colère que j'avais contre lui. D'ailleurs, il pourrait nous être utile. Dites-moi, vieille branche, est-ce que l'un de vos savants fous n'aurait pas inventé une pilule pour empêcher de rêver, par hasard ?

Avec une fascination morbide, Don m'écouta lui expliquer ce qui se passait avec Gregor, mon passé potentiel avec lui, et pourquoi on l'appelait le Marchand de sable. Une fois que j'eus répondu à toutes ses questions, deux heures s'étaient écoulées, et mon oncle semblait presque malade.

— Juan, prends la sortie suivante, un autre véhicule nous attend à la station Shell, ordonna Bones. Chaton, tu n'auras que quelques minutes avant qu'on reparte.

— Je vais voir ce que je peux faire à propos de ces pilules, dit Don une fois remis de ses émotions. Je devrais pouvoir trouver quelque chose qui fera l'affaire.

Juan quitta l'autoroute et s'arrêta à la première station-service de l'enseigne Shell.

— Ah, nous y sommes. Juan, *vaya con Dios*, et Don (Bones lui tendit la main), prenez soin de vous.

Je serrai mon oncle dans mes bras en guise d'au revoir, même si nous n'étions ni l'un ni l'autre férus d'effusions. Mais qui pouvait dire quand je le reverrais ? À part ma mère, Don était ma seule famille.

— Merci d'être venu nous chercher, Don. Ça a dû complètement chambouler votre emploi du temps.

— Mes rendez-vous pouvaient attendre. (Don me serra l'épaule). Soyez prudente, Cat.

— Je vous le promets.

Hopscotch et Band-Aid sortirent les premiers de la voiture. Ils jetèrent un rapide coup d'œil sur les environs de la station-service, puis levèrent les pouces pour nous indiquer qu'il n'y avait apparemment aucun danger. Bones se dirigea vers un 4 x 4 marron et salua le chauffeur. Il devait s'agir de notre nouveau véhicule.

Je sortis et fis le tour de la limousine jusqu'à la portière du conducteur.

— Et moi, tu ne me dis pas au revoir ?

Juan mit la voiture au point mort sans couper le moteur et sortit pour me serrer dans ses bras, pour une fois sans me tripoter les fesses.

— *Hombre* est de mauvais poil, murmura-t-il.

— C'est juste qu'il n'a pas dormi. Ne t'en fais pas pour nous.

— Chaton. (Bones tapa du pied.) L'endroit est très découvert. Ne traînons pas.

— OK. (J'adressai un dernier sourire à Juan.) Prends soin de toi.

— Toi aussi, *querida*.

Je me dirigeai vers les toilettes des femmes, à l'extérieur de la station-service, en indiquant silencieusement à Bones qu'il ne serait pas utile qu'il monte la garde devant la porte. L'intérieur était loin d'être reluisant, mais je n'avais pas le choix. Si j'avais une telle horreur des toilettes publiques, je n'avais qu'à me transformer en vampire. Mais comme j'avais choisi de rester à demi-humaine, je ne pouvais m'en prendre qu'à moi-même pour les inconvénients que cela impliquait.

Lorsque nous arrivâmes sur le pont de trente-cinq kilomètres qui menait à La Nouvelle-Orléans, la nuit tombait de nouveau. C'était la première fois que je mettais les pieds dans cette ville, car Don ne m'y avait jamais envoyée en mission lorsque je travaillais pour lui. La Nouvelle-Orléans connaissait un taux de criminalité relativement important, mais qui semblait étonnamment être le fait de sa population humaine, et non pas de vampires ou de goules malfaisants.

Bones refusa de dormir durant les cinq heures de route entre Tallahassee et La Nouvelle-Orléans. À mon avis, il avait peur que je m'endorme et me surveillait donc comme le lait sur le feu. Hopscotch conduisait et Band-Aid était installé sur le siège passager. Alors que nous empruntions le pont, je lui demandai enfin pourquoi nous nous rendions dans le joyau de la Louisiane.

— Je veux parler à la reine de La Nouvelle-Orléans, répondit Bones. Elle serait une alliée de choix si les choses s'aggravaient avec Gregor, mais elle n'apprécie pas qu'on lui demande son aide par téléphone.

— Encore une reine ?

Le monde des morts-vivants comptait plus de têtes couronnées que l'Europe et sa flopée de monarchies.

Il me regarda de biais.

— La reine de La Nouvelle-Orléans a pour nom Marie Laveau, même si tout le monde l'appelle Majestic. Marie est l'une des goules les plus puissantes du pays. Tu as déjà entendu des rumeurs sur le vaudou ? Ce ne sont pas des rumeurs, mon chou.

Cela ne me plaisait pas. La dernière reine aux pouvoirs mystiques que j'avais rencontrée avait manqué de peu de tous nous tuer. Les femmes étaient plus effrayantes que les hommes, à mon humble avis.

— On ne court aucun risque à la rencontrer, si elle baigne dans les sciences occultes ?

— Marie respecte une étiquette très stricte. Si elle t'accorde une entrevue, tu ne cours aucun danger avant, pendant et après. Elle t'annoncera peut-être qu'elle te massacrera à la première occasion, mais elle te laissera repartir saine et sauve. Ensuite, bien entendu, tu as intérêt à prendre tes jambes à ton cou.

— Admettons qu'elle soit un hôte irréprochable, mais est-ce également le cas de tous les autres morts-vivants de la ville ? Du genre, « Désolé, Majestic, j'ai trucidé un couple de touristes » ?

Bones rit brièvement.

— Avec Marie, pas de gaffes de ce genre. Si elle s'allie avec nous, personne n'osera nous attaquer dans le Vieux Carré. Pas même Gregor.

— On descend à l'hôtel ?

— J'ai une maison en ville, mais je ne l'utilise quasiment plus. C'est une vieille connaissance qui y loge pour l'entretenir. Je ne sais pas combien de temps on va rester, parce que Marie n'a pas encore fixé de date pour notre rendez-vous. Elle préfère que les gens restent à portée de main si elle décide de les voir.

Les rues se faisaient de plus en plus étroites. Lorsque nous arrivâmes près du Vieux Carré, elles étaient toutes à sens unique. Les briques et la pierre remplacèrent le stuc et le plâtre et la ville sembla vieillir d'un seul coup. Mais l'architecture était loin d'être ce qu'il y avait de plus fascinant.

— Bones. (Abasourdie, je ne savais plus où donner de la tête.) Mon Dieu, tu as vu ça…

Il eut un rictus.

— Ça vaut le coup d'œil, hein ? Évite d'engager la conversation avec eux. Ce sont de vraies pipelettes.

Les fantômes étaient partout. Ils flottaient au-dessus des toits, arpentaient les trottoirs, s'asseyaient sur les bancs à côté de touristes innocents… voire dessus. Notre voiture s'arrêta à un feu rouge, à côté d'un groupe en train de faire une visite guidée dont le thème n'était rien d'autre que l'histoire des fantômes de La Nouvelle-Orléans. Je regardai trois esprits commenter les erreurs du guide. L'un des fantômes était si outré qu'il n'arrêtait pas de traverser le corps du guide touristique, qui multipliait les renvois. Le pauvre devait penser qu'il avait une indigestion. En fait, c'était d'un fantôme en rogne dans l'estomac qu'il souffrait.

J'avais déjà vu des fantômes, mais jamais en tel nombre. Néanmoins, avec les vibrations qui émanaient de l'endroit, et que je ressentais même dans la voiture, ils semblaient parfaitement à leur place.

— C'est magnifique, finis-je par dire. J'adore.

Cela fit sourire Bones, dont le visage se détendit un peu.

— Ah, Chaton, je savais que ça te plairait.

Le 4 x 4 s'arrêta à une intersection après s'être extirpé de la portion la plus animée du Vieux Carré. Bones sortit d'un bond de la voiture et en fit le tour pour ouvrir ma portière.

— Nous y sommes.

Des rangées de maisons bordaient la rue, mais peu d'entre elles avaient une porte d'entrée sur la façade.

— C'est comme ça qu'elles ont été conçues, répondit Bones à ma question silencieuse alors que Band-Aid repartait avec la voiture et que Hopscotch restait avec nous. Les familles créoles trouvaient cela prétentieux. On entre par le côté.

Il pénétra dans une petite allée et ouvrit une porte le long du mur. Je le suivis, frappée par l'opulence de l'intérieur par rapport à l'aspect quelque peu miteux de l'extérieur.

— Liza, appela Bones, on est arrivés.

Je me retournai, un sourire poli sur les lèvres, et vis une jeune fille descendre l'escalier.

— Je suis charmée de faire ta connaissance, ma chère, me dit-elle avec un léger accent.

— Euh…

Je tendis la main et bafouillai une réponse. Liza était une goule, et ses chaussettes étaient donc certainement plus vieilles que moi, mais le plus frappant était qu'elle avait l'air d'avoir quatorze ans.

Sa main était frêle et délicate, tout comme le reste de sa personne. Liza mesurait un peu moins d'un mètre soixante, et devait peser quarante kilos toute mouillée. Ses cheveux noirs, qui semblaient trop lourds pour elle, se balancèrent lorsqu'elle s'approcha de Bones.

— Mon cher…

Il me suffit d'un coup d'œil à son visage lorsqu'elle le regarda pour confirmer mes soupçons sur la nature de leur ancienne relation. *Tu es un porc, Bones. Je m'en doutais, mais c'en est la preuve définitive.*

Bones serra Liza dans ses bras. Elle y disparut presque entièrement, mais j'aperçus furtivement son visage. Un sourire béat illuminait ses traits. Je vis alors qu'elle était jolie. Je ne l'avais pas remarqué au premier abord.

Il la relâcha et elle recula pour se tourner de nouveau vers moi.

— Je t'ai préparé un repas, Cat, et du café. Je me suis dit que tu préférerais de la caféine ?

— Ouais, et plusieurs litres. (Si je n'avais pas été aussi fatiguée, j'aurais déjà frappé Bones. Elle semblait à peine sortie de l'enfance.) Merci.

Je me retins de dire à Liza de s'asseoir avant que l'air conditionné la soulève comme une plume. Au lieu de l'hostilité habituelle et immédiate que je ressentais à l'encontre de toutes les femmes avec lesquelles Bones avait couché, j'éprouvais un étrange sentiment protecteur pour Liza, aussi absurde que cela paraisse. Premièrement, elle était morte, et elle n'avait donc pas besoin de ma protection. Deuxièmement, à en croire les regards furtifs qu'elle lançait à Bones, elle était amoureuse de lui.

Pédophile !

— Liza, aurais-tu la gentillesse de dire à Cat quel âge tu avais au moment de ta transformation ? demanda Bones en m'adressant un regard appuyé. Elle s'apprête à me faire la peau parce qu'elle se fait des idées.

Liza rit, en une cascade de petits sons timides.

— J'avais dix-sept ans. Si j'avais été humaine, j'imagine qu'on aurait dit que j'avais une croissance tardive.

— Oh. (Au moins, il n'y avait rien de répréhensible aux yeux de la loi moderne, et vu les vibrations de Liza, ça devait être légal même lorsqu'elle avait été vivante.) Dans ce cas, pourquoi est-ce que tu n'as pas attendu avant d'être transformée ?

Le visage de Liza s'assombrit légèrement.

— Je n'ai pas eu le choix. J'avais été empoisonnée et j'étais déjà morte. Si je suis ici aujourd'hui, c'est uniquement parce que j'avais bu du sang de vampire le même jour. Ma famille a envoyé mon cercueil chez nous pour que j'y sois enterrée.

Lorsque mon cadavre est arrivé, Bones m'a fait sortir de ma tombe et m'a ressuscitée en tant que goule.

— Oh ! (Je me sentais encore plus minable qu'auparavant.) Désolée. Je ne sais pas qui était le coupable, mais j'espère qu'il l'a massacré.

Elle sourit tristement.

— C'est un docteur qui m'a administré le poison en pensant me soigner. La médecine a beaucoup évolué depuis 1831.

— En parlant de médecine, on devrait appeler Don. Il a peut-être quelque chose pour moi.

— Tu es malade ? demanda Liza d'un ton surpris.

— Non, répondit Bones. Tu n'es pas encore au courant de la rumeur de la revendication de Gregor ?

Liza me lança un regard furtif.

— Si.

— Très bien. (Bones semblait encore plus las qu'auparavant.) Dans ce cas, elle a également dû arriver aux oreilles de Marie.

Il se dirigea à grands pas vers le téléphone et commença à composer un numéro. Quelques secondes plus tard, il se mit à parler dans une langue qui n'était pas du français, mais presque. Du créole, peut-être ?

Bien entendu, cela signifiait que je n'en comprenais pas un traître mot.

— Il décline son identité, et il explique qu'il désire une entrevue avec Majestic, me traduisit Liza qui avait deviné ma frustration. Il dit qu'il veut la voir de toute urgence. On l'a mis en attente, je pense… (Cela semblait logique, car Bones s'était tu. Il pianota sur sa cuisse à mesure que les secondes s'écoulaient, puis il recommença à parler.) Oui… oui… il dit qu'il est d'accord pour qu'on le rappelle.

Bones raccrocha.

— Ce n'est pas la peine que je te répète tout. Maintenant tu peux appeler ton oncle, ma belle. Utilise ton portable, je ne veux pas bloquer la ligne.

Son ton était presque cassant. Je me répétai qu'il souffrait du décalage horaire, du manque de sommeil, et d'une bonne dose de stress. Pendant que Bones expliquait à Liza tous les détails concernant Gregor, je téléphonai à Don. Au terme de notre conversation, Don m'avait donné des instructions quant au dosage d'un médicament, et il m'avait promis de me l'envoyer aussi vite que possible.

— Don m'a concocté quelque chose, dis-je dès que j'eus raccroché. C'est censé me faire plonger directement dans la phase de sommeil profond en sautant le sommeil paradoxal. Mais cela ne dure que sept heures, et ensuite tu devras contrer les effets du produit en me donnant du sang pour me réveiller. Comme ça, je n'entrerai pas dans la phase de sommeil paradoxal plus léger lorsque l'effet se dissipera.

Une expression de soulagement envahit le visage de Bones.

— Je suis content de m'être retenu de le tuer la première fois que je l'ai vu. C'est une excellente nouvelle, Chaton. Je ne pensais pas pouvoir supporter de te voir t'endormir en craignant que tu disparaisses dans mes bras.

L'émotion qui transparaissait dans sa voix effaça l'irritation que j'avais ressentie à son égard. Si la situation avait été inversée, et que c'était Bones qui risquait d'être enlevé dans son sommeil, j'aurais été d'une humeur de chien moi aussi.

— Je ne vais pas disparaître.

Je m'approchai de lui et le pris dans mes bras.

C'est alors que le téléphone de Liza sonna.

Chapitre 6

Je visitai la maison, étonnée par sa taille. L'intérieur était magnifique, avec des balcons en fer forgé et trois niveaux. Les murs étaient peints en couleurs vives, avec des corniches blanches très travaillées. Toutes les salles de bains que j'avais vues étaient en marbre. En un mot, la décoration était à la fois riche et de bon goût, et je pouvais au moins m'asseoir sans craindre de désacraliser le mobilier.

L'influence de Bones était visible parmi les touches féminines. Une collection de couteaux en argent. Des divans confortables. J'avais eu tout le temps de remarquer ces détails. En effet, il était parti voir Marie sans moi.

Lorsqu'il m'avait annoncé qu'il y allait seul, j'avais protesté si violemment que Liza s'était enfuie de la pièce. Bones avait encaissé ma colère en silence et attendu que je me calme avant de me dire clairement qu'il refusait de m'emmener. Selon lui, ma présence aurait empêché Marie de l'écouter sérieusement, ou une ânerie de ce genre.

Je n'en croyais pas un traître mot. Bones essayait encore de me protéger. Si je ne l'accompagnais pas, malgré la prétendue protection dont il avait parlé, c'était que cette rencontre était dangereuse. Mais je n'avais pas vraiment le choix : soit je lui sautais dessus lorsqu'il partait, soit je le laissais y aller en lui promettant qu'il me le paierait. C'était cette dernière solution que j'avais choisie.

Donc, après avoir visité la maison, je pris un bain dans une baignoire à pattes de lion. J'enfilai ensuite une robe de chambre en dentelle et recommençai à me promener dans la maison à la recherche d'une machine à laver. Je n'avais plus de vêtements propres, et ceux de Liza n'étaient pas à ma taille. De plus, il était trop tôt pour sortir faire des emplettes. Après 3 heures du matin, seuls les bars étaient encore ouverts.

L'aube approchait lorsque Bones revint. Il entra et s'arrêta en nous voyant, Liza et moi. Nous étions par terre et je lui tressais les cheveux. Pendant son absence, j'avais engagé la conversation avec elle. Elle semblait très gentille, et je m'étais prise d'affection pour elle avec une rapidité déconcertante. Je lançai un regard tranchant comme un laser à Bones alors même que je fondais de soulagement en le voyant sain et sauf, puis je reportai mon attention sur la chevelure de Liza.

— Tu as des cheveux superbes. Tu devrais les laisser pousser jusqu'à tes pieds.

— On dirait que vous vous entendez bien toutes les deux, dit Bones, légèrement surpris. Tu ne me demandes pas comment ça s'est passé, Chaton ?

— Tu es entré et tu as monté les marches une par une, répondis-je. Et tu ne m'as pas hurlé de monter dans la voiture, ce qui m'incite à penser que Majestic ne t'a pas dit qu'elle allait lancer ses sbires à nos trousses. Je me trompe ?

Il esquissa un sourire.

— Toujours en rogne contre moi, à ce que je vois. Dans ce cas, écoute bien, ça devrait te plaire : Marie veut te rencontrer, et elle refuse que je sois présent.

J'éclatai d'un rire satisfait.

— La vache, Bones, tu as dû protester comme un damné. Elle me plaît déjà.

— J'étais sûr que ça te mettrait en joie. (Son expression m'indiquait qu'il ne trouvait pas cela drôle du tout.) Est-ce que je te laisse faire tes tresses pour aller me coucher ? Visiblement, la compagnie de Liza te plaît plus que la mienne.

— C'est énervant de devoir rester sur la touche à se tourner les pouces pendant que la personne que tu aimes part affronter le danger, n'est-ce pas ? dis-je sans éprouver le moindre remords.

— Ce n'est pas par plaisir que je t'ai interdit de venir, me rétorqua-t-il. Mais tu es en train de glousser de joie parce que tu as l'occasion de me rendre la monnaie de ma pièce.

Liza nous regardait alternativement au rythme de nos répliques. Et comme je tenais trois de ses tresses entre mes mains, la manœuvre n'était pas simple.

— Tu te fichais complètement de ce que je ressentais, tant que je restais là, explosai-je, rattrapée par la tension de ces derniers jours. Et oui, cette vengeance me plaît. J'imagine que ce n'est pas très joli de ma part.

— Tu n'es qu'une sale gamine rancunière, répondit Bones d'un ton brusque tout en s'approchant à grands pas pour se dresser, menaçant, au-dessus de moi. Qu'est-ce que t'as à répondre à ça ?

Je lâchai les tresses de Liza et me levai. *Alors comme ça, on ne mettait plus de gants, hein ?*

— Que question rancune, t'es mal placé pour parler. C'est quoi ton problème ? Tu t'es pointé, t'as balancé ta queue sous le nez de Marie pour lui rappeler le bon vieux temps, mais tu n'as pas obtenu ce que tu voulais ?

— Pour ton information, je n'ai jamais couché avec Marie.

Bones posa un doigt sur ma poitrine en disant cela. Liza s'éloigna tant bien que mal.

Je jetai un regard incrédule sur son doigt.

— Retire-le ou je le brise.

Il fronça un sourcil d'un air de pur défi.

— Vas-y à fond, ma belle.

Tu l'auras voulu. Mon poing lui percuta la mâchoire. Bones se baissa pour éviter le coup suivant, des éclairs verts dans les yeux.

— C'est tout ce dont tu es capable ? Tu es loin du compte.

Et il me tapota de nouveau la poitrine.

OK, dans ce cas, c'est parti, mon gros !

Je lui saisis le poignet et tirai dessus tout en lui décochant un coup de pied dans le tibia pour le déséquilibrer. Mais il se montra trop rapide. Il sauta par-dessus ma jambe en mouvement et utilisa mon propre élan contre moi. D'une petite tape dans le dos, il me poussa sur le divan où je m'étalai. Liza poussa un chevrotement terrifié.

— Par pitié, arrêtez, tous les deux !

Je ne lui prêtai aucune attention. Pas plus que Bones. Mon pouls accéléra par anticipation alors que je me relevais. L'occasion de me défouler dans une bonne bagarre me plaisait énormément. Et à voir les éclats verts dans ses yeux, Bones était partant, lui aussi.

Mais juste pour en être certaine…

— T'es sûr de vouloir y aller à fond ? demandai-je en effaçant mes intentions de mes pensées.

Il me laissa approcher avec un sourire à la fois suffisant, provocateur et sexy.

— Pourquoi pas ? Je gagne.

Je lui souris à mon tour. Puis je lui enfonçai mon poing dans l'estomac. « *Ne laisse jamais passer l'occasion de porter un coup bas* », m'avait appris Bones lorsqu'il m'avait formée, plusieurs années auparavant. J'avais été une élève très attentive.

Mais au lieu de se tordre de douleur sous l'effet de l'impact, comme je m'y étais attendue, il me souleva et me jeta par-dessus son épaule. Je m'écrasai contre le plafond, le souffle coupé. Je n'eus qu'une fraction de seconde pour me propulser loin de la corniche avant qu'il me saute dessus, et il ne trouva que du vide. Je fis une roulade en touchant le sol et renversai la table basse dans ma précipitation.

L'instant d'après, il était sur moi. Je le vis sourire de jubilation alors qu'il pesait de tout son corps pour m'immobiliser. Le haut de ma robe de chambre s'était ouvert, et l'un de mes seins dénudé frottait contre sa chemise alors que je me débattais sous lui. Il baissa les yeux et passa la langue sur l'intérieur de ses lèvres.

— Tu abandonnes ? demanda-t-il.

J'avais une furieuse envie d'effacer le rictus sur son visage, mais mon cœur palpitait d'excitation. Il ne m'avait pas bloqué les bras, ce qui était une erreur.

— Pas encore.

Je levai les bras derrière ma tête et attrapai la première chose qui me tomba sous la main. Puis je la soulevai et l'en frappai.

La table basse en marbre se brisa en plusieurs gros morceaux lorsqu'elle percuta la tête de Bones. Le choc l'étourdit, ce dont je profitai. En me tortillant, j'avais réussi à me dégager d'en dessous de lui, et je m'apprêtais à célébrer ma victoire lorsque je sentis deux cercles en acier se refermer sur mes chevilles. Je tentai de me dégager, mais il tenait bon tout en s'ébrouant pour faire tomber les débris de marbre de son corps. Le seul objet à ma portée était un plat en étain. Je le saisis pour le brandir comme une arme.

— Je vais m'en servir ! l'avertis-je.

Les mains toujours accrochées à mes chevilles, Bones leva les yeux vers moi. Je regardai autour de nous et vis Liza dans le coin le plus éloigné de la pièce, la main devant la bouche, horrifiée. Hopscotch et Band-Aid se tenaient près de la porte et semblaient ne pas savoir quoi faire.

Tout d'un coup, je me mis à rire.

La bouche de Bones se tordit. Liza ouvrit de grands yeux lorsqu'il se mit à pouffer. Son rire s'amplifia au même rythme que le mien, puis il me lâcha les chevilles et nous rîmes ensemble sans pouvoir nous arrêter.

Bones, toujours hilare, secoua la tête pour faire tomber les derniers morceaux de marbre.

— Bon Dieu, Chaton. Je n'aurais jamais cru que je me prendrais un jour mes propres meubles sur la tête. Tu sais que j'ai vraiment vu des étoiles quand elle s'est brisée sur mon crâne ?

Je m'agenouillai à côté de lui et passai ma main dans ses cheveux pour les débarrasser des derniers éclats. Ses yeux étincelaient de vert, et mon rire s'étouffa dans ma gorge lorsqu'il m'attira à lui pour m'embrasser.

Son baiser était dur et entreprenant. L'excitation causée par la bagarre changea de nature et je le serrai à mon tour avec la même frénésie que lui. J'entendis la porte se refermer pour couvrir la retraite précipitée de nos trois spectateurs, juste avant que son corps écrase le mien.

— Ça faisait un bon moment qu'on ne s'était pas entraînés ensemble, murmura Bones alors que sa bouche glissait le long de ma gorge. J'avais oublié combien j'aimais ça.

Il fit remonter sa main le long de ma cuisse sans rencontrer aucun obstacle, car je ne portais toujours rien sous ma robe de chambre. Je poussai un grognement primitif lorsque ses doigts atteignirent mon entrejambe.

— On dirait que ça t'a plu à toi aussi, murmura-t-il.

Je tirai sur sa chemise sans prêter attention aux débris de la table qui jonchaient le sol, et enroulai mes jambes autour de lui.

— J'ai besoin de toi.

Je ne parlais pas seulement du désir que j'éprouvais pour lui. J'avais détesté la distance qui s'était creusée entre nous ces derniers jours. Je ressentais un besoin irrépressible de me sentir proche de lui. De croire que tout s'arrangerait, malgré les épreuves que nous allions peut-être traverser.

Il me repoussa contre le divan tout en baissant son pantalon. Je grognai de plaisir lorsqu'il me pénétra, et la sensation était si agréable que je lui mordis l'épaule pour me retenir de hurler.

Bones serra ma tête contre lui et entra plus profondément en moi.

— Plus fort, gémit-il.

Mes dents lui percèrent la peau et j'avalai son sang. La petite plaie se referma dès que je détachai ma bouche de son cou pour l'embrasser.

Il recouvrit mes lèvres des siennes et l'intensité de son baiser me coupa le souffle.

— J'adore quand tu me mords, grogna Bones lorsque je relevai la tête pour respirer.

Je resserrai encore mon étreinte, lui labourant le dos de mes ongles.

— Montre-moi à quel point.

Il laissa échapper un petit rire et accéléra la cadence.

— C'est bien ce que je compte faire.

Bones me réveilla en m'apportant des beignets et du café, puis nous traînâmes un peu au lit. La tension des derniers jours s'était dissipée, provisoirement en tout cas.

Comme je devais rencontrer Marie le soir même, nous étions toujours sous sa protection, et nous ne risquions donc rien en ville. Nous en profitâmes pour visiter le Vieux Carré. Nous étions au mois d'août et il faisait chaud ; je n'avais donc pas besoin de veste, mais je me tartinai tout de même de crème solaire.

Bones me fit découvrir Bourbon Street, puis Jackson Square, avant de m'emmener à la cathédrale Saint Louis, qui ressemblait beaucoup à certaines églises que j'avais vues à Paris. Ensuite, nous nous arrêtâmes à un bar, le *Lafitte Blacksmith's Shop*, l'un des plus vieux établissements du Vieux Carré. Nous étions installés en terrasse, où je sirotais un gin tonic, et lorsque je levai les yeux, je vis un fantôme qui s'était soudainement matérialisé devant nous.

— Tire-toi, mon pote, lui dit Bones. Comme je te le disais, ma belle, au moment du grand incendie…

— C'est tout de même malheureux que seuls les timbrés soient assez polis pour vous parler lorsque vous êtes morts, maugréa le fantôme. Jamais un vampire ou une goule ne vous dira bonjour.

Bones poussa un soupir irrité.

— Très bien, bonjour, maintenant va-t'en.

— Elle doit se demander à qui tu parles, dit le fantôme en souriant dans ma direction. Elle va se dire que tu es fou…

— Je te vois, l'interrompis-je.

Ma réponse l'abasourdit, pour autant que c'était possible chez un être à demi transparent. Il fronça les sourcils par-dessus des yeux qui avaient peut-être été bleus.

— Tu n'as pas l'air touchée, m'accusa-t-il.

— Tu veux dire médium ? J'ai beaucoup de côtés bizarres, mais pas celui-là. Mais est-ce que ce n'est pas un peu malpoli d'apparaître d'un seul coup en plein milieu d'une conversation ? Tu ne t'es même pas excusé.

— Chaton, je t'avais prévenu de ne pas engager la conversation avec eux, soupira Bones.

— Je ne pensais pas que vous me parleriez, répondit le fantôme avec un début de sourire. Les morts-vivants (il désigna Bones de la tête) nous ignorent complètement. Ils font partie des rares personnes capables de nous voir, mais ils s'en fichent royalement !

Il parlait avec une telle indignation que je lui aurais tapoté l'épaule pour le consoler, s'il avait été solide. Je me contentai donc d'un sourire de compassion.

— Comment tu t'appelles ? Moi, c'est Cat.

Il s'inclina, sa tête traversant la table.

— Je m'appelle Fabian Du Brac. Né en 1877, mort en 1922.

Bones s'appuya contre le dossier de sa chaise.

— Fabian, ravi de te connaître. Maintenant, si tu veux bien nous excuser, on est très occupés.

— Tu es Bones, dit le fantôme. Je t'ai déjà vu. Tu es toujours trop occupé pour nous parler.

— Tout juste, espèce de fouineur…

— Bones. (Je tirai sur sa manche.) Il te connaît !

— Chaton, qu'est-ce que ça…

Sa phrase resta en suspens et il comprit enfin ce que je lui criais mentalement. Puis il reporta toute son attention sur Fabian et sourit.

— Dis donc, mon pote, je crois que t'as raison. Il arrive parfois que j'oublie mes bonnes manières. Né en 1877, dis-tu ? Je me rappelle de cette année-là. C'était le bon temps, hein ?

Bones avait eu raison de dire que les fantômes étaient bavards. Fabian se lança dans une tirade passionnée sur les temps passés, la déchéance de la culture moderne, ses présidents préférés et les changements qu'avait connus la Louisiane. C'était une véritable encyclopédie. Je n'aurais jamais cru qu'un fantôme puisse assimiler autant de choses. Comme l'arrivée récente de goules étrangères à La Nouvelle-Orléans. Leurs réunions secrètes. Le nom de

Gregor apparaissait régulièrement dans sa conversation, ainsi que des rumeurs à propos d'une menace qui pesait sur les goules.

— Gregor et les goules, hein ? le relança Bones. Qu'est-ce qu'on dit d'autre ?

Fabian lui lança un regard calculateur.

— Je ne veux plus qu'on m'oublie.

— Bien sûr que non, répondit Bones. J'ai une mémoire d'éléphant, je me souviendrai de toi à tout jamais.

— Ce n'est pas ce qu'il veut dire.

C'était l'une des rares phrases que j'avais prononcées depuis le début de leur conversation. En effet, je n'avais pas grand-chose à dire sur la vie à l'orée du XXe siècle, sur la tristesse de voir les automobiles remplacer les chevaux, ou sur la pureté de l'air avant l'utilisation des carburants fossiles. Mais là, je comprenais où il voulait en venir.

— Fabian veut de la compagnie, poursuivis-je. Il est tout seul. C'est bien ce que tu voulais dire, n'est-ce pas ?

— Oui. (Cela venait peut-être des reflets du soleil, mais il me semblait voir des larmes dans les yeux du fantôme.) Je veux un endroit où je serai accueilli comme chez moi. Oh, je sais bien que je ne peux plus avoir de vraie famille, mais je veux de nouveau compter pour quelqu'un.

Certaines choses sont immuables. Le besoin de compagnie va au-delà de la vie et de la mort.

Le visage de Bones prit une expression résignée.

— Tu comptes ouvrir un refuge, Chaton ? Il faut d'abord fixer des règles. La moindre infraction, Fabian, se soldera sur le champ par un exorcisme de la main du meilleur chasseur de fantômes que je trouverai, c'est clair ?

— Je t'écoute.

Fabian essayait de paraître calme, mais il tremblotait presque d'excitation.

— Premièrement, tu ne divulgues aucune information sur moi, sur ma femme ou sur ma lignée à n'importe qui, vivant, mort, mort-vivant ou autre. Compris ?

Fabian hocha la tête.

— D'accord.

— Tu dois respecter notre vie privée comme si tu étais encore vivant, mon pote. Si tu crois que le fait d'être un fantôme te donne droit au voyeurisme, tu te fourres le doigt dans l'œil.

Fabian poussa un soupir d'indignation.

— J'excuserai ce jugement erroné en le mettant sur le compte de l'esprit de débauche qui semble régner en cette époque moderne.

— C'est un « oui » ? demandai-je en riant.

— Oui.

— Bien. (Bones fit craquer ses doigts.) Et enfin, tu ne parles à personne de cet accord. Je n'ai pas envie d'être assailli par toutes les âmes en peine de la région. Pas un seul mot, OK ?

— Je serai muet comme une tombe.

— Dans ce cas, nous sommes d'accord, Fabian Du Brac.

Le sourire qui éclaira le visage du fantôme était l'un des plus heureux que j'avais jamais vu. Bones se leva. Je l'imitai en avalant une dernière gorgée.

— Très bien, Fabian, tu fais désormais partie de ma lignée. Je ne pense pas que tu fasses vraiment une affaire, mais je te promets que si tu respectes notre accord, tu auras toujours une maison pour t'accueillir.

Nous quittâmes la terrasse et prîmes la direction de la maison. Le fantôme nous suivit, une main sur mon épaule.

Chapitre 7

Bones m'avait dit de mettre des bottes. Au départ, j'avais cru que c'était pour y camoufler des armes, mais mes nouvelles bottes en cuir n'accueillirent rien d'autre que mes pieds. J'étais vêtue d'un pantalon bleu nuit et d'un chemisier blanc. Je ne portais aucun bijou, à part ma bague de fiançailles. Liza avait proposé de me coiffer, mais j'avais décliné son offre. Je ne me rendais pas à une fête, mais à une confrontation civilisée.

Nous partîmes à pied de la maison dès que l'envoyé de Majestic fut arrivé. Il s'appelait Jacques, et c'était une goule. Sa peau était noire comme du charbon et il émanait de lui une puissance contenue, mais palpable. Bones avait négocié pour m'accompagner jusqu'à un certain point. Ensuite, je resterais seule avec mon guide. Sans arme, je me sentais à moitié nue. Mes couteaux me manquaient. Pour moi, ils étaient à la fois familiers et réconfortants. Chacun ses excentricités, après tout.

Bones marchait devant moi en me tenant la main. À son pas assuré je compris qu'il savait où nous allions. Jacques ne disait pas un mot. Je ne parlais pas, moi non plus, pour éviter de dire quoi que ce soit que la goule pourrait utiliser contre moi plus tard. Bien entendu, si j'avais une chose à dire à Bones, il me suffisait de la penser. C'était dans des moments comme celui-ci que son don de télépathe se révélait utile.

Fabian flottait à une trentaine de mètres de nous, traversant les murs des bâtiments comme s'il menait sa propre vie de fantôme. Jacques ne tourna pas une seule fois les yeux vers lui. J'étais effarée de voir à quel point les gens qui pouvaient les voir ignoraient les fantômes. Les préjugés immémoriaux entre les morts-vivants et les spectres jouaient aujourd'hui en notre faveur. Bones n'était pas autorisé à m'accompagner jusqu'au point de rendez-vous, mais Fabian n'était lié par aucune obligation de ce genre. Liza avait été abasourdie de nous voir le ramener à la maison. À elle non plus, il n'était jamais venu à l'idée de se lier d'amitié avec un fantôme.

Nous nous arrêtâmes devant le portail du Premier cimetière Saint Louis. Bones me lâcha la main. Je jetai un coup d'œil dans le cimetière fermé et je fronçai un sourcil.

— Ici ?

— C'est l'entrée qui mène chez Marie, répondit Bones comme si nous attendions à la porte d'une maison. C'est ici que je te quitte, Chaton.

Super. Un cimetière. Très rassurant.

— Donc elle m'attend dans le cimetière ?

— Pas exactement. (Le ton de Bones était à la fois ironique et compatissant.) En dessous.

Jacques fit tourner une clé dans la serrure du portail et m'invita d'un geste à entrer.

— Par ici, Faucheuse.

Si Marie Laveau cherchait à mettre ses visiteurs mal à l'aise en jouant ainsi de l'avantage du terrain, c'était réussi. Pénétrer dans un cimetière guidée par une goule et voir le portail se refermer derrière moi… la méthode était très efficace.

— Très bien. Après toi, Jacques.

La crypte de Marie Laveau était l'une des plus vastes du cimetière. Elle était haute, peut-être un mètre quatre-vingts, et les murs se resserraient à mesure qu'ils se rapprochaient du plafond. J'aperçus un graffiti vaudou sur l'un des murs, des croix noires entremêlées. Des fleurs, séchées ou fraîchement coupées, recouvraient le sol devant la crypte, où une inscription érodée par le temps indiquait le nom de la légendaire reine vaudou. Je n'eus que quelques secondes pour remarquer tous ces détails avant que Jacques pointe un doigt en direction d'un trou dans la terre devant la stèle et prononce quelque chose en créole. Le sol commença alors à s'ouvrir.

Les grincements m'indiquèrent qu'un système électronique venait de se mettre en branle. Un trou carré apparut dans la petite zone clôturée qui cernait la pierre tombale. J'entendis un bruit de liquide qui s'égouttait à l'intérieur, et je me demandai comment on pouvait construire sous le niveau du sol à La Nouvelle-Orléans dans un terrain aussi poreux. Jacques ne partageait pas mes inquiétudes. Il sauta dans l'ouverture noire et répéta sa directive.

— Par ici, Faucheuse.

Je regardai dans l'obscurité du puits et vis ses yeux brillants tournés vers moi. Il se trouvait six ou sept mètres en dessous de moi. Je ravalai mes craintes et le suivis pour atterrir dans une flaque.

Jacques tendit la main pour m'aider à retrouver mon équilibre, mais je le repoussai. Ce n'était pas la peine de jouer les petites effarouchées. Au-dessus de nos têtes, l'ouverture commença à se refermer avec les mêmes craquements sourds, et l'ambiance devint encore plus étrange.

Nous étions dans une sorte de tunnel dont le sol baignait dans environ trois centimètres d'eau. Il n'y avait aucun éclairage, et nous n'avions d'autre choix que d'avancer. Tandis que je pataugeais dans le passage en suivant Jacques dans l'obscurité presque totale, je compris pourquoi Bones avait insisté pour que je porte des bottes. Elles m'évitaient d'être au contact direct des choses molles sur lesquelles je marchais. L'air était humide et dégageait une odeur de moisi. Je tendis la main pour toucher le mur suintant. Je continuai néanmoins à avancer en bénissant ma vision surnaturelle qui me permettait de ne pas me retrouver totalement aveugle dans le noir.

— Je pensais qu'on ne pouvait pas construire en sous-sol à La Nouvelle-Orléans, remarquai-je. Il n'y a jamais d'inondation ?

Jacques tourna la tête vers moi sans s'arrêter de marcher.

— Le tunnel est inondé en permanence. À part lorsqu'une personne est invitée sous terre, le passage est toujours immergé.

Bon. Marie utilisait la noyade comme moyen de dissuasion. C'était une manière comme une autre de décourager les touristes trop curieux.

— Cela ne marche qu'avec les gens qui ont besoin de respirer. Et pour le reste de la population ?

Jacques ne répondit pas. Il avait certainement dû dépasser son quota de paroles. Au bout d'une vingtaine de mètres, nous arrivâmes devant une porte métallique. Elle tourna sur des gonds bien huilés pour s'ouvrir sur un palier éclairé. Jacques se décala sur le côté pour me laisser passer, puis me toucha le bras lorsque je lui passai devant.

— Regarde.

J'entendis un grand souffle. Tout à coup, le tunnel que nous venions d'emprunter se hérissa de lames. Elles sortaient des murs de tous les côtés, comme si nous venions de pénétrer dans la gueule d'un démon. Si j'étais restée quelques mètres en arrière, j'aurais été hachée menue.

— Sympa, dis-je. (J'étais une grande amatrice de pièges ingénieux.) Toutes ces lames en argent, ça a dû coûter une fortune.

— Ce n'est pas de l'argent. (La voix féminine provenait du haut des marches qui se trouvaient devant moi. Calme, douce. Un véritable délice pour les oreilles.) Ce sont des lames en acier, poursuivit-elle. Je n'ai pas envie de tuer les intrus morts-vivants. Je préfère qu'ils soient en état de me répondre quand on me les amène.

Je pris mon courage à deux mains, tout comme je l'avais fait quand j'avais dû sauter dans le trou noir devant la pierre tombale. Puis je m'engageai dans l'escalier à la rencontre de la reine du vaudou.

Comme l'indiquait sa stèle, à une soixantaine de mètres de là, Marie Laveau était morte en 1881. À part cette date, je savais seulement qu'elle était une goule et qu'elle était réputée pour sa pratique du vaudou. Comme nous nous trouvions sur son territoire, Bones n'avait pas voulu entrer dans les détails. Sa prudence était très révélatrice de la personne que je voyais un peu plus clairement à chaque marche gravie. D'après ce que j'avais entendu sur elle, je m'attendais à moitié à découvrir Marie assise sur un trône, la tête enturbannée, un poulet décapité dans une main et un crâne réduit dans l'autre. Mais ce que je vis me fit cligner des yeux.

Elle était installée dans un gros fauteuil extrêmement moelleux, penchée sur un ouvrage de couture qui n'avait rien de menaçant. Elle était vêtue d'une robe noire agrémentée d'un châle blanc jeté sur les épaules. Aux pieds, elle portait des petits escarpins chics qui ressemblaient à des Prada. Avec ses cheveux noirs frisés coupés au carré et entourant des traits discrètement maquillés, elle me rappelait étrangement la scène d'un film. Je l'imaginais en train de cuisiner des cookies et disant « Appétissant, n'est-ce pas ? » tandis que je brisais un vase qui n'était pas vraiment là.

— Vous êtes l'Oracle ?

Le mot sortit de ma bouche sans que je puisse le retenir. Je comprenais pourquoi Bones avait voulu m'accompagner. J'allais la mettre de mauvais poil avant même les présentations.

Des yeux noisette beaucoup trop vifs à mon goût me passèrent au crible de la plante des pieds à la pointe des cheveux. Elle interrompit sa couture pour pointer un long doigt dans ma direction.

— Bingo.

Elle parlait elle aussi avec ce doux accent créole, sucré et traînant. Si les calories auditives avaient existé, j'aurais grossi rien qu'en l'écoutant. Et avec ce simple mot, elle avait continué le dialogue de *Matrix*, le film que j'avais cité.

— Super film, non ? (Je ne fis pas mine de m'asseoir, car elle ne m'y avait pas invitée.) C'est l'un de mes préférés. Le premier, en tout cas. Les deux suivants ne m'ont pas trop plu.

Ses yeux pénétrants se braquèrent sur moi.

— Penses-tu être l'Élue ? La future dirigeante de l'humanité ?

— Non. (J'avançai et lui tendis la main.) Je ne suis que Cat. Enchantée.

Marie me serra la main. Ses doigts serrèrent les miens un instant, sans que cela soit douloureux.

Elle me lâcha et m'indiqua le fauteuil voisin du sien d'un signe de tête.

— Je t'en prie, assieds-toi.

— Merci.

La petite pièce était totalement vide, à part nos deux fauteuils. Les murs en béton présentaient au moins l'avantage d'être secs. Cela me fit penser à une cellule de prison. Morne. Terne.

— J'entre directement dans le vif du sujet pour dire que Gregor est un vrai mythomane, ou bien vous préférez qu'on commence par parler de la pluie et du beau temps ?

Je n'avais pas fait tout ce chemin pour faire la causette. De plus si j'avais été douée pour la conversation, je me serais fait beaucoup moins d'ennemis au cours de ma vie. Certains talents me seraient à jamais interdits. Bon, d'accord, beaucoup de talents.

— Qu'est-ce que tu veux ? demanda Marie.

Elle était aussi abrupte que moi, et cela me fit sourire.

— Vous n'avez pas couché avec Bones, et vous ne tournez pas autour du pot. Si vous n'envisagiez pas de prendre le parti de Gregor contre Bones, je vous apprécierais énormément.

Elle haussa les épaules et reprit sa couture.

— Le bien que je pense des gens n'influe que très peu sur mes décisions de les tuer ou pas. Soit c'est nécessaire, soit ça ne l'est pas.

Sa réponse me fit pousser un grognement involontaire.

— On croirait entendre Vlad.

Son aiguille s'arrêta.

— Encore une raison de se poser des questions sur toi. Vlad l'Empaleur ne se lie pas facilement d'amitié. Tout comme le Marchand de sable ne se laisse généralement pas autant dévorer par la passion. La liste de tes conquêtes est impressionnante, Faucheuse.

Je fronçai un sourcil.

— Conquérir quelque chose, cela veut dire se battre pour l'obtenir. Je ne connais pas Gregor, Vlad est juste un ami, et Bones est le seul homme qui compte pour moi, sentimentalement parlant.

Elle eut un rire de gorge.

— Ou tu es une excellente comédienne... ou tu es très naïve. Gregor veut te récupérer, et il accumule les soutiens pour étayer sa revendication de lien du sang avec toi. Vlad Tepes t'a donné son amitié. Et Bones, dont la vie sexuelle débridée était légendaire, s'est engagé dans deux guerres pour toi.

— Deux ? Je n'en comptais qu'une seule.

— Gregor, et cela se comprend, est en colère contre Mencheres qui l'a incarcéré pendant plus de dix ans, mais il a proposé de renoncer à se venger si tu lui revenais de ton plein gré. Bones a refusé, et en tant que Maître associé, cela signifie qu'il parle également au nom de Mencheres. D'un point de vue technique, cela entraîne une guerre contre Gregor.

Génial. Bones avait omis de mentionner ce détail.

— Si Gregor ne s'était pas introduit dans mes rêves, je n'aurais jamais été capable de le reconnaître si je l'avais croisé, répondis-je posément. Je me rappelle m'être coupé la main et avoir juré sur mon sang que Bones était mon époux, et ce devant des centaines de témoins. Où sont les témoins de Gregor ? Où sont ses preuves ? S'il s'était vraiment donné tant de mal pour m'épouser, il en resterait peut-être quelques traces, non ?

— Tu peux trouver la vérité par toi-même, déclara Marie. Je me demande pourquoi tu ne l'as pas encore fait.

Je me redressai sur mon siège.

— Mencheres m'a dit que mes souvenirs étaient effacés à jamais.

— Vraiment ? Ce sont ses mots exacts ?

Je pianotai sur l'accoudoir de mon fauteuil.

— À peu près.

— Mencheres ne peut pas te rendre tes souvenirs, mais Gregor le peut, dit catégoriquement Marie. Mencheres le sait. Tout comme Bones.

Je me tus pendant une minute. Sans me lâcher des yeux, elle observa ma réaction, puis sourit.

— Tu ne le savais pas. Très intéressant.

— Cela ne veut rien dire, répondis-je en tentant de dissimuler ma surprise flagrante. Je ne connais pas Gregor, mais je n'ai pas l'impression que ce soit le genre de type prêt à me rendre la mémoire et à partir sans rancune une fois qu'on lui aura démontré qu'il a tort.

— Et s'il n'a pas tort ?

Fais attention. Très attention.

— Comme je le disais, pourquoi ses revendications s'appuient-elles uniquement sur mes souvenirs ? Cela pourrait très bien être une ruse pour m'attirer à lui, et ensuite, la prime reviendrait au plus rapide.

Marie posa son ouvrage. Ça devait vouloir dire que nous passions aux choses sérieuses.

— Pour l'instant, je pense que tu ne sais pas réellement si tu t'es liée à Gregor. Néanmoins, s'il est prouvé que tu es sa femme, et non celle de Bones, je m'allierai à Gregor comme l'exigent nos lois. C'est ma réponse sur ce point.

— Vous m'avez demandé ce que je voulais, Marie. Je veux rentrer chez nous avec Bones, et que personne ne nous dérange pendant une dizaine d'années. Je n'ai aucun souvenir de Gregor, mais même si j'en avais, cela ne changerait rien à ce que je ressens pour Bones. Si Gregor ou vous cherchez la bagarre en me forçant à le quitter, je ne me laisserai pas faire.

Le visage de Marie était curieusement sans âge. Elle avait peut-être eu vingt ans lorsqu'elle avait été changée en goule. Ou cinquante.

— J'ai été mariée autrefois, répondit-elle. Il s'appelait Jacques. Une nuit, Jacques m'a battue, et j'ai compris qu'il aimait ça. Le lendemain matin, je lui ai servi un cocktail empoisonné, puis je l'ai enterré sous mon porche. Maintenant, chaque fois que je prends un amant, je l'appelle Jacques, pour me rappeler que si je m'y vois forcée, je le tuerai.

Marie inclina la tête et me lança un regard de défi.

— Tu veux un verre ?

Après cette histoire, non. Mais si elle pensait que j'allais m'enfuir la queue entre les jambes, elle se trompait.

— Volontiers.

Allez, la Reine du Vaudou, vas-y à fond.

— Jacques ?

La goule apparut.

— Mon amour ?

Je me retins à grand-peine de pouffer, maintenant que je savais pourquoi il portait ce nom. *T'as bien raison de lui lécher les pieds, mon grand. Je parie que tu n'oublies* jamais *l'anniversaire de votre rencontre, hein ?*

— Apporte-moi du vin, Jacques, et je crois que nous connaissons les goûts de notre invitée en matière de boisson ?

Il ne tarda pas à revenir. Il tendit à Marie le verre rempli de liquide rouge en s'inclinant, puis me présenta le verre rond rempli d'une substance transparente. Je le soulevai pour saluer mon hôte et l'avalai en une longue gorgée. Gin tonic, sans surprise.

Marie m'observa, presque sans toucher à son verre. Lorsque j'eus fini le mien, je le tendis à Jacques, qui était toujours là.

— C'était parfait. Je peux en avoir un autre ?

Marie posa sa boisson et fit un geste de la main à l'attention de Jacques, qui prit mon verre et sortit.

— Ton sang ne t'immunise pas contre tout, Faucheuse.

— Non, c'est vrai. Mais à ce que j'ai entendu dire, vous ne tuez jamais vos invités, ce qui fait que je peux boire tout ce que vous me servez par tonneaux entiers. Et je m'appelle Cat.

— Est-ce que tu as déjà songé à devenir une goule ? me demanda Marie.

La question était si inattendue que je ne répondis pas immédiatement.

— Non, pourquoi ?

Marie me lança un nouveau regard sibyllin.

— Tu vis avec un vampire. Tu cours régulièrement des dangers, et ton statut d'hybride te fragilise, mais pourtant, tu ne t'es pas changée en vampire. Selon la rumeur, c'est parce que tu as l'intention de combiner tes capacités d'hybride et la puissance des goules, ce qui ferait de toi la première hybride goule-vampire.

Mais qu'est-ce qu'elle boit pour sortir des trucs pareils ? me demandai-je.

— Cela ne m'a *jamais* traversé l'esprit, dis-je.

— Un vampire ne peut pas se changer en goule. Seuls les humains le peuvent. Ce qui fait de toi, une hybride, la seule personne capable de détenir la force d'un vampire sans avoir à souffrir de son aversion pour l'argent. Cela pourrait te conférer une puissance illimitée. Mais tu ne l'as jamais envisagé ?

Elle me dit cela sur un ton de défi. Je pensai alors à Fabian, qui nous avait appris que La Nouvelle-Orléans connaissait une invasion de goules, lesquelles parlaient à mots couverts d'une nouvelle menace pour leur espèce. Était-ce de cela qu'il s'agissait ? Pensait-on réellement que je ferais une chose pareille par simple mégalomanie ?

— Le jour où mon père m'a tranché la gorge, Bones m'a dit qu'il m'aurait ramenée à la vie en tant que goule si j'étais morte avant que son sang ait eu le temps d'agir.

C'est la seule fois où j'ai songé que j'aurais pu devenir une goule. Si je décide un jour de franchir le pas, Majestic, ce sera pour me transformer en vampire. Tu peux donc dire à ceux qui font courir cette rumeur que je compte devenir encore plus monstrueuse que je le suis déjà.

Jacques revint après avoir rempli mon verre, mais Marie lui adressa un geste autoritaire de la main.

— Notre invitée s'en va.

Je me levai en dressant mentalement une liste des reproches que je pouvais me faire. *Bien joué, Cat. Tu l'as énervée en dix minutes. On dirait que c'est toi qui vas monter les marches quatre à quatre en criant « Dans la voiture, vite » !*

— C'est toujours enrichissant de rencontrer une figure historique, dis-je.

Marie se leva également. Elle était grande, certainement un mètre soixante-quinze, et plus d'un mètre quatre-vingts avec ses talons. Elle avait un corps sculptural et il émanait d'elle un étrange mélange de menace et d'aura maternelle.

— Tu es différente de ce à quoi je m'attendais.

Elle me tendit une main crémeuse et douce comme un moka. Je la serrai et me retins de secouer la mienne pour faire disparaître les fourmis que sa puissance avait fait naître.

— Vous aussi. J'étais prête à parier que vous auriez un poulet décapité à la main.

Pourquoi ne pas le dire ? Elle voulait ma mort de toute façon, et je n'avais donc pas à craindre de la rendre encore plus en colère.

Elle sourit.

— De tout ce que tu aurais pu me dire en arrivant, citer une scène de mon film préféré était la dernière chose à laquelle je m'attendais. Va en paix, Cat.

Jacques m'ouvrit la porte du tunnel. Les longues lames recourbées rentrèrent dans le mur avec un sifflement.

J'aperçus un éclair laiteux au bout du tunnel. Fabian montait la garde. Il disparut avant que Jacques m'emboîte le pas.

Ce dernier garda le silence durant tout le trajet. Lorsque nous arrivâmes à la porte de la crypte, le sol s'ouvrit en grinçant. Jacques étendit les mains pour m'aider à monter, mais je les repoussai.

— Ne te donne pas cette peine, merci. Je peux me débrouiller toute seule.

Je pliai rapidement les genoux en me concentrant et je me retrouvai, d'un bond, six mètres plus haut. Je sautais de mieux en mieux, ce qui me permettait au moins de ressembler de plus en plus au félin dont je portais le nom. Et si je passais définitivement du côté des morts-vivants, je serais capable d'exploits beaucoup plus impressionnants que des sauts de félin survitaminé.

Bones m'attendait devant le portail du cimetière. Lorsque je le vis sourire, appuyé contre la grille alors que la serrure s'ouvrait, plus rien ne compta plus pour moi que la forme de sa bouche. Sa courbe lisse, ses lèvres du rose le plus pâle. Ses mâchoires bien dessinées et ses pommettes saillantes. Ses yeux d'un brun profond qui surveillaient les alentours. Il prit mes mains dans les siennes lorsque le portail s'ouvrit, sa puissance aussi vibrante que celle de Marie, mais sans l'engourdissement que j'avais ressenti avec elle. Je me sentais en sécurité.

— On va peut-être devoir faire le plein de beignets pour la route, commençai-je.

Il me serra les mains.

— Ne t'en fais pas, je me doutais que ça ne collerait pas entre vous. Tout est prêt. Liza nous attend avec la voiture.

Le trafic s'intensifia en un tourbillon flou de lumières rouges et blanches alors que nous approchions du Vieux Carré.

Au lieu de s'endormir, la ville s'éveillait après minuit. Jacques, qui n'avait visiblement pas reçu l'ordre de nous raccompagner jusqu'à la maison de Bones, resta au cimetière.

— Quelle est la dernière chose que Marie t'ait dite ? demanda Bones sans me laisser le temps de lui demander des explications sur mon entrevue avec Majestic.

— « *Va en paix* ». Est-ce que ces mots ont un sens caché ?

Bones s'arrêta en plein milieu de la rue que nous étions en train de traverser. Une voiture nous klaxonna. Il exprima son opinion au chauffeur à l'aide de son majeur, puis me tira jusqu'au trottoir opposé.

— Tu es sûre que c'est ce qu'elle a dit ?

— Je ne suis pas sourde.

C'était donc si inquiétant que cela ?

Son sourire se transforma en un rire sonore.

— Qu'est-ce que tu lui as *dit* exactement, ma belle ? Je connais Marie depuis cent ans, et tout ce à quoi j'ai eu droit, c'est un « Que ta route te soit favorable », ce qui est une façon polie de dire « Fais gaffe à tes fesses » ! « Va en paix » signifie qu'elle te soutient. Tu n'es restée là-bas qu'une demi-heure. De quoi est-ce que vous avez bien pu parler ?

Le soulagement m'envahit.

— De cinéma. D'apéritifs. De poulets décapités. Tu sais, des trucs de filles.

Il fronça les sourcils.

— Tiens donc…

Nous tournâmes au coin de la rue. Il ne restait que quatre pâtés de maison avant d'arriver.

— Heureusement pour nous qu'elle est fan de *Matrix*…

Je m'interrompis au milieu de ma phrase et m'immobilisai. Bones s'arrêta lui aussi en me regardant avec inquiétude avant de se raidir complètement. Il avait dû le sentir, même si j'avais à peine entraperçu l'homme qui se tenait trois rues plus loin. *Je ne serais pas capable de le reconnaître si je le croisais…*

Mais je reconnus Gregor. Au premier coup d'œil. Et je n'étais pas en train de rêver.

Chapitre 8

Les yeux de Gregor me brûlèrent comme des tisons. Même si je ne pouvais pas discerner leur couleur à cette distance, je savais qu'ils étaient gris-vert. Ses cheveux dorés étaient parsemés de mèches plus sombres, ce qui leur donnait une teinte blond cendré. Comme si sa tignasse avait été trop claire à l'origine et qu'on avait essayé de l'assombrir.

— Hopscotch, Band-Aid. À moi, tout de suite.

Bones ne haussa pas la voix, ce qui signifiait que les deux vampires n'étaient certainement pas très loin. Ils sortirent de la foule et se mirent en position de chaque côté de nous. Bones fit un signe de tête en direction de la silhouette immobile et marmonna un juron étouffé.

— Cette enflure est quasiment devant chez moi. Qu'est-ce qu'il pensait faire, sonner à la porte pour t'emmener ?

Il me serra la main. Je poussai un petit cri. Il relâcha la pression, mais pas de beaucoup. Je vis Gregor froncer les sourcils et du vert luire dans ses yeux, puis il commença à marcher en notre direction.

Bones me lâcha. Il fit craquer ses cervicales et ses doigts tout en avançant, une lueur mortelle dans le regard. Je voulus le suivre, mais Hopscotch et Band-Aid me retinrent.

— Bones !

Il ignora mon cri et continua à avancer. Tout comme Gregor. De toute évidence, aucun des deux n'avait envie de discuter. Une peur maladive me gagna alors que je luttais contre les deux hommes qui me retenaient. Ils m'avaient saisie très solidement en profitant de mon inattention.

Lorsque Bones et Gregor furent à environ cinq mètres l'un de l'autre, Jacques se plaça entre eux en étendant les bras.

— L'un comme l'autre, n'allez pas plus loin.

Ils ne lui prêtèrent aucune attention. Jacques se serait certainement fait éjecter si au même instant une autre voix n'avait pas résonné dans les airs.

— Vous ne vous battrez pas dans ma ville !

Bones s'arrêta. Gregor ralentit et s'immobilisa à quelques centimètres des bras de Jaques, toujours étendus.

Marie glissait plus qu'elle ne marchait. Bones lui lança un regard où se lisait clairement la frustration.

— Bon Dieu, Majestic, si tu ne voulais pas qu'on se batte, pourquoi lui as-tu dit où nous étions ?

Profitant du fait qu'ils étaient hypnotisés par la scène qui se déroulait sous leurs yeux, je parvins à projeter mon coude dans l'œil de Band-Aid avant de glisser hors de l'étreinte relâchée de Hopscotch.

— Ne recommencez jamais ça, les avertis-je en m'éloignant rapidement d'eux.

— Je ne le lui ai pas dit, répondit Marie. Pas plus que mes hommes.

Un éclair d'arrogance passa sur le visage de Gregor. Il était encore plus imposant en chair et en os que dans mes rêves. Il avait quelque chose d'agaçant, même s'il fixait ses yeux sur moi sans la moindre hostilité. En fait, il y avait même de la nostalgie dans son expression, ce qui me fit m'arrêter net. Des petites pointes de douleur apparurent dans ma tête.

... j'ai grandi dans une ferme moi aussi. Dans le sud de la France, mais il n'y avait pas de cerisier...

Je portai les mains à mes tempes. Les narines de Gregor se gonflèrent. Il prit une inspiration sonore, longue et provocante.

— *Catherine.*

— Ôte les yeux de ma femme.

Bones gronda cette phrase avec une fureur à peine contenue. La puissance qu'il dégageait me frappa, même à plusieurs mètres de lui. Gregor poussa un grognement tout aussi venimeux et fit un pas en avant.

— C'est *ma* femme que je suis en train de regarder.

Lorsque Gregor déploya sa puissance, tel un paon faisant la roue, j'en eus le souffle coupé.

Gregor m'avait paru puissant dans mes rêves, mais cela n'avait dû être qu'une version édulcorée. L'énergie qui débordait de lui en vagues de plus en plus fortes aurait suffi à alimenter les besoins en électricité du Vieux Carré. *Oh, merde. Il est aussi fort que Bones, si ce n'est plus…*

Des freins crissèrent près de nous, mais aucun des deux hommes ne quitta l'autre des yeux. Je tournai la tête et vis Liza baisser la vitre d'un van. Elle écarquilla les yeux et fit un geste rapide de la main.

— S'il te plaît, Cat, monte.

— Pas sans Bones.

Ma réponse était destinée à Gregor autant qu'à elle. Que le souvenir de la voix de Gregor ait pénétré mon subconscient comme un couteau du beurre n'avait aucune importance. Pas plus que le soupçon de nostalgie que j'avais ressenti lorsqu'il avait plongé ses yeux dans les miens. Éveillée ou endormie, j'appartenais à Bones, et à personne d'autre.

— Tu vois ? Elle a fait son choix.

Chacune des syllabes que Bones prononça transpirait la haine. Il me tournait le dos, mais je visualisais sans mal son petit sourire provocateur. À en croire l'expression de Gregor, j'avais vu juste.

— Méprisable fils de pute, son choix a été effacé par Mencheres. Elle hurlait lorsqu'il l'a séparée de moi, une heure seulement après notre mariage.

— Je me fous de savoir si Mencheres vous a interrompus en pleine nuit de noces, gronda Bones. Va faire un petit rêve, pauvre con !

Marie n'allait pas pouvoir les empêcher encore très longtemps de se jeter l'un sur l'autre. Outre le danger mortel que courait Bones, il y avait également beaucoup trop de spectateurs. Il y aurait des blessés ou des morts si les deux vampires s'affrontaient. Du coin de l'œil, je vis Fabian se glisser dans le van.

— Bones. (Je me forçai à adopter un ton calme.) *Ne provoque pas la bête enragée.* S'il sait qu'on est là, d'autres le savent aussi. Il faut qu'on parte.

— Si tu es en danger, c'est uniquement dû à son arrogance bornée, dit Gregor. Viens à moi, Catherine. Tu seras en sécurité avec moi.

— Sale enfoiré, cracha Bones. J'imagine que rien n'est trop méprisable pour un homme qui a essayé de voler la femme d'un autre avant même qu'ils se rencontrent.

— Bones, pars. (Marie n'avait pas haussé la voix, mais son ton était menaçant.) Gregor, tu resteras jusqu'à demain à l'aube. Tu es venu dans ma ville sans y être invité avec des intentions violentes. Quel que soit notre passé commun, tu savais ce que cela entraînerait.

— Marie…

— Tu es chez moi, l'interrompit-elle. Personne n'est mieux placé que toi pour le savoir.

Gregor serra les poings. L'espace d'un instant, je crus qu'il allait frapper Marie. *Ne fais pas ça, mon pote. Tu te retrouverais enterré sous son porche sans avoir eu le temps de comprendre ce qui t'arrivait.*

— Si tu insistes, dit sèchement Gregor.

Bones inclina la tête sans se retourner.

— Monte dans le van, Chaton. Hopscotch, Band-Aid, et toi aussi, Majestic, j'espère que les divagations incohérentes de Gregor ne troubleront pas ton jugement à l'avenir. (Je montai dans le véhicule en évitant le regard vert brumeux.) Et au revoir à toi, Marchand de sable, enchaîna Bones tout en prenant place dans le van. J'espère que tu as bien profité de ce moment, parce que c'est la dernière fois que tu la verras.

— Catherine. (Même sans le regarder, je sentis le poids des yeux de Gregor.) Tes souvenirs sont conservés dans mon sang. Ils t'attendent, ma bien-aimée, et je tiendrai ma promesse…

Le claquement de la portière étouffa la fin de la phrase de Gregor. Tout comme le démarrage en trombe de Liza, qui s'élança dans la rue étroite comme un Michael Schumacher sous amphétamines. Je fermai les yeux pour ne pas être tentée de regarder en arrière.

— Comment nous a-t-il retrouvés, à ton avis ?

Ce ne fut que beaucoup plus tard que je lui posai la question. Pour être honnête, je ne m'étais pas sentie d'humeur bavarde après notre rencontre avec Gregor. Bones non plus. Liza conduisait toujours. Les goules étaient moins sensibles que les vampires à la fatigue du petit matin. Hopscotch et Band-Aid dormaient, des lunettes de soleil sur les yeux.

Au moins, le nouveau 4 x 4 était plus spacieux que les deux voitures précédentes. Au cas où nous aurions été suivis, nous avions changé trois fois de véhicule. Bones avait hypnotisé leurs conducteurs pour qu'ils nous cèdent leurs voitures. Cela s'était fait si rapidement que si jamais nous avions été pris en filature, nos éventuels poursuivants ne s'en seraient jamais rendu compte, à moins d'être juste sur nos talons. Il n'y avait toujours aucun signe de Gregor, et nous étions presque à Fort Worth.

Bones fit claquer sa langue.

— À moins qu'un des hommes de Marie ait agi derrière son dos, ce qui est improbable, ou l'un des miens, je n'en ai aucune idée. (Ses doigts pianotaient sur sa cuisse.) Peut-être est-ce la faute de Don. À quel nom a-t-il adressé les comprimés qu'il a fait livrer chez moi, Chaton ?

— Kathleen Smith. (Je ne pouvais pas croire que mon oncle aurait pu avoir la stupidité d'utiliser mon vrai nom.) En plus, cela faisait juste un jour qu'il savait où nous étions, donc ça ne colle pas. Nous savons que Gregor était à Paris et à Londres en même temps que nous, ce qui fait qu'il aurait dû en partir tout de suite après nous pour arriver à temps. Ça met Don hors de cause.

Bones me regarda fixement.

— Tu as raison. Seul Charles connaissait notre destination lorsque nous sommes partis de chez lui. Je ne pense pas qu'il l'ait ébruitée. Marie n'a été au courant qu'après notre arrivée. Cela ne laisse que peu de personnes qui auraient pu informer Gregor, et elles sont toutes dans cette voiture.

Ces derniers mots réveillèrent Band-Aid et Hopscotch. Liza leva des yeux effarés vers le rétroviseur. Je me raidis en me demandant si l'un des deux vampires n'allait pas soudain nous attaquer.

Aucun des deux ne le fit. Ils tournèrent les yeux vers Bones, qui croisa leur regard avec une expression froide et fermée. Même s'il ne l'avait pas dit, je savais qu'il pesait le pour et le contre pour décider s'il devait les tuer.

— Maître, commença Band-Aid.

— Ne te fatigue pas, dit sèchement Bones. Après ce qui s'est passé avec Rattler, il n'y a que trois personnes que je ne soupçonnerais jamais de traîtrise, et vous n'en faites pas partie. Néanmoins, rien ne presse. Je ne vous lâcherai pas des yeux jusqu'à ce que nous arrivions, et ensuite vous resterez enfermés. Si Gregor nous retrouve quand même, cela vous innocentera.

Ils semblaient tous les deux légèrement abasourdis. Hopscotch reprit le premier ses esprits et hocha la tête.

— Je ne te trahirais jamais. Je suis ravi d'avoir l'occasion de le prouver.

— Tout comme moi, renchérit Band-Aid en jetant un regard furtif en direction de Liza.

— Je ferai tout ce que tu voudras, dit-elle doucement.

— Je ne t'y forcerai pas, soupira Bones. Mais je te le demande quand même, Liza.

Elle répondit par un sourire si triste qu'il me brisa le cœur, même à moi.

— Tu te sentiras plus en sécurité. C'est une chose tellement insignifiante à faire pour toi.

C'était épuisant de devoir soupçonner toutes les personnes qui nous entouraient. *Une belle grotte bien sombre.* Cette idée était de plus en plus attirante.

— Je sais que je la connais à peine, mais je n'ai pas du tout l'impression que cela vienne de Marie, dis-je.

Bones leva un sourcil.

— Pourquoi cela ?

— En fait… elle m'a raconté une histoire étrange, selon laquelle elle aurait empoisonné son mari. Au début, j'ai pensé que c'était juste pour me faire peur, mais elle a ensuite dit que si j'étais mariée à Gregor, elle le soutiendrait, car les vampires ne peuvent pas divorcer.

— Vraiment ? (Bones réfléchit à cela.) C'est intéressant. Oh, tout le monde sait que Marie a tué son époux du temps où elle était encore humaine. Mais on ne m'avait jamais raconté comment elle avait fait.

— Je pensais qu'elle lui avait donné un coup de hache, répondit Liza. C'est la version qu'on m'avait rapportée.

— Intéressant, répéta Bones. Et en quoi est-ce que cela t'amène à penser qu'elle serait de notre côté, ma belle ? À première vue, elle a clairement déclaré où irait son soutien.

Je préfère ne pas le dire.

Je m'agitai sur mon siège en souhaitant ne pas avoir parlé.

— Tu me bloques.

Ses yeux lançaient des éclairs verts.

Oui, je l'empêchais d'entrer dans ma tête avec toutes les protections mentales dont je disposais. *Moi et ma grande bouche. Pourquoi faut-il toujours que j'en dise trop ?*

Cela ne s'adressait pas à lui ; c'était moi que je fustigeais. Il y avait plusieurs sujets que je voulais aborder en privé avec Bones après ma rencontre avec Majestic. Dans ces conditions, notre conversation aurait été loin d'être intime.

— Nous avons convenu de ne pas faire ça, poursuivit Bones. Cacher des informations ou des spéculations. Quoi que ce soit, Chaton, dis-le-moi.

J'expirai profondément. Cela n'allait pas lui plaire.

— Marie m'a dit que Gregor pouvait me rendre mes souvenirs, et que toi et Mencheres le saviez. Elle se demandait pourquoi tu ne voulais pas que je me rappelle ce qui s'est passé. Dans la rue, tout à l'heure, elle a eu la possibilité d'exiger que je retrouve ma mémoire. Nous étions dans son fief, dépassés en nombre ; elle aurait pu insister. Mais elle nous a laissé partir. Je crois qu'elle l'a fait… parce qu'elle pense que je suis vraiment liée à Gregor, et qu'elle sait qu'elle serait obligée de le soutenir si cela venait à être démontré.

Bones se figea complètement. Son regard s'intensifia jusqu'à ce que j'ai l'impression d'avoir deux lasers émeraude braqués sur moi.

— Est-ce que tu veux te souvenir du temps que tu as passé avec lui ?

Je pris une nouvelle profonde inspiration, plus longue que la première.

— Cela me gêne d'avoir vécu un mois dont j'ignore tout. Tu aurais dû me parler de cette possibilité, Bones. Tu m'avais promis que tu ne me cacherais plus rien, d'ailleurs, mais j'ai dû découvrir cela par moi-même.

— Je ne t'en ai rien dit parce que je n'en étais pas certain. En aucun cas je n'aurais laissé ce sale vicieux te mettre la main dessus, que tu poses ta bouche sur lui…

— Tu es sérieux ? le coupai-je. Qu'est-ce qui a bien pu te faire croire que je l'aurais embrassé ?

Bones me regarda durement.

— Le pouvoir d'ouvrir ton esprit se trouve dans le sang de Gregor, comme il l'a dit. Il faudrait que tu le mordes.

— Je ne savais pas quelle était la marche à suivre.

— D'accord, mais tu le ferais si tu en avais l'occasion, dit Bones sur un ton si accusateur que je serrai les poings pour m'empêcher de l'attraper par le col pour le secouer.

— Si quelqu'un t'avait arraché un mois de souvenirs, tu aurais envie de savoir de quoi il s'agissait, toi aussi.

Tout cela sans crier. Un point pour moi.

— Non, je ne le ferais pas.

Son ton, loin d'être calme, était presque un grondement.

— Si quelqu'un avait effacé des souvenirs qui risqueraient de mettre notre mariage en péril, je ne voudrais pas les récupérer, quelles que soient les circonstances, mais notre mariage a peut-être plus d'importance pour moi que pour toi.

Mon moment de tranquillité zen était terminé. *Guerre à outrance, feu à volonté!*

— La seule personne qui puisse mettre notre mariage en péril, c'est toi. Imaginons que je découvre réellement que je suis mariée à Gregor. L'idée que cela te donnerait une chance d'être de nouveau célibataire est peut-être trop tentante à ton goût ?

— Tu es la seule à admettre que tu cherches une faille, répondit Bones avec une colère au diapason de la mienne. Gregor te plaît ? Tu te demandes s'il est meilleur que moi au lit ? C'est ce genre de souvenirs que tu as envie de ressusciter ?

Je me sentis si insultée que je sortis de mes gonds.

— Tu perds la tête !

Je le poussai, mais il ne bougea pas.

— J'ai saigné lors de ma première fois avec Danny, tu piges ? Ou tu as besoin que je te fasse un dessin ?

Dans des circonstances normales, je n'aurais jamais parlé de choses si personnelles en public, mais la colère est un sentiment étrange. Elle vous fait oublier tout le reste.

Bones avança le visage tout près du mien.

— Ce connard aurait pu te sauter toute la nuit durant sans que cela t'empêche de saigner avec Danny plus tard. Il suffisait à Mencheres de te donner un peu de son sang après t'avoir récupérée. Ça guérit toutes les blessures, tu te rappelles ? S'ils t'avaient enlevée à Gregor peu de temps après la première fois où vous avez couché ensemble, tu n'aurais eu qu'une petite déchirure très facile à réparer.

— C'est… (Je fus saisie d'une telle horreur à cette idée que les mots me manquèrent.) C'est n'importe quoi, parvins-je enfin à articuler.

— Vraiment ? (Bones se pencha encore plus près.) Il se trouve que je sais que c'est possible, parce que je l'ai fait.

La douceur avec laquelle il prononça ces mots les rendit encore plus emphatiques. La fureur, le déni et la jalousie prirent le dessus sur ma raison.

— T'es qu'un gigolo dénué de conscience !

Bones ne me quitta pas des yeux et n'éleva pas la voix.

— C'est ce que tu as épousé, Chaton. Un gigolo dénué de conscience. Mais si tu te souviens bien, je n'ai jamais prétendu être autre chose.

En effet, je savais quel métier il avait exercé lorsqu'il était humain, mais ce n'était pas ce qui me faisait mal. *Si seulement ses parties de jambes en l'air s'étaient arrêtées une fois qu'il n'avait plus eu besoin de l'argent pour survivre,* pensai-je amèrement. *Mais non. Après être devenu un vampire, il l'a fait pour le plaisir, comme il vient de me le rappeler.*

Comme je ne voulais pas qu'il sache à quel point son passé était toujours aussi douloureux pour moi, je dressai mes barrières mentales. Elles étaient la seule défense dont je disposais pour lui interdire l'accès de mon esprit. Puis je regardai par la vitre. Pour l'heure, son beau visage m'emplissait d'horreur.

Bones me lâcha et s'adossa. Nous n'échangeâmes plus un seul mot durant tout le trajet.

Chapitre 9

— Yii-haa !

Je secouai la tête en entendant ce cri. Un bar comprenant une arène de rodéo. Non, je ne plaisantais pas. Elle comportait même un taureau, bien vivant et mugissant. Le premier venu pouvait d'ailleurs tenter sa chance en payant le prix indiqué, en prouvant qu'il avait de l'expérience dans ce genre d'exercice, en signant plusieurs décharges et en laissant son bon sens au vestiaire.

Bones et moi ne nous parlions toujours qu'à peine. Je le mis au courant de la rumeur selon laquelle j'avais l'intention de devenir une goule, mais à part ça, nous ne nous dîmes pas grand-chose. Lorsque nous arrivâmes à Fort Worth, j'avalai les comprimés que Don m'avait envoyés et je sombrai dans le sommeil. Le moment le plus intime que je partageai avec Bones fut lorsqu'il me réveilla en me collant son poignet contre la bouche. J'avalai son sang, déclarai que je voulais prendre une douche, et cela s'arrêta là. Lorsque je sortis de la salle de bains, il m'attendait tout habillé, et fit preuve d'un détachement froid en n'abordant aucun sujet intime. À mon avis, le mur invisible qui nous séparait était pire que des cris de dispute.

Bones devait rencontrer une goule dans ce bar. La rumeur qui courait sur moi chez les goules ne lui plaisait pas et il voulait savoir à quel point elle était prise au sérieux.

Spade devait nous retrouver là lui aussi, car Hopscotch, Band-Aid et Liza étaient en quarantaine.

Fabian nous prouva de nouveau à quel point il était précieux en faisant le tour du bar avant nous pour vérifier que la goule ne nous tendait pas un piège. Deux choses me remontaient un peu le moral. Denise, ma meilleure amie, vivait désormais au Texas, et elle allait donc venir ce soir. L'autre bonne nouvelle de la soirée était que Cooper, mon ami et ancien collègue, devait venir lui aussi. Spade était passé les chercher.

Lorsqu'ils entrèrent dans le bar, j'étais si heureuse de les voir que je faillis pousser les gens sur mon passage pour aller à leur rencontre. Denise me serra elle aussi dans ses bras, avec un peu moins de frénésie que moi, et Cooper fut un peu abasourdi par la vigueur de mon étreinte.

Spade entra après eux. Il lança un regard sérieux à Bones tout en me saluant. Il devait certainement essayer d'évaluer les conséquences de notre dispute.

— Entre nous, Crispin, tu aurais meilleure mine si tu étais cloué entre quatre planches de bois, commenta-t-il. (Il balaya le bar du regard avec un petit air de dégoût). Ça doit certainement venir de cette musique sordide. Je ne comprends pas pourquoi les chanteurs de country tiennent tellement à mettre leurs dépressions en chanson.

Denise sourit.

— Je trouve l'endroit génial. C'est bien un taureau ?

— Tout juste.

Comme s'il nous avait entendues, le taureau poussa un soupir triste. Il était visiblement aussi déprimé que moi.

— Oh, j'aimerais bien essayer, dit-elle.

Cela faisait du bien de voir Denise sourire. En vérité, je ne l'avais pas beaucoup vue du tout ces derniers temps, souriante ou pas.

Après la mort de Randy, son mari, Bones et moi avions hébergé Denise pendant quelques semaines. Elle était ensuite retournée en Virginie en disant qu'elle voulait oublier tout ce qui touchait de près ou de loin aux morts-vivants.

Je la comprenais. Randy avait trouvé la mort dans une attaque surnaturelle ; elle avait toutes les raisons de vouloir s'éloigner tout ce qui lui rappelait cette tragédie. Elle avait déménagé au Texas deux mois auparavant, en disant que c'était le seul moyen qu'elle avait trouvé pour empêcher sa mère d'essayer de la recaser. Denise n'était pas encore prête à tourner la page de son deuil. Là aussi, je la comprenais.

— Cooper, mon pote, je suis content que tu sois là, dit Bones. Tiens compagnie aux dames pendant que Charles et moi partons un petit moment. Je suis sûr que Chaton meurt d'envie de connaître les derniers ragots de son ancienne équipe.

Sur ces mots, il tourna les talons. Spade le suivit, et nous restâmes tous les trois au bord de l'arène.

Enfoiré.

Ce n'était pas que je n'avais pas envie de passer un peu de temps avec Denise et Cooper, mais après tout, c'était de ma peau qu'ils allaient discuter avec leur contact goule. La moindre des choses aurait été de me permettre de me tenir au courant des détails de la conversation.

— … réagencé la salle d'entraînement pour y installer… vous m'écoutez, Commandant ?

Ce ne fut qu'à cet instant que je me rendis compte que Cooper parlait.

— Ah, désolée, Coop. J'ai besoin d'un verre, dis-je en me dirigeant vers le bar le plus proche.

Je commandai un gin, sans tonic, et l'avalai avant que le barman ait eu le temps de le poser sur le comptoir. L'homme me regarda bizarrement lorsque je fis glisser le verre jusqu'à lui pour qu'il le remplisse encore.

— Ça fera neuf dollars cinquante, s'il vous plaît.

— Bien sûr, répondis-je en mettant la main dans la poche de mon jean, avant de me figer de honte.

Je n'avais pas mon portefeuille. Non, le seul argent que je portais sur moi était sous forme de couteaux, cachés sous mon chemisier et dans mon pantalon. *Bon Dieu, il ne manquait plus que ça. Attendez une seconde, barman, le temps que j'aille demander mon argent de poche à Bones.*

— Tenez, gardez la monnaie. Et versez-en deux autres.

Cooper jeta un billet sur le comptoir. Denise s'assit à côté de moi, ses yeux noisette écarquillés.

— Cat, ça va ? Tu sembles prête à exploser.

Le barman rempli les verres et nous les donna. Cooper me tendit le troisième dès qu'il vit le deuxième disparaître aussi vite que le premier.

— Ça va.

Il était inutile de lui décrire tout ce qui clochait. Les gens déprimés cherchaient des oreilles compatissantes, mais Denise avait eu assez de malheurs comme ça pour que je n'en rajoute pas une couche.

— Ça n'a pas l'air.

Je n'avais pas envie de me lancer dans des explications, mais je ne voulais pas le lui dire. Je cherchai donc à changer de sujet.

— Regarde, le taureau est en piste !

L'attention de Denise se focalisa sur le cow-boy amateur qui tentait tant bien que mal de s'accrocher au dos du taureau, ce qui me sauva de ses questions. Dans la foule, je vis Bones donner un petit coup de coude à Spade, puis tous les deux se tournèrent vers un homme qui s'approchait d'eux, très grand, très mince, très mort. Ce devait être leur contact. Très vite, les trois morts-vivants disparurent dans la foule.

Je poussai un soupir que je couvris d'un sourire lorsque Denise se retourna vers moi.

— C'est vachement sympa ! Commande-nous autre chose, Cat. Tu pourrais tenter ta chance sur le taureau ?

J'aurais adoré continuer à boire, mais Bones et Spade venaient de disparaître avec leur contact, et je ne pouvais décemment pas aller lui taper sur l'épaule pour lui demander son portefeuille.

— Denise, tu as combien sur toi ?

Elle fronça les sourcils.

— Zut, j'ai laissé mon sac à main dans la voiture de Spade.

Cooper mit encore la main à la poche.

— J'aurais dû prendre ma carte de crédit. Ça devrait vous permettre de tenir… (Il sortit une liasse de billets de vingt dollars et lui jeta un œil critique)… dix minutes.

Ce bon vieux Coop. En tout cas, il savait à quel point les hybrides pouvaient être portés sur la bouteille.

— Je te rembourserai, lui promis-je, avec la désagréable impression d'être la cousine pauvre de la famille.

En fait, Cooper nous avait surestimées. Il nous fallut près d'une demi-heure pour boire tous ses billets. Bien entendu, je ne comptais pas tous les hommes qui nous avaient offert un verre, à Denise et à moi. Je refusai chaque fois, mais Denise accepta un verre par prétendant, en les remerciant et avec un « non » ferme à chaque proposition de second. La plupart le prirent avec une déception enjouée et feinte, mais un type baraqué à la grosse tignasse brune insista.

— Allez, viens, mon chou, dit-il à Denise. Allons danser.

Il posa la main sur sa jambe. Je fronçai les sourcils immédiatement. Cooper fit mine de se lever, mais je donnai un coup sur la grosse patte du type pour qu'il la retire.

— Mon amie ne danse qu'avec moi.

Denise sourit.

— Désolée.

Le type me lança un regard hargneux et dégoûté avant de s'en aller, suivi par ses deux amis. *Pas de chance, le chevelu*, pensai-je.

— Bien joué, Commandant, commenta Cooper.

— Arrête de m'appeler comme ça.

Je n'avais pas voulu le dire sur un ton aussi agressif. Cooper ne se rendait pas compte que ce titre ne faisait que me rappeler que mon rôle de chef d'équipe était terminé à jamais. Pour l'heure, accoudée à un bar en essayant vainement de noyer mon chagrin, je me sentais désespérément inutile.

Denise nous dévisagea tour à tour.

— Je crois qu'on devrait aller chercher mon sac à main, dit-elle.

Nous accompagnâmes Denise à la voiture de Spade. Elle n'était pas verrouillée, à ma grande surprise. Je m'en étonnai à voix haute et Denise haussa les épaules en disant que selon Spade, les verrous ne décourageaient que les honnêtes gens. Son sac à main se trouvait toujours sous la banquette arrière, là où elle l'avait laissé. Elle venait juste de se le passer à l'épaule lorsque elle s'immobilisa en entendant une voix pâteuse et traînante dans son dos.

— Tiens tiens, les gars, regardez sur qui on tombe.

Je les avais entendus approcher. Leur odeur, leurs pas lourds et les battements bruyants de leurs cœurs ne faisaient rien pour les rendre discrets, mais comme il ne s'agissait que d'humains, je ne m'étais pas inquiétée.

— Barrez-vous, les gars, dis-je.

Le chevelu du bar ne s'arrêta pas. Pas plus que ses deux amis, tout aussi costauds que lui.

— Bon, on disait donc, dit le chevelu d'une voix pâteuse qui trahissait la quantité d'alcool qu'il avait ingurgitée, que c'était pas normal que deux filles aussi jolies sortent avec ce bamboula.

— *Bamboula ?*

Cooper répéta ce mot sur un ton de défi.

Mon Dieu, trois racistes. *Exactement* ce qu'il nous manquait.

— Je m'en occupe, dis-je froidement.

Ces trois crétins ne se doutaient pas que j'étais la plus dangereuse du groupe. Ils focalisaient leur attention sur Cooper, car ils pensaient que seul le type baraqué représentait une menace.

— Laissez-moi vous donner un bon conseil. Partez ! Je suis de mauvais poil, alors tirez-vous avant que je perde définitivement mon calme !

Je ne pris même pas la peine d'empoigner les couteaux cachés sous mes vêtements. Avec des humains, je n'avais pas besoin d'armes. Spade s'était garé dans le coin le plus éloigné du parking. Les trois types avaient pensé que c'était l'occasion rêvée pour eux, mais ils s'étaient trompés.

Ce qui me surprit, en revanche, ce fut de voir le chevelu tirer une arme de sa chemise et la pointer sur Cooper.

— Toi. (Son ton ne laissait rien présager de bon.) Tu vas t'asseoir par terre pendant qu'on s'amuse un peu avec tes copines.

— Cooper. (C'était moi qui parlais, dans un grognement furieux. Il n'était pas question que je prenne le risque que lui ou Denise soient blessés.) Fais ce qu'il dit.

Cooper avait une longue habitude d'obéir à mes ordres. Il poussa un grognement de colère, mais s'assit comme on le lui demandait. Le chevelu tendit son arme à son compère d'un air satisfait.

— Très bonne décision, la rouquine, dit-il, le regard mauvais. Maintenant, tu restes sagement avec mes potes pendant que ta copine et moi montons sur la banquette.

J'allai vers ses amis, comme il l'avait ordonné. Après tout, c'étaient eux qui avaient l'arme. Si je les assommais discrètement, les choses ne tourneraient pas mal...

Le chevelu n'eut que le temps de poser la main sur Denise avant que je sente un grand coup de vent. Je me figeai en une fraction de seconde avant de comprendre de qui il s'agissait et d'entendre un bruit sourd répugnant. Un bruit d'écrasement, pour être tout à fait précise.

Il était difficile de dire qui semblait le plus horrifié : les deux hommes que Bones tenait maintenant par le cou, ou Denise qui regardait ce qui restait de la tête du chevelu. Spade se tenait près d'elle et marmonna un juron. Puis il donna un coup de pied au corps avachi du chevelu, assez fort pour qu'il ricoche contre sa voiture. Il l'avait balancé si fort contre le sol que la tête de celui-ci ressemblait à une pastèque après une chute de quatre étages.

— Denise, ça va ? demanda Spade.

— Il est... il est..., bafouilla-t-elle, incapable de trouver ses mots.

— Vraiment, vraiment mort, suggérai-je, soulagée de constater que les deux vampires fendant les airs au-dessus du parking n'avaient pas attiré l'attention. Bones, lâche-les, tu vas les tuer.

— C'est bien ce que je compte faire, répondit-il en les tenant toujours à la gorge. Je leur briserais bien la nuque, mais ce serait trop rapide.

Ils agitaient frénétiquement les jambes et lui griffaient les poignets alors que leurs langues ressortaient de leurs bouches. Denise donnait l'impression d'avoir envie de vomir.

— Pourquoi est-ce que tu l'as tué ? murmura-t-elle à Spade.

— À cause de ce qu'il s'apprêtait à faire, répondit-il, d'une voix basse et emplie de colère. Personne ne mérite de vivre après ça.

Cooper jeta un coup d'œil sans pitié sur le cadavre.

— Il faut le faire disparaître, Commandant.

Je ne fis pas de remarque sur le titre dont il m'avait de nouveau gratifiée. Chaque chose en son temps.

— Bones.

Il me regarda, comme s'il n'avait pas tenu deux mourants dans les mains. Leurs gestes étaient déjà plus lents. L'un d'entre eux urina, et une tache sombre se mit à grossir sur son jean. De toute évidence, il n'avait pas simplement l'intention de les effrayer.

— Au moins, ne le fais pas ici, négociai-je. C'est trop à découvert et tu fais très peur à Denise. Fourre-les dans le coffre et on les jouera à pile ou face en repartant. Si tu gagnes, tu pourras les étrangler deux fois.

Il retroussa la lèvre.

— Je sais où tu veux en venir, ma belle, et dans ce cas précis, j'admets que tu as tout à fait raison.

Il les lâcha et ils tombèrent comme deux sacs de briques. Ils recommencèrent à respirer avec des sons rauques et des gargouillements.

J'entendis des gens approcher. Ils riaient, focalisés sur leur conversation… à quelques mètres d'une horrible scène de crime où gisaient un cadavre et deux hommes à moitié étranglés.

— Spade, prends notre voiture et emmène Denise loin d'ici, dis-je. Tu nous retrouveras plus tard. Cooper, ouvre le coffre, on va le fourrer dedans.

— Un 4x4 bleu, mon pote, à l'autre bout du parking, lui indiqua Bones en lui lançant les clés, ainsi qu'un second trousseau. Je t'appelle demain.

Spade emmena Denise et ne s'arrêta que le temps d'empêcher le groupe d'approcher de nous en leur lançant un regard vert.

— Retournez à l'intérieur, vous restez encore un peu, leur ordonna-t-il.

Ils acquiescèrent, firent demi-tour et repartirent vers le bar. Les pauvres, ils allaient certainement y passer toute la nuit.

— Cooper, il ne faut pas que tu te fasses des taches de sang, tu ne pourrais pas hypnotiser les gens pour qu'ils ne s'en aperçoivent pas, dis-je en hissant le corps sans vie dans le coffre. Prends l'un des deux autres et jette-le dedans.

Cooper obéit, attrapa le type le plus proche de lui et le poussa sans ménagement dans le coffre.

Bones souleva le dernier type et le secoua.

— Si ton copain ou toi poussez le moindre gémissement, je vous réduis au silence, de manière permanente. Bon, avant que je t'enferme dans le coffre, où est ta voiture ?

— Unngghh, dit le type. Unngghh…

— Tu as endommagé ses cordes vocales, il ne peut plus parler, fis-je remarquer.

— En effet. (Bones s'entailla le bout du doigt sur l'une de ses canines, sourit d'un air carnassier devant l'air terrifié de l'homme et lui enfonça son doigt ensanglanté dans la bouche.) Maintenant, réponds-moi. Doucement. Sinon je t'arrache la langue et je demande à ton copain.

Cette simple goutte de sang de Bones permit à l'homme de parler de nouveau, plus ou moins intelligiblement.

— … un 'pick-up 'lanc…

— Le pick-up blanc avec le drapeau sudiste à l'avant ? demanda Bones avec une autre secousse. C'est celui-là ?

— … uiiii…

— Où sont les clés ?

Après une atroce quinte de toux, il répondit dans un gémissement de douleur.

— … la 'oche… Kenny… l'as tué…

— Dans la poche du macchabée ?

— Unngh.

— Chaton, si tu veux bien te donner la peine ?

Je commençai à fouiller dans les poches du pantalon du cadavre. Rien à l'avant ou à l'arrière. Je tapotai ensuite la poche de sa chemise. Bingo.

— Je les ai.

— Cooper, prends leur voiture et emmène-la à l'intersection de la vingt-huitième rue et de Weber Street. Tu nous y attendras, on passera te prendre une fois qu'on aura fini.

— Garde ton portable à portée de main, au cas où, ajoutai-je, sans rien dire de l'effet que produirait un Noir au volant d'une voiture arborant le drapeau sudiste.

— Très bien, mon pote. (Bones lâcha le type dans le coffre et le referma sèchement.) Baisse la tête.

Chapitre 10

D'après le panneau à l'entrée, le parc de Candleridge offrait de nombreux itinéraires de promenade aux panoramas imprenables, mais ce n'était pas la raison de notre présence. Nous étions là pour enterrer un cadavre. Un seul, avec un peu de chance.

Fabian flottait par-dessus les arbres après être entré sans un mot dans la voiture de Spade. Il fallait qu'il soit au contact de quelque chose pour parcourir de longues distances. La seule exception était s'il empruntait une ligne de force, un concept qui me paraissait encore assez flou. C'était, semble-t-il, un courant d'énergie invisible qui tenait lieu d'autoroute pour fantômes. Je lui demanderais plus de détails plus tard. Mais pour l'instant, je me disputais avec Bones. De nouveau.

— Spade agissant dans le feu de l'action est une chose, mais si tu les tues maintenant, ce sera de sang-froid, Bones. Ils devraient aller en prison, et subir un lavage de cerveau pour les forcer à participer à toutes les manifestations contre le viol, sans parler des droits civiques, dès qu'ils en sortiront. Mais ces débiles ont des familles qui ne méritent pas de pleurer leur mort.

— On a tous quelqu'un pour qui on compte, répondit Bones sur un ton inflexible. Même les monstres. Ce n'est pas juste, mais ce n'est pas pour autant qu'il faut rester les bras croisés.

— L'arme n'était pas chargée, marmonnai-je en changeant de tactique. J'ai vérifié. En plus, rien ne dit qu'il se serait passé quelque chose. J'avais la situation sous contrôle…

— Est-ce que c'est vraiment ce qui compte, Bon Dieu ?

Exaspéré, Bones coupa le moteur et se retourna pour me regarder en face.

— Tu n'entends pas leurs pensées ? Moi, si. Ce n'était pas la première fois qu'ils faisaient ce genre de chose, et même si tu les avais arrêtés et que tu les avais forcés à s'excuser pour sauver leur peau, leurs *intentions* auraient toujours été les mêmes. S'ils n'étaient pas humains, est-ce que tu verrais une objection à ce que je les tue ?

Là, il me tenait. Et à en croire son regard, il le savait.

— Les vampires et les goules suivent leurs propres règles, essayai-je de nouveau. Ils savent ce qu'ils risquent s'ils font ce genre de choses. Ces abrutis n'ont jamais eu l'occasion de lire les règles du jeu. Ils méritent une peine de prison, oui, mais pas la mort.

Bones renifla.

— Et pourquoi il ne leur est *pas* venu à l'esprit que les actes qu'ils commettaient étaient si répugnants qu'ils seraient exécutés sur place s'ils étaient pris la main dans le sac ? Ce n'est pas ma faute si les vampires punissent le viol de manière plus juste que les humains.

Je me pris la tête entre les mains. Elle me faisait mal. Bon, d'accord, certainement beaucoup moins que celle du chevelu lorsqu'elle avait éclaté sur l'asphalte du parking. Selon toute logique, Bones avait raison. Mais j'étais quand même mal à l'aise.

— De toute évidence, tu as déjà pris ta décision, alors fais ce que tu veux. Tu es trop fort pour que je t'en empêche.

Bones me lança un regard insondable avant de sortir de la voiture et d'ouvrir le coffre. Je l'écoutai ordonner aux deux hommes d'emporter leur copain dans les bois. Bones leur dit ensuite de creuser avec leurs mains. Il leur fallut peut-être quarante minutes pour y arriver. Puis j'entendis une sorte de soupir résigné.

— C'est contraire à mes règles, Chaton… Bon, écoutez, tous les deux. Vous allez vous rendre au commissariat le plus proche pour y confesser tous les délits que vous avez commis dans votre vie, en n'omettant que l'inhumation de cette nuit. Lorsque vous serez arrêtés, vous refuserez l'aide d'un avocat, et devant le tribunal, vous plaiderez coupables. Vous resterez derrière les barreaux jusqu'à la fin de votre peine, en sachant que vous l'avez plus que largement méritée. Maintenant, fichez le camp d'ici.

Lorsque Bones revint à la voiture, je me frottais encore les yeux. Il ferma sa portière et poussa un soupir dégoûté.

— Est-ce que notre relation en est au point où voir des hors-la-loi échapper à la punition qui leur pendait au nez te paraisse un des points culminants de notre vie de couple ?

Son ton était désinvolte ; l'expression de son visage ne l'était pas. Elle trahissait un regret que j'entraperçus avant qu'il le cache derrière une impassibilité de façade.

— C'est parce que cela prouve que je compte encore pour toi, malgré toutes les choses pourries qu'on a vécues ces derniers temps.

De nouveau ce regard.

— Tu pensais vraiment que c'était ce qui arriverait ? Chaton, tu comptes tellement pour moi que je n'en vis plus.

Je me précipitai sur lui, serrant les bras autour de son cou et m'enivrant du soulagement anesthésiant que me procurait son étreinte.

— Je n'arrive pas à croire que j'ai pu être aussi énervée d'être laissée sur la touche et d'avoir oublié mon portefeuille, dis-je entre deux sanglots en comprenant à quel point c'était absurde à côté de ce qui comptait réellement.

— Quoi ?

— Rien. (Je l'embrassai, longuement et profondément, dissipant la brouille qui nous avait séparés pendant plusieurs jours.) Tu peux nous ramener rapidement au motel ?

Son regard s'alluma d'un éclat vert aussi affamé qu'appétissant.

— Très rapidement.

— Bien. (C'était presque un gémissement.) J'appelle Cooper pour lui dire qu'on le verra demain matin.

Bones baissa sa vitre.

— Fabian, appela-t-il, ramène tes fesses fantomatiques dans la voiture, on s'en va.

En effet, Bones nous ramena très vite au *Red Roof Inn*. L'idée de m'allonger sur un matelas inconfortable et sous des couvertures fines comme du papier à cigarettes me semblait désormais tentante à me damner. Mais alors que nous attendions à un feu rouge à un kilomètre et demi du motel, une douleur me traversa le crâne.

… dis-toi bien que cet homme ne reculera devant rien, et que tu ne seras jamais en sécurité…

— Gregor, soufflai-je si bas que c'était à peine un son.

— Où ça ? dit précipitamment Bones en tournant la tête dans tous les sens.

… j'assurerai ta protection, mais tu dois me faire confiance, ma chérie…

— Oh, mon Dieu ! murmurai-je. Bones… je crois qu'il est à l'hôtel !

Bones fit demi-tour, puis accéléra brusquement. Des freins crissèrent, et d'autres voitures s'arrêtèrent abruptement dans un vacarme de klaxons. Il n'avait pas attendu que le feu passe au vert.

— Fabian, dit Bones d'une voix crispée, retourne à l'hôtel pour vérifier. On sera aux portes du parc qu'on vient de quitter.

— Je fais au plus vite, promit Fabian avant de disparaître.

Nous n'avions même pas eu à ralentir.

Bones garda le pied au plancher, l'œil rivé sur le rétroviseur. Après plusieurs kilomètres, il s'arrêta à une station-service.

— Viens, ma belle, on change de voiture.

Nous sortîmes. L'homme qui faisait le plein de la Honda garée à côté de nous eut à peine le temps de réagir avant que Bones l'hypnotise.

— Voici ta voiture, dit-il. Et la tienne est à moi.

— Ma voiture, répéta-t-il, les yeux vitreux.

— Voilà. Rentre chez toi et lave-la, parce qu'elle est dégoûtante.

— Attends qu'il ait ouvert le coffre, marmonnai-je en montant dans le nouveau véhicule.

Bones conduisait moins agressivement qu'avant l'échange, mais il dépassait encore largement les limites de vitesse. Plutôt que de prendre la route directe pour le parc, il emprunta des chemins de traverse. Une fois arrivé à destination, Bones se gara sous un arbre en coupant le moteur et les phares.

Ma respiration haletante était assourdissante dans le silence.

— Est-ce que… est-ce que tu crois…

— Pourquoi penses-tu que Gregor soit au motel ?

Il posa cette question avec autant de nonchalance que s'il m'avait demandé si je préférais du thé ou du café.

Mais je n'étais pas dupe. Il serrait si fort le volant que ses jointures étaient blanches.

Comment lui expliquer ?

— J'ai commencé à avoir des douleurs aiguës dans la tête, et je l'entendais, mais il ne me parlait pas en direct. Je crois que c'étaient des souvenirs d'une conversation que nous avions eue, et la seule fois où cela s'est également produit, c'est quand nous l'avons rencontré dans la rue à La Nouvelle-Orléans.

Bones réfléchit un moment.

— Qu'est-ce qu'il disait ?

— Tu n'as rien entendu ?

Cela me surprit.

— Non. (Il avait perdu son calme.) Sinon je ne poserais pas la question.

— Euh, OK. La première fois, ça avait été rapide, presque un fragment. Une histoire de ferme en France où il n'y avait pas de cerisiers. Cette fois-ci, il m'avertissait que quelqu'un était à mes trousses.

Bones grogna.

— Voilà qui ressemble bel et bien à du direct, tu ne trouves pas ?

— Oui, c'est vrai, méditai-je. Mais j'ai quand même l'impression que c'était un souvenir.

Fabian se matérialisa devant le pare-brise. Son apparition impromptue me fit bondir sur mon siège. Dans le genre discret, on ne faisait pas mieux.

— Le vampire blond était bien là, annonça-t-il. Il se trouvait derrière le motel avec six autres. Je ne pense pas qu'ils m'aient vu.

Bones me regarda fixement. Je lus dans ses yeux quelque chose que je n'arrivais pas à définir.

— Je suis désolé, dit-il doucement.

— Pourquoi ?

— Pour ça.

Son poing partit.

Lorsque j'ouvris les yeux, je ne vis que l'obscurité parfois striée de petits éclairs lumineux en périphérie. J'étais assise, mais pas dans la voiture. Les bruits que j'entendais m'indiquaient que nous étions vraisemblablement en avion.

Je portai immédiatement la main au bandeau qui me recouvrait les yeux, mais des mains fraîches m'arrêtèrent.

— Ne fais pas ça, Chaton.

Je me tournai en direction de sa voix.

— Enlève-moi ça.

— Non. Arrête de gigoter et laisse-moi parler.

Je me figeai en me rappelant ce qui s'était passé.

— Tu m'as assommée.

— Oui, répondit-il avec beaucoup de prudence. Tu vas te tenir tranquille ?

— Ça dépend. Pourquoi est-ce que tu m'as frappée ?

J'espérais pour lui qu'il avait une *sacrée* bonne raison.

— Tu te rappelles lorsque j'ai dit que les seules personnes qui pouvaient tenir Gregor informé de nos allées et venues étaient dans la voiture ? Liza, Band-Aid et Hopscotch ne savaient pas où nous logions à Fort Worth, et même s'ils l'avaient su, ils n'avaient aucun moyen de communiquer avec lui. Denise et Spade ne connaissaient pas notre hôtel. Fabian ne nous a pas quittés une seule seconde, et s'il nous avait vraiment trahis, il aurait pu nous dire que Gregor n'attendait pas à l'hôtel. Cela ne laisse que toi et moi. Je n'ai rien dit à Gregor, donc il n'y a plus que… *toi*.

J'étais abasourdie.

— Tu penses que c'est moi qui ai tout balancé à Gregor dans ton dos ?

— Pas sciemment, mais de la même manière que Gregor t'a manipulée pour que nous allions à Paris et qu'il a communiqué avec toi dans tes rêves ; qui dit qu'il n'a pas également trouvé le moyen de nous espionner ? C'est une hypothèse, Chaton, mais si je me trompe, tu n'auras perdu que quelques jours de conscience.

Et s'il a raison...

— Qu'est-ce que tu comptes faire ? M'assommer pour me plonger dans le coma puis attendre de voir si Gregor apparaît ou pas ?

J'avais pensé qu'il n'y avait rien de pire que de se sentir inutile, mais me réveiller dans la peau de celle qui mettait tout le monde en danger dépassait mes pires cauchemars.

— Bien sûr que non. Mais lorsque nous changerons d'endroit, je veux que tu prennes ces pilules qui te permettent de dormir. Si tu ne sais pas où nous sommes mais que Gregor réussit quand même à nous retrouver, nous saurons que ce n'est pas en lisant dans tes pensées pendant que tu rêves.

La vache, c'était vraiment nul. Comme pour les animaux que l'on soupçonne d'être enragés, j'allais être mise en quarantaine.

— Dans ce cas, pourquoi est-ce que tu m'as réveillée ? Nous sommes en avion. J'entends les moteurs. Pourquoi ne pas attendre que nous soyons arrivés ?

— Tu as besoin de te nourrir, et je me suis dit que tu aurais envie de te rafraîchir.

Je portai de nouveau la main au bandeau, et de nouveau il retint mon geste.

— Laisse-le.

— Pourquoi ? Je sais déjà qu'on est en avion, je ne peux pas nous localiser grâce aux nuages !

— Tu ne sais pas dans quel genre d'appareil on est, répondit Bones, intraitable. Marque, modèle, type ; ces informations pourraient servir à retrouver ta trace. Ce ne sera pas très long, Chaton.

Pas très long s'il avait tort. Mais combien de temps s'il avait vu juste ?

— D'accord. On commence par quoi, le gavage ou le lavage ? Je ne sais pas si je dois ouvrir la bouche ou ôter mes vêtements.

Il se tut pendant un petit moment.

— Je suis désolé, finit-il par dire.

— Ça veut dire que tu vas me frapper ? La dernière fois que tu t'es excusé, ça m'a valu une belle bosse.

J'essayais de rester nonchalante pour éviter de fondre en larmes à l'idée que c'était moi qui avais permis à Gregor de nous traquer.

— C'est toi qui choisis, et non, je ne vais pas te frapper.

J'aurais aimé pouvoir voir ses yeux. Ils m'auraient permis de mieux comprendre ce qu'il pensait vraiment. Mais je ne pouvais m'appuyer que sur sa voix, et Bones prenait bien soin de la contrôler.

— Alors emmène-moi aux toilettes. J'arrive à sentir ma propre puanteur.

Je ne savais pas combien de temps j'avais passé dans les vapes, mais ça n'avait pas été la durée d'une petite sieste. Ma vessie me mettait au supplice et j'avais l'haleine lourde. Charmant.

Il serra mes doigts.

— Allons-y.

Sans autre choix que d'avancer en trébuchant, je me laissai guider par Bones.

Je me lavai les cheveux dans le minuscule lavabo des toilettes. C'était un exercice intéressant à pratiquer les yeux fermés, car j'avais insisté pour qu'il m'enlève le bandeau. Bones resta dans l'entrebâillement de la porte du début à la fin et me passa ce dont j'avais besoin. Mon ouïe m'indiquait que nous n'étions pas les seuls passagers de l'avion. Même si je savais qu'ils s'abstiendraient de se rincer l'œil, la porte ouverte me mettait tout de même mal à l'aise. Une fois ma toilette terminée, il me tendit des vêtements propres.

Puis il me nourrit à la cuiller. À chaque bouchée de ce qui semblait être du poulet, mon désespoir augmentait. Elle était belle, l'égalité dans notre couple. Je ne serais jamais plus inutile que maintenant. Lorsque Bones me donna les quatre gélules, je les avalai goulûment. Plutôt retomber dans le coma que de vivre ça.

Bones me réveilla au bout d'un laps de temps inconnu, puis nous recommençâmes la même procédure. Les petites secousses m'apprirent que nous étions toujours en avion, mais ce n'était peut-être plus le même. Les moteurs semblaient générer un bruit moins grave. Je pris rapidement les comprimés et les avalai avec un verre d'eau après avoir refusé de prendre la becquée. Je ne risquais pas de mourir de faim, et la déshydratation était mon seul véritable souci. Bones ne discuta pas. Il se contenta de me caresser la tête pendant que j'attendais que les médicaments fassent effet.

La dernière chose que j'entendis avant de sombrer dans l'inconscience fut « … atterrit bientôt, Crispin ». On aurait dit la voix de Spade. Ou peut-être étais-je déjà en train de rêver.

Chapitre 11

Lorsque j'ouvris les yeux, il me fallut un peu de temps pour m'accoutumer à la lumière vive de la pièce. J'étais encore en train d'avaler le sang de Bones, dont le goût m'était si familier, lorsque je me rendis compte qu'il sortait d'un verre et non pas de ses veines.

— Si je devais boire quotidiennement le sang de cet animal, je préférerais largement me laisser mourir de faim.

Oh mon Dieu ! Faites que ce soit un rêve !

— Maman !

Elle me gratifia d'un froncement de sourcils réprobateur avant de poser le verre sur une table.

— Tu as encore perdu du poids. Cette créature n'est donc pas capable de te nourrir correctement ?

Ah non, je ne rêvais pas. C'était bien elle, en chair et en os.

— Qu'est-ce que tu fais là ? Où est Bones ?

Elle leva la main.

— Il est sorti. Même si je savais où il est allé, je ne pourrais pas te le dire. Tu sais, au cas où l'autre vampire le découvrirait. Je dois dire, Catherine, que ton goût pour les hommes est déplorable.

Jésus, Marie, Joseph. N'importe lequel des trois, aidez-moi.

— Est-ce qu'on peut sauter la phase où tu insultes Bones, pour une fois ? Je ne suis pas franchement d'humeur.

— Ça se comprend, dit-elle sans la moindre compassion. (C'était ma mère tout craché). Tu as épousé Charybde, et on dirait que tu es également mariée à Scylla.

À quoi est-ce que Bones avait rêvé en l'amenant ici ? Inviter ma mère à passer un peu de temps avec moi, ben voyons… C'était la meilleure méthode pour que je le *supplie* de me donner mes somnifères.

— Ne mentionne pas le nom de Gregor, ou je…

Je m'interrompis et elle eut un rictus.

— Tu quoi, Catherine ?

Quoi donc, en effet ? C'était ma mère. Je ne pouvais pas la menacer de la frapper, de la poignarder, de la battre, ni même de l'insulter. J'essayais de trouver de quoi lui faire assez peur pour qu'elle ne me parle plus jamais de mes déboires avec le Marchand de sable.

— Je deviendrai échangiste, dis-je. (Elle écarquilla les yeux. Son éducation stricte la rendait rétive aux styles de vie sortant de la normale.) Parfaitement. À trois, à quatre, à plus. Bones connaît un bon millier de filles prêtes à sauter dans un lit avec nous. On repoussera toutes les limites, on prendra notre pied en…

— Catherine ! souffla ma mère, outragée.

En dessous de nous, j'entendis un rire féminin. Aussi reconnaissable qu'inattendu.

— Si Cat insiste, je me réserve la première place !

Annette, le premier vampire créé par Bones, rit de nouveau. C'était le rire entendu d'une personne qui parlait on ne peut plus sérieusement.

Ma mère bondit sur ses pieds. La porte de la chambre était ouverte et Annette avait parlé assez fort pour que même ma mère l'entende.

— Quand les poules auront des dents, espèce de sale traînée anglaise !

J'applaudis mentalement à cette insulte, mais c'était moi qui avais commencé tout ça.

— Maman, ne traite pas Annette de traînée. Le nombre de ses conquêtes ne te regarde pas.

D'accord, je ne pouvais pas laisser passer l'occasion d'une petite pique. Pourquoi diable Bones m'avait-il laissée sous le même toit que ces deux-là ? À cause de la relation très intime qu'elle avait entretenue pendant plusieurs siècles avec Bones, je ne m'entendais généralement pas très bien avec Annette. Ma mère et moi avions beaucoup de sujets de discorde, malgré son récent changement d'attitude envers les morts-vivants, et envers une goule en particulier.

— Maman, je suis ravie de te voir. Maintenant, j'aimerais prendre un vrai bain.

Elle se leva.

— Tous les occupants de la maison savent que nous ne devons pas dire où nous sommes, donc tu es libre de faire ce que tu veux tant que tu ne sors pas. Je t'ai amené des vêtements. Ils sont dans la penderie. Ah oui, n'allume pas la télé. Ni la radio, et il est inutile de te dire que tu ne peux pas te servir du téléphone.

Après m'avoir dispensé ces informations, elle sortit fièrement. Je soufflai une seconde, puis balançai les jambes hors du lit. Au moins je pourrais me baigner sans assistance. Je devais me fixer des objectifs raisonnables.

Après m'être lavée de fond en comble et habillée, je descendis en me dirigeant vers les voix que j'entendais. Bones ne voulait pas que je sache où j'étais, et il avait réussi son coup. Tout ce que je pouvais deviner, c'était que la maison était ancienne, quoi que remeublée dans un style moderne, et qu'elle se trouvait au sommet d'une falaise à pic. C'était ce que m'apprenait la vue qui s'offrait à mes yeux par la fenêtre. Des collines vertes et des rochers couraient jusqu'à l'horizon, et l'air charriait une odeur particulière. Nous étions peut-être dans le nord des Montagnes Rocheuses, mais je n'avais pas l'impression que c'était les États-Unis. Peut-être le Canada ? Peut-être pas.

Je décidai que je devais arrêter d'essayer de deviner. Après tout, cela risquait de gâcher tout le mal qu'on s'était donné.

Les discussions s'arrêtèrent avec une synchronisation presque comique lorsque j'entrai dans la cuisine. Cinq têtes se tournèrent vers moi avec une nonchalance feinte. Outre ma mère et Annette, Ian, le vampire qui avait créé Bones, se trouvait là, ainsi que Spade et Rodney.

— Salut la compagnie, déclarai-je. Tout le monde est là ? Ou bien d'autres rôdent encore dans les coins ?

— Oh, il y en a d'autres, entama ma mère avant de pousser un cri. Aïe ! Qui m'a donné un coup de pied ?

Je laissai échapper un rire très peu convenable pour une dame.

— Ça doit être Spade. D'accord, donc je n'ai même pas le droit de savoir qui est là ? Qu'est-ce que ça peut faire ?

— Seulement quelques gardes, Cat, répondit Spade avec dédain tout en lançant un regard d'avertissement à ma mère. Pas de quoi s'inquiéter.

— Très bien.

Si je demandais plus d'informations, j'allais certainement me retrouver de nouveau les yeux bandés.

Ian était allongé dans un fauteuil, les jambes croisées au niveau des chevilles. Ses yeux turquoise brillaient d'un éclat espiègle lorsqu'il les fit glisser sur ma mère.

— Je vous ai manquée hier soir quand je suis arrivé. Ravi de vous revoir, mon trésor, dit-il d'une voix traînante.

Rodney lança à Ian le même regard menaçant que moi, mais pas pour la même raison. Rodney et ma mère, euh, sortaient ensemble. Ou tout du moins, c'était toujours le cas à ma connaissance. Réfléchir à la vie amoureuse de ma mère était au-dessus de mes forces, et cela n'avait rien à voir avec le fait que Rodney était une goule.

— Laisse ma mère tranquille, dis-je à Ian en lui faisant les gros yeux.

Il sourit, sans vergogne. Ian ne devait même pas connaître le sens du mot remords. Même s'il avait prouvé qu'il était un ami fidèle de Bones, Ian et moi avions un passé chaotique. C'était un collectionneur : il appréciait ce qui était rare et inhabituel… objets ou personnes. Suivant cette inclination, il avait essayé de me forcer à me joindre à lui, dans tous les sens du terme, avant d'apprendre ce qui me liait à Bones. Depuis, Ian n'avait jamais rien tenté d'inconvenant à mon égard, mais il semblait prendre un malin plaisir à chercher à m'agacer par tous les moyens.

Comme pour confirmer cet état de fait, Ian jeta un regard traînant sur ma mère en prenant bien soin de s'assurer que je le voie s'arrêter sur certains détails de son anatomie. Puis il sourit de toutes ses dents.

— C'est un *véritable* plaisir de vous revoir, Justina.

Tout ce que je pouvais espérer, c'était que la haine que ma mère éprouvait envers les vampires, et qui avait transformé mon enfance en enfer, jouerait maintenant en sa faveur. Ma mère détestait mon père, Max, qui l'avait séduite avant de lui dire qu'elle venait de coucher avec un démon, pour la simple raison qu'il trouvait cela amusant. Elle était tombée enceinte ce soir-là et crut avoir donné naissance à un bébé diabolique : moi. J'avais payé toute ma vie pour le sens de l'humour tordu de mon père, jusqu'à ce que Bones me montre qu'un vampire ne se résumait pas à ses canines.

Mais ma mère, quant à elle, faisait visiblement toujours l'amalgame entre morts-vivants et mal absolu, à en juger par le regard qu'elle lança à Ian.

— Vous n'avez vraiment rien de mieux à foutre ? lui demanda-t-elle d'une voix glaçante.

Ian se contenta de sourire encore plus largement.

— Mais si. Relevez votre jupe pour que je vous montre.

— Ça suffit ! criai-je en me précipitant sur lui.

Au même moment, Rodney renversa sa chaise et se dirigea également vers lui. Nous étions tous les deux verts de rage ; Ian recula d'un pas pour nous éviter et nous regarda nous rentrer dedans.

— Ian, ça suffit, dit sèchement Spade en s'immisçant entre Rodney et moi lorsque nous nous relevâmes d'un bond pour tenter de nouveau notre chance. Cat, Rodney… Ian a fini. N'est-ce pas ?

Spade lança un regard furieux à Ian, qui se contenta de hausser les épaules.

— Pour l'instant.

J'étais coincée dans une maison entre ma mère, son petit ami aux nerfs à fleur de peau, l'ancienne maîtresse de Bones, son créateur libidineux et son meilleur ami taciturne. L'appétit qui m'avait tenaillé lorsque j'étais descendue avait disparu. La seule chose que je voulais, c'était m'éloigner le plus possible d'eux, mais cela signifiait me cacher dans ma chambre, ce dont j'avais également plus qu'assez.

Une chose pourrait peut-être m'aider. J'ouvris les meubles et commençai à les fouiller avec une détermination bornée.

— Qu'est-ce que tu cherches, Catherine ? demanda ma mère.

— De l'alcool.

J'en étais à ma troisième bouteille de Jack Daniels lorsque Bones arriva. La nuit tombait, et les derniers rayons du soleil donnèrent une teinte rougeâtre à ses cheveux lorsqu'il passa la porte. Le simple fait de voir son corps rigide et musclé me fit serrer la main davantage autour de la bouteille de whiskey. La vache, ce qu'il était beau, mais il fallait que j'étouffe mes idées obscènes et que je tourne mes pensées vers autre chose. Les machines agricoles. L'élevage. La crise économique.

— Bon Dieu, Chaton, c'est comme ça que tu as passé ta journée ? Une bouteille à la main ?

Le ton moralisateur de Bones refroidit mes ardeurs temporaires. Bien, pas la peine de réfléchir au déclin de la nation !

— Tu as un teint magnifique, alors tu es mal placé pour critiquer, dis-je. C'est pour ça que tu as mis tant de temps ? Elle était particulièrement appétissante ?

J'étais jalouse, aussi irrationnel que cela puisse paraître. Bones se nourrissait de femmes pour deux raisons : son allure lui permettait de les charmer avec une facilité déconcertante, et il préférait leur goût à celui des hommes. Je n'avais pas cru que Bones puisse apprécier la différence entre le sang masculin ou féminin jusqu'à ce qu'il me prouve le contraire. Il était capable d'identifier sans la moindre erreur le genre de tout échantillon de sang. Il avait même ajouté un jour qu'il pensait avoir acquis le goût des œstrogènes avec le temps.

— Ce qui est sûr, c'est qu'elle n'était pas imbibée de whiskey, me rétorqua-t-il en s'approchant de moi et en fronçant les sourcils à la vue de ma bouteille presque vide. C'est tout ce que tu as avalé aujourd'hui ?

— Tout juste, Crispin, claironna Ian. Elle a passé la journée à boire avec la détermination d'un poivrot irlandais.

Je n'avais rien à lancer sur Ian, à part mon whiskey, et il n'était pas question que je le lâche.

— Va te faire voir, Ian !

Bones s'empara de ma bouteille, mais j'avais prévu sa manœuvre. Je m'accrochai et nous tirâmes chacun de notre côté.

— Lâche ça, aboya-t-il en m'arrachant mon trophée. Tu as besoin de te nourrir, Chaton, et de boire une bonne dizaine de litres d'eau. Enfin, où est ta mère ? Cette satanée bonne femme n'est même pas capable de veiller à ce que tu ne meures pas de faim ?

S'il avait pour but de me mettre en colère, il n'aurait pas pu choisir de meilleur moyen.

— Ne te gêne pas. Fais-moi nourrir, abreuver et tenir en laisse par quelqu'un. Tu sais ce que tu aurais dû épouser, Bones ? Un chien, comme ça tu n'aurais pas eu à t'inquiéter qu'il lui prenne occasionnellement l'envie d'agir de son propre chef.

— Exactement ce qu'il me manquait, grommela-t-il en se passant la main dans les cheveux. Rentrer chez moi pour y affronter une harpie bourrée qui ne rêve que de m'arracher la tête.

Comment ça, ce qui *lui* manquait ? C'était moi qui m'étais fait assommer, droguer, et qui avais été réduite à se faire nourrir à la cuiller, tout cela à cause d'un vampire fou qui m'avait kidnappée à seize ans et qui refusait d'admettre l'évidence.

— Jouer les *harpies bourrées*, ça a été le meilleur moment de ma semaine, alors tu m'excuseras de ne pas t'attendre à la porte avec une cible rouge sur mon cou pour t'indiquer où prendre ton dessert.

J'étais en partie horrifiée par ce que je venais de dire. Après tout, ce n'était pas contre Bones que j'étais en colère, mais contre les circonstances. Malheureusement, j'avais craqué et dit des choses que je ne pensais pas vraiment.

Je ne pouvais même pas accuser Jack Daniels. Mon statut d'hybride m'immunisait contre les effets pervers de l'alcool.

— Pour l'instant, j'ai l'impression que c'est exactement ce dont *tu* as besoin, me rétorqua Bones. C'est ce que tu veux ? Il faut que je te monte au lit et que je te saigne un bon coup pour évacuer ta hargne ? Même si je préfère te flanquer une bonne raclée pour te remettre les idées en place, en tant que vampire, je suis à la hauteur de la tâche, que j'en aie envie ou pas.

J'en restais bouche bée, et je ressentis un désir impérieux de le gifler.

Mais en même temps, j'avais envie de pleurer. Tout allait si mal. Je partais en miettes, seule dans mon coin, malgré toutes les personnes qui m'entouraient.

Mes pensées durent se lire sur mon visage, ou bien il les entendit dans le chaos tourbillonnant de mon esprit. Les traits de Bones perdirent leur dureté glacée, et il soupira.

— Chaton…

— Arrête.

Je parvins à inspirer et à étouffer mon sanglot. Comme je semblais incapable de contrôler mes sentiments ou de tourner ma langue dans ma bouche, il valait mieux que je sois seule. Vite, avant que mes paroles dépassent de nouveau ma pensée.

— Je suis, euh, fatiguée.

Je montai l'escalier en laissant la bouteille de whiskey derrière moi. Elle n'avait servi à rien. En fait, depuis mon réveil, je n'avais réussi qu'à empirer les choses. Je savais que Bones n'était pas responsable de cette situation. S'il faisait tout cela, c'était uniquement pour assurer la sécurité de tout le monde, y compris la mienne. Mais pourtant, c'était sur lui que je passai ma colère. Au moins si j'étais endormie, je ne risquerais pas d'aggraver les choses entre nous.

Je fermai la porte derrière moi. Comme je ne trouvais pas de verre, je bus l'eau du robinet dans mes mains pour avaler les pilules de Don. Le stock diminuait rapidement. Il faudrait que je lui demande de m'en envoyer… sauf que je ne savais pas où nous étions.

Je ressentis peu après la sensation de chute, comme si le matelas s'ouvrait sous moi et que je tombais à travers. L'espace d'une fraction de seconde, je fus prise de panique et je tendis les mains pour essayer de me rattraper à quelque chose. Mais comme je l'avais demandé, j'étais seule.

Plus tard, lorsque je sentis une peau fraîche contre ma bouche, je fus soulagée. Je finis d'avaler, et malgré mes yeux fermés et le sommeil qui me tenait encore, je compris que ce n'était pas Bones. Le sang avait un goût différent.

Je clignai des yeux et vis Spade. Il ôta sa main mais resta assis sur le lit. Dehors, il faisait toujours nuit. Malheureusement, cette horrible journée n'était toujours pas terminée.

— Où est Bones ? demandai-je.

— Dehors, il ne devrait pas tarder à rentrer.

Je ne répondis pas. Mais il dut voir la tristesse que j'éprouvais en pensant que notre relation s'était détériorée au point que Bones ne prenait même plus le temps de venir me réveiller lui-même. Spade soupira.

— C'est nouveau pour lui, Cat, et il ne gère pas très bien.

— Qu'est-ce qui est nouveau pour lui ?

Être marié à une emmerdeuse psychotique ? suggéra mon esprit.

— La peur. (Spade baissa la voix.) Crispin s'est toujours enorgueilli du contrôle qu'il exerçait sur ses émotions, mais il n'en a pourtant aucun avec toi. Il n'avait encore jamais connu la peur de perdre la personne qu'il aime au profit de quelqu'un d'autre. Oh, ton copain Tate lui met les nerfs en pelote, pourtant Crispin sait que Tate ne représente pas une véritable menace. Mais Gregor est différent. Il est plus vieux que Crispin, plus puissant, et personne ne sait quels sentiments tu as eus pour lui.

Spade sous-estimait la gravité de la situation, j'en avais bien peur.

— Je ne pense pas que le problème soit là. Bones et moi ne pouvons pas rester cinq minutes ensemble sans nous disputer.

— Vous êtes tous les deux de mauvaise humeur, sans rien d'autre à faire que de vous en prendre l'un à l'autre, mais ne perds pas les priorités de vue. Est-ce que ce n'est pas pour lui que tu te bats ?

Je me mordis la lèvre.

— Et si c'est vraiment moi qui permets à Gregor de savoir où nous sommes ? Et s'il apprend tout ce que je sais dans mon sommeil, d'une manière ou d'une autre ? Cela voudrait dire que je mets tout le monde en danger rien qu'en me réveillant ! Et je ne trouve pas le moyen de me contrôler.

Ma voix se brisa. Mes yeux s'emplirent de larmes et ma vision se troubla. Et voilà. Une vraie épave, comme je le disais.

— Je crois que je devrais aller chez Don, finis-je par dire en m'essuyant les yeux. Il possède des refuges conçus pour résister à des attaques très violentes. Je pourrais y attendre que les choses se tassent. Comme ça, je ne ferais plus courir de risques à ceux qui m'entourent…

— Tu ne vas nulle part.

Bones se tenait dans l'encadrement de la porte, derrière Spade. Je ne l'avais même pas entendu monter les marches ; il s'était montré presque aussi silencieux que Fabian. Ses yeux étincelaient de vert, et son visage était dur comme du granit.

— Au cas où tu n'aurais pas écouté, Chaton, je vais le répéter. Tu ne vas nulle part. Tu es à moi, alors ne suggère plus jamais de partir.

Ce n'était pas la plus tendre des déclarations d'amour. Non, il venait plutôt d'annoncer froidement que j'étais son boulet et que c'était à *sa* cheville que j'étais enchaînée. Bones me tourna le dos et quitta la pièce après cette mise au point, sans prendre la peine d'ajouter quoi que ce soit.

Spade me serra la main, se leva doucement du lit et me regarda presque avec pitié avant de sortir.

— Ça va aller.

Je ne le contredis pas, mais je n'en pensais pas moins. Bones était parti sans même me laisser l'occasion de m'excuser pour mon comportement de la soirée précédente. Tout ce qui comptait pour moi – ma relation avec Bones, mon indépendance, être là pour mes amis, arrêter les meurtriers –, toutes ces choses étaient réduites en lambeaux. C'était en grande partie la faute de Gregor. Mais aussi un peu la mienne. Au moins, je pouvais faire quelque chose pour arranger cela.

Mais chaque chose en son temps. Je devais reprendre le contrôle des montagnes russes de mes sentiments, pour être en mesure de mettre les choses à plat avec Bones la prochaine fois que je le verrais. Je me concentrai sur mes défenses émotionnelles, des barricades solides érigées du temps de mon enfance, lorsque ma propre mère me rejetait, et renforcées pendant les années que j'avais passées loin de Bones. Elles étaient comme une seconde peau pour moi, et pour l'heure, c'étaient les seules choses qui pouvaient me permettre de ne pas craquer.

Lorsque je me sentis suffisamment remise, je commençai à envisager le programme de ma journée. Je débuterais par une longue douche chaude, avant d'enchaîner par une séance d'entraînement pour décompresser. Avec un peu de chance, Ian accepterait d'être mon partenaire. Me passer les nerfs sur lui me semblait la thérapie idéale, et il me réclamait une revanche depuis le jour où je l'avais battu.

Tiens, Ian, pensai-je, *c'est ton jour de chance !*

Et ensuite, je parlerais à Bones. J'essaierais d'arranger la situation avant qu'elle empire encore.

Chapitre 12

Le regard de Ian était plein de hargne.

— Si l'aube n'était pas si proche, je te ferais crier grâce.

J'étais au-dessus de lui, une jambe de chaque côté de sa taille. En d'autres circonstances, il aurait peut-être trouvé cela agréable. Mais pour l'heure, avec un poignard planté dans la poitrine, il avait d'autres choses en tête.

— Mauvais perdant, répondis-je en retirant la lame tout en sautant sur mes pieds. Allez. Encore une fois.

— C'est loin de valoir une bonne partie de jambes en l'air, grommela-t-il en se levant et en regardant d'un air mécontent sa chemise déchirée. Tu l'as bousillée.

— Je t'avais dit de l'enlever, dis-je en haussant les épaules.

Ian me sourit.

— Ah, mais je pensais que tu voulais juste te rincer l'œil, mon cœur.

Il n'avait pas arrêté de faire des commentaires et des insinuations pour tenter de me déstabiliser. Je ne les prenais pas au sérieux. Je savais comment il fonctionnait.

— Continue à parler, mon mignon. Ça ne me rend tes silences que plus agréables.

Il éclata de rire et nous recommençâmes à nous tourner autour. Les yeux de Ian brillaient d'impatience. Il aimait les bagarres où tous les coups étaient permis. C'était l'une de ses qualités les plus admirables.

— Alors comme ça, tu me trouves mignon ? J'en étais sûr. Hélas, Faucheuse, ça aurait été formidable, mais il a fallu que tu épouses Crispin. Désormais, tu es à jamais en territoire interdit, mais ça aurait été amusant. Très amusant.

— Tu n'avais pas une chance, Ian.

Avec un nouveau petit rire obscène, il évita le couteau que je lui lançai.

— Mal visé, mon chou. Tu m'as manqué d'un bon mètre. Tu te mords toujours les doigts quand tu repenses à quel point il nous aurait été facile de coucher ensemble avant que Crispin revienne dans ta vie ? Tu penses vraiment que tu m'aurais résisté longtemps si j'avais vraiment voulu t'avoir ?

Sale arrogant. Je lui fonçai dessus, mais Ian fit un pas de côté au dernier moment. Je compris trop tard que j'avais commis une erreur. Son pied partit, suivi de ses poings, et je me retrouvai déséquilibrée. Il enfonça son coude dans mon dos. Le coup me précipita au sol et Ian en profita pour me sauter dessus. Il me tira les bras en arrière dans le mauvais sens et colla sa bouche contre mon cou.

— Un coup de canine et je te tranche la gorge, murmura-t-il avant de me relâcher. (Je me retournai en grimaçant de douleur et le vis debout, en train de me regarder d'un air triomphant.) Ah, ce caractère. C'est à la fois ta faiblesse et ta force.

Je me relevai, ralentie par ce qui devait être des côtes cassées. Il m'avait également froissé l'épaule. Elles me brûlaient presque aussi fort que ma cage thoracique.

— Une sur trois, Ian. À ta place, j'attendrais un peu avant de me vanter.

— Je savais que je finirais par te battre, rétorqua-t-il. Tout le monde fait des erreurs un jour ou l'autre.

J'entendis des pas approcher et ma mère entra. Elle considéra le chaos que nous avions causé, puis moi, puis enfin Ian.

— Catherine, pendant combien de temps est-ce que tu comptes rester encore ici à faire le singe ? demanda-t-elle.

— On ne dit pas « bonjour », mon trésor ?

Ian ronronna cette question. Je lui adressai des menaces silencieuses par-dessus l'épaule de ma mère, auxquelles il ne répondit que par un large sourire.

Elle ne lui prêta aucune attention mais entendit ma respiration irrégulière.

— Tout va bien, Catherine ?

Nous pouvions être deux à jouer la provocation.

— Non. Ian m'a cassé les côtes.

— Moucharde, dit-il avec un rictus, comprenant où je voulais en venir.

Plutôt que d'être rongée par l'inquiétude, ma mère tapa du pied.

— Tu n'aurais pas dû le laisser approcher autant. Depuis que tu as démissionné, tu as peut-être perdu la main.

La peau de vache. Je poussai un soupir d'indignation. Ian réprima un éclat de rire.

C'est alors que le poste de télévision caché dans le coin de la pièce s'alluma. Troublée, je tournai la tête dans tous les sens en pensant découvrir un nouvel arrivant équipé d'une télécommande, lorsque j'entendis Ian pousser un juron.

— Et merde.

— Hein ?

Il nous saisit par le bras ma mère et moi. Je cessai de protester lorsque j'entendis ce qu'il marmonna ensuite.

— L'aube. Pourquoi les goules choisissent toujours l'aube pour attaquer ?

Ian nous propulsa hors de la pièce et nous mena jusqu'à l'escalier du sous-sol. De toutes parts, les gens sortaient des pièces où ils se trouvaient. La totalité des télés de la maison étaient allumées, leur volume réglé assez bas. Je compris alors ce que signifiait cette mise en marche synchronisée des postes : c'était une alarme. Une alarme très subtile.

— Qui nous attaque ?

— Pas le temps d'en discuter, dit Ian qui manqua de rentrer dans Bones au virage suivant. Ah, Crispin. J'espère que tu te sens en forme ? La matinée promet d'être agitée.

— En effet, dit Bones en posant lourdement la main sur mon épaule. Tu viens avec moi, Chaton. Ian, emmène sa mère en bas.

— Attends.

Je saisis l'un des couteaux accrochés à la ceinture de Bones. Il en portait plusieurs. L'attaque n'était peut-être pas si inattendue que ça, après tout.

— J'ai les côtes fracturées et des déchirures aux ligaments. Donne-moi du sang pour éviter que ça me ralentisse.

Ian poussa un grognement moqueur.

— Je préfère ne pas entendre ça.

— Ne perds pas de temps, rétorqua Bones. Chaton, par ici.

Il ignora le couteau que je brandissais et m'emmena jusqu'au troisième niveau de la maison. Je crus tout d'abord que des armes m'y attendaient. Ou du matériel de protection, car Bones insistait toujours pour que j'en porte. Mais lorsque nous entrâmes dans la chambre, il appuya sur un bouton caché dans le placard, ce qui fit apparaître une petite pièce que je n'aurais jamais remarquée sans cela. Je compris alors quelle était son intention.

Et j'étais furieuse.

— Si tu crois que je vais me cacher dans cette boîte, tu te fourres le doigt dans l'œil.

— Je n'ai pas le temps de discuter, m'interrompit Bones en me poussant à l'intérieur. Tu y trouveras des écrans de surveillance, un téléphone, ton portable et quelques-unes de tes affaires. Nous sommes attaqués par des goules. Avec les rumeurs dont Majestic t'a parlé, qui est-ce qu'elles visent, à ton avis ? Toi, et tous ceux qui te protègent. Si tu restes cachée, tu augmenteras les chances de survie de tous les combattants, alors pour l'amour de Dieu, Chaton, reste ici.

Un simple coup d'œil au visage de Bones me suffit pour comprendre que, consciente ou inconsciente, il ne me laisserait pas le choix.

— L'un des écrans te montre cette porte, reprit-il en me désignant un autre bouton sur le mur intérieur. Si quelqu'un que tu ne connais pas tente d'entrer, appuie là-dessus. Maintenant recule.

Sans attendre que j'obéisse, il me poussa au fond de la pièce et enclencha le système de l'extérieur. La porte se ferma avec un bruit lourd de verrous se mettant en place. Puis le silence se fit, lourd et implacable. J'étais enfermée.

Quelque chose attira mon attention au fond de mon réduit. Des moniteurs. Il y en avait six, chacun affichant un angle de vue différent. L'une des caméras était pointée sur l'extérieur de mon placard, comme l'avait dit Bones, mais les autres filmaient le terrain qui entourait la maison. Je fus surprise lorsque j'en vis l'extérieur, car cela m'apprenait beaucoup de choses sur son emplacement. Je comprenais mieux pourquoi je n'avais pas été autorisée à mettre un pied dehors. Visiblement, je me trouvais dans un petit château. Je ne l'aurais jamais deviné de l'intérieur, vu la modernité de l'aménagement.

Le jour se levait. La faible luminosité offerte par le ciel m'aidait à mieux voir tout ce qui se passait dehors, car les caméras ne semblaient pas infrarouges. La plupart des écrans montraient différents points autour du château, mais l'une des caméras était braquée sur la pente de la pelouse inférieure.

J'en eus le souffle coupé. Ils étaient si *nombreux.*

Une centaine de goules avançaient avec une détermination effrayante sur le terrain accidenté. Elles étaient toutes armées. Certaines portaient même des armes plus dangereuses que des pistolets ou des couteaux, comme des bazookas. Combien étions-nous ? Bones, Spade, Rodney, Ian… et quelques gardes, avait dit Spade. Contre une telle armée, ce serait un massacre. *Pourquoi est-ce qu'ils n'ont pas miné le jardin ?* me demandai-je avec fureur. *Et pourquoi est-ce qu'ils s'alignent devant la maison comme des cibles de fête foraine, plutôt que de se barricader derrière les murs !*

Un homme sortit des rangs et approcha du château. Il était de taille moyenne, avec des cheveux poivre et sel et un air autoritaire. Il disait quelque chose, mais ces fichus écrans ne retransmettaient pas le son. De plus, le blindage de la porte était trop épais pour que mes oreilles parviennent à entendre quoi que ce soit. Mais son annonce ne sembla pas recevoir un bon accueil. Bones pointa vigoureusement un doigt en direction de l'homme, et ce n'était pas son index. Le type cracha à ses pieds avant de lui tourner le dos et de revenir vers ses troupes.

Avec ou sans le son, il était clair que les négociations étaient terminées.

La première mitrailleuse se mit à tirer. Comme un seul homme, les vampires s'envolèrent, laissant Rodney aux commandes de sa propre arme. À mon grand soulagement, des visages familiers sortirent du château pour rejoindre

Bones et les autres. Les vampires disparurent des écrans et réapparurent quelques secondes plus tard pour bombarder les goules en se servant de leurs corps comme missiles. Lorsqu'ils reprenaient de l'altitude avec une vitesse hallucinante, la goule était soit décapitée, soit étourdie.

C'était un spectacle incroyable. Après un rapide calcul, je comptai une dizaine de vampires qui gardaient le château, et chacun d'entre eux frappait avec la force d'une tornade téléguidée.

Malheureusement, cela ne semblait pas suffire. Les goules qui survivaient à ces attaques féroces ne restaient pas longtemps assommées. Elles s'ébrouaient pour reprendre leurs esprits et reprenaient leur sinistre marche en avant. Pas à pas, elles réduisaient la distance qui les séparait du château. Leurs rangs s'éclaircissaient, c'était indéniable, mais leur détermination ne faiblissait pas. Bones et ses alliés étaient des adversaires formidables, mais la réalité était implacable. Ils n'étaient tout simplement pas assez nombreux.

Après une vingtaine de minutes de combats acharnés, le porte-parole des goules tira une fusée éclairante qui illumina soudainement le ciel encore sombre. Je me crispai, la main appuyée contre l'écran, comme si cela pouvait les aider. Cela n'eut aucun effet, bien entendu. Et d'autres troupes commencèrent à émerger du couvert des petites collines, où elles étaient restées cachées jusque-là.

Je hurlai, bondis sur mes pieds et tirai sur la porte de ma cage. Elle ne bougea pas d'un millimètre. Je me mis à chercher le levier qui me libérerait de ce piège. Il y en avait forcément un.

Mon cœur battait si fort qu'il semblait hurler avec moi. Une autre centaine de goules venait d'émerger du paysage. Les assaillants avaient planifié leur attaque en deux vagues, un plan aussi ingénieux que mortel. Ils l'avaient déclenchée à l'aube, au moment où les vampires étaient les plus faibles. Puis ils les avaient forcés à déployer toute leur puissance sur le premier groupe d'agresseurs pour les fatiguer encore plus. Enfin, une fois les vampires complètement épuisés, ils avaient jeté toutes leurs troupes dans la bataille pour le coup de grâce. Et moi, j'étais là, enfermée dans une pièce blindée, condamnée à les regarder sans rien pouvoir faire pour les aider.

Une sonnerie me tira de ces sombres contemplations. Comme mon cœur battait à tout rompre, j'attendis une seconde pour voir si elle ne sortait pas de mon imagination. Elle résonna de nouveau, et je dus fouiller parmi les objets que j'avais semés un peu partout pour trouver d'où elle venait. Mon portable était enterré sous un tas de vêtements. Je m'en saisis, espérant sans y croire que ce serait Don. Peut-être pourrait-il nous aider ? Nous envoyer des renforts, même si je n'avais pas la moindre idée d'où nous étions.

— *Catherine.*

La voix parla avant même que j'aie eu le temps de dire allô. Ce n'était pas mon oncle.

— Gregor.

Je respirais fort, sous l'effet combiné de mes côtes cassées, de la terreur que j'éprouvais à l'idée de perdre Bones, et de mes tentatives inutiles pour me sortir de là.

— *N'aie pas peur, ma femme.*

Son ton était rassurant, mais il cachait autre chose. Je ne savais pas quoi, et je m'en fichais.

— Je n'ai pas le temps… (Je dus m'interrompre pour reprendre mon souffle.) Faut que je sorte de là…

— *Tu ne cours aucun danger.*

Sa phrase me fit éclater d'un rire âpre.

— Si tu savais comme tu te trompes.

— *Ils ne te feront aucun mal, Catherine.*

Je serrai le téléphone entre mes doigts et reconnus ce que je n'avais pas pu identifier jusqu'ici dans sa voix : de l'assurance.

— Ce sont tes goules, n'est-ce pas ? soufflai-je.

Sur l'écran, je vis Bones regrouper les vampires les plus proches de lui en évitant les balles qui lui arrivaient dessus en grêle. Je compris alors ce qui s'était passé un peu plus tôt. Un porte-parole était venu faire une demande que Bones avait refusée. Ce n'était pas la peine de s'appeler Einstein pour deviner quelle était la nature de cette demande. C'était pour cette raison que Bones m'avait enfermée à double tour. Il savait que je n'aurais jamais accepté de sacrifier tout le monde si j'avais su qu'il existait une autre solution.

— *Il n'est pas nécessaire que cela se termine comme ça, ma chérie*, dit Gregor. *Viens à moi, et je te promets que mes troupes partiront sans faire plus de mal à tes amis.*

— Le problème, c'est que je suis enfermée dans une pièce blindée, dis-je sèchement. Même si je le voulais, je ne pourrais pas en sortir.

— *Tu n'as pas à bouger d'où tu es pour me rejoindre*, répondit-il presque en ronronnant. *Je suis le Marchand de sable. Tu n'as qu'à t'endormir et je viendrai te chercher.*

Dormir ? Qui aurait pu dormir en un moment pareil ? Les murs vibraient de l'intensité des coups de feu, et ce que je voyais sur les écrans me donnait envie de vomir. À part en me tapant la tête contre la paroi jusqu'à en perdre connaissance, je ne voyais pas comment je réussirais à m'endormir.

— Plus facile à dire qu'à faire.

Je laissai traîner ce dernier mot, et ma voix perdit son mépris désespéré. Bones avait équipé la pièce avec soin. Il y avait quelques livres, de la nourriture toute prête, des boissons, de quoi écrire, et surtout… des pilules.

Je pesai le pour et le contre, mes yeux passant du flacon de pilules au scénario sans issue qui se jouait sur les écrans. *Mencheres a dit que Gregor ne me voulait aucun mal. Si Bones a pris toutes ces précautions, c'était pour empêcher que Gregor me trouve. Pas parce qu'il cherche à me tuer, mais parce qu'il me veut auprès de lui.*

Le rejoindre serait peut-être dangereux, mais le danger que couraient actuellement Bones et mes amis était bien plus grand que celui qui m'attendait aux côtés de Gregor. Je ne pouvais pas rester à rien faire en espérant qu'un miracle survienne pour les sauver d'un massacre inéluctable.

— J'accepte, mais j'ai des conditions.

Gregor ricana.

— *Peut-être ne saisis-tu pas la gravité de la situation.*

— Je vois parfaitement ce qui est en train de se passer, le corrigeai-je en me mordant la lèvre. Mais j'ai tout de même des conditions.

Nouveau ricanement.

— *Je ne te ferai aucun mal, Catherine.*

— C'est bien aimable de ta part, mais ce n'est pas ce que je demande. (Mon Dieu, le nouveau contingent de goules avait commencé à tirer et se regroupait avec la première vague. Je n'avais pas beaucoup de temps.) Dès que je t'aurai rejoint, l'attaque devra cesser. Ce sera ta responsabilité de les arrêter et de faire en sorte que le combat ne recommence pas. Tu veux que je me souvienne de ce qui s'est passé entre nous ? Très bien, j'accepte. Mais si après cela je veux toujours retourner auprès de Bones… tu me laisseras partir, sur-le-champ, quelle que soit la situation. C'est un pari risqué, Marchand de sable, as-tu suffisamment confiance en toi pour l'accepter ?

Je provoquais délibérément son arrogance. Dans ma tête, il ne faisait aucun doute que quoi que je découvre, cela ne changerait rien à mes sentiments pour Bones. Bien entendu, Gregor ne le savait pas. Il aurait fallu qu'il ne soit pas très sûr de lui pour refuser mon défi, et ce n'était pas l'impression qu'il me donnait.

— *Je ne te mettrais pas dehors sans protection, si nous devions en arriver là. Je ferai en sorte que tu sois solidement escortée*, répondit-il d'une voix prudente et mesurée. *Oui, j'ai assez confiance en moi pour courir ce risque. Tes conditions sont acceptables.*

Je n'avais pas l'intention de le laisser s'en sortir aussi facilement.

— Jure-le sur ta vie, Gregor, parce que c'est ce qu'il t'en coûtera si tu mens.

— *Tu me menaces?* (Il semblait amusé.) *D'accord. Je le promets sur ma vie.*

Je poussai un profond soupir. Je n'avais pas vraiment confiance en Gregor, mais je devais prendre le risque. Si je ne le faisais pas et que tous mes amis mouraient, je ne me le pardonnerais jamais. *Seigneur, par pitié, faites que Gregor dise la vérité, et par pitié, par pitié, faites que Bones comprenne.*

— Très bien. Prépare-toi à faire ton tour de passe-passe, parce que j'arrive.

Je refermai le portable d'un coup sec et saisis le flacon de somnifères que Bones avait prévu au cas où je devrais empêcher Gregor de m'atteindre. Ce qu'il n'avait pas envisagé, en revanche, c'était que je m'en servirais pour laisser Gregor arriver jusqu'à moi.

Les instructions de Don concernant les pilules avaient été très claires. Quatre d'un coup. Si j'en prenais moins, elles me plongeraient seulement dans un sommeil normal. Je dévissai le bouchon et en jetai deux dans ma bouche avant de les avaler avec une gorgée d'eau. Ensuite, je pris un crayon posé près de mes livres. Les somnifères avaient un effet foudroyant ; je sentais déjà l'étourdissement me gagner. Il n'y avait pas de papier dans la pièce, et j'arrachai donc une page de l'un des livres et gribouillai quelques mots.

« Je reviens… »

Les mots devinrent flous avant même que je finisse de les écrire. Dans un dernier effort, je terminai de tracer les dernières lettres. Puis ma vision s'assombrit complètement.

Je courais, mais pour une fois, personne ne me poursuivait.

— Approche, Catherine.

Je suivis sa voix et l'aperçus devant moi. Le sourire de Gregor était doux et plein d'espoir. Cela me fit ralentir pour les derniers mètres.

— Souviens-toi de notre accord, l'avertis-je en sentant sa puissance étendre vers moi ses tentacules invisibles.

Les yeux de Gregor brillèrent.

— Viens à moi.

Pendant une seconde, j'hésitai. Je regardai par-dessus mon épaule, dans l'espoir insensé de voir Bones apparaître. Il n'était pas là, bien entendu. Il se battait pour sa vie et celles de ses compagnons. Cette fois-ci, au moins, j'allais pouvoir l'aider.

Je traversai l'espace qui nous séparait encore et laissai Gregor me prendre dans ses bras. Quelque chose, peut-être ses lèvres, me frôla le cou, mais à part cela…

— Il ne se passe rien.

Je prononçai ces mots le nez sur sa poitrine, car il était très grand. La sensation de rêve flou ne cessa pas, même si l'air autour de nous sembla s'électrifier.

— Je ne comprends pas, marmonna-t-il.

— C'est bien le moment de nous faire un blocage, sifflai-je, de plus en plus agitée à l'idée de ce qui était peut-être en train d'arriver à Bones. Allez, Gregor. Enclenche le mode Marchand de sable.

Il resserra son étreinte.

— Ça doit venir de toi, murmura-t-il. Tu me bloques.

Merde. Abaisser ma garde était peut-être ce qu'il y avait de plus dur pour moi, surtout avec un inconnu en qui je n'avais aucune confiance.

— J'essaie de ne pas le faire.

Ses yeux s'embrasèrent.

— Le retard que tu nous fais prendre pourrait coûter très cher.

Bon Dieu, il avait raison ! Il fallait que je fasse un effort. Vite.

Je passai les bras autour de son cou et lui fis pencher la tête. Lorsque sa bouche glissa sur la mienne, je l'embrassai, légèrement surprise que cela réveille en moi des sensations familières. Distraite par l'avidité de son baiser, je sentis mes boucliers vaciller et se fendre. Laisse-toi aller, Cat. Détends-toi…

Une douleur insoutenable m'envahit soudain, comme si l'on essayait de me retourner de l'intérieur. Par-dessus le bruit insupportable et la confusion, j'essayai de crier, mais je n'avais plus ni gorge, ni voix, ni corps. Je vécus l'indescriptible terreur de me sentir extirpée de ma propre peau et jetée dans le néant. J'avais l'horrible impression de tomber, mais à très grande vitesse.

Lorsque ma chute arriva à son terme, je retrouvai mon corps avec une violence inouïe. La sensation d'être de nouveau un être de sang, de chair et d'os se fit bien réelle lorsque je perçus les battements de mon propre cœur, un rythme engourdissant qui était la plus belle chose que j'avais jamais entendue.

— Catherine.

Ce ne fut qu'à cet instant que mes autres sens me revinrent. Je venais d'être téléportée, ce qui avait de quoi donner une trouille bleue à toutes les personnes assez malchanceuses pour en faire l'expérience. Je me rendis compte que j'étais allongée entre les bras de Gregor. Au ralenti, mon cerveau se mit à faire l'inventaire. *Deux bras, deux jambes, OK. Remuer les doigts et les doigts de pieds, OK. Côtes toujours douloureuses, OK. Cœur qui bat comme un marteau-piqueur, d'accord.* Mais il manquait quelque chose.

De grandes mains glissèrent le long de mon dos nu. Gregor, concret et on ne peut plus réel, arborait un sourire triomphant.

Et tout comme moi, c'était la seule chose qu'il portait.

Chapitre 13

— Où sont mes vêtements ?

Le ton furieux de ma question me valut un froncement de sourcil réprobateur.

— Ne grogne pas comme ça, Catherine. Je ne peux transporter que la matière organique.

C'était peut-être vrai, mais cela n'expliquait pas pourquoi il était lui aussi dans le plus simple appareil. Il s'agissait peut-être d'un accident, mais j'en doutais. Ses caresses, en tout cas, ne devaient rien au hasard.

— Bas les pattes, Gregor, et rappelle tes hommes comme tu me l'as promis. Tout de suite.

Je parlais maintenant avec moins de colère, mais avec une insistance froide et catégorique.

Il me regarda d'un air qui me fit croire qu'il allait refuser. Puis, avec une lenteur étudiée, il me libéra de son étreinte.

— N'essaie pas de te lever tout de suite, il te faudra un peu de temps pour te remettre.

Je me trouvais dans un lit. Bien sûr, comme si tout cela n'avait pas été savamment orchestré.

— Tout ira bien tant que tu tiens parole.

Il ne répondit pas, mais se dirigea vers la porte et l'ouvrit d'un coup sec. Ma pudeur naturelle me fit me retourner sur le ventre, mais mes membres n'avaient toujours aucune coordination.

Il y avait quelqu'un à la porte, et Gregor recula pour le laisser passer.

— Lucius, fais bien attention…

Lucius, un grand blond peut-être d'origine nordique, lui obéit en effet, ce qui lui permit de voir que j'étais en train de les fusiller du regard tous les deux.

— … à ce que je vais te dire. Ma femme est là. Elle est revenue de son plein gré, et tu peux donc ordonner à Simon de retirer ses troupes.

— Encore faut-il me prouver que je suis ta femme, et si je suis revenue, c'est uniquement à cause de ton chantage, répondis-je en lui lançant un regard qui disait clairement que je n'aimais pas sa façon de jouer sur les mots.

— N'oublie pas de décrire sa condition actuelle à Simon pour qu'il en fasse part à nos adversaires, dit Gregor en ignorant ma remarque. Et détaille la mienne aussi.

Dieu tout-puissant, Bones allait être vert de rage. Je commençais à me sentir mal à l'aise. J'aurais peut-être dû mieux réfléchir à tout cela.

— Oui, monsieur.

Lucius partit sans un autre regard pour moi, et Gregor referma la porte. Ce qui ne me soulageait aucunement, vu qu'il était toujours dans la pièce.

— Il va bien appeler ce Simon ? Il est près d'ici ? demandai-je tout en parvenant à m'emparer d'un bout de couverture et à m'enrouler dedans.

— Il va appeler. (Une lueur s'alluma dans ses yeux.) Mais nous sommes très loin de la Bavière, Catherine.

— La Bavière ? (La vache, je comprenais mieux pourquoi je n'avais pas du tout reconnu le paysage.) Où sommes-nous maintenant ? J'imagine que tu ne me le diras pas.

C'était très étrange d'avoir une conversation avec un inconnu nu comme un ver. Gregor ne se donna même pas la peine de s'habiller. Même sans regarder, je n'étais pas aveugle. Il était bâti comme un joueur de football américain, avec des muscles saillants sous une peau couverte de cicatrices.

— Je vais te le dire. Je ne suis pas comme ce charognard qui te faisait passer d'un endroit à un autre les yeux bandés sans rien te révéler.

Cette dernière phrase confirmait mes soupçons. C'était bien grâce à moi qu'il nous avait retrouvés chaque fois.

Je le regardai calmement.

— Même sans que je rêve de toi, tu étais toujours en train de fouiner dans ma tête. Tu as dû te donner un mal de chien pour découvrir tant de choses.

Gregor s'assit sur le bord du lit et me rattrapa lorsque je tentai de rouler loin de lui. Le manque de synchronisation de mes mouvements me faisait peur. Je voulais sauter hors du lit, mais je ne parvenais qu'à me tortiller misérablement.

— Je sais ce que tu sais, dit-il en passant la main le long de mon bras. Pour pouvoir transporter une personne, ou entrer dans son esprit, je dois avoir son sang en moi. Même si cela remonte à plusieurs années, ton sang est toujours en moi, Catherine.

Encore un détail que personne n'avait jugé bon de mentionner.

— Si tu me connais si bien que cela, tu dois donc savoir que j'aime Bones, répondis-je.

— C'est ce que tu crois.

Sa main descendit jusqu'au bas de la couverture et se glissa dessous. Mais le contact de ses doigts remontant sur ma cuisse ne me fit pas l'effet qu'il escomptait. J'explosai de colère.

— Il faut vraiment être un minable pour caresser une femme incapable de vous en empêcher.

Sa main se figea sur ma jambe. Je réussis à me retourner et à conserver tant bien que mal la couverture au-dessus de moi. Dans cette position, je pouvais au moins le regarder en face au lieu de me tordre le cou.

— Si j'ai accepté de retirer mes hommes si tu m'accompagnais, c'est uniquement parce que Bones t'a sauvée de la mort plusieurs fois, articula Gregor entre ses dents. Mais à partir de maintenant, je ne lui fais plus aucune faveur.

— C'est comme ça que tu appelles le fait de ne pas le massacrer lui, ma mère et mes amis dans une embûche sournoise à l'aube ? Une *faveur* ? Et comment est-ce que tu nous as localisés, d'abord ? Cette fois-ci, ce n'était pas à cause de moi.

Gregor serra les mâchoires.

— Je t'ai trouvée à cause de la stupidité de Bones, et s'il m'avait découvert, moi et mes hommes, dans les mêmes circonstances, il aurait agi de la même manière. (J'ouvris la bouche pour répondre, mais quelqu'un frappa alors résolument à la porte.) J'ai dit que je ne voulais pas être dérangé, aboya Gregor en se dirigeant à grands pas vers la porte avant de l'ouvrir à toute volée.

C'était de nouveau Lucius. La nervosité le faisait presque sauter sur place.

— Maître, il faut que vous veniez avec moi. J-j'ai des… nouvelles.

La manière dont ses yeux revenaient sans cesse sur moi me motiva à balancer mes jambes caoutchouteuses hors du lit et à me lever.

— Qu'est-ce qui s'est passé ? Vous n'avez pas réussi à joindre votre copain ? dis-je en luttant contre l'étourdissement.

— Tu as vraiment besoin de moi maintenant ? répéta Gregor en me désignant d'un geste. C'est le premier moment que je passe avec ma femme depuis une dizaine d'années. Ça ne peut pas attendre ?

—Non, monsieur, murmura Lucius en baissant la tête.

—C'est Bones ? demandai-je en vacillant avant de tomber, car mes jambes m'avaient lâchée. S'il est mort, Gregor…

—Est-ce que ce porc est toujours en vie ? interrompit ce dernier. Réponds, pour éviter qu'elle fasse une crise d'hystérie.

—Ah oui, il est vivant. (Je n'avais jamais rien entendu d'aussi agréable.) Si vous voulez bien vous donner la peine de me suivre…

—Ma mère ? le coupai-je en réfléchissant à ce qui pouvait également avoir très mal tourné.

—À ma connaissance, vos amis n'ont subi aucune perte, dit Lucius en se tordant presque les mains.

—Tu as les réponses que tu désirais, dit Gregor en me soulevant pour me déposer de nouveau sur le lit. Si tu ne veux pas te blesser, reste ici. Je ne serai pas long.

Sur ces mots, il sortit. J'entendis distinctement le bruit de verrous s'enclenchant une fois la porte fermée. Sans autre option plus productive, je me résolus à remettre mes membres en état de marche.

Gregor revint environ une heure plus tard. Il avait enfilé un pantalon mais était toujours torse nu. C'était mieux que rien. Je m'assis dans le lit, le drap remonté jusqu'au menton et le dos calé contre les oreillers. Lorsqu'il croisa mon regard, quelque chose passa sur ses traits sévères. Sa bouche s'adoucit, sans toutefois aller jusqu'à sourire.

—Tu me rappelles la jeune fille que tu étais. Tu n'es plus elle, mais en ce moment, tu lui ressembles énormément.

C'était incroyablement étrange. Il se souvenait d'une personne que j'avais été, et je n'avais aucune idée de qui il s'agissait. Une Catherine de seize ans qui ne détestait pas les vampires et qui en avait accompagné un à Paris ? Inconnue au bataillon.

— Non, je ne suis plus elle, convins-je. Comme il n'est pas possible de remonter le temps, pourquoi ne pas nous séparer aussi amicalement que possible aujourd'hui ?

Il ne répondit pas à ma suggestion.

— Ton corps aussi a changé. Tu mesures trois centimètres de plus, et tu as pris du poids.

— De quoi je me mêle, marmonnai-je.

Cela le fit sourire, et la cicatrice sur sa paupière se plissa.

— Ce n'était pas un reproche, ma femme. Ta poitrine est plus plantureuse, et tes cuisses plus souples.

Il avait *beaucoup* trop d'idées, et toutes sur le pire sujet possible.

— Gregor, commençai-je en changeant de position dans le lit avant de laisser échapper un souffle crispé à cause de la pression que le mouvement avait exercée sur mes côtes.

Il se précipita vers moi.

— Tu es blessée. Je pensais que c'était dû seulement au malaise inhérent au transport, mais tu souffres.

— Ce n'est rien, dis-je en repoussant sa main. J'ai encaissé quelques coups en m'entraînant avec un ami, ça va. Où sommes-nous ? Tu ne me l'as pas encore dit.

— En Autriche.

Il s'assit sans que je l'y invite et je reculai, mal à l'aise de le sentir si proche.

— Et quelle est cette nouvelle que Lucius ne voulait pas que je sache ?

Je fronçai un sourcil en lui posant cette question, comme pour le mettre au défi d'y répondre.

Il haussa à demi les épaules.

— Aucun de tes proches n'a été capturé ou tué. Mes hommes se sont retirés lorsque je le leur ai ordonné, et ma promesse est remplie.

— Pas entièrement, dis-je sèchement.

— Pas plus que la tienne. C'est ton tour. (Il tira un petit couteau en argent délicatement gravé de la poche de son pantalon.) Bois mon sang. Retrouve ce qui t'a été volé.

Maintenant que l'heure était venue de découvrir ce que l'on avait effacé de ma mémoire, j'éprouvai des doutes. Était-il possible que j'aie aimé le vampire qui se tenait devant moi ? Je ne pouvais pas le concevoir, mais Gregor semblait tellement sûr de lui. Et si le fait de récupérer ce fragment de mon passé changeait *vraiment* ma relation avec Bones ? Pouvais-je risquer cela ?

Mais d'un autre côté, je n'avais pas le choix. Si Gregor voulait me forcer à boire son sang, dans ma condition actuelle, cela lui serait facile. De plus, je refusais de laisser le doute me dicter mes actions. J'aimais Bones. Rien de ce que je trouverais dans mes souvenirs ne changerait rien à cela, quoi qu'en pense Gregor.

J'acceptai le couteau qu'il me tendait sans détourner les yeux. Mais lorsque je voulus lui prendre la main, il m'arrêta.

— Non. Bois à ma gorge, comme j'ai autrefois bu à la tienne.

Je n'avais *aucune* envie de m'approcher encore plus de lui, mais refuser n'aurait eu aucun sens. *Au moins, Bones avait tort*, me dis-je. Il avait juré que Gregor me forcerait à le mordre.

Sans hésiter, je plantai la lame dans le cou de Gregor et collai la bouche sur la blessure tout en aspirant. Tandis que j'avalais son sang, je sentis qu'il m'enlaçait, mais sans vraiment m'en rendre compte. Quelque chose explosa dans mon cerveau. Cette fois-ci, je ne tombais pas ; je fus propulsée en avant.

J'attendais au rez-de-chaussée devant la porte d'entrée comme Cannelle, la gouvernante de Gregor, me l'avait demandé. Elle avait marmonné en français quelques mots que je n'avais pas bien compris, mais ils ne m'avaient pas paru très amicaux. Oh, lorsque Gregor était là, Cannelle était polie. Mais dès qu'il tournait le dos, elle devenait froide et cassante. J'étais loin de chez moi, et je n'avais vu personne, à part les quelques habitants de la maison. J'aurais tellement aimé avoir un ami.

Selon moi, le hall d'entrée de Gregor était d'une froideur absolue. De hauts plafonds qui ne permettaient pas de voir un seul coin de ciel. Des visages fermés grossièrement peints qui accueillaient avec des yeux hargneux tous ceux qui avaient l'outrecuidance d'entrer. Des hachettes croisées par-dessus un blason. Confortable, c'était le mot. Si vous vous appeliez Adolf Hitler.

Gregor passa la porte quelques instants plus tard. Il avait l'air important avec son long manteau noir recouvrant une chemise et un pantalon de la même teinte. Même s'il m'intimidait, je ne pouvais m'empêcher de m'extasier devant sa beauté.

J'avais encore du mal à croire que Gregor était un vampire. Je commençais à peine à admettre ma nature hybride lorsque j'avais été emmenée par un vampire inconnu en qui ma mère semblait avoir confiance, ce qui était incroyable en soi. Comme elle n'avait généralement confiance en personne, cela devait vouloir dire que Gregor était très spécial.

— Cette robe te va à ravir, dit-il en me regardant de la tête au pied. C'est une adorable jeune fille que je vois, et non plus une jeune paysanne négligée.

Je me crispai à cette phrase, mais je ne voulais pas lui laisser voir qu'il avait touché un point sensible.

— Remerciez Cannelle. C'est elle qui a tout préparé pour moi.

— Je la remercierai plus tard, répondit-il avec une lueur dans le regard. Ne préfères-tu pas ça à un jean taché et à des brindilles dans les cheveux ?

Je n'avais presque pas dit un mot ces deux derniers jours, intimidée par sa personne et par ce qui m'arrivait, mais ma colonne vertébrale se raidit à ces mots.

— Ça m'allait très bien jusque-là, dis-je. Si mes origines vous gênent à ce point, vous feriez peut-être mieux de me remettre dans l'avion.

Il pouvait s'en prendre à moi autant qu'il le voulait, mais il n'était pas question qu'il touche à ma famille. Ce n'était pas de leur faute si mes grands-parents étaient pauvres. Ils travaillaient plus dur que la plupart des gens, et ils n'étaient plus tout jeunes.

Gregor étendit les mains.

— Ce n'était pas une critique, ma chérie. J'ai grandi dans une ferme moi aussi. Dans le sud de la France, mais il n'y avait pas de cerisier. Tu vois ? Encore une chose qui nous rapproche.

Cela me détendit un peu.

— Qu'avons-nous d'autre en commun ?

— Ah, sourit-il, ce qui fit disparaître la dureté des traits de son visage. Viens. Tu vas bientôt le savoir.

Gregor et moi nous baladâmes dans les rues de Paris. Il me montra de magnifiques fontaines illuminées et me détailla leur histoire. La soirée aurait été parfaite s'il n'avait pas constamment changé de sujet dès que je lui posais certaines questions.

— Qu'est-ce que je fais ici avec vous ? finis-je par lâcher, de plus en plus agacée de ne pas savoir pourquoi j'avais dû quitter l'Ohio si précipitamment. Je sais que ma mère a dit

que je devais vous accompagner parce qu'un méchant vampire en avait après moi, mais personne ne m'a dit son nom.

Nous étions presque à la Tour Eiffel. La vue était à couper le souffle, mais même le plus beau paysage du monde ne me ferait pas oublier ce que je voulais par-dessus tout : comprendre ce qui se passait dans ma vie.

Gregor me désigna un banc sur lequel nous nous assîmes. La température n'avait cessé de baisser depuis le coucher du soleil, et il ôta son manteau pour me le donner.

Ce geste simple me toucha et réveilla ma timidité. C'était ce que ferait un amoureux, ou du moins c'était ce que j'imaginais. De plus, Gregor était assis très près de moi. Gênée tout à coup, je priai pour que mon haleine soit fraîche et que je n'aie pas de morceau de nourriture coincé entre les dents.

— Ce que tu es, Catherine, commença-t-il, est très rare. Il y a des vampires en ce monde, ainsi que des humains et des goules, mais il n'a existé qu'un seul autre hybride connu dans toute l'histoire, et c'était il y a des siècles. À cause de cette particularité exceptionnelle, certaines personnes voudront t'exploiter. Un homme en particulier fera tout pour se servir de toi.

— Qui ça ? dis-je, haletante, envahie par un sentiment de solitude à l'idée qu'il n'existait personne d'autre comme moi. Et pourquoi ?

— Son nom est Bones. (Gregor cracha presque ces mots.) Il te forcera à devenir une tueuse, comme lui. Il te prostituera pour attirer ses victimes. Il massacrera ta famille pour que tu n'aies plus personne d'autre que lui pour te protéger. Et tu auras besoin de protection, Catherine. Après les atrocités qu'il te forcera à commettre, tu devras fuir le danger jusqu'à la fin de tes jours.

— Non !

Un cri désespéré pour refuser en bloc le destin qu'il venait de me prédire. Selon lui, j'allais devenir un monstre responsable de la mort des membres de ma famille, et j'avais envie de m'enfuir en courant, mais Gregor passa un bras autour de mes épaules et m'empêcha de bouger.

— C'est pour cela que je suis venu, ma chérie. Il ne te trouvera pas ici. Bientôt, je te lierai à moi, et alors plus personne ne pourra te prendre. Si tu fais ce que je te dis, tu n'auras jamais à souffrir une telle existence.

— Mes grands-parents ? Ma mère ? Ils ne risqueront plus rien ?

L'idée de leur mort me faisait frémir.

— Tant que tu es avec moi, ils ne risquent rien.

Il semblait si sûr de lui. C'est pour ça que ma mère m'a envoyée ici, *pensais-je avec découragement. Si je n'étais pas partie, ils auraient tous été tués.*

Il me caressa la joue.

— Mais tu dois m'obéir, c'est entendu ? Sinon, je ne pourrai pas te protéger de tout cela.

— D'accord. (J'inspirai profondément.) Je ferai tout ce que vous voudrez.

— Bien. (Ses yeux perdirent leur teinte verte et il me sourit d'un air détendu.) C'est la meilleure solution. Maintenant, viens.

Il ouvrit grand les bras et j'hésitai. Il voulait un câlin ?

— Euh, bafouillai-je, qu'est-ce que…

— Tu contestes déjà ? m'interrompit-il en fronçant les sourcils.

— Non, non.

Je passai immédiatement les bras autour de lui et mon cœur se mit à battre plus fort. Ce n'était pas une position à laquelle j'étais habituée.

— C'est mieux, dit-il, presque dans un grognement. (Gregor serra son étreinte jusqu'à me faire rougir.) Nous allons rentrer à la maison. Tu dois être fatiguée.

— Oui, répondis-je, un peu…

Il nous propulsa dans les airs. Mon petit cri de frayeur se transforma en exclamation émerveillée lorsque je baissai les yeux. Oh, waouh. *Je comprenais maintenant pourquoi Paris était surnommée la Ville lumière.*

Gregor navigua au-dessus des bâtiments, trop haut pour être repéré depuis le sol. Les sensations étaient incroyables, entre le vent qui sifflait autour de nous, la puissance qui émanait de lui et la beauté de la ville que nous survolions. Mon cœur ne battait pas ; il était prêt à exploser. Si c'est un rêve, *me dis-je,* je ne veux pas me réveiller.

Trop tôt à mon goût, il atterrit devant la masse grise de sa maison. Je m'accrochai à lui encore quelques secondes le temps de trouver mon équilibre, encore enivrée par cette expérience. Je venais de voler. *Si c'était un talent de vampire, il devait bien y avoir quelques avantages à être hybride, après tout.*

— Cela t'a plu, dit-il en voyant mon air béat et en souriant. Tu vois ? Il te suffit de me faire confiance.

— Je ne sais pas quoi dire, répondis-je, le souffle coupé. (Il m'avait lâchée, mais il était toujours presque collé à moi.) Merci.

Son sourire s'élargit. J'avais de nouveau l'impression de flotter. Personne ne m'avait jamais souri comme le faisait Gregor.

— Je t'en prie, Catherine.

Chapitre 14

Les trois semaines suivantes passèrent incroyablement vite. À part le snobisme perpétuel de Cannelle et mon inquiétude concernant ma famille, je devais admettre que je n'avais jamais été plus heureuse.

Gregor était un compagnon merveilleux… tant que je ne le contredisais pas et que je m'abstenais d'exprimer une opinion différente de la sienne. C'était une chose que j'avais apprise rapidement. Qui étais-je, moi, une adolescente, pour discuter avec un vampire millénaire dont le pouvoir et les connaissances dépassaient tout ce que je pouvais imaginer ? C'était la réponse favorite de Gregor lorsqu'il était agacé. Elle était d'ailleurs excellente. Je n'avais pas grand-chose à rétorquer à cela.

Mais lorsque Gregor était de bonne humeur, je me sentais au paradis. Il m'écoutait parler pendant des heures de mes angoisses d'adolescente hybride. Il m'encouragea à mettre en avant mes traits non-humains, que j'avais tenté au maximum de cacher avec ma mère. Puis il m'acheta des vêtements, des chaussures et des bijoux, malgré mes protestations, en disant qu'une jolie fille devait avoir de jolies choses.

Personne ne m'avait jamais dit que j'étais jolie. D'ailleurs, personne n'avait jamais prêté attention à moi comme le faisait Gregor. Presque du jour au lendemain, la jeune fille solitaire et rejetée était devenue un objet d'attention et de faveurs. Cet homme attirant, suave et charismatique passait tout ce temps avec moi, et même si je savais que c'était idiot, j'étais chaque jour un peu plus amoureuse de lui.

Gregor, néanmoins, ne dépassait pas les limites du rôle de protecteur. Tous les jours, j'essayais de me raisonner pour faire disparaître les sentiments embarrassants que j'éprouvais pour lui. Outre qu'il a un bon millier d'années de trop pour toi, il a certainement déjà une dizaine de maîtresses. De toute évidence, Cannelle le désire plus que tout, mais il ne s'abaisse même pas à lui donner l'heure, bien qu'elle soit une très belle femme. Quelles chances est-ce que cela te laisse ? Aucune, c'est clair.

J'étais parvenue à me convaincre d'arrêter de soupirer en secret sur Gregor lorsqu'il m'emmena voir Le Patient Anglais. *Après quelques cours accélérés, mon niveau de français me permettait de me passer en partie des sous-titres pour comprendre ce qui se passait, et certains passages ne nécessitaient aucune traduction.*

L'héroïne s'appelait Catherine. Le fait d'entendre son amant gémir mon nom lors des scènes érotiques du film réveilla mes fantasmes cachés. J'étais plus que consciente du genou de Gregor qui frôlait le mien, de son bras sur l'accoudoir, et de la place que son imposant corps occupait. Je sentis que je rougissais, et je bondis de mon siège en bafouillant que je devais aller aux toilettes.

Je n'arrivai pas jusque-là. Dans le hall, Gregor me saisit et me retourna pour me serrer contre lui. J'ouvris la bouche sous le coup de la surprise et la sienne se plaqua dessus, sa langue partant à la recherche de la mienne. Il m'attrapa les cheveux et me tint la tête pendant qu'il m'embrassait.

La sensation était à la fois brûlante, terrifiante et agréable. La manière dont il me tenait m'empêchait de bouger, et l'intensité de son baiser me bloquait la respiration. Finalement, il dut se rendre compte que j'agitais les mains, car il me relâcha. Je faillis m'écrouler, et seule la présence du mur m'empêcha de tomber. Mon cœur battait si fort qu'il devait en avoir mal à la tête.

— Ton premier baiser ? demanda Gregor d'une voix grave en fusillant des yeux un couple qui s'était arrêté pour nous regarder.

Je ne voulais pas l'admettre, mais il semblait toujours se rendre compte de mes mensonges.

— Oui.

Quelle honte. J'avais seize ans ; la moitié de mes camarades de classe avaient déjà fait l'amour.

Un sourire se dessina sur ses lèvres.

— Voilà ce que je voulais entendre. Tu as l'air d'apprécier. (Il m'entoura de ses deux bras et me bloqua contre le mur.) Je me demande comment tu réagiras aux autres plaisirs que je te ferai découvrir.

J'ouvris de grands yeux en pensant avoir mal compris. Gregor se conduisait d'une manière si différente de sa prévenance habituelle que je me sentais perdue.

— Vous voulez dire que vous voulez, euh, coucher avec moi ?

Il répondit à mon murmure choqué en m'attirant contre lui.

— Pourquoi es-tu là, à ton avis ? Pourquoi penses-tu que je t'ai accueillie chez moi, que je t'ai parée de beaux vêtements et que j'ai passé mes jours et mes nuits avec toi ? J'ai attendu que tu t'adaptes à ton nouvel environnement, et j'ai été très patient, n'est-ce pas ? Mais ma patience a des limites. Tu es à moi, Catherine, et tu le seras encore davantage bientôt. Très bientôt.

Je ne savais quoi répondre. D'accord, j'étais follement amoureuse de Gregor, mais je ne m'étais pas préparée à me retrouver au lit avec lui.

Timidement, je souris.

— Vous plaisantez, n'est-ce pas ?

Je compris tout de suite que j'avais commis une erreur. Il fronça les sourcils, étirant sa cicatrice, et son visage s'assombrit.

— Tu te moques de moi ? Je t'offre une chose pour laquelle Cannelle tuerait père et mère, et tu me réponds en gloussant. Je ferais peut-être mieux de m'intéresser à une vraie femme plutôt que de perdre mon temps avec une petite écervelée.

Les larmes me montèrent aux yeux. Je n'avais pas besoin de regarder autour de nous pour savoir que les gens nous regardaient en se dépêchant de traverser le hall.

— Je suis désolée, je ne voulais pas…, commençai-je.

— Non, tu ne *voulais* pas, m'interrompit-il, la voix pleine de mépris. Tu ne *veux* pas parce que tu ne *réfléchis* pas. Viens, Catherine. Tu es assez sortie pour ce soir.

Sur ces mots, il me tira par le bras et m'entraîna hors du cinéma. Je gardai la tête baissée, pour que les gens que nous croisions ne voient pas mes larmes.

Gregor ne m'adressa pas la parole pendant deux jours. Je téléphonai à ma mère, qui se contenta de me gronder d'avoir contrarié un homme aussi merveilleux. Je ne comprenais donc pas la chance que j'avais qu'il m'ait recueillie ainsi ? Je ne me rendais pas compte que tout ce qu'il faisait n'était que dans mon intérêt ? Je ne dis pas à ma mère que mon cœur n'était pas vraiment au diapason de ce qu'il m'avait suggéré. Peut-être étais-je *réellement* ingrate. Après tout, Gregor avait fait tellement de choses pour moi. Sans lui, ma famille et moi serions en grand danger. Et c'était un homme, un vrai. Je ne pouvais pas m'attendre à ce que quelqu'un de l'âge de Gregor se contente de me tenir la main s'il s'intéressait à moi.

Toute penaude, j'attendis le troisième jour pour lui parler. J'avais un plan, mais je ne savais pas du tout s'il fonctionnerait.

Tout d'abord, je me maquillai. Gregor semblait me préférer ainsi. Puis je me coiffai avant de me pencher sur ma tenue. J'avais une prédilection pour les pantalons, mais Gregor les détestait. Je passai ma nouvelle garde-robe en revue tout en *recommençant à me fustiger.* Tu vois tous ces jolis vêtements ? Il les a achetés pour toi. Regarde cette chambre. La maison de tes grands-parents tiendrait presque dedans. Personne ne t'a jamais aussi bien traitée. D'accord, Gregor a des sautes d'humeur, mais tu es un monstre hybride. Tu es mal placée pour jeter la première pierre.

Je choisis une robe blanche sans manche et me pomponnai du mieux que je le pus. Je me brossai ensuite les dents une dernière fois et me dirigeai vers sa chambre.

Mais une fois devant sa porte, je m'arrêtai. Et s'il avait déjà décidé de me renvoyer chez moi ? Bon Dieu, comment avais-je pu être aussi bête ?

— Entre, je t'entends, dit-il à voix haute.

Oh, zut. C'est maintenant ou jamais.

J'entrai dans sa chambre, et la décoration faillit me faire oublier le but de ma visite. La vache. C'était à la fois antique et barbare.

Le lit était environ deux fois plus grand que celui de ma chambre, qui était pourtant déjà immense. Aux quatre coins se trouvaient des troncs d'arbre polis et tordus. Ils étaient taillés en différentes formes qui s'entrecroisaient, et se rejoignaient au-dessus du matelas pour former un ciel de lit en bois sculpté. Le lit semblait taillé dans un arbre géant dopé aux stéroïdes. Je n'avais jamais rien vu de tel, et je rougis lorsque j'observai de plus près. Les corps à corps dans lesquels ces silhouettes étaient engagées n'étaient pas tous guerriers.

— Il a plus de quatre cents ans, il s'inspire du lit d'Ulysse, et il a été fabriqué pour moi par un menuisier qui faisait pousser des arbres dans l'intention de les tordre et de les entrelacer à sa guise, expliqua Gregor en réponse à mon silence stupéfait. C'est magnifique, n'est-ce pas ?

— Oui.

J'arrachai mon regard du lit pour me tourner vers lui. Il était assis devant l'ordinateur de son bureau. Il réduisit la page à l'écran et s'enfonça dans son siège, les bras croisés. Il attendait.

—Je suis désolée pour l'autre soir, commençai-je. Je suis tombée très amoureuse de vous, mais je me disais que c'était idiot, parce que je ne voyais pas comment vous pouviez vous intéresser à moi. Alors quand vous m'avez embrassée, et que vous avez dit… bref, vous savez ce que vous avez dit, j'ai été si abasourdie que j'ai pensé… que ce ne pouvait pas être vrai, parce que je ne croyais pas pouvoir être aussi chanceuse.

Lorsque j'avais élaboré mentalement mes excuses, j'avais supposé qu'elles seraient plus facilement acceptées si je parlais de l'attirance que j'éprouvais pour lui, même si c'était un aveu très gênant. Et tout était vrai. Je ne savais vraiment pas ce que Gregor me trouvait alors qu'il y avait des centaines de femmes somptueuses qui seraient ravies de l'avoir. À part son caractère, je le trouvais parfait sous tout rapport.

—Approche. (Je poussai un soupir de soulagement en voyant que sa colère était passée et j'avançai pour m'arrêter à une trentaine de centimètres de lui.) Encore. (Je fis un pas en avant, et mes genoux lui touchèrent les jambes.) Encore.

Il avait ronronné cet ordre, et ses yeux commençaient à changer. Ses prunelles grises commençaient à se teinter d'émeraude.

Je posai les mains sur ses épaules et me mis à trembler. Il ouvrit les jambes et je me glissai entre elles.

—Embrasse-moi.

Nerveuse, mais effrayée à l'idée de refuser, je posai mes lèvres sur les siennes en me demandant si je le faisais correctement.

Il ouvrit la bouche et ses mains prirent vie. Il me serra contre lui tandis qu'il plongeait sa langue au-delà de mes lèvres. Tout à coup, je perdis l'équilibre et me retrouvai sur lui.

Le fauteuil s'inclina en arrière et Gregor se mit à m'embrasser comme si ma bouche abritait des trésors enfouis.

Ses baisers étaient agréables, quoi qu'un peu trop vigoureux à mon goût. Mais je poussai un grognement de protestation lorsqu'il me souleva d'une main puissante pour me jeter sur le matelas.

— Gregor, attends.

Je parvins à haleter ces mots lorsque sa bouche glissa jusqu'à ma gorge. Je sentis un courant d'air sur mes jambes, car il était en train de remonter ma robe.

Waouh. *J'étais venue pour m'excuser et pour faire en sorte qu'il accepte de nouveau de me parler – j'avais même envisagé quelques baisers – mais je n'avais pas du tout prévu ce qui était en train d'arriver.*

— Qu'est-ce que tu as dit ?

Cette question claqua presque comme un coup de fouet, et il cessa de froisser ma robe. Je tremblai en voyant ses canines dépasser de sa bouche. Je ne les avais vues qu'une seule fois jusque-là, sous le porche de mes grands-parents le soir où nous nous étions rencontrés et qu'il nous avait prouvé qu'il était bien un vampire. Ses canines m'effrayaient, mais elles m'inspirèrent également.

— Je veux que tu me mordes, improvisai-je, mon cœur battant également la chamade à cette idée, mais il me fallait une solution, et vite. (Une qui ne le lancerait pas dans une autre tirade.) Bois mon sang.

Gregor me regarda fixement. Puis il me sourit.

— Oui. Ce soir, le sang de ton corps, et demain, le sang de ton innocence.

Oh, mon Dieu. Qu'est-ce que je venais de faire ?

Gregor s'assit et me redressa également. Il repoussa mes cheveux tout en ouvrant le col de ma robe.

Tout mon corps se figea. Est-ce que ça allait me faire mal ?

— Tu as peur, murmura-t-il. (Je sursautai en sentant sa langue frôler ma gorge. Son étreinte se resserra et devint implacable.) Cela adoucira ton goût.

Je commençai à dire quelque chose… mais ce fut un cri qui sortit de mes lèvres. Ses canines me percèrent la peau et je sentis littéralement mon sang exploser pour jaillir hors de moi. Les aspirations de Gregor étaient autant de pointes de douleur, mais la chaleur que je ressentais dans tout le corps les atténuait. Il aspira plus fort, augmentant l'étourdissement qui commençait à me gagner, et je me laissai aller à l'obscurité qui me tendait les bras.

CHAPITRE 15

— Tu es réveillée ? (Je clignai des yeux et vis Cannelle penchée au-dessus de moi. Elle se redressa et me désigna du doigt un plateau.) Tiens. Un repas et une dose de fer. Tu as besoin des deux. Tu n'as que quelques heures avant le crépuscule.

— Quoi ?

Je me redressai totalement en entendant cela, comme sous l'effet d'un coup de fouet. Alors que ses paroles commençaient à prendre tout leur sens, je sentis l'étourdissement me gagner. Cannelle me regarda sans la moindre compassion.

— Il t'a pris beaucoup de sang, dit-elle avant de marmonner quelque chose en français.

Même si mon français était encore loin d'être parfait, je saisis les mots « chèvre » et « maigrichonne ».

— Qu'est-ce qu'il y a, Cannelle ? demandai-je, de très mauvaise humeur. On ne t'a jamais dit qu'il était très impoli de parler aux gens dans une langue qu'ils ne comprenaient pas pour qu'ils ne puissent pas répondre ?

Elle posa négligemment le plateau sur le lit en renversant la théière.

— Je disais que je ne voyais pas pourquoi il avait pris tellement de sang à une petite chèvre maigrichonne, résuma-t-elle sans mettre de gants. Maintenant, je te conseille de manger. Gregor ne sera pas content si tu n'es capable de rien d'autre que de saigner allongée sous lui.

Je blêmis à l'évocation de cette image crue. Pleine d'appréhension, je me demandai comment j'allais bien pouvoir m'en sortir. Gregor n'était pas du genre à accepter un changement d'avis avec bonhomie.

Cela ne me laissait donc qu'une seule possibilité : le faire. Peut-être était-ce la meilleure option, si j'arrivais à faire abstraction de mon anxiété. Gregor ne se fâcherait pas, je ne serais pas renvoyée, et il m'avait assuré que je ne risquais pas de tomber enceinte ou d'attraper des maladies. Oui, j'aurais préféré attendre encore, et *longtemps*, avant de franchir ce pas, mais apparemment, mon heure était venue.

— Cannelle. (Je baissai la voix en lui faisant signe d'approcher. Ce qu'elle fit, l'air perplexe.) Je me demandais si tu pouvais me dire, euh, à quoi m'attendre.

Je n'avais personne d'autre à qui demander. Je n'allais tout de même pas téléphoner à ma mère pour lui poser la question. Je n'avais jamais eu d'amie proche, et les choses que j'avais entendues à l'école ne me seraient ici d'aucun secours. Bien entendu, je connaissais les aspects physiques de la chose. Mais je ne savais rien de ce qui pouvait se passer au lit avec un *vampire*.

— À quoi t'attendre ? répéta-t-elle. (Je lui fis signe de baisser la voix, mais elle m'ignora.) Attends-toi à te faire sauter, espèce d'idiote arriérée !

Malgré ma gêne, j'eus un éclair de lucidité.

— Gregor m'a dit que tu étais avec lui depuis soixante ans. Il te donne son sang pour que tu restes jeune, mais tu n'attends qu'une chose, c'est de passer à l'étape suivante, n'est-ce pas ? Tu rêves de devenir un vampire, et tu me détestes parce que tu sais que si je le lui demandais, il me transformerait. Et c'est une chose qu'il ne t'a jamais proposée.

Elle plissa ses yeux bleu ciel puis se pencha vers moi, un horrible petit sourire sur les lèvres.

— Tu sais à quoi tu dois t'attendre pour ta première fois ? (Cette fois-ci, sa voix était basse. Presque inaudible.) À une grande douleur. Bon appétit !

Elle sortit. Je contemplai la nourriture qu'elle m'avait laissée et repoussai le plateau.

On frappa à la porte deux heures plus tard. Mais pas à celle de ma chambre, où j'étais restée les yeux rivés sur l'horloge, comme un condamné à mort attendant l'heure fatidique. Non, c'était à la porte d'entrée.

Je me faufilai hors de ma chambre et vis Gregor l'ouvrir. Nous ne recevions jamais de visite. En voyant pas moins de six personnes entrer, je descendis donc jusqu'au hall d'entrée. Les visiteurs parlaient français, trop vite pour que je comprenne quoi que ce soit.

— Merde ! jura Gregor, avant de prononcer une série d'autres mots qui étaient peut-être eux aussi des jurons. Ce soir ? S'il pense pouvoir me la voler, c'est qu'il m'a énormément sous-estimé. Catherine. Viens tout de suite !

Je lui obéis en me demandant s'il allait me punir pour avoir écouté en douce. À mon grand soulagement, Gregor semblait se moquer que j'aie entendu. Il ouvrit le placard et me tendit un manteau.

— Enfile ça. On s'en va.

— Maintenant ? demandai-je. (Ce répit inattendu me remplissait en partie de joie.) Qu'est-ce qui se passe ?

— Je te le dirai en route, répondit-il en m'attrapant par le bras et en me tirant presque violemment pour me faire sortir. Nous n'avons pas une minute à perdre.

Deux autres vampires attendaient devant les portières ouvertes d'une Mercedes noire. Elle démarra dès que nous fûmes entrés dedans. La vitesse me plaqua en arrière. Je n'avais même pas eu le temps de boucler ma ceinture. D'accord, nous étions donc très pressés.

— Qu'est-ce qui se passe ? demandai-je de nouveau.

Gregor me regarda fixement un long moment. Cela m'effraya. J'avais l'impression qu'il était en train de peser le pour et le contre d'une décision.

— Catherine, dit-il, ils t'ont retrouvée. Au moment où je te parle, les alliés de Bones fouillent la ville à ta recherche. S'ils t'attrapent, ils feront de toi le monstre que je t'ai décrit.

J'étais sous le choc.

— Par pitié, empêche-les de faire ça ! Je ne veux pas être une tueuse. Je ne veux pas… devenir une sorte de prostituée.

L'espace d'une fraction de seconde, j'aurais pu jurer voir un éclair de triomphe passer sur son visage. Puis son front se rida et il secoua la tête.

— Il n'y a qu'un seul moyen d'empêcher cela, ma chérie. Tu dois te lier à moi. C'est la seule chose qui ne pourra pas être défaite.

— D'accord, lions-nous. (Je n'avais aucune idée de ce que cela signifiait.) Lions-nous en vitesse, mais ne me laisse pas tomber entre les pattes de ces monstres !

— Lucius, au Ritz ! aboya-t-il. (La voiture fit un écart durant lequel ma vie défila devant mes yeux, puis se remit d'aplomb.) Dis également aux autres de nous y retrouver. Il n'est pas question que je me lie sur la banquette arrière d'une voiture pourrie. (Puis il se tourna vers moi.) Catherine, en faisant cela, tu seras protégée jusqu'à la fin de tes jours. Si tu ne le fais pas, je ne pourrai pas vous sauver, ni toi ni ta famille. Alors quand le moment sera venu, n'hésite pas.

Cela me paraissait de mauvais augure. Il me traversa alors l'esprit que je devais lui demander ce que « se lier » signifiait.

— Euh, qu'est-ce que j'aurai à faire ?

Il me prit la main et passa son doigt sur ma paume.

— Tu te coupes ici, expliqua-t-il simplement, tu mets ta main contre la mienne et tu déclares être à moi. Je m'entaille la main et je fais de même.

— C'est tout ? (J'avais eu peur que cela implique que je devienne un vampire.) D'accord, donne-moi un couteau, allons-y !

Il sourit et garda ma main dans la sienne.

— Il faut qu'il y ait des témoins, et Lucius seul ne suffit pas. De plus, ce n'est pas l'endroit adéquat pour notre première union, et je n'ai pas l'intention d'attendre pour te revendiquer une fois que tu seras à moi.

Je n'avais besoin d'aucun éclaircissement pour cette dernière phrase. Bon, vu l'alternative, c'était un prix que j'étais prête à payer.

— Donc c'est une sorte de… cérémonie de fiançailles vampire, si l'on se promet l'un à l'autre ?

Je dus détourner les yeux en disant cela. Tout se passait si vite.

Gregor ne répondit pas immédiatement et parut choisir ses mots.

— Cet état de choses n'existe pas chez les vampires. Si tu tiens absolument à utiliser une analogie humaine, ce serait considéré comme un mariage.

Un mariage ? J'eus la présence d'esprit de ne pas crier d'un ton paniqué que j'étais trop jeune. Nous parlions des coutumes des morts-vivants, pas de celles des humains.

— Donc ce n'est pas comme si on signait des papiers ou que je changeais de nom, n'est-ce pas ? dis-je avec un rire nerveux. C'est juste un truc de vampires ?

Lucius se retourna pour nous regarder. Gregor lui fit une remarque sèchement et il reporta son attention sur la route. Puis Gregor sourit.

— Exactement. En termes de religion ou de coutumes humaines, cela n'a aucune incidence.

— Oh. (Il ne me restait donc plus que deux seuls soucis : le monstre qui me pourchassait et la perte imminente de ma virginité.) Dans ce cas, d'accord.

Deux des hommes de Gregor nous accueillirent à l'hôtel. Il y resta avec six des vampires qui nous avaient accompagnés, et il m'envoya choisir une robe dans une boutique voisine. Gregor parlait à voix très basse, et ils se tenaient tous très rapprochés. Avec le vacarme ambiant, je n'entendais pas un mot.

J'examinai la robe qui se trouvait devant moi. Elle était en soie, de couleur bleu paon, avec des broderies perlées descendant sur le côté. À côté de moi, une jeune femme blonde regardait elle aussi les robes, mais avec beaucoup plus d'enthousiasme. Elle en détacha plusieurs de leurs cintres pour les regarder tout en rejetant celles qui ne lui plaisaient pas.

— C'est toujours pareil quand on est pressée, on ne trouve rien à se mettre, déclara-t-elle en anglais.

Je regardai autour de moi.

— C'est à moi que vous parlez ?

Elle rit.

— Bien sûr. Je ne parle pas français, et j'ai entendu le type qui t'accompagnait te dire en anglais de rester là. Je suis Américaine, moi aussi. Tu es en France depuis longtemps ?

Elle semblait inoffensive, mais je savais que Gregor n'apprécierait pas de me voir discuter avec une inconnue. J'étais censée me faire discrète.

— Depuis peu, répondis-je en faisant semblant de m'intéresser à une robe dans l'autre rayon.

Elle me suivit.

— Entre nous, est-ce que cet orange jure avec mon teint ?

Je considérai la robe.

— Oui, dis-je honnêtement.

— C'est bien ce que je pensais ! (Elle lança un regard accusateur à la vendeuse.) Les Français détestent les Américains. Si elle le pouvait, elle me conseillerait de porter un sac-poubelle, en me le facturant une fortune !

Du coin de l'œil, je vis Gregor avancer vers moi. Il semblait mécontent.

— Euh, il faut que j'y aille. Mon fiancé arrive. On est, euh, en retard pour notre repas d'avant-noces.

Elle en resta bouche bée.

— Tu vas te marier ? Tu as l'air si jeune !

Je commençai à me diriger vers lui.

— Oil of Olaz. Une vraie fontaine de jouvence.

— Viens, Catherine, m'ordonna Gregor d'un geste impatient de la main en lançant un regard irrité à la fille.

Je me dépêchai de le suivre. J'entendis la fille marmonner : « Qu'est-ce qu'ils sont impolis, ces fichus Français » alors que nous nous dirigions vers l'ascenseur accompagnés de notre garde rapprochée.

Notre chambre se trouvait au dernier étage. Dès que nous entrâmes, les hommes de Gregor tirèrent tous les rideaux et nous cachèrent la vue splendide sur les toits de Paris. Par la porte ouverte qui se trouvait devant nous, j'aperçus la chambre et frissonnai. Terminus, *pensai-je ironiquement.*

— Donnez-moi le couteau, ordonna Gregor sans perdre une seule seconde.

On lui tendit une petite lame en argent, dont le manche était décoré d'une sorte de gravure. Gregor s'entailla la paume sans la moindre hésitation et leva la main.

— Par mon sang, elle est ma femme. Catherine. (Il me tendit la lame.) Fais comme moi. Répète ce que je viens de dire.

J'hésitai l'espace d'une seconde. Sept paires d'yeux étaient rivées sur moi. Gregor crispa la bouche d'un air sinistre. Je fis un effort sur moi-même et me coupai l'intérieur de la main avant que sa colère explose.

—Par mon sang, je suis sa femme, répétai-je, à la fois soulagée et effrayée de voir le visage de Gregor se détendre.

Il colla sa main sur la mienne, et le fourmillement que je ressentis au contact de son sang me surprit.

Les six hommes poussèrent une acclamation sonore. Ils prirent Gregor dans leurs bras et l'embrassèrent sur les deux joues avant d'en faire de même avec moi. Il souriait lui aussi, la main toujours serrée autour de la mienne, ses yeux commençant à se parsemer de vert.

—Assez, mes amis, les interrompit-il. Étienne, Marcel, Lucius, faites connaître la nouvelle de notre union. François et Thomas, allez monter la garde dans le hall d'entrée. Bernard, tu restes à cet étage.

Sur ces mots, ils partirent. Gregor se tourna vers moi. Je commençai à reculer.

—M-ma main, bégayai-je. Je devrais la bander…

—Inutile, rétorqua-t-il. Elle est guérie, Catherine, et il n'est pas question que tu te refuses plus longtemps à moi.

Son ton affamé me figea. Je ne réagis pas davantage lorsqu'il ôta ses chaussures et retira sa chemise. Gregor ne cessa d'avancer vers moi, même lorsqu'il se débarrassa de son pantalon qui tomba par terre pour le révéler dans toute sa nudité.

Gregor était imposant et musclé du haut jusqu'en bas. Il était aussi complètement en érection, ce qui aurait dû m'abasourdir s'il ne m'avait pas prise dans ses bras. Il me souleva, entra à grands pas dans la chambre et me coinça sur le lit avec son corps.

J'essayai de gigoter pour me dégager, mais il m'arrêta.

—Ne remue pas comme ça, chérie, me gronda-t-il en déboutonnant ma robe. Tu sais que tu es mienne désormais, alors pourquoi résister ?

— On ne pourrait pas, euh, attendre un peu ?

— Attendre ? répéta-t-il comme s'il n'avait jamais entendu ce mot auparavant. Tu pensais me priver de ma nuit de noces ?

Il semblait prêt à exploser de fureur d'une seconde à l'autre.

— Je suis très nerveuse, admis-je.

Il fit glisser sa main le long de mon corps tandis qu'il passait sa cuisse en travers de mes jambes. J'avais l'impression d'être minuscule à côté de lui. Bon Dieu, ce qu'il était costaud.

— C'est naturel d'être nerveuse la première fois, ma femme. Détends-toi.

Avec sa force, on ne pouvait pas dire qu'il me laissait le choix. J'acquiesçai, fermai les yeux et tentai de me relaxer. Gregor m'embrassa de nouveau tout en défaisant les derniers boutons de ma robe. Peu après, je sentis qu'il tirait dessus jusqu'à l'enlever complètement.

— Magnifique, murmura-t-il en remontant la main le long de mon ventre pour la poser sur mon sein.

Je tremblai, car je ne m'étais jamais sentie aussi vulnérable.

Soudain, Gregor proféra un juron et sauta sur ses pieds. Je clignai des yeux avant de rouler sur le lit en poussant un cri. Deux hommes étaient en train d'entrer dans la chambre. La puissance de l'un d'entre eux était si écrasante que j'avais l'impression qu'elle m'étouffait.

— Quelle inconscience, dit le grand inconnu à l'allure étrangère.

Je crus un instant que c'était à moi qu'il s'adressait. Mais ses yeux étaient rivés sur Gregor, comme si je n'étais même pas là.

— Mencheres, dit Gregor d'un ton de défi. Tu arrives trop tard.

Le vampire secoua la tête tandis que j'essayais tant bien que mal de couvrir ma nudité.

— Gregor, tu t'es mêlé de ce qui ne te regardait pas.

— Tu le fais à longueur de temps, aboya Gregor.

— Je me sers de mes visions pour arrêter la mort, pas pour amasser plus de pouvoir. Tu savais que c'était mal, ou tu ne te serais pas donné tant de peine pour le cacher.

— Tu la veux pour la même raison que moi, mais elle est à moi désormais. Je me suis lié à elle. (Gregor me sortit du lit où j'étais pelotonnée et me poussa en avant). Regarde le sang sur sa main. Sa gorge porte également ma marque.

L'autre vampire entra dans la salle de bains et en ressortit avec un peignoir. Il me le tendit et prononça ses premiers mots depuis qu'il avait débarqué dans la chambre.

— Tiens, enfile ça.

Toujours en sous-vêtements, j'étais soulagée de pouvoir m'habiller, mais Gregor jeta le peignoir de l'autre côté de la pièce.

— Elle restera comme elle est pour faire face à l'homme qui veut l'offrir en pâture à cet assassin immoral !

J'avais deviné qu'ils étaient associés au vampire qui me pourchassait, mais je me sentais encore plus mal maintenant que j'en avais la confirmation.

— Ne faites pas ça, dis-je avec ardeur. Je veux rester avec lui. Pourquoi vous ne nous laissez pas tranquilles !

J'agrippai le bras de Gregor en regardant les deux visages de marbre devant nous. Gregor leur lança un regard triomphant.

— De ses propres lèvres, elle s'insurge devant vos intentions. Elle est maintenant ma femme, rien de ce que vous pourrez faire ne…

L'explosion me propulsa en arrière sur le lit. L'espace d'une minute d'étourdissement, je pensai que c'était moi qui avais été visée. Mais en voyant Gregor se débattre contre un adversaire invisible, je compris contre qui elle avait été dirigée. Ses bras bougeaient avec une lourdeur qui n'était pas naturelle, comme dans un film au ralenti. Il finit par s'immobiliser complètement.

— Qu'est-ce que vous lui avez fait ? murmurai-je, horrifiée.

Mencheres tendait un bras en direction de Gregor. Je ne pouvais pas voir le rayon d'énergie qui en sortait, mais je pouvais le sentir. Il avait la puissance d'un éclair, et Gregor pouvait à peine parler.

— Tu seras puni pour avoir interféré, dit Mencheres. Nous allons la ramener chez elle. Tu as échoué, Gregor. Son destin n'a jamais été d'être à toi.

— C'est rien que des conneries, jurai-je. Pas question que je devienne une traînée qui sème la mort sur son passage, et si jamais je rencontre cet assassin, ce Bones, je le tuerai... ou je me tuerai moi. Plutôt mourir que devenir le jouet d'un suceur de sang psychotique !

Prise d'une inspiration soudaine, je me précipitai dans la pièce voisine. Les deux hommes me regardaient, presque avec curiosité. Cela changea lorsque je saisis le petit couteau en argent dont Gregor s'était servi plus tôt et que je l'appuyai contre ma gorge.

— Si l'un d'entre vous fait le moindre mouvement, je me tranche la jugulaire, dis-je très sérieusement.

Les deux hommes échangèrent un regard. J'enfonçai le couteau dans mon cou d'un air menaçant. Je ne bluffais pas. « Il tuera ta famille, et tu n'auras plus que lui pour te protéger », *avait dit Gregor à propos de ce Bones. Pas si j'avais mon mot à dire.*

Tout à coup, j'eus l'impression que mon bras était aspergé d'azote liquide. Tout comme mes jambes et mon autre bras. Je ne contrôlais plus que mon cou, ma tête et mon torse. J'étais transformée en véritable légume. Je pouvais respirer et parler, mais rien d'autre.

Mencheres s'avança vers moi et je lui crachai dessus, car c'était tout ce dont j'étais encore capable pour me défendre. Il retira le couteau de ma main paralysée.

— Tu vois ? dit-il à Gregor. Tu as eu beau l'enlever à sa famille, lui empoisonner l'esprit de tes mensonges, la convaincre que tu es sa seule planche de salut, essayer de la contrôler entièrement… malgré tout cela, elle est toujours *la même. Qu'a-t-elle fait en se sentant menacée ? Elle s'est emparée d'un couteau. C'est ma preuve, Gregor. La tienne est aussi creuse que tes intentions.*

— Je vous déteste, crachai-je. Même si vous me ramenez chez moi, je connais la vérité. Ma mère la connaît. Nous vous fuirons, vous et Bones.

Le visage de Mencheres était pensif.

— Je te crois.

— Tu ne… peux pas…

Gregor devait forcer les mots à sortir. Mencheres lui lança un regard interrogateur et fit un geste du doigt. C'était comme si on avait remis les cordes vocales de Gregor en marche.

— Tu ne peux pas manipuler son esprit, annonça-t-il en articulant chaque mot avec une sauvagerie triomphante. J'ai essayé, mais la composition de son sang rend cela impossible. Elle ne m'oubliera pas, quoi qu'il arrive.

Manipuler mon esprit ? Gregor avait essayé de faire ça ?

Mencheres émit un son presque réprobateur.

— Ce n'est pas parce que tu ne sais pas comment faire une chose qu'elle est impossible.

Il se détourna de Gregor et étouffa son cri de colère d'un autre mouvement du doigt. Mencheres reporta ensuite son attention vers moi, comme si j'étais un projet qu'il fallait mener à son terme.

— Ne vous approchez pas de moi, sifflai-je.

Il plongea ses yeux couleur charbon au fond des miens. Pendant un court instant, je crus y lire de la compassion. Puis il s'avança.

J'étais terrifiée. Qu'allait-il me faire ? Allait-il me livrer au vampire qui finirait par tuer ma famille ? Tueraient-ils également Gregor ? Pouvais-je faire quoi que ce soit *pour empêcher tout cela ?*

Je regardai Gregor et prononçai mes derniers mots avant que les mains froides de Mencheres se referment sur mon front.

— Si je m'en sors, je reviendrai te chercher. Si tu t'en sors, promets-moi que tu viendras me chercher, toi aussi.

Puis je perdis connaissance.

Chapitre 16

Ses yeux furent les premières choses que je vis en me réveillant, gris-vert et illuminés d'émeraude. Je distinguai ensuite son visage, flou mais reconnaissable, ses traits se clarifiant un peu plus à chaque seconde. Enfin, son corps, et je sentis qu'il me tenait dans ses bras, me serrant aussi fort que si je ne les avais jamais quittés. Dans ces moments fragmentés de retour à la conscience, c'était d'ailleurs l'impression que j'avais.

— Gregor, soufflai-je, étourdie par le déluge de souvenirs.

— Oui, ma chérie, murmura-t-il. Nous sommes de nouveau réunis.

Il plaqua sa bouche contre la mienne. J'éprouvai un énorme soulagement et l'enlaçai en lui rendant son baiser. Mais alors qu'il me serrait encore plus et que je tremblais au souvenir de ces atroces moments, lorsque j'avais cru que Gregor allait être tué, le reste de ma vie me revint soudain.

Bones.

Les émotions que je ressentais pour Gregor disparurent tout à coup. Mes souvenirs de lui s'étaient frayé un chemin jusqu'à mon cœur, en effet, mais Bones y tenait déjà toute la place.

Je me détournai en interrompant le baiser de Gregor.

— Non.

— Non ?

Je le repoussai fermement.

— Non.

Il fronça les sourcils, ce qui étira sa cicatrice de manière menaçante, puis poussa un hurlement incrédule.

— Tu te *refuses* à moi ?

Ma première réaction fut de reculer devant sa colère. Gregor prit cela pour un signe de reddition et me repoussa sur les oreillers. J'avais été assise lorsque ce voyage dans le passé avait commencé, mais il en avait profité pour ôter les couvertures et s'installer très commodément au-dessus de moi.

Il avait recommencé à m'embrasser lorsque je frappai. J'avais peut-être des sentiments pour lui, mais il n'était pas question que *cela* arrive. Malheureusement pour lui, Gregor avait oublié que j'avais encore un couteau.

— Laisse-moi t'expliquer un truc que tu n'as pas dû bien saisir ces derniers siècles ; non, c'est *non*. Je te suggère d'éviter les mouvements brusques, Gregor.

Le couteau en argent, celui-là même qui, je le savais maintenant, avait servi à nous unir, était planté dans son dos. J'avais la main crispée autour de sa poignée gravée, plus fermement que j'avais jamais tenu une arme. Je ne tromperais jamais Bones avec Gregor, malgré les fantômes de sentiments que je pouvais encore éprouver pour lui.

Le couteau ne lui avait pas percé le cœur, mais la lame en était proche. Il avait dû le sentir, car il se figea.

— Ma femme, pourquoi me ferais-tu tant de mal ? demanda-t-il sur un ton beaucoup plus doux. Si tu ne veux vraiment pas faire l'amour, je ne te forcerai évidemment pas.

— Évidemment ? répétai-je avec dérision. Tu pensais que certains fragments ne me reviendraient pas en mémoire ? La lame est très bien là où elle est.

— Tes peurs virginales te faisaient hésiter inutilement, n'importe quel homme aurait agi de même, commença-t-il à dire précipitamment.

— Bien sûr. Tu n'as pas agi comme n'importe quel homme. Tu as fait selon tes caprices, comme toujours. Je ne te veux pas de mal, Gregor, mais je n'ai pas assez confiance en toi pour retirer le couteau, alors voilà ce qu'on va faire. J'ai retrouvé tous mes souvenirs, comme tu le souhaitais… mais maintenant, je désire m'en aller.

Gregor sembla sous le choc.

— Tu veux retourner auprès de ce tueur à gages ? lança-t-il hargneusement. Tu veux retrouver Bones, le chien qui a fait de toi ce que tu es… cette Faucheuse rousse ?

Il me cracha ce nom au visage comme si c'était la plus humiliante des insultes. Mais je ris, loin de me sentir insultée.

— Bones n'a rien *fait* de moi. J'avais déjà tué seize vampires avant de le rencontrer. Bones s'est contenté d'améliorer ma technique, et il n'a jamais fait de moi sa putain. Tu es largement plus dépravé que moi ; avec combien de personnes as-*tu* couché ?

Il me lança un regard indigné.

— Je suis un homme. C'est différent.

— Cela résume exactement pourquoi ça n'aurait jamais collé entre nous, Bones ou pas, marmonnai-je. Appelle Lucius et dis-lui de venir. Même si ça réglerait pas mal de problèmes, je n'ai pas envie de te tuer, Gregor. Mais si tu tentes quoi que ce soit, je ferai le geste qui me viendra naturellement, et nous savons tous les deux de quoi il s'agit.

J'aurais dû tuer Gregor dès l'instant où je lui avais planté le couteau dans le dos. Mes souvenirs retrouvés me montraient qu'il m'avait menti, manipulée et piégée pour que je m'unisse à lui. Sans compter la menace qu'il représentait pour Bones et moi, car il acceptait relativement mal qu'on lui dise non. Mais premièrement, je n'étais pas en état d'affronter les hommes de Gregor si je le tuais, et j'étais prête à parier que Lucius était loin d'être le seul présent. Deuxièmement, nous avions passé un accord, dans lequel sa mort au dernier acte n'était pas prévue.

Et troisièmement, le fantôme de l'adolescente amourachée que j'avais été ne pouvait supporter l'idée de tuer Gregor, même si l'adulte en moi savait qu'il l'avait bien cherché. Mais je n'allais pas retirer le couteau pour autant. Si Gregor tentait un coup en douce, j'en ferais usage.

Gregor me regarda, furieux. Je restai impassible. Ce n'était pas la Catherine qu'il avait connue. J'étais Cat, et il ne m'avait encore jamais rencontrée.

— Lucius, finit-il par crier. Viens immédiatement !

Au bout de quelques secondes, la porte s'ouvrit. Lucius s'arrêta net lorsqu'il vit Gregor nu au-dessus de moi, un couteau planté dans le dos.

— Maître ? balbutia-t-il. Qu'est-ce que… ?

— Ouvre grand les oreilles, Lucius. (Mon regard restait rivé sur Gregor, et je ne voyais l'autre vampire que du coin de l'œil.) Tu vas aller me chercher un téléphone équipé d'un haut-parleur. Tout de suite. À la moindre initiative personnelle, tu seras le suivant à mourir, vieille branche. Compris ?

— Monsieur ?

— Obéis, dit Gregor d'une voix doucereuse. (Il avait retrouvé son sang-froid.) Après tout, j'ai fait une promesse à *ma femme*.

Mes lèvres se crispèrent en l'entendant accentuer ces mots, mais je le laisserais régler cela avec Bones plus tard.

— Heureuse de t'entendre dire que tu comptes respecter ta parole. Avec un peu de chance, dans quelques heures, tu n'auras plus cette lame dans le dos.

— Quelques heures ? dit-il, fronçant les sourcils sous l'effet de l'incrédulité.

— Tu as dit que nous étions en Autriche, répondis-je en réfléchissant. S'il accepte de venir, il lui faudra quelques heures pour arriver. Lorsqu'il sera là, je retirerai le couteau.

— Tu appelles Bones ?

Gregor me demanda cela avec une lueur dans le regard qui me rappela à quel point il était dangereux. *Je parie que tu pensais que c'était ce que j'allais faire, et tu as dû lui tendre le piège du siècle pour l'accueillir.*

— Dans tes rêves, dis-je. Non. Quelqu'un d'autre.

Vlad Tepes ne put se retenir de pousser de vigoureux éclats de rire lorsqu'il pénétra dans la pièce. Il dut même s'appuyer au cadre de la porte pour ne pas tomber.

— Alors *ça*, ça vaut le déplacement. (Il gloussa, et ses yeux commencèrent à se teinter de rose.) Comment ça va, Gregor ? Tu as oublié les bonnes manières, à ce qu'on dirait ? Si j'avais su que tu te trouvais dans une situation aussi délicate, j'aurais... pris tout mon temps.

J'avais tiré un drap entre nous et forcé Gregor à soulever les hanches, mais le reste de son corps n'avait pas bougé, pour que le couteau reste accolé à son cœur. Gregor se retrouvait donc les fesses en l'air et le visage au niveau du mien. Je n'avais pas fait cela pour le ridiculiser, mais par simple sens pratique.

— Merci d'être venu, Vlad. Je commençais à avoir des crampes dans le bras.

Je n'avais rencontré Vlad que l'année précédente, au cours de cette horrible guerre, mais c'était une personne en qui j'avais confiance. Il m'avait d'ailleurs sauvé la vie, et même si je ne l'avais pas croisé depuis plusieurs mois, j'avais vu juste en me disant qu'il viendrait si je le lui demandais.

De plus, en réfléchissant aux vampires d'Europe de l'Est à la fois assez puissants et assez intimidants pour empêcher Gregor de tenter une traîtrise, seul le nom de Vlad m'était venu à l'esprit. La réputation sanglante de Dracula ne reposait pas seulement sur l'époque où il avait régné sur la province de Valachie.

— OK, Gregor, je vais sortir le couteau très lentement. Une fois que je l'aurai enlevé, tu descendras du lit. Ne tente rien.

Gregor jeta un coup d'œil à Vlad, qui lui renvoya un sourire carnassier. Puis il hocha la tête en signe d'acquiescement.

Je poussai un soupir de soulagement et commençai à retirer le couteau. Une fois l'argent sorti de son dos, Gregor se leva du lit. Il se tint un moment au-dessus de moi, visiblement toujours abasourdi par ce qui venait de se passer.

— Je te laisse partir, car je te l'ai promis, mais tu es toujours liée à moi, Catherine. Je t'accorde quelques jours pour mettre de l'ordre dans ta vie, mais ensuite tu devras me revenir.

— Des vêtements, demandai-je à Vlad sans lui répondre.

En toute honnêteté, je ne savais pas du tout quelle conduite tenir à propos de cette union. De toute évidence, il ne comptait pas abandonner, même si j'avais choisi de rester avec Bones malgré le retour de mes souvenirs. Gregor pensait-il sincèrement que ces quelques jours me permettraient de reprendre mes esprits et de décider de revenir auprès de lui ? La vache, il ne me connaissait *vraiment* pas.

— Encore une chose qui valait le déplacement, commenta Vlad en me tendant une robe longue.

Je m'assis et l'enfilai sans fausse pudeur. Vlad ne se rinçait pas l'œil, mais c'était un homme qui appréciait les femmes. Je ne pris pas sa remarque personnellement.

— Tu as déjà vu le haut, donc je suis sûr que tu ne te retiens pas de rougir.

— Quand a-t-il vu tes seins ? siffla Gregor.

— Le jour où une horde de zombies a dévoré mon soutien-gorge, et une bonne partie de mon bras avec, répondis-je sèchement.

Gregor poussa un grognement.

— C'est à cela que tu veux retourner ? C'est ce genre de vie que tu veux mener ? Réfléchis, Catherine !

— Tu n'es pas au courant ? ronronna Vlad. Elle n'aime pas qu'on l'appelle comme ça.

Je m'arrêtai près de la porte à côté de Vlad.

— Au revoir, Gregor. Ne me poursuis plus, ni en personne, ni en rêve.

Ses traits se durcirent. Il disait clairement que ce n'était pas terminé, et qu'il ne cesserait jamais la chasse. *Pourquoi ?* me demandai-je. N'était-ce dû qu'à son orgueil, qui refusait d'admettre que j'avais choisi quelqu'un d'autre ?

Vlad sourit en se frottant les mains. Cela fit jaillir des étincelles franchement inquiétantes.

— Tu ne songes pas à essayer de nous arrêter, n'est-ce pas ? demanda-t-il d'une voix doucereuse.

Vlad pouvait réduire une personne en cendres rien qu'en la touchant, même un vampire aussi puissant que Gregor. La plupart des gens évitaient donc de pousser Dracula à jouer avec ses allumettes.

— Ce ne sera pas nécessaire, dit Gregor en me regardant. Je te montrerai qui est vraiment Bones. Et tu viendras implorer mon pardon.

— Au revoir, répétai-je.

C'était un parfait résumé de ma pensée.

Nous sortîmes de la grande maison, encadrés par les quatre gardes du corps de Vlad. Personne ne tenta de nous arrêter. *Tu leur fais donc si peur ?* lui demandai-je. *Ou Gregor a-t-il quelque chose derrière la tête ?*

Tout comme Bones et Mencheres, Vlad pouvait lire dans les pensées.

— Oui et non pour les deux questions, répondit-il, ses cheveux noirs volant à chacun de ses pas. Gregor est en mauvaise posture. Il a besoin de récupérer ses goules.

— Hein ?

Je parlai à haute voix cette fois. Vlad m'adressa un sourire sardonique.

— Tu as mis Bones dans une rage indescriptible. Tu as bien fait de ne pas l'appeler lui. Il aurait complètement perdu la tête en découvrant Gregor nu comme un ver au-dessus de toi. Dans l'état actuel des choses, Bones devra déjà assumer les conséquences de ses actes.

— Au téléphone, tu m'as dit que Bones n'avait rien, que tu avais parlé à Spade et qu'ils allaient bien ! éclatai-je.

Vlad me fit monter dans le petit avion qui nous attendait, et ses hommes nous y suivirent. L'appareil décolla dans un champ. Gregor avait choisi un endroit isolé, lui aussi.

— À ce que j'ai compris après avoir parlé avec Spade, Bones t'avait mise en sécurité dans une pièce pendant l'attaque ? demanda-t-il. (J'acquiesçai et il poursuivit.) Et à un moment, Gregor t'a appelée pour te proposer d'arrêter l'assaut si tu partais avec lui ? (Je hochai de nouveau la tête.) C'était une ruse, Cat. Bones avait le contrôle de la situation, et pourquoi tu l'ignorais, je n'en ai aucune idée. Il avait posté une centaine des pires mercenaires goules de la planète sous le château, en attendant que les troupes de Gregor prennent suffisamment confiance en elles pour lancer l'assaut. Le temps que le Marchand de sable t'enlève, Bones avait déjà remporté la bataille.

Mon cerveau s'engourdit. « *Tout le monde est là ? Ou bien il y en a d'autres qui rôdent dans les bois ?* avais-je demandé. Puis la réponse de ma mère, tout de suite étouffée : *Oh, il y en a d'autres…* »

— Merde, murmurai-je.

Nous gardâmes le silence pendant une minute, puis Vlad sortit son téléphone.

— Je l'ai, annonça-t-il. Elle va bien, nous sommes en route.

— C'est Bones ?

La nervosité me retournait l'estomac. *Il doit être très en colère contre moi.*

— C'est Spade, répondit Vlad en couvrant le combiné avec sa main. Oui… je sais… non, on a assez de carburant… Elle veut parler à Bones… um hmm, tout à fait. Nous arriverons dans trois heures.

Il raccrocha et je clignai des yeux.

— Il n'est pas là ?

Vlad referma son téléphone et le remit dans son manteau. Le regard qu'il me lança ensuite était plein d'ironie.

— Spade pensait qu'il valait mieux que tu ne lui parles pas. Il va certainement passer les trois heures qui viennent à essayer de le calmer.

— Il est très fâché, je le sais, mais j'ai cru qu'ils allaient tous se faire tuer. Qu'est-ce que j'étais censée faire ?

— Vous avez tous les deux fait votre choix, fit remarquer Vlad. Quelles qu'en soient les conséquences, vous ne pouvez plus revenir dessus. Entre nous, j'ai été surpris que Bones concocte un plan aussi affûté. Je ne le croyais pas si malin, mais ces dernières années, il a vraiment révélé son véritable potentiel.

— Comment cela ?

La pensée de la confrontation inévitable qui m'attendait me rendait malade.

— Tout d'abord, en faisant appel à des mercenaires, dit Vlad avec un sourire diabolique. C'était très audacieux, mais j'imagine que la plupart d'entre eux étaient des connaissances qu'il s'était forgées lors de ses années en tant que tueur à gages. S'il avait assemblé une centaine des membres les plus puissants de sa lignée, Gregor en aurait eu vent et aurait flairé le piège. Mais des tueurs payés et n'ayant de comptes à rendre à personne ? Qui remarquerait leur absence du paysage, même par dizaines ?

— Bones a toujours été malin, marmonnai-je. Son intelligence était juste enterrée sous une montagne de parties de jambes en l'air.

Vlad éclata de rire avant de me répondre.

— Peut-être, mais aujourd'hui il montre également jusqu'où il est prêt à aller. Toutes les heures depuis ta disparition, il décapite l'une des goules de Gregor, et il a juré de les exterminer jusqu'à la dernière si tu ne revenais pas.

— *Quoi ?*

Je me redressai précipitamment sur mon siège. D'accord, les morts-vivants ne respectaient pas les mêmes règles que les humains, mais les prisonniers de guerre étaient généralement traités selon un code strict. Ils étaient retenus en otage pour être échangés plus tard. Il était vrai que la créativité était de rigueur lorsqu'il s'agissait d'obtenir des informations, mais comme les morts-vivants guérissaient de toutes les blessures qu'on pouvait leur infliger, à part celles d'ordre psychologique, c'était parfaitement admis. Mais apprendre que Bones exécutait froidement ses prisonniers ? J'étais sous le choc.

Ce n'était pas le cas de Vlad. Il semblait vaguement intrigué.

— Comme je l'ai dit, il est dans une rage indescriptible, ce qui explique pourquoi Gregor t'a laissé partir sans faire d'histoire. S'il avait tenté quelque chose, il aurait eu du mal à recruter des volontaires pour se battre pour lui la prochaine fois qu'il en aurait eu besoin. Mais assez parlé de cela. Tu n'as pas l'air bien.

Je ris amèrement.

— Ah bon, tu crois ? Mon mari n'a pas le temps de me parler au téléphone parce qu'il est trop occupé à trancher des têtes, et tu veux savoir le plus drôle ? Il n'est pas vraiment mon…

— Ne le dis pas. (Vlad me coupa la parole d'un air grave.) Savoir une chose, ce n'est pas nécessairement l'admettre. Gregor attend toujours que tu avoues publiquement que tu es sa femme comme preuve définitive. Ne lui fais pas ce plaisir.

— Quelle est ta position là-dessus ? demandai-je doucement.

C'était le mettre franchement au pied du mur, mais je ne pouvais pas m'en empêcher. Je savais que Vlad n'hésiterait pas à me dire à quel camp il se joindrait, quelle que soit sa réponse.

Il me regarda longuement. Vlad Tepes n'avait pas une beauté classique, comme certains des bellâtres hollywoodiens qui avaient interprété le rôle de Dracula. Son visage était ovale, avec des lèvres fines, des yeux enfoncés, un front large et une petite barbe. Il était mince et mesurait plus d'un mètre quatre-vingts. Mais aucun de ces acteurs n'avait sa prestance. Ses traits n'étaient peut-être pas parfaits, mais il compensait cela par son magnétisme.

Enfin, il me prit la main. Les siennes étaient balafrées en plusieurs endroits, et elles étaient également plus dangereuses que ses canines, car c'était par elles que se manifestaient ses dons de pyrokinésie, mais je n'avais pas peur de lui. J'aurais dû, mais ce n'était pas le cas.

— Je ressens un lien entre nous, comme je te l'ai déjà dit. Ce n'est pas de l'amour, ce n'est pas de l'attirance physique, et je ne donnerais pas ma vie pour toi, mais si tu avais besoin de moi et que j'étais en mesure de t'aider, comme aujourd'hui, je le ferais. Quel que soit le camp auquel tu appartiens.

Je lui serrai la main avant de le lâcher.

— Merci.

Il se cala de nouveau confortablement dans son siège.

— Je t'en prie.

Chapitre 17

Nous ne retournâmes pas au château bavarois. D'accord, depuis le ciel, je ne pouvais pas être sûre que ce n'était pas la Bavière, mais ce n'était en tout cas pas l'endroit que j'avais quitté. Comme je n'avais pas mes somnifères, je me contentai de fermer les yeux pour me reposer jusqu'à l'atterrissage, puis dans la voiture qui nous emmena jusqu'à notre destination. Et même si je les avais eus sur moi, j'avais décidé de ne plus les prendre. Gregor ne pouvait plus m'enlever en rêve, sauf si je l'y aidais, et il n'était plus question que je le fasse. En outre, je me demandais si les somnifères ne me rendaient pas malade, car, comme l'avait remarqué Vlad, je ne me sentais pas bien du tout. J'allais devoir appeler Don pour lui demander s'il y avait des effets secondaires.

Lorsque j'ouvris les yeux et que Vlad me fit entrer dans la maison, Spade fut la première personne que j'aperçus. Il se tenait dans le vestibule, les bras croisés, une expression de franche résignation sur le visage.

— Tu n'aurais pas dû partir.

— Où est Bones ?

Je n'avais aucune intention de m'engager sur ce sujet avec Spade. D'accord, je l'avais bien cherché, mais une seule personne avait le droit de me dire mes quatre vérités. Bones n'était pas sorti en m'entendant arriver, ce qui était lourd de sens. Il devait être dans une fureur noire.

Spade tourna les yeux vers la gauche.

— Suis la musique.

Un piano jouait quelque part dans la direction que m'indiquait Spade. Peut-être Bones était-il en train d'écouter un CD de musique relaxante. Pourvu que cela ait adouci son humeur.

— Merci.

Je m'engageai dans le hall et passai plusieurs portes avant d'ouvrir celle d'où venait la musique.

J'entrai dans ce qui semblait être une grande bibliothèque. Je vis alors que la musique provenait d'un vrai piano, pas d'un CD. Bones était assis devant, ses doigts pâles volant sur les touches avec aisance.

— Salut, dis-je, après être restée immobile pendant plusieurs battements de cœur sans qu'il se retourne.

Alors comme ça, il comptait m'ignorer ? Pas question. Je préférais en finir rapidement plutôt que de prolonger ce supplice.

— Je ne savais pas que tu jouais du piano, tentai-je de nouveau en m'approchant de lui.

Lorsque je fus assez près pour sentir ses vibrations, je m'arrêtai. Bones semblait à bout de nerfs, même si la musique qu'il interprétait était très sereine. Du Chopin, peut-être. Ou du Mozart.

— Pourquoi es-tu revenue ?

Il me demanda cela avec une douceur trompeuse, sans faire une seule fausse note et sans lever les yeux. Sa question me prit de court.

— Parce que tu es ici, répondis-je en me maudissant d'avoir bégayé comme une adolescente intimidée.

C'était un rôle dont j'avais plus qu'assez.

Bones ne leva toujours pas les yeux.

— Si tu es venue me dire adieu, ne te fatigue pas. Je n'ai pas besoin d'explications entrecoupées de larmes. Tu n'as qu'à sortir comme tu es entrée.

Une boule se forma tout à coup dans ma gorge.

— Bones, ce n'est pas…

— Ne me touche pas !

Je m'apprêtais à lui caresser le dos de la main, mais il repoussa mon bras avec une telle violence que je titubais en arrière. À présent, Bones me regardait, et la fureur qui transparaissait dans ses yeux me cloua sur place.

— Non. Pas question que tu arrives tranquillement en empestant l'odeur de Gregor et que tu poses la main sur moi. (Il choisissait ses mots avec soin, la colère transparaissait dans chacune de ses paroles et les transformait en grognement.) J'en ai plus qu'assez d'être couvé. Tu me traites comme si je n'étais qu'un faible humain qui ne pourrait pas survivre sans ton aide, mais je suis un *Maître vampire*, bon Dieu !

Il cria ces derniers mots. Je tressaillis. Bones s'assouplit les mains, comme pour se calmer les nerfs. Il prononça les phrases suivantes les dents serrées.

— Si je le souhaitais, je pourrais te mettre en morceaux de mes propres mains. Oui, tu es forte. Tu es rapide. Mais pas suffisamment pour m'empêcher de te tuer si je le voulais. Mais malgré cela, tu continues à me traiter avec le mépris que tu aurais pour un être inférieur. J'ai essayé d'en faire abstraction. Je me suis dit que cela n'avait aucune importance, mais c'est fini. Hier, tu as cru en Gregor plus qu'en moi. *Tu m'as quitté* pour le rejoindre, et ça je ne peux pas l'oublier, donc je te pose la question une fois encore : pourquoi es-tu revenue ?

— Je suis revenue parce que je t'aime et que nous sommes…

J'allais dire « mariés », mais je ne pus prononcer le mot. Non, j'avais maintenant la preuve que nous ne l'étions pas, selon les lois des vampires en tout cas.

Bones poussa un soupir.

— Il est hors de question que j'accepte cela. Je n'ai aucune intention de te serrer dans mes bras en me demandant si c'est bien à moi que tu penses.

— Bones, tu sais que ce n'est pas vrai ! (Son accusation me frappa de plein fouet.) Je t'aime, tu le sais. Et même si tu ne le savais pas, bon Dieu, tu n'aurais qu'à regarder par toi-même pour voir…

— Des ombres, rien de plus, m'interrompit-il sans pitié. Des fragments entraperçus quand ta garde était baissée, quand le foutu mur derrière lequel tu t'abrites ne me bloquait pas. J'ai été franc avec toi sur tout ce qui me concernait, même à propos de mes facettes les plus sombres, parce que je pensais que tu méritais toute la vérité, mais tu n'as pas eu les mêmes égards pour moi. Non, tu réservais ça à Gregor. Tu *lui* as fait suffisamment confiance pour tout quitter sur sa simple parole. Eh bien, ma belle, je sais m'incliner quand je suis battu, et Gregor m'a écrasé à plate couture. C'est lui que tu respectes. C'est en lui que tu as confiance, alors si tu ne pars pas, c'est moi qui m'en irai.

Un grand froid s'empara de moi, et la boule dans ma gorge enfla hors de toute proportion. Ce n'était pas une simple dispute. C'était bien pire que cela.

— Tu me quittes ?

Il se rassit sur la banquette du piano. Presque nonchalamment, ses doigts appuyèrent sur les touches.

— Je peux fermer les yeux sur beaucoup de choses. (Le manque d'émotion dans sa voix la rendait dure. Cela me fit frissonner. Pendant une seconde, j'eus peur de lui.) Beaucoup de choses, poursuivit-il. L'affection que tu portes à Tate, malgré tout le mépris qu'il m'inspire. Ta jalousie répétée à propos d'autres femmes, même si je ne t'ai donné aucune raison d'être jalouse, parce que je réagirais de la même manière à ta place. Ton insistance à te mêler de situations qui te dépassent complètement, car là aussi, c'est également dans ma nature. Toutes ces choses me dérangeaient, mais pour toi, j'avais choisi de les supporter. (Il se leva. Son ton calme et apathique disparut, et sa voix enfla à chacun de ses mots.) J'avais aussi décidé d'ignorer les choses que tu n'admettais pas toi-même, lorsque tu te demandais secrètement si Gregor ne t'avait pas rendue plus heureuse que moi. Je pouvais même tolérer la vraie raison pour laquelle tu ne voulais pas te transformer, la *vraie* raison pour laquelle tu t'accrochais aux battements de ton cœur. Je pouvais supporter de savoir que tout au fond de toi, une partie de ta personnalité est toujours persuadée que tous les vampires sont le mal incarné !

Il rugissait désormais. Je reculai, car je ne l'avais jamais vu dans une telle fureur. Ses yeux étaient d'un vert électrique, et les émotions dont il était la proie le faisaient trembler de la tête aux pieds.

— Ne t'imagine pas que je ne le sais pas. Je l'ai *toujours* su ! Et je pouvais le supporter, oui, même en connaissant l'autre raison qui te faisait hésiter. Malgré tes serments, au-delà de ton amour – et je pense que tu m'aimes vraiment, malgré tout cela – tu ne veux pas te transformer en vampire parce que tu ne crois pas que notre couple durera. Tu penses que c'est temporaire entre nous, et devenir vampire, c'est une chose franchement définitive, n'est-ce pas ? Oui, je *le sais*. Je le sais depuis que je t'ai rencontrée, mais j'ai été patient. J'ai voulu croire qu'un jour la méfiance disparaîtrait de tes yeux. Qu'un jour, tu m'aimerais comme je t'aime…

Le piano s'écrasa contre le mur de l'autre côté de la pièce dans un déchirant bruit d'agonie. Je portai la main à ma bouche tandis que le vide qui régnait dans mon ventre gagnait tout mon corps.

— J'ai été stupide. (Cette simple phrase me mit encore plus en miettes que le piano qu'il venait de démolir. Je poussai un gémissement de douleur qu'il ignora.) Mais ça, c'est la seule chose que je ne peux pas endurer, te voir m'abandonner comme ça. J'aurais préféré mourir que de lire le mot que tu m'as laissé. Je me serais volontiers couché moi-même *dans ma propre tombe* plutôt que de poser les yeux sur ce sale morceau de papier !

— Je ne t'ai pas abandonné. J'essayais de t'aider, et je t'ai dit que je revenais…

— Rien de ce que tu peux dire n'importe plus.

Ces mots me firent l'effet d'une gifle. Il me regarda, son visage dénué de la moindre nuance de tendresse, d'amour ou de pardon. Il était aussi glacé qu'une statue. Mon cœur se mit à battre plus fort de peur, une peur de tout voir s'écrouler.

— Bones, attends…

— Non. Est-ce que cela changera quoi que ce soit ? Est-ce que cela nous fera remonter le temps comme si tu n'étais jamais partie ? Non, alors ne te fatigue pas. Il n'y a jamais eu qu'une seule manière de te faire comprendre les choses. Une seule, et j'aurais dû m'en souvenir. Peut-être que cela finira par percer l'armure que tu passes ton temps à polir et à faire briller.

Il tourna les talons et commença à s'éloigner. Je le regardai stupidement, comme hypnotisée, avant de courir sur ses pas et de m'accrocher à lui alors qu'il approchait de la porte d'entrée que tout le monde avait désertée.

— Attends ! Enfin, on peut en discuter. On peut tout remettre à plat, je te le jure. T-tu ne peux pas partir comme ça !

L'angoisse me faisait bafouiller et les larmes me coulaient sur les joues. Elles m'aveuglaient, mais je sentis sa main me toucher doucement le visage.

— Chaton. (Sa voix était lourde de quelque chose que je n'arrivais pas à identifier.) Le moment est arrivé… où je ne te laisse pas le choix.

La porte se referma derrière lui en claquant, et je m'évanouis.

Chapitre 18

Annette laissa retomber le store sur la fenêtre.

— Il pleut. Je t'avais bien dit que je pouvais le sentir.

Je détournai mon attention de la boîte de glace qui se trouvait devant moi. Praline et crème. Elle était presque vide. J'allais bientôt m'attaquer au chocolat suisse.

— Tu devrais postuler à la télé comme miss météo.

— On n'a qu'à regarder le film au lieu de se promener, poursuivit Annette. Il paraît qu'il est bien.

Bien ? Je ne savais plus ce que ça voulait dire. J'avais l'impression d'être une plaie ouverte sur pattes. Même si j'étais épuisée, je n'arrivais pas à dormir plus de quelques minutes d'affilée, par peur de manquer ne serait-ce qu'une seconde avec Bones si jamais il se décidait à revenir. Le seul rayon de soleil dans ma misère, c'était que ma mère n'était pas là. Elle se trouvait quelque part avec Rodney, mais je ne savais pas où, pour des raisons évidentes.

— Il faut laisser du temps à Crispin, avait dit Spade après cette terrible confrontation. Ne te précipite pas après lui. Même moi, je ne sais pas où il est.

J'avais donc attendu, en repensant à toutes les horribles choses qu'il m'avait dites, et pire encore, en comprenant combien elles étaient vraies pour la plupart. Je ne savais pas pourquoi je lui interdisais l'accès à certains côtés de ma vie. Mais par-dessus tout, je regrettais d'être partie ce matin-là avec Gregor.

Ce dernier, quant à lui, n'avait pas perdu son temps. En plus d'avoir été le moteur de la destruction de mon couple, il avait alimenté la rumeur selon laquelle, sans son intervention, je risquais de me transformer en hybride vampire-goule. C'était de cette manière qu'il avait gagné à sa cause les deux cents goules qu'il avait lancées contre nous en Bavière. Gregor leur avait promis qu'il me changerait en vampire dès qu'il me tiendrait. Il avait même le culot d'affirmer que si Mencheres ne m'avait pas enlevée à lui et ne l'avait pas emprisonné une dizaine d'années plus tôt, je serais déjà un vampire et je ne causerais pas tant de vagues aujourd'hui.

Pourtant, Gregor m'avait laissé repartir avec le cœur en état de marche. Désormais, on disait également que je l'avais influencé. Mais ce que personne ne savait, c'était que Gregor n'avait pas eu le choix. Le couteau en argent planté dans son dos avait pris la décision à sa place.

Outre ces craintes d'hybride goule-vampire existaient également des inquiétudes liées aux bonds gigantesques que j'avais effectués à Paris. Qui aurait pu croire qu'ils généreraient une telle paranoïa ? Mais comme seuls les Maîtres vampires étaient capables de voler, le fait que j'y étais quasiment arrivée, même pour quelques secondes, faisait que les gens s'interrogeaient sur les autres capacités que je cachais peut-être. Cela ne faisait qu'alimenter leurs craintes sur ce qui arriverait si j'ajoutais des attributs de goules à mon arsenal actuel. Deviendrais-je invincible ? Immortelle ? Serais-je capable de bondir par-dessus des gratte-ciel et d'inverser la rotation de la Terre pour remonter le temps ? Les théories étaient chaque jour plus invraisemblables.

Ce que les gens ne savaient pas, c'était qu'à l'heure actuelle, les seules choses pour lesquelles je représentais un danger mortel étaient les sucreries. Par le passé, c'était l'alcool qui me servait de refuge chimérique. À présent, c'était le sucre, mais je ne parviendrais jamais à en ingurgiter suffisamment pour noyer ma douleur.

— Quand Spade reviendra-t-il ? demandai-je à Annette.

Il était sorti un peu plus tôt, en disant vaguement qu'il avait des choses à faire. Personne ne me disait quoi que ce soit qui pourrait être utilisé contre moi. Nous savions tous que Gregor furetait toujours dans mon esprit, même si je fermais à peine l'œil, et il n'avait quasiment rien pu découvrir. Je ne savais pas où nous nous trouvions. Ni combien de gens étaient avec nous. Ni quel jour nous étions. D'ailleurs, aucune de ces choses n'avait le moindre intérêt pour moi. Je ne savais qu'une seule chose : cela faisait cinq jours que Bones était parti. C'était de cette manière que je mesurais le temps. En comptant les minutes et les secondes qui s'étaient écoulées depuis la dernière fois que je l'avais vu.

— Après la nuit tombée, répondit-elle.

Fabian descendit l'escalier et s'assit – façon de parler – à côté d'Annette. Le fantôme lui sourit d'une manière qui ne pouvait être décrite que comme enamourée.

Je levai les yeux au ciel. Visiblement, même les fantômes tombaient amoureux d'Annette. Elle avait probablement trouvé le moyen de coucher avec lui. Même s'il était transparent et aussi consistant qu'un nuage de particules, si quelqu'un pouvait y arriver, c'était bien Annette.

— Quel homme charmant, déclara-t-elle. En vérité, Cat, tu as peut-être lancé une mode. Lorsque je partirai, je crois que j'essaierai de l'emmener discrètement avec moi.

J'eus le plus grand mal du monde à me retenir de lui demander quand cela se produirait. Depuis peu, j'essayais de contrôler ma tendance à dire tout ce que je pensais.

— Annette, je crois que je vais laisser tomber le film et monter lire. Regarde-le sans moi.

Je croisai Vlad dans l'escalier. Il était resté en disant qu'il partirait lorsque les choses seraient réglées. J'étais prête à parier qu'il n'avait pas prévu que son séjour serait si long.

J'étais presque dans la chambre lorsque j'entendis sonner mon portable. Je me précipitai à l'intérieur et plongeai presque pour l'attraper.

— Bones ? dis-je.

Un rire méprisant résonna à mes oreilles.

— Non, ma chérie. Tu espères toujours le retour de ton amant ? Très amusant.

Gregor. Juste ce dont j'avais besoin.

— Quoi de neuf, très cher ? dis-je sur un ton sarcastique. Toujours en train de fouiner dans mes rêves, à ce que je vois. Tu as fini de faire tes excuses à tes goules parce que tu n'as pas pu me transformer en vampire ? Juste au moment où tu pensais avoir coincé la petite bonne femme, oups, tu oublies qu'elle a un couteau.

— Tu aurais dû rester avec moi, cela t'aurait épargné l'humiliation de te retrouver comme tant d'autres, abandonnée par ce rustre pervers, ronronna-t-il. Pendant que tu te languis de lui, Bones se console dans les bras d'autres femmes.

— Menteur. Bones est peut-être en colère contre moi, mais il vaut bien mieux que cela. Mais bien entendu, c'est une notion qui te dépasse.

Gregor se contenta de rire.

— Oh, Catherine, tu découvriras bientôt à quel point tu te trompes. Tu pensais réellement qu'il avait changé ? Il a vu là une chance de se débarrasser de toi, et il l'a saisie.

Je raccrochai, et seule la pensée que Bones appellerait peut-être me retint de piétiner le portable. J'étais hors d'haleine, comme après un jogging. Lorsque Vlad frappa au cadre de la porte, je me retournai précipitamment et le saisis par les épaules.

—Tu sais où est Bones ? Dis-moi la vérité !

Vlad baissa les yeux sur sa chemise, visiblement contrarié que je l'aie froissée.

—Non, Cat. Et maintenant, tu comptes faire quoi, me secouer comme un prunier ?

Je le lâchai et serrai les poings de frustration.

—Cet enfoiré joue avec mes nerfs. Il sait ce que je crains le plus, et il s'en sert pour me blesser !

—Gregor ? demanda calmement Vlad. Ou Bones ?

J'arrêtai de faire les cent pas et lui lançai un regard mesuré.

—Je parlais de Gregor, mais… il y a peut-être du vrai dans ce que tu dis.

Vlad sourit.

—Et qu'est-ce que tu vas faire à ce sujet ?

—Quand Spade rentrera, dis-je sinistrement, c'est à *lui* que je secouerai les prunes.

Spade venait à peine de passer la porte lorsque je le saisis par le revers de sa chemise.

—Contacte Bones et dis-lui que j'ai compris la leçon. J'ai peut-être fait une erreur, mais il s'est montré cruel, et j'en ai assez.

Spade repoussa mes mains comme si elles n'étaient que de la ouate.

—Tu ne pouvais pas me dire cela sans froisser ma chemise ?

—C'était pour m'assurer que j'avais toute ton attention, répondis-je froidement. Au cas où ce fut nécessaire.

Vlad se trouvait de l'autre côté de la pièce avec Fabian et Annette. Ils attendaient tous trois de voir si Spade accepterait.

J'avais déplacé les meubles contre les murs au cas où il refuserait. Ce n'était pas la peine de tout casser.

— Cat, commença Spade, accorde-moi quelques jours.

— Mauvaise réponse, dis-je dans un sourire avant de le frapper.

Peut-être était-ce le sourire qui l'avait déstabilisé ? Le coup lui fit tourner violemment la tête, et ce ne fut qu'à cet instant qu'il me prit au sérieux. Son corps était désormais en alerte et il fit un pas prudent en arrière, les mains tendues.

— Ce n'est pas si simple, mais je ne peux pas te dire pourquoi.

— Je te conseille de trouver un moyen.

— Laisse-moi un peu plus de temps ! répéta-t-il sèchement.

Je compris soudain ce qui se passait et éclatai d'un rire âpre.

— Oh, ça y est. Tu ne sais pas où le joindre, n'est-ce pas ? C'est pour ça que tu essaies de noyer le poisson. Tu ne sais pas où il est !

Spade articula un juron.

— Bien joué, Faucheuse ! Dès que tu t'endormiras, cette information ira tout droit à Gregor. Autant accrocher une cible au cou de Crispin !

— Combien de temps ? demandai-je en sentant les prémices de la peur me gagner. Est-ce que tu sais seulement où il est parti ?

— Je ne te dirai plus rien qui pourrait mettre en danger...

— Oh que si, dis-je, la voix chargée d'anxiété et de colère. Ne t'en fais pas pour moi, si je dois rester éveillée jusqu'à ce que ce soit réglé, je le ferai. J'exploserai le record du monde du nombre de jours sans sommeil s'il le faut, mais tu vas cracher ce que tu sais, et tu vas le faire *tout de suite*.

La bouche de Spade se crispa. Ses yeux dorés se teintèrent de vert, et le regard qu'il me lança était dur comme de l'acier.

— J'espère que tu es prête à faire ce que tu dis, parce que je t'y forcerai.

Les détails que me donna Spade firent naître en moi un torrent d'émotions contradictoires. Oui, il avait su comment contacter Bones quand il était parti. Avant même que je revienne avec Vlad, Bones lui avait laconiquement donné un numéro où le joindre en cas d'urgence, mais sans lui dire où il avait l'intention d'aller. Deux jours plus tôt, Spade lui avait laissé un message pour lui demander quand il comptait revenir. Il n'avait toujours reçu aucune réponse. Depuis, Spade lui avait envoyé des textos, des e-mails, et s'était également renseigné auprès d'amis sûrs. Aucun ne savait où était Bones.

— J'ai enquêté en douce, j'ai d'ailleurs passé la journée à ça, et je pense qu'il a peut-être demandé une audience à Marie, termina Spade. Rodney m'a dit qu'il avait parlé à Crispin il y a trois jours, et qu'il s'était plaint en passant de la chaleur qui régnait à La Nouvelle-Orléans. Pour quoi d'autre y serait-il allé ? J'ai envoyé Rodney là-bas pour qu'il se renseigne. C'est tout ce que je sais.

— Pourquoi est-ce que tu n'as pas simplement appelé Liza plutôt que d'attendre que Rodney arrive jusque là-bas ?

— C'est ce que j'ai fait, répondit Spade, la mâchoire crispée. Elle m'a dit que Marie l'avait bannie du Vieux Carré une semaine auparavant, et qu'elle n'avait même plus le droit de communiquer avec les gens qui s'y trouvent. Marie n'a pas donné la moindre explication à Liza ; elle lui a juste dit qu'elle lui ferait savoir quand elle serait autorisée à revenir.

— Quand est-ce que tu as appris ça ? Comment as-tu pu me le cacher ?

— Crispin m'avait clairement demandé de te laisser en dehors de tout ça, rétorqua Spade. La dernière fois que tu as pris l'initiative d'essayer de tout régler toute seule, ça s'est plutôt mal terminé, non ? Je te conseille la patience pour cette manche. Ça te fera un bien fou.

J'allais lui répondre vertement lorsque ma conscience me retint. *Il a raison. Tu t'es bel et bien sauvée la dernière fois, et tu en paies aujourd'hui les conséquences. Peut-être Bones est-il dans l'incapacité de communiquer pour l'instant ? Laissons-les faire à leur manière. Attendons l'appel de Rodney.*

— Très bien. (Je m'assis.) On va attendre que Rodney nous contacte.

Spade me regarda avec circonspection, comme s'il s'attendait à ce que je revienne sur ma décision.

— Je suis sûr que ça ne tardera pas.

Ce ne fut que cinq heures plus tard que le téléphone sonna. Tout le monde entendit clairement la voix de Rodney avant même que Spade enclenche le haut-parleur. Il était en train de hurler.

— Je ne sais pas ce qui se passe, mais ils ont fermé le Vieux Carré ! Majestic n'autorise l'entrée qu'aux humains qui ne dépendent d'aucune lignée de goule ou de vampire. Je ne sais pas si Bones est ici.

— Comment est-ce qu'elle peut bien faire ça ?

Spade semblait abasourdi. J'étais moi-même complètement stupéfaite. Comment Marie pouvait-elle mettre tout un quartier en quarantaine ?

— Des goules et des policiers patrouillent dans tous les coins du Vieux Carré, soi-disant à la recherche d'un enfant kidnappé. Ils n'y vont pas par quatre chemins : soit vous faites demi-tour, soit vous en assumez les conséquences. J'ai essayé de passer par le fleuve, mais il est surveillé aussi. Marie ne fait pas semblant. Il faut essayer autre chose.

Annette pâlit.

— Elle a réquisitionné les forces de police, soufflai-je, l'esprit fourmillant d'idées. Je pourrais demander à mes anciens coéquipiers d'aller voir par eux-mêmes. Ils sont humains, et ils disposeront de tous les laissez-passer nécessaires… mais cela rendrait notre implication trop visible. Il faut que ce soit quelqu'un d'autre.

J'attrapai mon téléphone. C'était un grand service à demander, et il se pouvait fort bien que je perde mon temps, mais j'allais tout de même poser la question. Après tout, on est bien censés pouvoir compter sur sa famille, non ?

— Don, dis-je lorsque mon oncle décrocha, si jamais vous cherchiez déjà quoi m'offrir pour mon anniversaire, j'ai une idée de cadeau idéale à vous suggérer. Je vais vous passer Spade, puis je me boucherai les oreilles pendant qu'il vous dira où on est. Ensuite, je vais vous demander d'envoyer un avion sur le champ pour emmener un fantôme en Louisiane. Déposez-le dans une ville voisine de La Nouvelle-Orléans, et ensuite il se débrouillera.

— Cat ? Don laissa passer une seconde avant de répondre. Vous avez bu ?

Je laissai échapper un rire cassant.

— Si seulement.

De nouveau l'attente. C'était tout ce que j'étais capable de faire ces derniers temps. Spade contacta quelques connaissances et tenta d'obtenir plus ou moins directement des renseignements sur Bones, mais personne ne savait rien. Il n'osait pas leur poser la question franchement, et le processus était aussi pénible que frustrant.

C'est pour cette raison que lorsqu'une voiture s'arrêta devant la maison, je courus à la fenêtre en espérant voir Bones en descendre. Ce n'était pas lui, et je fus extrêmement surprise de voir qui était en train de se diriger vers la porte d'entrée.

Tate, le capitaine de mon ancienne équipe et mon ami de longue date, entra à grands pas dans la pièce et se dirigea droit vers moi, comme si personne d'autre n'était présent.

— Comment as-tu pu ne pas m'en parler ? demanda-t-il.

Spade et Vlad lancèrent tous les deux des regards hostiles à Tate. Ce dernier était peut-être mon ami, mais pas le leur. Je repoussai ses mains avant qu'il reçoive un couteau en argent dans le cœur.

— Je ne savais pas que Bones avait disparu. Je pensais juste qu'il était furax.

Tate émit un bruit méprisant.

— Pas le Gardien de la Crypte. J'en ai rien à faire de lui. Je parle de toi et du vampire qui te poursuit depuis des semaines, à ce que m'a dit Don.

Bon Dieu. Tate était dans tous ses états parce que je ne lui avais pas parlé de Gregor ? Comme si j'avais besoin de cela en plus du reste.

— Parce qu'on ne s'est quasiment pas vus depuis que je ne travaille plus pour Don. Bon, tu es venu pour m'aider ? Contrairement à toi, je ne me fiche pas du tout que Bones ait disparu.

— Il n'a pas disparu, dit froidement Tate. C'est juste un trou du cul.

Il était debout lorsqu'il avait prononcé cette phrase, mais se retrouva par terre une seconde plus tard. Spade était au-dessus de lui, le regard plein de fureur. En voyant la colère qui émanait de lui, je vins m'interposer entre eux.

— C'est bon, il a compris.

— Crispin n'est pas là pour répondre à ces insultes, et il est hors de question que j'écoute quelqu'un le salir en son absence, rétorqua Spade, un couteau en argent dans la main.

— Ton copain n'a pas disparu, répéta Tate en se relevant. Il est dans le Vieux Carré, comme tu le pensais, et s'il est retenu contre sa volonté, il donne très bien le change.

— De quoi est-ce que tu parles ?

Tate me lança un regard à la fois dur et compatissant avant de tirer des feuilles de sa poche.

— Images satellite. Je les ai imprimées depuis mon ordinateur avant de partir, c'est pour ça qu'elles sont un peu floues, mais on le reconnaît à coup sûr. Tu vois l'heure ? 23 h 32, heure de La Nouvelle-Orléans, hier soir. Bones me semble en pleine forme.

Spade et moi étalâmes les photos sur une table. La première avait été prise de loin sur Bourbon Street. Pas très claire, mais oui, c'était bien Bones. Il marchait au milieu de la rue. Malgré la foule, il se détachait clairement.

Dieu merci, pensai-je immédiatement.

Je regardai la deuxième photo. Bones se trouvait devant sa maison, dont je reconnus la structure. Et il y avait une femme dans ses bras.

Un grognement sourd m'échappa et je passai à la troisième image. En la voyant, je poussai un juron très sonore et la jetai presque à Spade.

— Il avait besoin de temps pour faire le point, hein ? C'est curieux comme il ne semble pas être seul pour ça !

Sur la dernière photo, le visage de Bones n'apparaissait qu'en partie. Il était à moitié engagé dans le portail menant à sa maison. La même traînée qu'auparavant était collée à lui, j'avais reconnu ses vêtements, et si ses traits étaient invisibles, c'était parce qu'il l'embrassait.

— Cette enflure te trompe, dit Tate d'une voix blanche. Il n'est pas ressorti de chez lui depuis cette photo, à en croire les dernières images. Tu te doutes d'ailleurs que le satellite devrait bientôt reprendre sa mission d'origine, Cat. Don a fait des pieds et des mains pour le réquisitionner.

— Bordel de *merde,* éructai-je.

— Ça ne prouve rien, dit Spade une fois remis de son étonnement. On ne sait pas ce qui se passe, ni qui est cette femme. C'est peut-être un contact ou bien une mise en scène pour tromper l'ennemi.

— Oh, pour ça, il y a bien eu contact. (Je voulais à la fois étudier les photos et les réduire en miettes.) Et même contact on ne peut plus direct, à ce que je vois !

— C'est clair, marmonna Tate.

— La ferme ! aboya Spade à Tate avant de baisser d'un ton pour s'adresser à moi. Crispin ne te trahirait jamais de cette manière, même s'il était vert de rage contre toi. Il y a forcément une explication. On va envoyer Fabian sur place.

Sous ma fureur pointait également une douleur perçante. J'avais envie de croire que ce n'était qu'une méprise. Mais pourtant, tout au fond de moi, j'étais rongée par une peur insistante. Et si ce n'était pas le cas ?

— OK, dis-je avec effort, car la migraine commençait à s'installer. Fabian, rends-toi sur place et trouve Bones. Demande-lui de t'expliquer qui est cette fille. J'attends de voir ce qu'il pourra bien te dire.

— Mais bon sang, tu as perdu la tête ? explosa Tate. Tu n'as pas bien regardé les photos ? Qu'est-ce qu'il te faut de plus, une liaison vidéo en direct ?

— Même avec ça, on pourrait se tromper ! lui répondis-je en hurlant moi aussi. (Mes yeux me piquaient, mais je ne pleurai pas.) J'ai payé assez cher pour le découvrir, et je n'ai pas l'intention de commettre une deuxième fois cette erreur.

Tate me regarda, incrédule.

— Tu es une idiote, finit-il par dire avant de s'éloigner, dégoûté.

— Je te tiens au courant, promit Fabian.

— S'il te plaît. (Je regardai de nouveau les photos.) Quelle que soit la vérité.

Chapitre 19

Juan vint chercher Fabian. Vu son salut chaleureux mais prudent, j'en conclus qu'il avait vu les photos.

— Il y sera dans combien de temps ? demandai-je à Juan alors qu'ils s'apprêtaient à partir.

Il hésita.

— *Querida*, si je te le dis, ça t'apprendra trop de choses.

— En gros, insistai-je.

Je ne supportais plus ces cachotteries indispensables, mais Gregor avait démontré qu'il avait toujours accès à mes rêves. Si jamais je m'endormais, il ne fallait absolument pas que je lui donne la moindre information utile.

— Environ une journée, en comptant le temps nécessaire pour établir le contact et le retour, estima-t-il.

Tant que ça ? J'allais creuser un sillon dans le plancher à force de faire les cent pas.

— Très bien. (Mes années d'entraînement à cacher que j'avais les nerfs à fleur de peau se révélaient aujourd'hui très utiles.) Prends bien soin de mon fantôme.

Juan jeta un regard méfiant du côté de son épaule. Fabian me sourit et sa main disparut dans la clavicule de Juan.

— Content de t'avoir vue, *querida*, dit Juan en gardant un œil inquiet sur son épaule.

Je leur fis au revoir de la main en me forçant à sourire. Je devais plus que tout éviter de jouer le rôle de l'épouse inquiète et délaissée.

Du coin de l'œil, je vis Spade se frotter les tempes. Annette était quant à elle appuyée au cadre de la porte. Cela commençait à faire longtemps que nous n'avions pas dormi.

— Allez vous reposer, tous les deux. On ne joue pas à celui qui résistera le plus longtemps au sommeil. Surtout toi, Spade. Il faudra peut-être que tu sois en pleine forme quand on aura des nouvelles, donc tu n'as pas le choix.

Il acquiesça d'un signe de tête.

— Seulement quelques heures. Ça devrait me permettre de tenir.

— Ne t'inquiète pas, je ne vais pas piquer du nez. Très franchement, j'ai assez de soucis pour me maintenir éveillée.

Spade lança un regard accusateur à Tate.

— Si ça se trouve, ces photos ont été trafiquées. Sa jalousie à l'encontre de Crispin ne connaît pas de limite. Je ne serais pas le moins du monde surpris si Fabian nous disait que cette femme n'existe pas.

— C'est ça, railla Tate. Je ne ferais jamais une chose pareille. Je suis avant tout l'ami de Cat. Et si Bones n'a rien à cacher, alors pourquoi est-ce qu'il se planque ?

— Ça suffit, vous deux.

Ils ne faisaient qu'empirer ma migraine.

Spade lança un dernier regard furieux à Tate.

— On aura très vite la preuve que tu te trompes. Je me ferai un plaisir d'informer Crispin de la manière dont tu as inutilement inquiété Cat dans l'espoir futile de la conquérir, et cette fois-ci, je pense qu'il te tuera enfin pour ça.

Tate carra les épaules.

— Je l'informe de ce qui se passe réellement, parce qu'il n'est pas question que je me taise pendant qu'il s'amuse à la ridiculiser dans son dos.

Spade regarda Tate d'un air qui m'inquiéta. On aurait dit qu'il se retenait de le tuer.

— Tu as beaucoup de chance que Crispin m'ait fait jurer de ne jamais te faire de mal, finit-il par dire. Sinon, tu n'aurais déjà plus de tête.

— Bonne nuit, lui répondit Tate.

— Il vaudrait mieux que ce soient tes derniers mots, avertis-je Tate.

Spade n'était pas du genre à lancer des paroles en l'air. Tate ne le savait donc pas ?

Spade se raidit comme s'il était prêt à en découdre. J'envisageai de le ceinturer, puis je me rabattis sur une meilleure tactique.

Je bloquai ma respiration et je chancelai tout en portant une main à ma tête. Spade fut près de moi en un éclair. Son côté chevaleresque était encore plus affirmé que son caractère.

— Qu'est-ce qu'il y a, Cat ?

— Tout ce stress et ce manque de sommeil… je me sens un peu étourdie.

Avec un dernier regard de menace en direction de Tate, Spade me toucha le bras.

— Je vais te chercher un verre d'eau.

Il rentra et je me tournai vers Tate.

— Je viens certainement de te sauver la vie, dis-je à voix basse.

Vlad avait observé toute la scène avec un amusement certain. Il avait su que je jouais la comédie, car il l'avait entendu dans ma tête.

— Jeune homme, un de ces jours, il va t'arriver malheur, dit-il à Tate. Continue tes provocations et cela ne tardera pas.

Tate leva les yeux au ciel.

— Ouais, ouais, je sais… tu me tueras d'une manière atroce. Si j'avais eu un dollar chaque fois qu'on m'a dit ça, je serais millionnaire.

— Si je voulais ta mort, ce serait déjà fait. Tu devrais faire attention à ce que tu dis, si tu veux avoir une chance de survivre la prochaine fois que tu fais sortir quelqu'un de ses gonds.

— Bon conseil, ajoutai-je. Tu devrais l'écouter.

Tate tourna les yeux vers moi.

— Bon Dieu, Cat. J'aurais peur de mon ombre si je devais prendre au sérieux toutes les menaces qu'on me fait. Un jour, je mourrai. Comme tout le monde, même ceux de notre race. Pas question de passer le temps qui me reste à trembler comme un lâche et à lécher les fesses de la Terre entière pour ne fâcher personne. La seule chose que je maîtrise, c'est la manière dont je conduis ma vie. Comment je mourrai ? C'est le problème de ceux qui me tueront.

— Bon Dieu, marmonnai-je.

Quelle tête de mule.

Vlad poussa un sifflement.

— Je me suis toujours demandé ce qu'elle te trouvait. Tu es si pitoyable la plupart du temps. Au moins tu sembles avoir un semblant de courage.

— Espèce d'enfoiré…, commença Tate.

Ses pieds prirent feu. Puis ses mains. L'élan qu'il avait pris pour se jeter sur Vlad se changea abruptement en une sorte de danse sur place pour tenter d'étouffer les flammes.

Vlad émit un petit bruit réprobateur.

— Tu vois ? Maîtrise tes nerfs.

— Ahem, dis-je pour m'éclaircir la voix. Si ça ne te fait rien…

Les flammes s'éteignirent lentement. Je secouai la tête. Fabian ne reviendrait jamais assez tôt. Qui aurait cru que je serais un jour si pressée de voir un fantôme ?

— Est-ce que tu peux me jurer que tu ne le tueras pas, Vlad, si je rentre dans la maison pour ne *pas* dormir ? demandai-je.

Vlad, sourit.

— Oui, pour le moment.

Juan ne revint pas. Pas plus que Fabian, mais nous n'eûmes pas à attendre dix-huit heures pour avoir de leurs nouvelles. Elles nous arrivèrent sous la forme d'un coup de téléphone. C'était curieux. À bien y réfléchir, pas tant que ça, j'apprenais généralement toujours les catastrophes par téléphone.

— *Cat ?*

C'était la voix de Juan. Dès que je l'entendis, je compris que ça n'allait pas. Il avait un ton si contrôlé. Si volontairement doux.

— *Je ne voulais pas attendre pour te mettre au courant,* querida…

Vlad me regardait fixement. Tate également. Spade avait quasiment posé sa tête sur mon épaule pour mieux entendre Juan.

— *Quand Fabian l'a trouvé, il était clair que Bones n'était pas détenu contre sa volonté. Il, euh, a indiqué à Fabian qu'il voulait qu'il parte… tu veux bien te reprendre,* amigo *?* (Cette dernière phrase devait être adressée au fantôme, car mes nerfs n'avaient pas lâché. Pas encore.) *Écoute,* querida, *Fabian dit que Bones n'a pas mâché ses mots. Il lui a dit d'aller se faire foutre, ou un truc dans ce genre.*

J'inspirai profondément.

— Donc tu dis qu'il avait encore envie d'être seul. Est-ce qu'il… a dit pour combien de temps ? Est-ce qu'il a dit quelque chose sur moi ?

Je ne pus empêcher ma voix de se casser à cette dernière question. Mon cœur battait à tout rompre et je me sentais mal, mais au moins mes jambes tenaient le choc.

— Sí. (Juan parlait comme s'il avait avalé du beurre rance.) *Fabian lui a demandé comment il était censé annoncer cela à sa femme, et Bones a répondu…*

Juan s'arrêta.

— Répondu quoi ? criai-je presque.

— *Il a répondu : « Je n'ai pas de femme ».*

Spade arracha le portable de mes doigts engourdis.

— Ce n'est qu'un mensonge !

— *Écoute, ça ne me plaît pas plus qu'à toi*, entendis-je Juan rétorquer sèchement. *Mais il ne ment pas.*

Pourtant Spade ne se calmait pas.

— Je connais cet homme depuis deux cent vingt ans et je peux t'affirmer…

— Laisse tomber, Spade.

Il arrêta de crier en entendant ma voix calme et me regarda avec de grands yeux.

— Tu ne crois quand même pas ces balivernes ?

J'éclatai de rire. Enfin peut-être, je n'en étais pas très sûre.

— Après avoir vu les images satellite et entendu ce que rapportent les témoins oculaires, je ne peux te répondre que oui. Dis-moi une chose ; est-ce que Bones t'a dit de vive voix qu'il allait revenir ? Ou bien c'est ce que tu supposes ?

Spade se raidit.

— Je n'ai pas eu besoin qu'il me le couche par écrit pour connaître ses intentions…

Maintenant j'étais sûre que je riais, et ce n'était pas beau à entendre.

— En d'autres termes, c'étaient bien des suppositions. Bones m'avait clairement dit que tout était fini entre nous, mais je n'avais pas voulu l'admettre. Je m'étais accrochée au lambeau d'espoir que Spade m'avait agité sous le nez jusqu'au dernier moment.

Annette se tenait prudemment dans l'autre coin de la pièce. Spade raccrocha sans un autre mot pour Juan.

— Cat, allons-nous-en d'ici, dit Tate. Tu peux revenir dans l'équipe de Don. Tu y seras toujours chez toi. Tu n'as pas besoin de ça.

Je le regardai, la froide réalité s'insinuant entre les pointes de douleur brûlante. *C'est vrai, ce n'est pas ta maison. Tu n'es pas chez toi ici. Tu n'es chez toi nulle part.*

— Non.

Je l'avais pensé, mais ce ne fut pas moi qui le prononçai à haute voix. Vlad passa devant Tate comme si ce dernier n'existait pas.

— Gregor a prouvé qu'il ne la laisserait jamais en paix, et tu ne peux pas la protéger contre lui. Cela n'amènera que la mort de tous tes hommes, et celle de Cat. Je peux l'héberger jusqu'à ce qu'elle ait décidé ce qu'elle veut faire.

— Je doute que tes intentions soient honorables, dit Spade, les yeux luisant de vert.

— Si Bones s'inquiétait de mes intentions, il serait là pour m'empêcher de les concrétiser, répondit Vlad. (Les protestations de Tate n'arrangeaient rien. L'atmosphère devenait plus électrique à chaque instant.) C'est d'une amante abandonnée que tu as la garde, pas de la femme de ton meilleur ami. Pourquoi tu ne t'occupes pas de tes propres amours, vu que tu as été assez négligent de ce côté-là par le passé ?

Spade blêmit, pour autant que cela soit possible pour un vampire. Je compris que Vlad avait parlé de Giselda, la fiancée de Spade, morte assassinée. Vite, avant que les choses dégénèrent définitivement, je me plaçai entre Spade et Vlad. Je ne m'inquiétais pas pour Vlad. J'avais peur qu'il réduise Spade en cendres si ce dernier le touchait.

— Spade, quoi que tu puisses penser, Bones m'a dit on ne peut plus clairement que tout était fini entre nous. Si je n'ai pas voulu l'accepter jusqu'ici, je ne peux m'en prendre qu'à moi-même. Tate… je ne peux pas revenir. C'est impossible. (*Mon Dieu, si seulement ce n'était pas vrai.*) Vlad, quel est ton prix ? Les vampires en ont toujours un, alors qu'est-ce que tu me demandes pour que je puisse t'accompagner, le temps de faire le point ?

Vlad sembla réfléchir à ma question.

— Tu me donneras de ton sang en échange.

— D'accord.

Ou plutôt, *Adjugé ! Au vampire aux yeux vert cuivré.*

Spade croisa les bras.

— Il n'est pas question que je te laisse partir avec lui.

— *N'en viens pas aux mains,* dis-je silencieusement à Vlad en voyant ses lèvres se relever de défi. *Spade est mon ami, même s'il a tort. Pas d'en-cas pour toi si tu le rôtis. Cela vaut aussi pour Tate, car il semble prêt à se jeter en travers de notre chemin.*

— Tiens, il y a comme une odeur de fumée, déclara Vlad, toujours avec le même petit sourire.

À ces mots, des flammes commencèrent à lécher les murs. On aurait dit que des serpents orange et rouges étaient apparus comme par magie et se mettaient à grossir. Et à grossir.

Spade jura et se précipita vers l'évier pour y remplir d'eau tout ce qui lui tombait sous la main en criant pour qu'on vienne l'aider.

— Si vous faites vite, vous aurez tout éteint en un rien de temps, leur assura Vlad en me tendant le bras. Nous y allons ?

Rester n'aurait servi qu'à empirer les choses. Les trois vampires en viendraient aux mains, et je ne pourrais rien faire pour les en empêcher. Tate avait déjà perdu la tête. Il saisit Vlad par l'épaule... puis se fit propulser à travers le plafond. Et le plafond suivant, à en croire les bruits. Des gravats s'écroulèrent sur les flammes.

Vlad n'avait même pas bronché.

— C'est un avertissement. Le premier et le dernier.

Je regardai une dernière fois le trou dans le plafond et les murs en flammes avant de prendre le bras de Vlad, encore sous le choc du quart d'heure qui venait de s'écouler.

— En route.

Nous montâmes dans une voiture qui devait être celle de Vlad. Alors que nous nous éloignions, j'entendis quatre explosions distinctes et vis les voitures qui étaient dans l'allée disparaître en fumée.

— Pour être sûr qu'ils ne nous suivront pas, dit Vlad en réponse à mon regard abasourdi.

Un éclair déchira le ciel. Ce fut la dernière chose que je vis avant de fermer les yeux.

Chapitre 20

J'avais entendu dire que le travail de deuil comportait cinq phases. Tout d'abord, le déni. J'en avais eu plus que ma dose depuis mon départ de chez Spade. Puis la colère, et pour ça, oui, j'étais en colère. *Tu n'as même pas pu prendre quelques jours pour réfléchir tranquillement à la situation et laisser les choses se tasser, hein ? Ça non, pas toi, Bones ! Déjà de retour en selle, hein, cow-boy ?*

Ensuite, le marchandage, peut-être l'étape la plus pathétique de toutes, qui m'occupa le temps du vol qui nous emmena vers notre destination inconnue. *Pitié, faites qu'il revienne. Je l'aime tant, et il m'aimait, lui aussi. Peut-être pouvons-nous encore arranger les choses…*

Qu'il aille se faire foutre, répondait ma colère. *J'ai toujours su que Bones reviendrait à ses anciennes mœurs. Un kangourou ne peut pas s'empêcher de sauter, pas vrai ? Il a dit qu'il n'avait pas de femme, tu te rappelles ? Et d'ailleurs, personne ne tient véritablement à toi.*

Si le vampire assis à mes côtés écoutait ma schizophrénie mentale, il n'en montrait aucun signe. Vlad sifflotait pendant que mes émotions jouaient à la roulette russe. Lorsqu'il m'annonça que nous étions arrivés, j'étais dans un état de dépression abyssale.

En d'autres termes, j'étais entrée dans la phase numéro quatre.

La voiture s'arrêta et j'entendis des gens approcher. Je n'entendis aucun battement de cœur.

Ma portière s'ouvrit. Quelqu'un me tira doucement par la main.

— Garde encore un peu les yeux fermés. Je vais te guider jusqu'à l'intérieur.

Après avoir marché avec prudence pendant une minute, nous nous arrêtâmes.

— Tu peux ouvrir les yeux, Cat.

J'obéis. Nous nous trouvions dans une sorte de grand hall, visiblement très ancien. De style gothique, dans toute la splendeur du terme.

Vlad sourit.

— Entre librement et de ton plein gré, n'est-ce pas ce que je suis censé dire ?

Je balayai le hall du regard.

— Je ne reste que quelques jours, le temps de me remettre les idées en place.

Et de recoller mon cœur brisé.

— Reste aussi longtemps que tu veux. Après tout, tu as une dette envers moi. Il te faudra peut-être plusieurs jours pour t'en acquitter.

Je le regardai d'un air las.

— N'en sois pas si sûr.

Il y avait un grand avantage à séjourner chez le Prince des ténèbres. Son personnel de maison faisait preuve d'une véritable discipline militaire. Après avoir été emmenée jusqu'à ma chambre par un vampire du nom de Shrapnel, je lui demandai ce qu'on pouvait me servir comme boisson sans plasma. Shrapnel ne me répondit pas en me récitant la liste : il m'apporta tout le contenu du bar. Lorsque je lui fis remarquer que j'aurais pu descendre pour regarder moi-même, il me regarda comme s'il avait affaire à une folle.

Bon, sur ce point, il n'avait pas tort.

Vlad me tint compagnie tous les soirs pendant le dîner, même s'il ne mangeait pas lui-même. Je le voyais rarement pendant la journée, qu'il consacrait probablement à régler ses propres affaires. Mais je n'en savais rien, bien entendu. Je passais la plus grande partie de mon temps dans ma chambre à ruminer, passant abruptement de la colère envers Bones à l'autoflagellation. Notre histoire avait-elle été condamnée à l'échec dès le départ parce que Bones n'était pas capable de renier ses mœurs immorales ? Ou rien de tout cela ne serait-il arrivé si je n'étais pas partie avec Gregor ce jour-là ? Je n'en savais rien, et c'était ce qui me faisait le plus mal.

Je me rendis à la salle à manger à 21 heures. Le souper était servi tard, pour des raisons évidentes. Vlad était déjà installé à sa place. Ses longs cheveux bruns, soigneusement brossés, étaient lâchés sur ses épaules, et il jouait avec le pied de son verre à vin lorsque je m'assis à côté de lui, comme à l'accoutumée.

Je remplis mon assiette des mets posés sur la table. Un carré d'agneau accompagné d'une sauce au romarin, une marinade d'asperge à la mangue, et des pommes de terre rouges, aussi tendres que minuscules. Vlad me regarda en sirotant son vin. Ayant vécu avec un vampire, j'avais l'habitude d'être la seule à manger pendant qu'on me regardait, et cela ne me gênait plus du tout.

Après quelques minutes de mastication silencieuse, je m'arrêtai.

— L'agneau est délicieux. Tu es sûr que tu ne veux pas en goûter ?

— Je mangerai bientôt.

À la manière dont il le dit, j'arrêtai ma fourchette à mi-chemin de ma bouche. Vlad ne semblait pas faire référence au dîner.

— Tu dis cela juste en passant, ou tu essaies de me préparer mentalement ?

— J'évalue ta réaction, répondit-il en penchant la tête. Tu n'as pas les yeux gonflés ce soir. Et tu sembles moins déprimée. Cela signifie-t-il que tu t'es résignée au départ de Bones ?

C'était la première fois en quatre jours qu'il mentionnait ce sujet. Personnellement, j'aurais préféré qu'il attende encore très longtemps.

— Ne t'en fais pas, je n'ai pas l'intention de me jeter du sommet d'une falaise ce coup-ci.

— Je suis heureux de te l'entendre dire.

Il se cala en arrière dans sa chaise et recommença à jouer avec son verre.

— Tu n'as contacté ni Spade, ni personne d'autre depuis que tu es là. Tu n'as pas envie de savoir s'ils ont pu lui parler ?

Je reposai ma fourchette. Je ne savais pas où il venait en venir, mais Vlad n'agissait jamais sans raison.

— Qu'est-ce qui se passe, mon grand ? Tu essaies d'accélérer mon flux sanguin ? D'attendrir ma chair avant de passer à table ? Non, je n'ai parlé à personne, et je n'en ai aucune envie. J'ai eu ma dose de détails sordides.

— Tu ne te demandes pas s'il a une femme dans les bras en ce moment ? S'il la caresse, s'il l'embrasse… s'il la tient serrée contre lui, complètement nue ?

Mon assiette vola à travers la pièce et s'écrasa contre le mur de pierres. En la jetant, je me maudissais moi, Vlad, et par-dessus tout Bones.

— Tu essaies de me faire craquer, hein ? Tu m'*évalues* ? Eh bien, je suis un tantinet à cran, comme tu peux le constater, alors excuse-moi.

Je pris ma serviette de table et me dirigeai vers les débris de l'assiette, déterminée à nettoyer moi-même les dégâts, mais Vlad se montra plus rapide. Sans bouger de sa chaise, il m'attira violemment à lui.

— Qu'est-ce que tu fais ? demandai-je sèchement.

Il raffermit sa prise, qui devint presque douloureuse.

— Je réclame mon dû.

J'eus à peine le temps de me crisper que la bouche de Vlad se refermait sur ma gorge et que ses canines me perçaient la peau.

Un cri m'échappa, mais il n'était pas causé par la douleur. Vlad aspira plus fort pour faire monter mon sang plus vite. Une chaleur se diffusa lentement en moi à chaque gorgée qu'il avalait. *Le venin des vampires*. Inoffensif, mais capable de produire une fausse sensation de bien-être.

— Vlad, ça suffit.

— Non, répondit-il d'une voix étouffée. Encore.

Il m'attira encore plus près. J'étais désormais à moitié affalée contre lui, et j'avais l'impression qu'à chaque puissante succion il tirait le sang directement depuis ma colonne vertébrale.

Vlad fit glisser ses mains le long de mes bras. Cela me coupa le souffle. Elles étaient chaudes, très différentes de la température normale d'un vampire. Cela devait venir de son don de pyrokinésie. Mon sang n'aurait pas suffi à les réchauffer aussi vite.

Vlad me relâcha aussi rapidement qu'il m'avait attrapée. Je m'appuyai contre la table, les jambes en coton.

— Cela devrait te donner matière à réflexion, dit-il.

— Non, pas du tout. (J'articulai ces mots avec difficulté. Soudain, je fondis en larmes.) Je l'aime toujours, Vlad ! Je le déteste aussi, peut-être, mais… je l'aime toujours.

Son regard ne vacilla pas.

— Ça te passera.

Vraiment ?

Je ne le dis pas à voix haute, mais cela n'avait aucune importance. Vlad m'entendait quand même.

— Je n'ai plus faim, me contentai-je de répondre avant de sortir de la salle à manger.

Plus tard dans la nuit, alors que je venais de m'endormir, je sentis le lit bouger. J'ouvris brusquement les yeux, puis je sentis un doigt se poser sur ma bouche.

— Ce n'est que moi. Je voudrais qu'on parle.

J'étais désormais complètement réveillée. Ce n'était généralement pas pour discuter qu'on se glissait dans un lit… ce que Vlad était précisément en train de faire.

— Tiens donc, rétorquai-je d'une voix pleine de sarcasmes.

Il eut un geste dédaigneux.

— Détends-toi, Cat. Je n'ai pas l'intention de te violer.

— Là d'où je viens, quand on veut parler, on le fait à la verticale. (Pour souligner mon propos, je m'assis. Et il avait raison sur un point : j'avais les mains crispées sur les draps.) Ça sent au mieux la contrainte, très cher.

Vlad installa un oreiller sous sa tête et éclata de rire.

— Tu joues à merveille la pudeur outragée, Faucheuse, mais nous savons tous les deux que je pourrais transformer ces draps en cendres si je le voulais. Bon, si l'on met de côté ton éducation rigide de campagnarde, est-ce que cela te gêne que je m'installe comme ça à côté de toi ?

Mes doigts se décrispèrent un peu sur les draps. Vlad venait d'exposer plusieurs arguments valides. Il était beaucoup plus fort que moi, et même s'il n'avait pas été en mesure d'enflammer les draps, il aurait facilement pu me forcer à coucher avec lui s'il l'avait voulu. De plus, jouer les vierges effarouchées alors qu'il s'était gorgé de mon sang quelques heures plus tôt me semblait légèrement hypocrite.

— D'accord. De quoi veux-tu parler ?

— De ton avenir.

Je me crispai.

— Tu veux que je m'en aille. Très bien. Je…

— Tu crois vraiment que je suis venu pour te dire que je te flanquais à la porte ? m'interrompit-il. Je pensais que tu me connaissais mieux que ça.

— Désolée. J'ai eu une semaine, euh, difficile.

— Oui. (Il m'épargnait la fausse compassion.) Ton amour-propre en a pris un coup et tu es très vulnérable. Si je le voulais, tu serais très facile à séduire.

— Toujours aussi modeste, à ce que je vois, dis-je avec un petit grognement. Mais si tu crois que j'ai envie d'une partie de jambes en l'air comme antidépresseur, tu te fourres le doigt dans l'œil.

Il sourit.

— Je te l'ai déjà dit, ce que j'éprouve pour toi n'a rien de sentimental. Je suis là parce que tu es mon amie, et pour moi, les amis sont beaucoup plus rares que les parties de jambes en l'air.

Ce que je ressentais pour lui n'avait rien à voir non plus avec de l'attirance physique, même si son charme était indéniable. Non, je me sentais plutôt étrangement proche de lui.

— Je suis contente que tu sois là, dis-je.

C'était vrai. Je n'aurais pas pu traverser cette épreuve auprès de Mencheres, de Spade ou de tout autre vampire qui m'aurait prise sous son aile à la fois par pitié et par obligation envers Bones.

Vlad me serra la main.

— Tu t'en remettras, mais pas avant de lui avoir parlé.

Lui. *Bones*. Je détournai les yeux.

— J'apprécie ta sollicitude, mais sur ce sujet, tu perds ton temps. Je ne veux pas le voir. Je ne veux pas savoir ce qu'il fait, ni avec qui il est.

— Catherine, tu te voiles la face.

Je me raidis en entendant cette remarque et mon vrai prénom.

— Explique-moi ça, Drac, rétorquai-je sèchement en l'appelant moi aussi par le nom qu'il n'utilisait jamais.

— Tu n'as pas vraiment commencé à l'oublier parce que tu te demandes encore s'il est vraiment parti. C'est pour cela que tu t'accroches. C'est aussi pour cela que tu vas finir par te faire tuer, parce que cela te distrait tellement qu'il a fallu que je me glisse dans ton lit pour que tu remarques la présence d'un vampire dans la pièce. Règle la situation avec Bones, une bonne fois pour toutes. Et ensuite, tourne la page, avec ou sans lui.

— Je sais que c'est fini, répondis-je d'une voix chevrotante. Il me l'a dit on ne peut plus clairement.

— Mais tu te demandes s'il le pensait vraiment. Tu te demandes s'il ne l'a pas fait juste pour te blesser, comme tu l'as blessé en partant avec son ennemi en pleine bataille. Tu te rends folle à force de te demander s'il n'attend pas que tu fasses le premier pas, comme durant toutes ces années où il t'a cherchée.

— Arrête de fouiner dans ma tête !

L'entendre prononcer à haute voix toutes mes spéculations me donnait l'impression de subir une opération sans anesthésie.

— Cette idée n'est pas si farfelue que cela, poursuivit-il calmement. Il se sert de tes pires craintes contre toi, comme tu l'avais fait avec lui. C'est un juste retour des choses, si tu veux mon avis. Mais je doute que Bones ait le courage d'aller jusqu'au bout.

— Dans ce cas, pourquoi est-ce que tu me conseilles de le découvrir par moi-même si tu penses que je vais encore me faire jeter ?

— Parce que si tu as raison, il ne tardera pas à venir frapper à ma porte. Sinon, tu seras dévastée, mais décidée, car tu es beaucoup plus forte que tu le penses.

Je me mordillai la lèvre inférieure. Est-ce que je devais de nouveau risquer de me faire mettre le cœur en pièces juste pour voir si Bones ne faisait pas ça dans le seul but de me provoquer ? Et si c'était le cas, pouvais-je lui pardonner ? Le voudrais-je seulement ?

Mais quelle que soit la réponse, je saurais, ce qui valait probablement mieux que de sombrer doucement dans la folie en m'accrochant à ce mince espoir.

Vlad devait avoir lu tout cela dans mes pensées, car il hocha la tête.

— Demain matin, appelle Spade et programme ton rendez-vous avec Bones. Il ne refusera pas de te voir, quelles que soient ses intentions à ton égard. Et là, tu sauras si c'est fini pour de bon ou pas.

Entre ma carence en fer et le manque de sommeil, c'était un sujet sur lequel il m'était pour l'instant trop difficile de m'appesantir. Je me rallongeai avec un soupir, en oubliant la gêne que m'inspirait la présence de Vlad dans mon lit.

Vlad se coucha à côté de moi et posa la tête sur mon oreiller.

— Hum-hm, dis-je en me raclant la gorge. Est-ce qu'on ne vient pas de se mettre d'accord sur le fait que nous n'étions rien de plus que des amis ?

— Je n'ai aucune intention malhonnête à ton égard. C'est juste que cela fait longtemps que je n'ai pas dormi aux côtés d'une femme qui compte pour moi.

— Oh. Très bien. (*Une pyjama party avec Dracula ? Tout bien considéré, pourquoi pas ?*) D'accord, mais je ronfle.

Il sourit malicieusement.

— Je te signale que ça fait une semaine que nous partageons le même toit, donc je suis déjà au courant.

Je le regardai méchamment, puis m'étalai dans le lit comme je l'aurais fait en temps normal.

Vlad me prit dans ses bras. J'aurais dû me sentir gênée d'être dans le même lit que lui, d'autant plus qu'il était torse nu, et que je ne portais qu'une longue chemise de nuit par-dessus ma culotte, mais ce n'était pas le cas. C'était agréable de s'endormir de nouveau avec quelqu'un, même si ce n'était pas celui qui me manquait.

— Bonne nuit, Cat, dit-il malgré l'imminence de l'aube.

Je bâillai et fermai les yeux.

— Bonne nuit, Vlad.

Le coup frappé à la porte ne me réveilla pas. Il avait dû être trop hésitant. Ce ne fut que lorsque Vlad dit : « Entrez » sur un ton plus que contrarié que je sortis du sommeil. La vache, il avait raison. Mes réflexes étaient lamentables.

Shrapnel passa la tête par la porte. Je maudis intérieurement Vlad de ne pas m'avoir laissé une chance de disparaître dans la salle de bains. J'avais l'impression d'être prise la main dans le sac.

— Excusez-moi, maître, mais la personne dit que c'est urgent. Dois-je vous passer le téléphone ?

Visiblement nerveux, il le tenait collé contre lui.

Vlad fit un geste.

— Très bien, donne-le-moi.

Shrapnel bondit comme un lièvre jusqu'au lit puis ressortit tout aussi prestement en refermant la porte derrière lui.

— Qui est-ce ? dit Vlad d'un ton brusque.

Spade parla si fort que je me redressai d'un seul coup.

— *Ce coup-ci, si tu ne me passes pas immédiatement Cat, je te jure que je te ferai rôtir dans ton propre jus…*

Je lui arrachai le téléphone des mains.

— Qu'est-ce qu'il y a ? C'est moi, qu'est-ce qui se passe ?

Il y eut un instant de lourd silence. Trop tard, je compris ce que je venais de faire. Vlad haussa une épaule comme pour dire : « Tu t'es trahie. »

— *On m'a dit que Vlad ne pouvait pas être dérangé parce qu'il était au lit.* (Son ton était de plus en plus accusateur.) *Qu'il était* extrêmement indisposé. *Bon sang de bonsoir, c'est pour ça que tu ne me rappelles jamais ?*

— Je-je-je n'ai pas…

Mon Dieu, j'en bafouillais.

— *En effet !*

— Ne commence pas, hein ! m'écriai-je (la colère me donnait des forces). S'il y a un problème, dis-le-moi, mais si tu veux jouer à la brigade des mœurs, tu devrais commencer par t'occuper de ton meilleur copain. Il a certainement plus de choses à se reprocher que moi !

— *Il court un très grand danger, si ça t'intéresse encore*, répondit Spade sur un ton glacial.

Mon hostilité s'évanouit tout d'un coup. Spade n'était pas du genre à exagérer ses propos. Je serrai le téléphone comme si j'avais peur qu'il me glisse des doigts.

— Qu'est-ce qui s'est passé ?

Spade sentit peut-être la peur que j'éprouvais, car sa voix se fit un peu plus douce.

— *Fabian, ton copain fantôme, s'est rendu à La Nouvelle-Orléans pour essayer de lui parler. Selon lui, Crispin va bientôt être forcé de quitter le Vieux Carré. Et Gregor l'attend à la sortie de la ville.*

— Comment ça, on va le forcer à partir ? demandai-je d'une voix plaintive.

Vlad fit la grimace.

— *Crispin est allé à La Nouvelle-Orléans pour y rencontrer Marie. Si j'ai bien compris, après leur entrevue, Marie a interdit l'accès du Vieux Carré aux morts-vivants, et Gregor a rassemblé des forces en dehors de la ville.*

Je bondis du lit et commençai à chercher frénétiquement mes vêtements. Vlad, impassible, s'installa à ma place.

— Tu es là-bas ? Tu es en route ?

— *On ne peut pas, tout le problème est là ! À cause de toi, Gregor est en droit de tuer Crispin. D'après nos lois, aucun vampire ne peut lui venir en aide.*

Je m'assis par terre, les jambes tremblantes. L'espace d'une seconde, je ne parvins même plus à respirer. Puis je repris mes esprits.

— Il faut l'évacuer par voie aérienne. Un hélicoptère serait la meilleure solution. On peut l'armer avec des balles en argent. Puis on le transférera dans un avion en plein vol. Tu disais que tu m'avais laissé des messages à ce sujet ?

Je lançai un regard lourd de menaces à Vlad.

— *Je t'ai laissé des messages pour te demander de me rappeler, mais ce n'est que cette nuit qu'on a appris ce que Gregor comptait faire.*

Vlad haussa les épaules d'un air impénitent.

— Tu disais ne pas vouloir leur parler. Je découvre tout cela comme toi. Je t'en aurais informé si j'avais été au courant.

Je ne lui fis aucun reproche. Après tout, si je m'étais cachée, c'était ma faute, pas de celle de Vlad.

— *Il y a un problème avec ton plan, Cat*, dit Spade sur un ton crispé. *Sinon, on aurait déjà fait quelque chose du même ordre. Aucun mort-vivant d'aucune lignée n'est autorisé à entrer dans la ville, que ce soit par voie terrestre ou aérienne. Marie a décrété qu'elle condamnerait à mort tout contrevenant, et elle est trop puissante pour qu'on se permette de braver ses décisions. J'aurais volontiers pris ce risque moi-même, mais si un vampire ou une goule osent violer l'interdit et entrer dans le Vieux Carré, Gregor et ses sbires suivront. Il faut que ce soient des humains sans le moindre lien avec un vampire qui le fassent, tu comprends ?*

Oui, c'était on ne peut plus clair. Je saisissais à présent pourquoi Spade avait tellement insisté pour me joindre.

— Donne-moi ton numéro. Je te rappelle tout de suite.

Chapitre 21

— Test 3, 2, 1… tu me reçois, Geri ?

Le lieutenant Geri Hicks, qui m'avait remplacée dans l'équipe de Don, toussa.

— *Affirmatif*, marmonna-t-elle.

Elle avait un récepteur implanté sous la peau, et ma voix lui arrivait directement dans l'oreille. Il valait mieux pour elle que je ne crie pas. Son micro, moins gênant, se trouvait dans son collier.

— Quelle est ta position ?

— *Je traverse St Ann Street et je me dirige vers Bourbon Street. Tu le vois sur les images satellites ?*

Je regardai les photos du Vieux Carré sur l'écran de mon ordinateur portable. Les turbulences de l'avion ne me facilitaient pas la tâche, mais je pouvais toujours voir Bones. Ainsi que la femme qui se tenait à côté de lui.

— Affirmatif. Il y a décalage de quelques secondes, comme tu le sais, mais il devrait être là. Ça va ?

Geri était nerveuse. Je la comprenais. Elle devait évacuer Bones sans que l'un d'entre eux soit tué dans l'opération. Ça oui, j'aurais été un tantinet stressée, moi aussi.

— *Pas de problème*, répondit Geri.

— Bien reçu. Va le chercher.

J'étais la seule personne que connaissait Spade à avoir des relations humaines non affiliées à des morts-vivants et capable d'organiser une opération aérienne équipée d'armes et de technologies de pointe. D'accord, on pouvait toujours pinailler sur le fait que mon ancienne équipe avait des liens avec Bones, mais aucun de mes hommes n'était plus sous ses ordres depuis que j'avais démissionné. C'était un immense service que mon oncle me rendait là.

Geri, qui était humaine, ne pouvait pas voir Fabian. Il était pourtant là, et il essayait de nous aider sans se faire remarquer par les troupes de Marie. C'était loin d'être simple. Une fois cette histoire terminée, je lui devrais une fière chandelle, à lui aussi. Comment remercier un fantôme ? C'était une question à laquelle je devrais réfléchir plus tard.

— *J'approche de la cible, silence radio*, murmura Geri.

Sur l'écran, je la vis approcher de Bones. Il se trouvait à la terrasse du café *Pat O'Brien's*, devant un verre de ce qui devait être son whiskey habituel. Il enlaçait une jolie brune qui était quasiment collée à lui. Je la voyais même lui caresser la hanche.

Je serrai les poings. *Espèce de traînée, quand ce sera fini, on va avoir un long tête-à-tête, toi et moi.*

Cannelle n'entendit pas ma menace silencieuse, contrairement à Vlad. Il était allongé en face de moi dans son fauteuil, pas le moins du monde dérangé par les turbulences. Nous volions en direction du point où nous retrouverions l'hélico si tout se déroulait sans accroc.

— Tu ne l'aimes vraiment pas.

Je ne répondis pas à voix haute. Cela aurait pu troubler Geri, car je portais un casque équipé d'un micro.

— *Non. Vraiment, vraiment pas.*

— *Je sais que c'est direct*, ronronna Geri dans mon oreillette tandis que les images satellites m'indiquaient qu'elle se trouvait devant Bones et Cannelle, *mais en vous voyant si beaux tous les deux, je ne sais pas lequel j'ai envie de baiser en premier.*

— Formidable, murmurais-je.

Bon Dieu, j'en étais réduite à encourager la fille qui draguait l'homme que j'aimais ! Pourquoi est-ce que je ne pouvais pas avoir une vie normale ?

Bones posa son verre. Si l'arrivée de Geri le surprit, il ne le montra pas. Je retins mon souffle. Qu'allait-il faire ? Il savait forcément que c'était moi qui lui avais envoyé Geri. Trahirait-il sa couverture ? Ou bien allait-il jouer le jeu et quitter la ville ?

— *La décision est facile à prendre, ma belle.* (Le micro sur son collier retransmettait la moindre nuance de l'accent de Bones.) *Les dames d'abord. N'est-ce pas,* Cinnamon[1] *?*

Le rire entendu de Cannelle me glaça le cœur. J'arrachai un morceau de mousse à l'accoudoir de mon siège.

— *Elle a l'air très sauvage,* mon chéri*. *J'espérais une compagnie plus douce, pas toi ?*

Geri ne se laissa pas démonter par le refus de Cannelle. Elle trempa les doigts dans le verre de Bones et les lécha avec une lenteur étudiée.

— *Je serai douce comme un agneau, trésor.*

Geri n'était décidément plus la jeune femme timide que j'avais formée quelques mois auparavant.

Cannelle saisit le poignet de Geri, attira sa paume contre ses lèvres et se mit à lécher elle aussi.

— *Nous verrons cela.*

Puis elle passa les bras autour de Bones et l'embrassa. Par le biais du micro de Geri, j'entendais presque Cannelle se frotter contre lui, son gémissement de plaisir assourdi, et les grognements mâles de Bones qui la serrait contre son torse.

---

1. « Cinnamon » signifie « cannelle » en anglais (*NdT*).

Il se passa deux bonnes minutes avant qu'il relève la tête. Deux minutes pendant lesquelles j'avais quasiment *souhaité* sa mort.

Vlad me regarda sans compassion.

— Tu n'es pas obligée de le faire toi-même.

Il avait raison. J'avais insisté pour servir de relais. C'était un rôle clé que je ne pouvais confier à personne, malgré tout le mal que cela me faisait.

— Partez, dis-je à Geri, très bas.

Elle se plaça entre Bones et Cannelle.

— *Je n'ai pas besoin de préliminaires*, ronronna-t-elle de sa voix rauque. *C'est vraiment utile qu'on fasse connaissance? J'ai juste une énorme envie de baiser.*

Bones se détacha de Cannelle et prit la main de Geri.

— *J'ai horreur de faire attendre une jolie fille. Viens, Cinnamon. C'est elle que je veux ce soir.*

— *Je n'ai pas le droit de choisir?*

J'entendais de la bouderie dans la voix de Cannelle. J'avais beaucoup de mal à me retenir de hurler.

— *Pas cette fois, ma belle.*

— Chéri*...

— *C'est toi qui as choisi toutes les autres*, l'interrompit-il en leur frayant un passage dans la foule. *Continue à pleurnicher et je te ferai attendre jusqu'à ce que j'aie fini pour te la passer.*

— Salaud! lâchai-je sans réussir à me contenir.

Toutes les autres? Génial!

Bones s'arrêta en montant sur le trottoir. Je me crispai. M'avait-il entendue dans l'écouteur de Geri?

Mais ils recommencèrent à avancer. Je poussai un soupir de soulagement. Pour l'instant, tout se passait bien. *Salaud.*

— Dirige-toi vers l'église, dis-je à Geri dans un souffle presque inaudible.

J'ôtai ensuite mon casque et parlai dans mon téléphone portable.

— OK, Don, déployez-vous. Ils arrivent. Dites à Cooper de ne pas sortir l'échelle tant qu'il n'est pas à cinquante mètres d'eux.

— *Bien reçu, Cat.*

Je remis mon casque. Geri était en train de dire à Bones qu'elle voulait coucher avec eux sur le toit de l'église, mais Cannelle protestait.

— *Non, il y a peut-être des rats ! Pourquoi on ne pourrait pas sortir de la ville le temps d'une soirée ? Je t'ai dit que j'ai de très belles amies à Métairie que j'aimerais que tu rencontres.*

— *Tu sais quoi, mon cœur ? On ira demain. Ça fait plusieurs jours que tu me parles de ces filles, elles doivent valoir le déplacement.*

— *Oui, elles sont magnifiques**.

Cannelle essayait donc de l'attirer hors de la ville pour le faire tomber dans le piège de Gregor, pensai-je en sentant la colère monter en moi. La manie qu'avait Vlad d'empaler les gens n'était peut-être pas une si mauvaise idée que cela, après tout. Comment Bones avait-il pu gober son insistance sans se douter de rien ? Le désir l'aveuglait-il donc à ce point ?

— *Demain, on fera ce que tu veux, mais ce soir, c'est mon tour*, poursuivit Bones. *Je te promets de te faire découvrir une nouvelle facette de ma personnalité.*

Et de la mienne. Il me tardait *vraiment* de revoir Cannelle en personne.

Je ne les avais plus à l'écran. Ils avaient disparu des images satellites depuis qu'ils avaient commencé à marcher.

— Regarde autour de toi, Geri. Est-ce que vous êtes suivis ?

— *Tu crois qu'on nous verra monter sur le toit ?* demanda Geri d'un ton effarouché.

Bones l'embrassa. Je ne le vis pas, mais je l'entendis.

— *Aucun risque.*

Bon Dieu, ce que j'avais envie que ça se termine. Vite. Bien, mais vite.

— *Ah, voilà l'église. Maintenant, ma jolie, regarde-moi une minute. Mes yeux et mes dents ne t'inquiètent pas, n'est-ce pas ? Ils n'ont rien d'inhabituel. Tu n'as pas peur, parce que tu sais que je ne te ferai aucun mal. Dis-le.*

— *Tu ne me feras aucun mal,* répéta Geri. *Je n'ai pas peur.*

C'était donc comme cela que Bones faisait oublier ses yeux verts et ses dents pointues lorsqu'il couchait avec des filles humaines. C'était bien ce que je pensais, mais j'avais toujours préféré ne pas le lui demander. J'en savais déjà plus qu'assez sur son passé. Il faisait certainement ce cinéma pour Cannelle, car il savait que Geri était au courant de ce qu'il était. Il procéda ensuite comme à l'accoutumée.

J'avais envie de vomir.

— *Cinnamon, nous y allons ?*

— *S'il le faut,* mon chéri *.

— *Il le faut.*

Après plusieurs secondes de bruissements, Bones parla encore.

— *Le toit, enfin. Il n'y a pas de rats, mon chou, tu peux arrêter de trembler.*

— *Vlad, demande à l'hélico quand il pense arriver.*

Il obéit à ma directive mentale et appuya sur la touche rappel de mon portable.

— Ils sont sur le toit, expliqua-t-il brièvement à Don. Combien de temps ?... D'accord. (Il reposa mon téléphone.) Six minutes.

— Vous avez six minutes, Geri. N'oublie pas que Bones devra vous tenir toutes les deux, toi et Cannelle, lorsqu'il sautera, et qu'elle opposera de la résistance.

— *Venez par là, mes jolies. C'est mieux, non ?*

La voix de Bones changea. Elle devint le ronronnement voluptueux qui me faisait fondre. L'entendre de nouveau ne faisait qu'augmenter ma fureur. Pire encore, j'entendis ensuite des souffles, de doux bruits de frottements et des baisers.

— *Hé, mon cœur. Calme-toi un peu*, dit tout à coup Geri.

— *Pourquoi ?* demanda Cannelle d'un ton contrarié. *Je suis prête.*

Je regardai l'heure.

— Encore deux minutes. Fais traîner les choses, mais reste zen, Geri.

— *Cinnamon, ne sois pas si gourmande. Je vais te l'adoucir un peu. Tu verras que cela valait le coup d'attendre.*

Je me bourrai les jambes de coups de poing mais me retins de hurler. Je regardai les secondes défiler et tendis l'oreille, avec un détachement très professionnel, en quête du moindre son indiquant un danger. Malheureusement, ce que je percevais n'annonçait rien de tel.

Encore trente secondes. Même si quelqu'un nous entendait, nous ne pouvions plus attendre.

— Explique-lui tout, Geri.

— *Bones, un hélico va faire un passage à environ deux cents mètres au-dessus de l'église. Il sera équipé d'une échelle métallique. Dès que tu le vois arriver, tu bondis pour l'atteindre en nous tenant toutes les deux. Dès que nous serons éloignés de la ville, tu sauteras sur un avion. Spade sera dedans.*

— *Qu'est-ce qu'elle dit ?* siffla Cannelle.

— Dix secondes, dis-je d'une voix grinçante. Neuf, huit, sept…

— *Tu sais quoi, Cinnamon ?* (La voix de Bones était devenue froide comme de l'acier, perdant le ton séducteur qu'il employait jusque-là.) *J'en ai assez de t'entendre râler.*

— … un, hurlai-je.

Je n'entendis plus ensuite que le bruit de l'hélicoptère, puis le cliquetis du métal, un bruit sourd, et enfin les mots que j'attendais, prononcés par Geri.

— *On est à bord !*

L'hélico était équipé de pales silencieuses qui réduisaient son volume sonore. Mais pas assez pour me permettre d'entendre ce que disaient Cooper et les deux copilotes. Geri restait audible, bien entendu.

— *Elle respire encore ?* demanda-t-elle. *Tu n'y es pas allé de main morte.*

— *Elle est vivante.*

J'entendis un bruit de glissement, puis Geri parla d'une voix rauque.

— *Alors comme ça, tu as voulu me forcer à mettre la tête entre tes jambes, hein ? C'est qui le boss, maintenant ?*

— *Elle ne sent pas tes coups de pied*, dit Bones sans le moindre soupçon de désapprobation dans la voix.

— *Ouais, mais moi je les sens, et ça me fait plaisir !*

J'entendis de nouveaux bruits sourds. Je n'avais aucune intention d'intervenir. L'image de Cannelle se faisant bourrer de coups de pied était bien trop jouissive.

— *Où est-elle ?* demanda Bones.

Je me figeai. Geri poussa un dernier grognement de satisfaction, certainement causé par le coup de grâce qu'elle venait de porter à sa victime, et répondit.

— *Tu vas prendre un second avion qui te conduira jusqu'à elle.*

Bones ne dit rien, mais son silence était plus qu'éloquent. Il n'y a aucune raison de le voir en face, me dis-je sombrement. « *C'est toi qui as choisi toutes les autres* », avait-il dit à Cannelle. Je n'avais pas besoin d'en entendre plus pour savoir que c'était bel et bien terminé entre nous. Tromper son conjoint était peut-être une forme de revanche admissible chez les vampires, mais je devais être trop humaine pour ça. J'aurais accepté beaucoup de choses de la part de Bones sans me plaindre, mais pas ça.

J'attendis que Bones soit passé comme prévu dans l'avion de Spade pour déconnecter mon casque. Geri devait être soulagée de ne plus entendre ma voix se déverser dans son oreille. Seul Bones avait changé d'appareil ; Geri et Cannelle étaient restées dans l'hélicoptère. L'avion de Spade était censé me retrouver à l'un des centres de Don, mais ce n'était plus nécessaire.

J'appelai mon oncle.

— Modifiez le plan de vol de Bones, lui dis-je. Ne me dites pas où vous le redirigez, mais évitez de l'envoyer là où je serai.

Mon oncle s'abstint de poser des questions inutiles.

— *Très bien, Cat.*

Je raccrochai. Vlad ne m'avait pas quittée des yeux depuis le début. Ma tentative de sourire se mua en grimace.

— J'ai la réponse.

— Ce n'est pas comme si tu n'avais pas été au courant de ses habitudes passées, répondit Vlad sans compassion déplacée.

Non, en effet. Mais je n'avais pas prévu que je devrais écouter Bones détailler ses frasques. Ou peut-être que si ? Il m'aurait peut-être dit tout ça en face si nous nous étions revus. Bon Dieu, au moins je m'épargnerai ce calvaire. J'aurais éclaté en sanglots et perdu le peu de dignité qui me restait.

Deux heures plus tard, notre avion se posa sur la piste de la base, mais je ne savais pas où. De toute façon, même si j'avais regardé, la plupart des installations militaires se ressemblaient énormément. Je descendis de l'appareil les yeux fermés, guidée par le bras de Vlad.

— Bonjour, Commandant, dit une voix masculine.

Je souris, les yeux toujours fermés.

— Cooper, je te dirais bien que je suis contente de te voir, mais laisse-moi une minute.

Il grogna, ce qui équivalait chez lui à un éclat de rire. Nous entrâmes rapidement dans le bâtiment.

— Vous pouvez ouvrir les yeux, déclara Cooper.

Son visage familier fut la première chose que je vis, la peau noire et les cheveux taillés encore plus ras que ceux de Tate. Je le serrai brièvement dans mes bras, ce qui sembla le prendre de court, mais il me sourit lorsque je le lâchai.

— Vous m'avez manqué, espèce de monstre, dit-il, toujours avec un sourire.

Je lui répondis par un rire un peu rauque.

— Toi aussi, Coop. Quoi de neuf?

— L'hélico de Geri s'est posé il y a une demi-heure. La prisonnière était menottée et consciente. Ian est là. Il est en train de l'interroger.

Cela me fit réellement sourire. J'avais demandé à Ian de venir parce que c'était un salopard dénué de la moindre pitié… et en ce moment précis, c'était une qualité que j'admirais par-dessus tout chez lui.

— Tu peux m'accompagner ou rester là, comme tu veux, dis-je à Vlad.

— Je viens, répondit-il en jetant un coup d'œil à Fabian, qui venait d'apparaître.

Le fantôme flottait à côté de Cooper, qui ne pouvait pas le voir, parce qu'il était humain.

— Fabian, tu as été fantastique, lui dis-je. Quoi qu'il arrive, je m'occuperai de toi. Tu auras toujours un toit pour t'accueillir.

— Merci, dit-il, en faisant passer sa main à travers la mienne en signe d'affection. Je suis désolé, Cat.

Il lui était inutile d'ajouter à propos de quoi. C'était évident.

Le sourire que j'arborais se fissura.

— Celui qui a dit que le secret du bonheur résidait dans l'ignorance n'avait rien compris, si tu veux mon avis. Mais ce qui est fait est fait, et j'ai rendez-vous avec une vieille connaissance.

Pendant un instant l'espoir illumina les traits du fantôme.

— Bones ?

— Non. La petite traînée qu'on vient d'amener, et tu ferais peut-être mieux de ne pas me suivre. Ça ne va pas être joli à voir.

Je n'eus pas à le lui dire deux fois. Fabian disparut en un éclair. Impressionnant. Dommage qu'il faille être un fantôme pour réussir un tel tour de magie.

Mon oncle m'attendait un peu plus loin dans le couloir. Il faisait une tête… bizarre.

— Quelque chose ne va pas ? demandai-je, immédiatement gagnée par l'inquiétude.

L'avion de Bones avait été suivi ? Attaqué ? Ou pire encore ?

— Non. (Il toussa.) J'ai un rhume, c'est tout.

— Oh.

Je le serrai dans mes bras pour lui dire bonjour. Il me surprit en me retournant la pareille et en me tenant longuement serrée contre lui. Ce n'était pas franchement le genre de ma famille.

Vlad inspira.

— Un rhume ?

Don me relâcha et le regarda, l'air contrarié.

— Exactement. Cela ne vous regarde pas. Je ne suis pas contagieux pour votre espèce.

Il dit cela d'un ton brusque. En effet, Don n'avait vraiment pas l'air bien. Mon oncle était généralement plus détendu, même si les vampires n'étaient pas ses fréquentations favorites.

Vlad le regarda de nouveau et haussa les épaules.

Comme à son habitude, Don entra directement dans le vif du sujet.

— Je sors de la cellule. La prisonnière n'a pas été très loquace quant à son rôle dans cette histoire.

— Dans ce cas, il est temps que je rende une petite visite à ma vieille amie.

Chapitre 22

Cannelle ne semblait pas avoir pris une ride depuis la dernière fois que je l'avais vue, une dizaine d'années auparavant. En fait, seuls ses cheveux brun-roux – couleur à laquelle elle devait certainement son nom –, coupés plus court qu'autrefois, avaient changé.

Elle était assise sur un banc en acier qui occupait tout un mur de la petite cellule carrée et n'était pas attachée, car Ian et Geri étaient avec elle dans la pièce. Et même si, par miracle, elle arrivait à leur échapper, trois hommes supplémentaires gardaient sa porte. Ses yeux étaient noirs, et elle saignait à la bouche et à la tempe, mais elle ne semblait nullement effrayée.

Lorsque j'entrai, elle cligna des yeux, puis éclata de rire.

— *Bonjour**, Catherine ! Cela faisait longtemps. Tu ressembles enfin à une femme. Je suis très surprise.

Un sourire mauvais se dessina sur mes lèvres.

— *Bonjour** toi-même, Cannelle. Ouais, maintenant j'ai des seins, des fesses, et plein d'autres choses. C'est dingue ce qu'on peut changer en une dizaine d'années, hein ?

Elle me répondit en frappant tout de suite là où cela faisait le plus mal.

— Je dois te complimenter sur ton amant, Bones. Un véritable animal, n'est-ce pas ? Là-dessus, il… dépasse sa réputation.

Salope. Je mourais d'envie d'arracher son petit sourire satisfait de son visage.

— Dommage qu'il n'ait pas semblé plus fasciné que cela par tes talents au lit. Entre nous, s'il a refusé de quitter la ville pour une petite partouze à cinq, ce n'est pas très flatteur pour toi, non ?

Ian ricana d'un air diabolique.

— Tiens, j'ai comme l'impression que vous vous connaissez déjà. Tu ferais mieux de te mettre à table, poupée. J'ai été gentil avec toi, mais Cat a un caractère de cochon. Elle pourrait bien te tuer sans que j'aie le temps de la raisonner.

— Elle ? (Cannelle agita un doigt dédaigneux dans ma direction.) C'est une enfant.

Décidément, elle avait le don de me prendre à rebrousse-poil.

— Passe-moi ce couteau, Ian.

Il me le tendit, des étincelles dans ses yeux turquoise. Geri semblait un peu nerveuse. Cannelle, en revanche, ne broncha même pas.

— Tu ne me tueras pas, Catherine. Tu joues les dures, mais ce que je vois devant moi, c'est toujours une petite fille.

Ian regarda Cannelle avec étonnement.

— Elle perd la tête ?

— Non, elle se rappelle la personne que j'étais autrefois. Gregor a lui aussi commis cette erreur, au début.

Je souris de nouveau à Cannelle en faisant passer le couteau d'une main à l'autre. Elle suivit le mouvement des yeux, et elle sembla enfin avoir perdu de son assurance.

— Tu te souviens de cette affreuse bonne femme que Gregor ne voulait pas que je devienne ? Eh bien, c'est arrivé. Bon, je suis pressée, alors voilà ce que je vais faire. Je vais t'enfoncer cette lame dans la main, et le seul moyen que tu as de m'en empêcher, c'est de parler. Alors, s'il te plaît. *S'il te plaît*. Ne parle pas.

Elle ne me croyait pas. Lorsque Ian lui saisit le poignet pour le plaquer contre le banc, la paume à plat, elle me lança toujours le même regard de défi. Lorsque je plaçai le couteau au-dessus de sa main en lui accordant une dernière chance, elle pensait toujours que je bluffais. Ce ne fut que lorsque j'abattis le couteau dans sa main, entre le poignet et les doigts, tout en tordant violemment la lame, qu'elle comprit enfin.

Et qu'elle se mit à hurler sans pouvoir s'arrêter.

— Je sais, ça fait mal, dis-je d'un ton calme. Mon père m'a fait la même chose l'an dernier, et je peux te dire que c'était douloureux. Et dévastateur, aussi. Quand j'ai ressorti la lame, tous mes tendons étaient sectionnés. Il m'a fallu du sang de vampire pour réparer les dégâts. Tu ne pourras plus jamais te servir de ta main, Cannelle, si je ne t'en donne pas aussi. Donc soit tu parles, et quelques gouttes de sang de vampire te remettront d'aplomb. Soit tu persistes à te taire, et je passe à ton autre main.

— Guéris-moi ! Guéris-moi !

— Tu vas nous dire ce qu'on veut savoir ?

— Oui !

Je soupirai et retirai la lame.

— Ian ?

Cannelle hurlait toujours lorsque le vampire s'entailla la paume et l'inclina au-dessus de sa bouche.

— Arrête de pleurnicher et avale.

Elle se jeta sur sa main. En quelques secondes, sa main arrêta de saigner et sa plaie se referma.

Geri avait les yeux rivés sur la main de Cannelle. Elle frissonna et se frotta les mains, comme par réflexe. Mais c'était au visage de notre prisonnière que j'accordais toute mon attention. J'essayais de deviner si elle allait tenir parole ou pas.

— Vu que nous avons établi le fait que je suis de très mauvais poil, passons à l'étape des questions-réponses. Ah oui, si tu me forces à encore me servir de ce couteau... plus question de guérir quoi que ce soit. Pour quelle raison te trouvais-tu dans le Vieux Carré avec Bones ?

Cannelle pliait et dépliait sa main tout en me regardant d'un air horrifié.

— Pour le séduire, naturellement. Et une fois que je me serais assurée que tu étais au courant de son infidélité, je devais le conduire à Gregor. Marie refusait de laisser entrer les hommes de Gregor dans la ville, même si elle lui avait permis d'y venir lui-même.

C'était nouveau pour moi. J'avais cru que personne n'était autorisé à pénétrer dans le Vieux Carré.

Ian se montra intéressé par cette information, lui aussi.

— Si elle l'a autorisé à entrer, pourquoi Gregor n'a-t-il pas essayé de retrouver Crispin en ville pour l'affronter, puisqu'il a une telle envie de le tuer ?

Cannelle fit une moue de mépris.

— Gregor disait que Bones n'était pas digne d'un vrai combat.

— Ou bien il faisait dans son froc et voulait être sûr de gagner, marmonnai-je.

— Gregor est plus fort, siffla Cannelle, mais pourquoi offrirait-il une mort honorable à son adversaire, vu tout ce qu'il a fait ?

Je n'avais pas l'intention de me laisser entraîner dans une discussion avec Cannelle sur les qualités et les défauts de Gregor.

— Donc Gregor a réussi à gagner l'appui de Marie, la reine de La Nouvelle-Orléans. Intéressant.

Cannelle haussa les épaules.

— Marie a dit à Gregor qu'il ne pouvait pas tendre d'embuscade à Bones dans sa ville. C'est pour cela qu'elle ne l'a pas autorisé à entrer en force dans le Vieux Carré. Marie ne voulait rien faire non plus pour forcer Bones à partir, mais Gregor ne lui a pas laissé le choix.

— Il l'y a contraint ?

— Non, tu m'as mal comprise. Elle n'a pas eu le choix, parce que Gregor l'a *créée*. C'est grâce à son sang qu'elle est devenue une goule, et comme Gregor a tué son autre géniteur la nuit où il l'a transformée, sa loyauté lui est entièrement acquise. En échange, Gregor lui a donné sa liberté. Marie désirait cela depuis plus d'un siècle.

— Et Bones avait confiance en Marie parce qu'elle assure toujours la sécurité de ceux qu'elle accepte de rencontrer.

Bien fait pour ce crétin obsédé !

Un petit sourire satisfait se forma sur les lèvres de Cannelle.

— Oui.

De brûlante, ma colère se fit glacée.

— Est-ce que c'est tout, Cannelle ?

— Oui.

Je me tournai vers Ian.

— Tu crois qu'elle a autre chose à nous dire ?

Son regard était aussi froid que le mien.

— Non, ma jolie. Je crois que c'est tout.

Je tenais toujours dans ma main le couteau couvert du sang gluant de Cannelle.

— Cannelle, dis-je sur un ton clair et mesuré. Je vais te tuer. Je te le dis pour te laisser le temps de faire une prière, ou de méditer, comme tu veux. Tu as piégé mon mari dans l'intention de le voir mourir, et c'est une chose que je ne peux pas pardonner.

— Cat, non, dit Geri.

Je ne lui répondis pas. Cannelle me lança un regard plein de défi et de malice.

— Mais Bones n'est pas ton mari. C'est Gregor.

— Tu joues sur les mots. Et tu perds ton temps. Règle tes comptes avec Dieu. Vite.

— Je suis *humaine*, siffla-t-elle. Une personne qui vit et qui respire. Tu es peut-être capable de me blesser, mais pas de me tuer.

J'ignorai cette remarque comme je l'avais fait de la précédente.

— Marie a gagné sa liberté grâce au rôle qu'elle a joué là-dedans. Et toi, qu'est-ce que Gregor t'a promis ? De te changer en vampire ?

Nouveau regard hostile.

— Oui. C'est ma rétribution pour toutes les années durant lesquelles je l'ai servi.

— Tu as misé sur le mauvais cheval, répondis-je. Tu ne deviendras jamais un vampire, Cannelle, mais tu vas mourir comme si tu en étais un.

Elle se leva.

— Tu n'oseras pas. Gregor te tuerait.

Puis elle baissa les yeux. Le couteau en argent était enfoncé dans sa poitrine. Pendant quelques secondes, les derniers battements de son cœur le firent même vibrer. Cannelle regarda avec étonnement les frémissements du manche, puis ses yeux devinrent vitreux et elle s'écroula.

Je me penchai au-dessus d'elle, toujours avec la même horrible froideur.

— Peut-être Gregor me tuera-t-il pour ce que je viens de faire, Cannelle. Je suis prête à courir ce risque.

J'allai voir Don. Il était occupé à ses propres préparatifs de départ. Je ne savais pas où mon ancienne unité était stationnée à présent, et c'était une bonne chose. Gregor n'aurait certainement pas hésité à utiliser cette information à son avantage. Don était du même avis. C'était la raison pour laquelle toute notre division quitterait les lieux dès que je serais partie.

Vlad se trouvait dans le bureau de Don. Ils se turent en me voyant entrer. Cela me fit sourire.

— Alors vous deux, dans le genre discret… Allez, les gars, quel était le sujet de la conversation ? « Est-ce que Cat va faire une dépression nerveuse ? » Ou bien « Dix manières de convaincre quelqu'un de renoncer au suicide » ? Inutile de vous fatiguer. Je vais bien.

Mon oncle toussota.

— Ne montez pas sur vos grands chevaux. Je cherchais un moyen de rester en contact avec vous, car vous ne pouvez pas vraiment m'envoyer de cartes postales, et Vlad était en train de me dire que vous seriez avec lui.

Je lançai à Vlad ce qui aurait dû être un regard de défi… l'effet fut gâché par les innombrables heures de vol le ventre vide pour rentrer aux États-Unis, le manque de sommeil, et ma nervosité.

— Pour l'instant.

Vlad me lança un sourire à la fois dédaigneux et amusé.

— C'est toi qui choisis, Cat. Je ne te force pas.

Don nous dévisagea tour à tour de ses yeux gris plissés. Ils étaient de la même couleur que les miens, et pour l'heure, ils débordaient de soupçons.

— Est-ce qu'il se passe quelque chose entre vous deux que je devrais savoir ?

— Est-ce qu'elle ne peut pas vous retourner la question ? rétorqua Vlad.

Ce fut mon tour de les regarder l'un après l'autre.

— Quoi ?

Don toussa et lança un regard furieux à Vlad.

— Rien.

Vlad grogna.

— Dans ce cas, c'est également la réponse que je vous ferai, Williams.

Je m'apprêtais à leur demander où ils voulaient en venir avec ces insinuations lorsque Don parla.

— Cat, vous m'avez demandé de chercher si le médicament supprimant les rêves avait des effets secondaires. J'ai vérifié auprès de nos médecins, et ils m'ont dit que vous risquiez d'éprouver des accès de dépression, des sautes d'humeur, de l'irritabilité, de la paranoïa et de la fatigue chronique. Avez-vous remarqué l'un de ces symptômes ?

Je repensai aux derniers jours que j'avais passés avec Bones et ne pus retenir un rire hystérique.

— Ouais. Tous ceux que vous venez de citer, et en même temps. Ces informations m'auraient été utiles il y a quelques semaines, mais elles ne me servent plus à rien désormais.

Je ne comptais plus prendre ces pilules. Je préférais ne pas savoir où je me trouvais plutôt que de subir les effets secondaires qui avaient en partie causé notre séparation. Don avait dû deviner le fil de mes pensées, car il me regarda avec des yeux pleins de tristesse.

Mais Cooper nous interrompit en faisant irruption dans le bureau.

— B4358 s'apprête à atterrir.

— Quoi ? explosa mon oncle. Ils n'en ont pas reçu l'autorisation !

J'écarquillai les yeux. C'était l'immatriculation de l'avion de Dave. Celui qui transportait Bones et Spade.

— Je le sais, monsieur. La tour leur a ordonné de ne pas atterrir, mais le contrôleur aérien a déclaré qu'un Anglais avait alors pris le micro pour lui dire de la fermer s'il ne voulait pas qu'il lui règle son compte.

Bones.

— Il faut qu'on parte, annonçai-je à Vlad. Tout de suite.

— Cours, Forrest, cours ! railla Vlad.

— La ferme, Drac, rétorquai-je sèchement. Avec ou sans toi, j'aurai décollé avant qu'il ait mis un pied hors de son avion.

— Ce sera avec moi. Williams… (Vlad hocha la tête en direction de mon oncle) adieu. Peu de gens auraient le courage d'aller jusqu'au bout de leur route comme vous le faites.

Je ne pris même pas le temps de prendre mon oncle dans mes bras. J'étais déjà au milieu du couloir, et je lui jetai un « Merci, au revoir ! » par-dessus mon épaule.

— Soyez prudente, Cat, me répondit-il.

Je ferais de mon mieux.

Ce fut si serré que je sus immédiatement que le souvenir de ce moment me hanterait toujours, et je ne parlais pas du fantôme qui monta à bord avec nous. Cooper avait refait le plein de notre appareil pendant que je m'occupais de Cannelle, et nous n'avions donc pas perdu de temps avec cela. Vlad sortit à grands pas du bâtiment et pénétra dans l'avion quelques instants après moi, Fabian accroché à son épaule. Tout aurait été pour le mieux si j'avais pu me retenir de regarder par le petit hublot du bimoteur pendant le décollage. Notre avion quitta le sol juste au moment où la porte de l'autre Cessna s'ouvrit à la volée et qu'une silhouette terriblement familière en sortit.

Mon cœur s'arrêta de battre l'espace d'une seconde, et j'eus l'impression que Bones me regardait.

— C'est curieux, j'ai l'impression d'entendre la musique de *Casablanca* dans ma tête, fit remarquer Vlad d'une voix ironique.

Je détournai les yeux de la piste.

— Tu es une vraie encyclopédie du cinéma, dis-moi.

— Et toi, tu me fais penser à la petite fille qui crie toujours au loup. Si tu dis que c'est terminé, alors c'est terminé, ou alors arrête de nous sortir des notions erronées auxquelles tu ne crois pas toi-même.

Sale usurpateur roumain sans cœur. Qu'est-ce que je faisais dans un avion avec lui, d'ailleurs ? Pourquoi est-ce que je ne partais pas toute seule jusqu'au milieu d'une forêt vierge, où je me cacherais jusqu'à ce que Gregor, les goules et tout le reste de la planète m'oublient aussi totalement que Bones l'avait fait ?

Je jetai un dernier coup d'œil par le hublot. Nous étions désormais assez haut pour que je ne sois plus en mesure de savoir s'il nous regardait encore... ou s'il avait détourné la tête, comme j'avais dû le faire.

— Tu as raison, dis-je à Vlad.

Il me tendit la main. Les cicatrices qui la recouvraient étaient autant de souvenirs muets des innombrables batailles qu'il avait menées au cours de ses années humaines.

Je la pris, heureuse qu'il me réconforte et mécontente d'être aussi faible. Comme j'étais faible...

Vlad me serra la main.

— Moi non plus, je n'ai pas envie d'être seul pour l'instant, dit-il.

Il le dit d'une telle façon que cela passait pour un désir très raisonnable qui n'avait rien de honteux.

Je soupirai. *T'as encore vu juste, l'ami. Ça fait deux sur deux.*

Chapitre 23

L'eau tourbillonnait tout autour de moi. Tout était noir et brumeux. Où étais-je ? Comment étais-je arrivée jusque-là ? L'air sentait très mauvais, et le liquide dans lequel je me débattais devint noir et trop épais pour me permettre d'y nager. J'en avalai un peu et eus un haut-le-cœur. Ce n'était pas de l'eau, finalement. C'était du goudron.

—À l'aide !

Mon cri resta sans réponse. Le goudron semblait m'aspirer. J'avais le souffle coupé, j'étouffais, et je sentis une brûlure dans les poumons lorsqu'un peu de goudron y pénétra. Je m'enfonçais encore plus. J'allais me noyer. Une pensée floue me traversa furtivement l'esprit. Alors c'est comme ça que je vais mourir. C'est drôle, moi qui pensais que ce serait au cours d'un combat…

—Attrape ma main, dit une voix insistante.

Sans rien voir, je tendis la main, aveuglée par le liquide noir qui me bouchait les yeux… puis le goudron disparut d'un seul coup, et je me trouvai face à l'homme que j'essayais de fuir.

*— Gregor, crachai-je en essayant de me forcer à me réveiller. (*C'est un rêve, tu es simplement prise au piège dans un rêve.*) Bon Dieu, mais fiche-moi donc la paix !*

Gregor se tenait au-dessus de moi d'un air menaçant. Un vent invisible faisait frémir ses cheveux blond cendré, et ses yeux vert foncé brillaient d'éclats émeraude.

— Tu as peut-être réussi à mettre ton amant hors de ma portée pour l'instant, mais je ne tarderai pas à l'avoir.

Qu'est-ce que cela fait, ma femme, d'être rejetée ? Ah, ma chérie. Tu n'as pas volé ce qui t'arrive.

Gregor me tenait fermement par les bras. J'avais l'impression qu'il essayait de me sortir de ma propre peau, et je luttai un instant contre la panique. Je venais d'organiser la fuite de Bones, comment avais-je pu ne pas penser que Gregor attendrait que je sombre dans le sommeil ? Sa puissance semblait s'immiscer en moi et me remplir lentement. Il fallait que je trouve rapidement un moyen de le distraire pour l'empêcher de m'emprisonner dans cette dangereuse aura.

— Tu as commis une erreur en envoyant Cannelle. Au cas où tu ne le saurais pas, je l'ai tuée. Ian va t'envoyer son corps dans un paquet cadeau. Tu risques d'avoir un peu de mal à trouver des recrues pour faire ton sale boulot lorsque cette nouvelle se répandra.

Gregor hocha la tête sans paraître particulièrement pris de court.

— En effet, c'était inattendu, et tu me le paieras, ma femme. Reviens à moi, et peut-être ferai-je en sorte que le prix ne soit pas trop élevé.

— Pourquoi est-ce que tu tiens tant à ce que je revienne ? demandai-je, énervée. De toute évidence, nous ne sommes pas compatibles. On ne dirait pas que tu m'aimes. Le plus souvent, j'ai l'impression que tu as du mal à me supporter.

Quelque chose changea furtivement dans l'expression de Gregor, mais il se recomposa trop vite pour que j'en identifie la cause.

— Tu es à moi, finit-il par répondre. Tu comprendras bientôt que tu m'appartiens.

Il y avait quelque chose là-dessous, je le sentais, mais j'avais d'autres soucis plus urgents à régler. La puissance de Gregor s'enroulait autour de moi. J'essayai de me débarrasser de ses mains, mais j'avais l'impression qu'elles étaient soudées.

— Dans ce cas, j'ai une mauvaise nouvelle à t'annoncer. Recommencer à marcher sur des œufs pour éviter tes sautes d'humeur ? Désolée, Gregor. Tu as perdu toutes tes chances avec moi lorsque j'ai mûri et que je me suis forgé un caractère. Je ne reviendrai jamais avec toi.

— Pourquoi fais-tu cela ! cria-t-il en abandonnant son calme apparent. Je t'offre tout, mais tu me traites comme si j'étais plus méprisable que le gigolo qui vient de te quitter !

Sous l'effet de la colère, il relâchait son emprise. Je ne changeai pas de tactique.

— Parce que je préfère mille fois être l'ex d'un gigolo plutôt que ta femme.

Gregor me repoussa loin de lui. Je retombai dans la mare de goudron, enfoncée jusqu'aux épaules dans cette mélasse gluante. Il avança au-dessus de moi et brandit le poing.

— Tu es à moi, que tu le veuilles ou non. Réfléchis à cela pendant que tu essaies de me fuir. Je retrouverai de nouveau Bones, quand il n'aura pas sa lignée autour de lui. Ce n'est qu'une question de temps. Et ce jour-là, ma chérie, il mourra.

Je n'eus pas l'occasion de lui cracher ma haine au visage car le goudron se referma au-dessus de ma tête au même instant. Je coulais très vite, comme sous l'effet d'une chasse d'eau, puis…

Je me redressai tout d'un coup dans le lit. Les draps étaient trempés, mais pas de goudron. Je dégoulinais de sueur froide. Et j'étais dans une colère noire.

— Je te tuerai, Gregor, grognai-je dans le vide de la pièce.

Les rares lambeaux de l'affection que j'avais pour lui du temps de mon adolescence avaient disparu. Si je me retrouvais de nouveau dans la situation du poignard en argent planté dans le dos de Gregor, j'en tordrais la lame avec entrain. *C'est ce que tu aurais dû faire la première fois*, dit une voix railleuse dans ma tête. *Ça t'apprendra à être magnanime.*

Vlad entra dans ma chambre sans frapper.

— Cela fait cinq minutes que ta colère bouillonne dans mon esprit.

— Je le déteste, dis-je en me levant pour faire les cent pas.

Vlad me regarda sans cligner des yeux.

— Je n'ai aucun motif pour déclarer la guerre à Gregor, Cat, mais cela me fait de la peine de te voir comme ça.

— Qu'est-ce que ça peut être énervant, poursuivis-je. Bones réussirait peut-être à tuer Gregor, s'il l'affrontait seul à seul dans un combat à la loyale, mais Gregor ne veut pas prendre ce risque. Et je ne suis pas assez forte pour le faire moi-même. Je respire, je saigne, je ne guéris pas instantanément... je ne suis pas assez résistante pour lui. Mon statut d'hybride était excellent pour ce que je faisais avant. Tous les défauts que je viens de citer mystifiaient mes proies et me rendaient même plus efficace. Mais des vampires très anciens, comme Gregor, me rendent... vulnérable.

Vlad ne répondit pas. Ce n'était pas nécessaire. Nous savions tous les deux que c'était vrai.

— Qu'est-ce que tu comptes faire à ce sujet ? finit-il par demander.

J'arrêtai de marcher. *Ça, c'est la question à un million de dollars, hein ?*

La nuit suivante, Vlad, Maximus, Shrapnel et moi étions à l'étage en train de jouer au poker. Vlad gagnait depuis le début de la soirée, un exploit que j'attribuais à ses talents de télépathe – même s'il jurait ne pas s'en servir contre moi – et aussi au fait que Shrapnel et Maximus avaient certainement peur de le battre, même lorsqu'ils avaient de bonnes mains. Il était presque minuit lorsqu'on frappa à la porte d'entrée.

Les trois vampires sautèrent sur leurs pieds en un éclair. Les mains de Vlad crachaient déjà des flammes.

Il n'attendait personne, comme me le prouvait sa réaction, et je compris la cause de son inquiétude. Le ou les inconnus étaient parvenus à franchir les gardes surpuissants de Vlad, puis avaient choisi de frapper à la porte pour nous montrer qu'ils renonçaient volontairement à l'élément de surprise, et tout cela sans que le vampire très puissant qui était en train de sortir de la pièce à grands pas se rende compte de quoi que ce soit.

En clair, nous étions dans une merde noire.

J'emboîtai le pas à Vlad, mais il se retourna avec un grognement.

— Reste ici.

Je répondis par un rugissement mental lui indiquant qu'il se mettait le doigt dans l'œil jusqu'au coude s'il croyait que j'allais attendre là en tremblant de peur. Au même moment, j'aperçus un mouvement par la fenêtre.

Je tendis le doigt.

— Regarde.

Une bonne trentaine de gardes flottaient dans les airs, leurs silhouettes se découpant distinctement sur le ciel clair nocturne. Ils tournaient lentement sur eux-mêmes à environ six mètres du sol. Ils ouvraient et fermaient la bouche, incapables de parler malgré leurs efforts évidents.

En voyant cela, je compris qui était en train de frapper à la porte. Je ne connaissais qu'un seul vampire capable de camoufler sa puissance et de jongler avec des gardes morts-vivants endurcis comme s'il ne s'agissait que de lucioles.

Vlad avait dû le deviner lui aussi, car les flammes s'éteignirent lentement sur ses poings serrés.

— Mencheres, marmonna-t-il.

Je me figeai dans le couloir en me demandant si le méga Maître vampire était seul… ou accompagné.

Il frappa de nouveau à la porte. Son arrivée me parut encore plus inquiétante que celle d'une armée ennemie.

Vlad fit signe à Shrapnel et à Maximus d'abaisser leurs armes.

— Reste ici, me répéta-t-il, mais d'un ton beaucoup moins péremptoire que la première fois. Je vais voir ce qu'il veut.

— Mencheres, l'entendis-je dire quelques secondes plus tard après qu'il eut ouvert la porte. Tu es le bienvenu chez moi, et tu peux entrer. Toi, en revanche… (Mon cœur s'arrêta un instant de battre, car le ton venimeux avec lequel il prononça ces derniers mots confirma mes soupçons.)… non.

Un rire répondit à cet accueil grossier. Entendre Bones si près de moi me fit l'effet d'un coup de poing.

— Tepes, j'ai traversé la moitié du globe pour venir jusqu'ici, et malgré toute la beauté de tes petits heurtoirs en forme de dragons, je n'ai pas l'intention de passer la nuit dehors à admirer ta porte d'entrée.

Mencheres, avec plus de tact, s'adressa à Vlad comme le ferait un père réprimandant un enfant désobéissant.

— Vlad, tu sais parfaitement que je ne peux pas te laisser refuser l'accès à ta demeure au maître associé de ma lignée. Ce serait m'insulter moi aussi, et je suis sûr que tu n'en as aucune intention.

— Fais redescendre mes hommes, dit Vlad d'une voix énervée.

— Bien sûr.

Mencheres prononça ces mots comme s'il avait oublié qu'il venait de faire léviter plus de trente vampires. Ils tombèrent lourdement au sol dès la seconde suivante.

En d'autres circonstances, j'aurais trouvé ça drôle.

— Très bien, entrez. (Le ton de Vlad était loin d'être aimable.) Mais tu abuseras de mon hospitalité si tu poses un pied sur cet escalier, et nous savons tous deux à qui je parle.

Bones rit de nouveau, cette fois plus proche. Ils devaient être à l'intérieur.

— Franchement, mon pote, on dirait un chien qui défend son os. Attention de ne pas prendre feu par inadvertance, tu risquerais d'endommager ce superbe faux tapis persan.

— Et tu m'épargneras tes commentaires sur ma décoration, aboya Vlad. (Je pouvais presque sentir la fumée qui devait lui sortir par les narines.) Qu'est-ce que tu veux ? Même si tu n'as aucune chance de l'obtenir, *mon pote.*

L'accent anglais caricatural que Vlad avait adopté transforma mon sentiment de surprise en panique. Bones n'avait pas perdu de temps pour mettre Vlad hors de lui. Où voulait-il en venir ?

— Je suis venu pour Cat, répondit Bones, désormais on ne peut plus sérieux.

Le flot d'émotions qui m'envahit me fit tourner la tête. Je dressai précipitamment mes barrières mentales en regrettant de ne pas être capable d'en faire de même avec mon cœur. Peut-être voulait-il me parler d'autre chose. Je n'allais pas m'humilier en montrant à Bones à quel point le simple son de sa voix m'affectait. Il avait dit que j'arrivais toujours parfaitement à lui interdire l'accès de mon esprit. *Pourvu que je n'aie pas perdu la main.*

— Si elle refuse de te voir, tu auras perdu ton temps, répondit Vlad sur un ton qui devenait plus provocant à chaque mot.

J'en étais encore à me demander si je voulais le voir ou pas lorsqu'il poussa un soupir chargé de mépris.

— Tu as mal compris, Tepes. Je ne suis pas venu pour la voir. Je l'emmène avec moi.

J'ouvris la bouche en grand. Vlad émit une sorte de grognement.

— Je vais te rôtir sur place.

J'entendis le crissement de lames qui s'entrechoquent et je bondis hors de la pièce en poussant Maximus hors de mon chemin de toute ma force surnaturelle, alors que Bones répondait :

— Essaie donc.

— Arrêtez !

Trois têtes se tournèrent vers moi. Des flammes jaillissaient toujours des mains de Vlad, et Bones tenait fermement deux couteaux en argent. Mencheres se tenait un peu en retrait et les observait tous les deux, tel un arbitre silencieux. Je descendis l'escalier. Fabian me suivit en flottant à travers le mur.

Un coup d'œil me suffit pour voir ce qui avait changé chez Bones depuis la dernière fois que je l'avais vu. Ses cheveux étaient plus courts, collés contre son crâne, avec les pointes frisées. Lorsque je croisais son regard, je ne pus déchiffrer ses yeux. Ils étaient dénués de la moindre émotion. Ce fut ce qui me peina le plus.

— Qu'est-ce que tu crois que tu fais ? lui demandai-je.

— Je viens te chercher, répondit-il en fronçant un sourcil.

S'il avait dit ces mots avec un bouquet de roses à la main et des excuses sincères, j'aurais peut-être été touchée. Mais Bones les avait prononcés comme s'il parlait d'une paire de chaussures égarée. Je fronçai les sourcils.

— Et si je n'ai pas envie qu'on vienne me chercher ?

Bones regarda Vlad, puis moi, et m'adressa un sourire effrayant.

— Dans ce cas, en sa qualité d'hôte, Tepes se sentira obligé de te protéger. Cela signifie que lui et moi devrons nous battre, et il est déjà hors de lui. J'imagine qu'il essaiera de me réduire immédiatement en cendres. Enfin, si je ne lui arrache pas d'abord le cœur avec mes couteaux, bien sûr. Donc si tu refuses de m'accompagner, l'un de nous deux sera mort dans quelques minutes. Ou bien tu peux venir avec moi, et nous vivrons tous les deux.

Vlad poussa un horrible juron au moment même où je commençais à bafouiller une réponse.

— Tu plaisantes ? C'est *toi* qui m'as quittée, tu te rappelles ? Et maintenant tu veux te battre à mort pour moi ? C'est quoi, ce jeu ?

— Ce n'est pas un jeu, ma belle, répondit Bones. Je récupère juste ce qui m'appartient. Dépêche-toi de prendre une décision. Vlad semble être au bord de l'explosion.

Je jetai un rapide coup d'œil à ce dernier, qui paraissait en effet prêt à éclater d'une seconde à l'autre.

— Tu oses venir chez moi pour faire chanter mon amie ? grogna-t-il. (Les flammes grimpèrent le long de ses bras.) Je vais…

— Je pars.

Vlad tourna vivement les yeux vers moi. Je tendis la main vers lui sans me soucier des flammes sur ses bras.

— Ne fais pas ça. Je ne pourrais pas…

J'espérais que Vlad serait le seul à entendre le reste de ma phrase. *Je ne pourrais pas supporter qu'il lui arrive quelque chose.* D'accord, j'étais furieuse contre Bones. Je l'aurais même volontiers fait un peu rôtir moi-même, mais je ne pouvais pas le laisser risquer sa vie à cause de mon entêtement. Et à voir l'énergie qui débordait de Vlad, ce dernier ne se contenterait pas seulement de le blesser.

Sans parler du fait que je ne voulais pas que mon ami meure ; l'éclat dans l'œil de Bones disait clairement qu'il ne retiendrait pas ses coups lui non plus.

Vlad se caressa la barbe et adressa un regard glacial à Bones.

— Je n'oublierai pas cela.

Bones lui répondit par un sourire ouvertement provocateur.

— J'espère bien que non.

Les choses risquaient de mal tourner d'une seconde à l'autre. Je leur passai sous le nez. Tant pis pour mes affaires ; il était temps de *partir.*

— Alors, tu viens ou pas ? demandai-je à Bones en sortant.

— J'arrive, répondit-il.

Je ne l'attendis pas mais pris le bras que Mencheres m'offrait poliment et marchai rapidement jusqu'à leur voiture, Fabian sur mes talons.

— Sympa, chez toi, dit Bones à Vlad en guise d'adieux.

La réponse qu'il reçut me convainquit que j'avais bien fait de partir. Si ces deux-là se battaient, il ne faisait aucun doute qu'un seul d'entre eux s'en relèverait.

J'attendis une bonne demi-heure avant de parler. Bones m'avait tendu des écouteurs dès que nous fûmes installés dans la voiture. J'avais monté le son si fort que cela devait mettre mon audition en péril. Je n'avais aucun moyen de savoir où nous allions avec tout ce bruit. Mais je finis par les ôter tout en gardant les yeux fermés.

— Et à quoi est-ce que tu pensais jouer tout à l'heure ? Vlad aurait pu te réduire en cendres si je n'avais pas décidé de t'accompagner.

Bones ricana.

— Je n'ai jamais douté une seule seconde de ce que tu allais faire. Tu n'as jamais pu t'empêcher de jouer les héroïnes pour me sauver.

Enfoiré, pensai-je, en espérant qu'il l'avait entendu très clairement. Quelles qu'aient été les raisons de la venue de Bones, elles n'avaient rien de romantique, c'était clair comme de l'eau de roche. Était-ce seulement l'expression de sa possessivité de vampire ? Même s'il ne voulait pas de moi, Bones refusait que quelqu'un d'autre m'ait ? C'était sûrement cela. Mais je n'étais la chose de personne, comme lui et Gregor allaient bientôt l'apprendre.

— Tu vas le regretter, finis-je par rétorquer.

Il ricana de nouveau.

— Cela aussi, je n'en doute pas une seule seconde, Chaton.

Je ne répondis pas et me contentai de remettre mes écouteurs.

Chapitre 24

— Tu plaisantes, n'est-ce pas ?

Je regardai la maison abandonnée, ses vitres cassées, son mur écroulé et son toit en ruine avec un désarroi non dissimulé. Pour couronner le tout, elle se trouvait en plein milieu d'une décharge. Une décharge très odorante. Même Fabian semblait avoir envie de prendre ses jambes à son cou.

Bones haussa les épaules.

— Je ne vois pas où est le problème. Tu y seras en parfaite sécurité.

Espèce de sale manipulateur vindicatif…

— Tu veux voir ta chambre ? dit-il en interrompant mon insulte silencieuse.

L'expression sur son visage m'indiquait clairement qu'il s'amusait comme un petit fou.

— Laisse-moi deviner… c'est cette voiture écrabouillée, là-bas, répondis-je en montrant du doigt une Buick aplatie.

— Oh, mais tu ne dors pas à la belle étoile, répliqua Bones en se dirigeant vers le corps de la maison. Quasimodo !

J'entendis un grincement retentissant, comme celui qu'émettrait une machine si elle était capable d'éprouver de la douleur. Puis deux vampires apparurent du côté en ruine de la bâtisse, comme des diables sortis de leurs boîtes.

— Ça fait une heure qu'on vous attend, déclara l'un d'entre eux. Son repas est froid.

Je m'apprêtais à dire à l'inconnu que l'odeur m'avait de toute façon coupé l'appétit lorsqu'une femme brune apparut à côté de lui, semblant léviter au-dessus du mur écroulé.

— Catherine.

Le regard que j'adressai à Bones lui disait clairement qu'il ne perdait rien pour attendre. Il ne tourna pas les yeux vers moi, mais un petit sourire se dessina sur son visage.

— La prochaine fois, dit ma mère en guise de bonjour, appelle si tu es en retard.

La maison n'était qu'une couverture. Le mur qui semblait écroulé camouflait un ascenseur recouvert de faux blocs de béton. La structure souterraine disposait au moins d'un système d'air conditionné, grâce auquel la puanteur de la décharge se faisait presque oublier une fois à l'intérieur. J'estimais qu'il s'agissait d'un ancien abri antiatomique. Aux États-Unis, Don s'en servait comme bases opérationnelles. Ne rien gâcher, tel était son credo.

— Bienvenue à Château-Ordure, dit ma mère en nous faisant visiter les lieux, à Fabian et à moi. Ils ont dû m'y traîner contre mon gré la première fois que je l'ai vu. Je suis sûre que ton mari est assez mesquin pour l'avoir choisi par pure vengeance.

J'en étais sûre moi aussi, mais je n'avais pas l'intention de me lancer dans ce genre de débat.

— Bones n'est pas mon mari, comme on te l'a certainement dit.

Elle m'adressa un regard perspicace.

— Tu n'en crois pas un mot.

Six minutes et dix secondes. C'est le temps qu'il m'avait fallu pour avoir envie de m'enfuir en courant.

Bones n'était pas là. Il m'avait abandonnée en disant qu'il avait des choses à faire. J'avais eu du mal à me retenir de lui hurler : « Pourquoi est-ce que tu as risqué ta vie en venant me chercher chez Vlad si tu ne supportes toujours pas ma présence ? ». Mais cela aurait trahi tout ce que je ressentais pour lui. Je me tus donc. Je le regardai s'en aller sans lui demander quand, ou si, il avait l'intention de revenir. Je préférais mille fois passer le reste de ma vie enterrée sous un énorme tas de déchets plutôt que d'admettre combien cela me faisait mal de le revoir, sans parler de ce que je ressentais en le voyant repartir.

Au bout de trois jours à Château-Ordure, j'étais arrivée à la conclusion que c'était l'endroit idéal pour devenir fou en un laps de temps réduit. Je me trouvais à quinze mètres sous une décharge, enfermée dans une sorte de cave avec un fantôme apathique et une mère qui ne mâchait pas ses mots, l'esprit tourmenté en permanence par l'homme qui m'avait quittée… Jamais je n'avais connu un environnement aussi propice à la folie. Très vite, la perspective de me cogner la tête contre les murs sembla une manière agréable de tromper mon ennui, et je fantasmais sur les expériences de mort imminente comme j'aurais salivé devant un gros gâteau au chocolat. La puberté avait été un véritable délice par rapport à ça.

Malgré l'odeur, je pris l'habitude de sortir et de mettre de l'ordre dans la décharge, juste pour m'occuper. Fabian gérait la situation à sa propre manière. Il regardait la télévision à longueur de journée. Ma mère lisait ou faisait des mots croisés, tout en m'abreuvant de commentaires m'expliquant que si je l'avais écoutée, je n'en serais pas là. Qu'y avait-il d'étonnant à ce que je préfère la compagnie d'ordures puantes ?

J'étais en train de balayer la zone la plus éloignée de l'entrée de la décharge lorsque j'entendis le moteur d'une voiture. Même si je savais que ce ne pouvait pas être un touriste égaré, vu que nous nous trouvions de toute évidence dans le trou le plus perdu de la galaxie, je ne pris pas le temps de vérifier s'il s'agissait d'un ami ou d'un ennemi avant de grimper au sommet de la pile d'ordures la plus proche. La mort ? Même pas peur. Cela me changerait de ce Club Med nauséabond.

— Quelle est l'andouille qui a choisi *Quasimodo* comme mot de passe ? maugréa Spade en sortant de la voiture.

— Salut, Spade, criai-je en secouant les débris coincés dans le râteau que je m'étais fabriqué avec de fines bandes de métal et un essieu de camion.

Spade leva les yeux vers moi, son beau visage partagé entre la répulsion et l'incrédulité.

— Je n'en crois pas mes yeux. Tu t'es transformée en Morlock.

En voyant Spade si élégant avec sa chemise blanche, ses chaussures noires bien cirées et son pantalon impeccablement repassé, je me souvins que j'étais couverte de poussière de la tête aux pieds, et que je devais exhaler une odeur de vieil égout.

— Ça fait des jours que je suis enterrée sous une décharge, tu t'attendais à quoi ?

Spade claqua la portière de sa voiture. Je réprimai une envie soudaine de sauter au volant et de rouler jusqu'à ce que je m'évanouisse de fatigue.

— Je ne peux pas rester les bras croisés à vous regarder Crispin et toi vous noyer dans votre entêtement. Bon Dieu, Cat, meurs, qu'on en finisse !

Je clignai des yeux.

— Moi aussi je t'emmerde, mon grand.

— Remontez en voiture, vous n'êtes pas attendu, dit Techno, l'un des vampires en poste à la décharge.

Il était apparu derrière l'un des murs et pointait un Uzi chargé de balles en argent sur Spade.

— Je suis sur la liste, espèce de crétin, aboya Spade. Maintenant fiche le camp avant que je t'enfonce ton jouet dans le fondement.

Spade me tournait le dos. J'attrapai un vieux pneu et le lui lançai dessus. Les marques qu'il fit sur sa chemise blanche immaculée me firent sourire.

— Ne lui parle pas sur ce ton, il fait son boulot, c'est tout.

Spade se remit très vite de ce coup en traître et se plaça devant moi avec la vitesse caractéristique des vampires.

— Pour l'amour de Dieu, Cat, franchis le pas, qu'est-ce que tu attends ?

Pendant une seconde, je me demandai si j'étais devenue folle. J'avais l'impression que Spade essayait de me pousser à me suicider.

— J'ai fait quelque chose qui t'a contrarié ?

Spade se retourna vivement en serrant les poings. Techno me regarda, interloqué, comme s'il se demandait si j'étais en danger.

— Tu veux que je le descende ? me demanda-t-il.

— Il faut que je te mette les points sur les i ? Tu n'es plus humaine par bien des aspects ; pourquoi est-ce que tu t'accroches à tes derniers attributs mortels alors qu'ils te sont inutiles ?

— Ne tire pas, dis-je à Techno, qui avait commencé à mettre Spade en joue. En fait, va-t'en.

— Il n'est pas…, répondit Techno en bafouillant.

— Pas quoi ? répliqua Spade. Pas censé lui en parler, je parie ? C'est pour cela qu'elle me regarde comme si j'étais fêlé, n'est-ce pas ? Parce qu'elle n'a aucune idée de ce dont je parle.

Je serrai les dents. L'expression qu'arborait le visage de Techno confirmait les dires de Spade. *Enfoiré.*

— C'est encore cette histoire de goules ? demandai-je, en me maudissant d'avoir été si obnubilée par mes propres problèmes que l'absence de nouvelles sur ce sujet ne m'avait pas mis la puce à l'oreille.

Spade adressa un dernier regard de menace à Techno avant de croiser les bras.

— Oui, ce sont les goules. Leur mouvement prend de plus en plus d'ampleur. Dans certaines régions, on a remarqué la disparition de vampires sans maîtres. Il est possible qu'ils se soient fait bêtement descendre par l'un des nôtres, mais nous avons des raisons de croire qu'il y a anguille sous roche.

Je le regardai fixement. Spade ne détourna pas ses yeux tigrés. *Gregor est derrière tout ça*, compris-je. Plus la peur de me voir devenir une créature mi-vampire mi-goule enflerait et plus il obtiendrait de soutiens pour me récupérer et me garder sous son contrôle.

— Pourquoi ne m'en a-t-on pas parlé ?

Spade leva les yeux au ciel.

— Tu ne devines pas ? Crispin ne veut pas que cela influe sur ta décision de te transformer ou pas en vampire.

— Il ne m'aime pas, ne pus-je m'empêcher de marmonner.

— Tu es une idiote.

Je sentis mes yeux devenir verts de colère.

— Pardon ?

— Une idiote, répéta Spade en articulant soigneusement chaque syllabe. À ton avis, pourquoi est-il venu te chercher chez Vlad ? Crispin savait que si Vlad avait été forcé de choisir entre toi et sa lignée, c'est toi qu'il aurait sacrifiée. Tepes t'aime bien, mais il est extrêmement protecteur envers les membres de sa lignée.

Je dus détourner les yeux pendant quelques secondes. Puis je secouai la tête.

— Si Bones m'aime, coucher avec la moitié des filles de La Nouvelle-Orléans est une drôle de manière de me le montrer.

Spade me regarda d'un air cynique.

— Si tu pensais que Crispin était à toi et que tu avais passé l'éponge sur ce qu'il avait fait, alors pourquoi est-ce que tu ne l'as pas attendu après La Nouvelle-Orléans plutôt que de prendre la poudre d'escampette avec Tepes ?

Je n'en revenais pas.

— Tu entends ce que tu dis ?

— Tu ne réfléchis pas comme un vampire, marmonna Spade. Tu dois te débarrasser de ce qui est encore humain en toi, et le plus tôt sera le mieux. Écoute, est-ce qu'on peut repousser à plus tard cette discussion sur les déficiences de ton raisonnement ? Je crois que je vais me flétrir sur place si je reste une minute de plus dans cette puanteur.

— *Déficiences* ? Va te faire foutre !

Spade me lança un sourire malicieux.

— Tu ferais mieux de ne pas perdre ton temps à mégoter sur des questions de vocabulaire et de réfléchir à ce que tu diras à Crispin pour le convaincre de te changer en vampire.

Mon cœur s'arrêta un instant de battre. Spade l'entendit et ricana.

— Tiens tiens, on dirait que tu m'écoutes, maintenant. C'est à Crispin de le faire. Moi, je n'oserais certainement pas. Il tuerait n'importe quel vampire qui te transformerait, tu peux en être sûre.

— Qu'est-ce qui te dit que j'ai décidé de me transformer, de toute façon ?

Spade perdit immédiatement son ton sarcastique et désinvolte et m'adressa un regard on ne peut plus sérieux.

— Allons, Faucheuse. Nous savons tous les deux que tu ne t'es accrochée que trop longtemps à ton humanité. Tu avais juste besoin d'un petit coup de pouce, non ?

Beaucoup de pensées différentes me traversèrent l'esprit. Je me remémorai mes années d'enfance passées à cacher mes capacités surnaturelles en plein développement pour ne pas contrarier ma mère. Plus tard, à l'école, j'avais eu beaucoup de mal à faire semblant d'être « normale », alors que rien en moi ne l'était. Plus tard encore, autour de la vingtaine, lorsque je chassais les vampires, mon humanité n'avait plus été qu'un déguisement, loin de ce que je ressentais au plus profond de moi. Sans parler de la frustration qui me dominait aujourd'hui parce que j'étais trop faible pour régler moi-même son compte à Gregor. Privée de l'élément de surprise que me conférait habituellement ma double nature, je serais toujours trop faible pour m'attaquer aux méga Maîtres vampires très âgés… en tout cas, tant que je resterais en partie humaine.

Mais au-delà de tout cela, même si tout était terminé entre Bones et moi, si le problème avec Gregor disparaissait comme par magie, et si je n'étais plus menacée par les goules, pourrais-je jamais reprendre une vie normale parmi la population humaine et faire semblant d'en faire partie ?

Non. Je ne pouvais plus fermer les yeux sur le fait que toutes ces choses n'étaient pas en moi. Même si je m'éloignais définitivement du monde des morts-vivants, je resterais toujours plus vampire qu'humaine. Et si je n'avais pas l'intention de quitter cet univers ou de feindre plus longtemps d'être humaine, alors *pourquoi* est-ce que je m'accrochais encore à mon pouls ? Bon Dieu, Bones avait-il raison ? Si j'avais jusqu'ici refusé de franchir le pas, était-ce donc seulement à cause de mes *a priori* solidement ancrés ? J'avais de nombreuses raisons de me transformer en vampire. En avais-je seulement une qui m'encourageait à rester telle que j'étais ?

— Je demanderai à Bones de le faire, m'entendis-je prononcer. Mais il refusera certainement.

Spade ne se fatigua pas à me donner des écouteurs pour m'empêcher d'entendre où nous allions. Il se contenta de m'assommer pour s'assurer que je reste endormie pendant la plus grande partie du trajet. Spade était un Maître vampire, et lorsque je repris mes esprits, la violence du coup qu'il m'avait porté résonnait encore dans ma tête.

— Tu ferais mieux de te doucher avant de lui parler, me fit remarquer Spade lorsque je m'éveillai. Tu empestes toujours. Crispin risque de refuser de te transformer si ta puanteur l'empêche de s'approcher de toi.

Je couvris silencieusement Spade d'insultes. Une substance fraîche me frôla la main. Je n'avais pas besoin d'ouvrir les yeux pour savoir qu'il s'agissait de ce que Fabian pouvait faire de mieux en matière de geste de compassion. Il nous avait accompagnés. La vie à Château-Ordure devait être insupportable même pour un fantôme. Au moins, il s'abstenait de faire des commentaires sur mon odeur. C'était l'un des avantages de ne pas avoir de nez.

— Ah, nous y sommes, dit Spade. N'ouvre pas les yeux, je n'ai pas envie que Gregor lise l'adresse sur la boîte aux lettres dans tes rêves.

J'en avais plus qu'assez de ne jamais savoir où j'étais. Si Bones refusait de me transformer, je savais à qui je m'adresserais : j'irais directement voir Vlad. Je lui avais déjà téléphoné pour lui demander s'il accepterait de le faire. Il avait immédiatement répondu oui. Je ne savais pas ce qui poussait Vlad à me témoigner une telle amitié, mais je lui en étais reconnaissante.

Une minute plus tard, la voiture s'arrêta.

— Ne bouge pas, dit Spade. Je vais nous annoncer, puis je reviendrai te chercher.

— Tu veux dire que tu vas voir s'il accepte seulement que je pose un pied hors de la voiture, répondis-je, les yeux toujours fermés.

— Ne t'en fais pas pour ça. Tu sors au moins pour te laver, même si je dois immobiliser Crispin au sol assez longtemps pour que tu termines.

— Merci, dis-je.

Spade ferma la portière en riant. C'était le meilleur ami de Bones, et c'était donc à ce dernier qu'allait toute sa loyauté. Par conséquent, il se moquait de ce que je ressentais dans cette situation, avec ou sans l'avalanche de commentaires sur mon odeur de sac-poubelle.

À côté de la voiture, j'entendis plusieurs voix qui appartenaient certainement aux occupants de la maison. Je tendis l'oreille pour en repérer une en particulier, mais c'était difficile dans le vacarme ambiant. Il y avait *beaucoup* de monde ici, même si je ne savais pas où était cet *ici*.

— … Crispin…, dit Spade en élevant momentanément la voix.

— … tu fais là… ? entendis-je Bones répondre, une partie de sa phrase noyée dans le brouhaha.

— … dehors…, disait Spade… te voir…

Ils ne pourraient pas tous la fermer pour que j'entende ? pensai-je.

— … volontiers…, prononça la voix de Bones.

C'était réglé. Je soupirai.

— On dirait qu'on va pouvoir entrer quand même, Fabian.

— Bien, répondit-il sur-le-champ avant de se reprendre. Si c'est ce que tu souhaites, bien sûr.

En fait, j'avais en partie espéré que Bones refuserait de me laisser sortir de la voiture. Mon bien-être émotionnel allait en prendre un coup.

Quelques instants plus tard, Spade ouvrit ma portière.

— Tu files directement sous la douche, il te verra ensuite. Je lui ai dit qu'il valait franchement mieux pour lui qu'il attende.

— Au prochain commentaire sur mon odeur, je te transperce le cœur, rétorquai-je en le pensant.

Il fit claquer sa langue.

— Petite vicieuse. Allons, prends mon bras… doucement !

Je l'avais serré de toutes mes forces. Le jappement de Spade me fit sourire.

— Il faudra que tu sortes mes affaires du coffre pour que j'aie quelque chose à me mettre, sinon la douche n'aura servi à rien.

— Nous sommes dans la maison, m'indiqua Spade. Tu peux ouvrir les yeux.

J'obéis. Fabian était en train de flotter devant nous et nous avancions dans un très joli vestibule. Pas l'ombre d'une voiture compactée ou d'un rebut en vue. C'était donc ici que Bones avait habité pendant mon séjour sous cette montagne d'ordures ? *Tu te trompes, Spade*, pensai-je. *De toute évidence, Bones n'en a plus rien à faire de moi*.

Nous continuâmes à avancer dans le couloir. Un vampire inconnu nous regarda passer tous les trois avec curiosité.

— Qu'est-ce que ça sent ? demanda-t-il.

Fabian s'évapora dans les airs, mais pas avant que j'aie le temps de le voir sourire jusqu'aux oreilles. Spade éclata de rire.

— Mêle-toi de tes affaires, rétorquai-je sèchement avant de regretter ma réaction en voyant le vampire blêmir. (*Bon Dieu, ce que c'était malpoli de ma part !*) Je suis désolée, repris-je.

Ne fais pas attention à moi, je viens de faire un séjour forcé dans une poubelle souterraine.

Spade riait toujours aux éclats, et je lui lançai un coup de coude appuyé dans les côtes.

— On peut y aller ?

— Tout de suite, répondit-il en essuyant les larmes roses qui lui coulaient des yeux. Bonne journée, jeune homme, dit-il au vampire abasourdi.

Je repartis avec autant de dignité que possible, c'est-à-dire aucune, dans mon cas.

Chapitre 25

Après une heure de récurage vigoureux, j'avais réussi à faire disparaître jusqu'aux derniers relents. Et aussi une bonne partie de ma peau, d'ailleurs. Je m'étais lavé les cheveux pas moins de quatre fois, et je leur avais appliqué deux masques. Si quelqu'un trouvait encore à redire à mon odeur corporelle, il pouvait aller se faire voir.

Spade était installé dans un fauteuil de la chambre attenante à la salle de bains. Il me désigna quelque chose sur une chaise.

— Je t'ai trouvé des fringues. Mais je savais pas si tu souhaitais que j'emprunte aussi un soutien-gorge et une culotte, ou si tu ferais la délicate là-dessus.

Discuter sous-vêtements avec Spade n'arrangeait en rien mon humeur.

— Où sont *mes* vêtements ?

Son sourire s'élargit encore.

— Je les ai balancés dans la chaudière. Je n'aurais jamais osé faire entrer ta valise puante chez Crispin.

Je pris une grande inspiration.

— De quel droit as-tu fait ça ? parvins-je à prononcer d'une voix calme.

Spade se leva.

— Épargne-moi les questions de morale et dis-moi si tu veux que j'aille te chercher une culotte.

— Pas question que je mette la petite culotte d'une inconnue, merci bien. Je préfère ne rien porter.

Spade me répondit par un clin d'œil.

— Excellent choix. Comme ça, Crispin sera plus sensible à tes arguments, si tu veux mon avis.

Je lui montrai la porte.

— Au revoir.

Il sortit en riant. J'aurais bien aimé être d'humeur aussi joviale que lui.

Je regardai la robe d'un œil inquiet. Une fois que je l'aurais revêtue, je ne pourrais plus reculer.

— Et merde, prononçai-je à voix haute.

Je ferais ma proposition à Bones, il m'enverrait promener, et je partirais directement chez Vlad. Je remontai la glissière, enfilai les chaussures trop petites d'une demi-pointure, et sortis de la chambre d'ami. Mes cheveux étaient encore humides. Je les ébrouai et regardai autour de moi, mais ne vis personne.

— Il y a quelqu'un ? appelai-je.

Je n'allais quand même pas m'abaisser à regarder par les trous de serrures. Où était Spade ? Et Fabian ?

— En bas.

C'était la voix de Bones. Je me retins de frissonner et m'assenai mentalement un coup de fouet. *Reprends-toi.*

— Tu joues à cache-cache ? Il faut que je te demande si je brûle ? m'enquis-je en descendant les marches.

J'entendis son soupir amusé qui venait de la pièce située à gauche du palier.

— Si tu y tiens.

Entre librement et de ton plein gré. Ce que je fis en carrant les épaules.

Bones était installé sur un canapé en cuir marron à peine plus clair que ses yeux. Les murs étaient de couleur rouille, avec des corniches blanches, et le parquet en chêne sombre était couvert d'épais tapis. Sa tenue s'accordait quasiment avec les teintes de la pièce : une chemise couleur crème déboutonnée au col, les manches remontées, un pantalon ocre. Il était si beau que cela me faisait presque mal de le regarder.

— Je ne m'attendais pas à ta visite, donc je n'ai pas prévu de gin, dit-il en se versant un verre. Tu veux un whiskey à la place ?

— Oui. Merci, ajoutai-je une seconde plus tard en restant près de la porte.

Il me lança un regard tout en remplissant un autre verre.

— Tu n'as pas fait tout ce chemin pour faire un câlin au cadre de la porte, si ?

Mise au pied du mur, je m'assis sur le canapé en face du sien. Mais une fois sur la banquette, je me raidis immédiatement en me rappelant que je ne portais pas de sous-vêtements. La robe s'arrêtait à quelques centimètres au-dessus de mes genoux. Et si Bones pensait que j'essayais de l'aguicher ?

— Euh, ça ne t'ennuie pas ? bafouillai-je en m'installant précipitamment sur son divan, mais aussi loin de lui que possible.

Il releva un sourcil.

— Pas le moins du monde.

Il me tendit mon verre. J'avalai le whiskey d'une seule gorgée.

— Tu as soif, on dirait, commenta-t-il en reprenant mon verre pour le remplir à ras bord. C'est forcément ça. Sinon, on pourrait croire que tu avais besoin d'alcool pour trouver le courage de me parler.

À la sécheresse de sa voix, je compris que ma nervosité était palpable. Je pris le verre mais me contentai cette fois-ci d'en siroter quelques petites gorgées.

Bones se cala dans le divan tout en m'observant. Je me sentais très mal à l'aise. Si seulement j'étais protégée par une couche de maquillage, une coiffure parfaitement soignée et… Ah oui : une culotte !

Il ne disait rien. Le silence se prolongeait. Curieusement, je ne parvenais pas à me résoudre à lui expliquer la raison de ma venue. J'espérais peut-être qu'il la lirait dans mon esprit et que je pourrais éviter la partie conversation.

Je détournai la tête, mais je sentais encore ses yeux sur moi. Bones était toujours à moitié incliné en arrière, en train de siroter son whiskey, et il me regarda jusqu'à ce que je me tortille de gêne. Si c'était une technique d'interrogatoire, elle portait ses fruits. J'étais prête à lui avouer tout ce qu'il voudrait entendre juste pour détendre l'atmosphère.

— OK, bon… venons-en au fait. (J'essayai de le regarder pendant que je parlais, mais sans succès. J'étais très bouleversée de le revoir, alors que lui ne ressentait clairement rien du tout, mais il n'y avait pas que cela.) Je suis, euh, prête à devenir un vampire, dis-je précipitamment.

Moi qui avais voulu aborder le sujet de manière élégante… Je le regardai furtivement. Ses yeux marron foncé croisèrent les miens avant que je les détourne.

La tension me rendait nerveuse. Je me levai pour faire les cent pas, mais il posa son verre et m'arrêta d'une main.

J'essayai immédiatement de me dégager, mais il resserra son emprise.

— Assieds-toi, dit-il d'une voix calme et dure comme de l'acier.

Je savais que je ne parviendrais pas à lui faire lâcher mon bras, à part en arc-boutant les jambes contre sa poitrine. Énervée, je m'affalai sur le divan.

— Voilà, je suis assise, alors lâche-moi.

— Je ne crois pas, non, répondit-il sur le même ton métallique. Je ne te fais pas mal, alors arrête de me faire les gros yeux, et si tu réessaies ne serait-ce qu'*une seule fois* de te débattre, je vais m'asseoir sur toi jusqu'à ce qu'on en ait terminé avec cette conversation.

Cela me fit l'effet d'une douche froide. Bones ne lançait jamais de menaces en l'air. La pensée de me retrouver coincée sous lui m'alarmait pour plusieurs raisons, et la peur n'en faisait pas partie.

— Je préfère ça. (Il desserra son étreinte, sans toutefois me lâcher.) Bon, j'ai des questions à te poser, et tu vas y répondre.

Pourquoi est-ce que je n'ai pas insisté pour qu'on règle ça par téléphone ? grognai-je mentalement.

— Vas-y. Je suis coincée, je ne peux pas me sauver.

J'aurais préféré qu'il me lâche. Je n'arrêtais pas de regarder sa main, comme si je pouvais la faire disparaître de mon bras comme par magie.

— Tu me bloques encore.

Il prononça ces mots calmement, mais il fronça les sourcils. Des lueurs vertes commencèrent à tourbillonner au plus profond de ses pupilles avant d'éclater pour avaler le marron.

— Bien essayé, aboyai-je, mais je pensais qu'on s'était déjà mis d'accord sur le fait que j'avais de bonnes défenses.

Oh, oh. J'avais reculé en disant cela, une réaction instinctive face à sa tentative d'intrusion dans ma tête. En un éclair, je me retrouvai aplatie sur le canapé. Bones me tenait les poignets et emprisonnait mes jambes avec les siennes.

— Pousse-toi de là, exigeai-je.

Au lieu de cela, il me serra encore plus fermement. Tout à coup, je me rendis compte que plus je gigotais, plus cela faisait remonter ma robe. Vu la position dans laquelle je me trouvais, et le fait qu'elle m'arrivait déjà à mi-cuisses, mon absence de culotte n'allait pas tarder à poser vraiment problème.

— Bones. (Je cessai de bouger et tentai une autre approche.) S'il te plaît, lâche-moi.

— Pourquoi veux-tu devenir un vampire ?

Bon, il y avait peu de chances qu'il bouge de là où il était. En outre, il ne faisait rien pour rendre ma position plus confortable. Il pesait de tout son poids sur moi et contrait le moindre de mes mouvements. Je faisais de gros efforts pour essayer de ne pas penser au fait que cela faisait, la vache, des semaines qu'il ne s'était pas retrouvé au-dessus de moi. Pour ne rien arranger, à cette distance, je n'avais aucun moyen d'éviter son regard.

Je m'éclaircis la voix.

— Pour commencer, j'en ai marre de servir de balise vivante à Gregor. Si je deviens un vrai vampire, il n'aura plus de prise sur moi. Je n'aurai plus à fermer les yeux et à me boucher les oreilles chaque fois que je me déplacerai, et je pourrai dormir en paix.

Ses yeux restaient rivés aux miens.

— C'est la seule raison ?

Si je répondais oui, la conversation s'arrêterait là. Je n'avais aucune chance de convaincre Bones avec ce seul argument. Seule la vérité le persuaderait, même si les larmes me montaient aux yeux à l'idée de la prononcer.

— Tu avais raison, murmurai-je. Au fond de moi, je pensais encore qu'être un vampire, c'était mal. Même après tout ce que j'avais vu, j'avais encore des *a priori*. Quelle idiote, hein ? J'imagine que tu es fier d'avoir eu raison. Qui pourrait te le reprocher ?

Il ne m'enfonçait plus les doigts dans les poignets. Non, c'était bien pire : il me caressait en leur faisant décrire de petits cercles. Ses yeux n'étaient toujours pas redevenus totalement marron. J'espérais que le vert que j'y voyais encore n'était dû qu'à un restant de colère.

— Non, je ne suis pas fier de t'avoir traitée comme je l'ai fait, répondit-il d'une voix très basse. Il m'a fallu quinze ans pour accepter ce que j'étais devenu après avoir été transformé par Ian. Rien d'étonnant à ce que tu aies encore des doutes.

Ce n'était pas du tout à quoi je m'étais attendue. Je m'étais préparée à une démonstration glaciale m'expliquant qu'en effet, mes préjugés m'avaient poussée à agir comme la reine des andouilles. Je déglutis et clignai des yeux pour évacuer mes larmes.

— D'accord… ça veut dire que tu vas me transformer ?

— Pas si vite. La seule raison que tu aies avancée, c'est que tu veux te libérer de Gregor.

— Peut-être que tu ne veux tout bonnement pas prendre la responsabilité de devenir mon maître ? demandai-je, énervée par son interrogatoire. Si c'est le cas, Vlad s'est déjà porté volontaire pour s'en occuper.

Quelque chose scintilla dans son regard.

— Je n'en doute pas, mais si quelqu'un doit te transformer, c'est moi. Je pense être en droit de dire que je l'ai bien mérité. Et si tu envisages de le faire derrière mon dos, je te fais le serment de tuer celui qui te changera en vampire, quel qu'il soit.

« *Il tuerait n'importe quel vampire qui te transformerait* », avait dit Spade. Visiblement, il ne s'était pas trompé. Ces suceurs de sang et leur fichue possessivité…

— Si on élimine le facteur des préjugés, je n'ai plus une seule raison de demeurer en partie humaine, répondis-je fermement. En tant qu'hybride, je suis plus facile à tuer, et mes capacités atteindront un jour leur plafond. Mais si je deviens vampire, mon potentiel sera illimité, et mon pouls et ma respiration ne constitueront plus un frein. De toute façon, je ne pourrai plus jamais faire semblant de retrouver une vie humaine normale. Sous tous les aspects, j'ai déjà une existence de vampire. Il ne me manque que les canines.

— Tu penses vraiment ce que tu dis ?

Sa voix était soyeuse, mais son regard était dur comme du granit.

— Oui, dis-je sans hésiter.

— Alors prouve-le. Laisse-moi pénétrer dans ton esprit pour que je vérifie par moi-même.

Alors là, pas question. Je n'avais pas la moindre intention d'abaisser mes barrières mentales et de m'exposer comme ça. Ce n'était pas parce que j'avais menti. Ce qui me faisait peur, c'était tout ce qu'il verrait d'autre.

— Désolée, Bones, mais tu vas devoir me croire sur parole.

Il se tut un long moment. J'avais toute la peine du monde à retenir mon souffle.

— Très bien, dans ce cas, répondit-il enfin. Je le ferai demain.

Je m'apprêtais à pousser un soupir de soulagement lorsqu'il ajouta quelque chose.

— À une condition.

Ça m'aurait étonné.

— Laquelle ?

— Oh, rien d'insurmontable. Tu devras juste passer la nuit avec moi.

J'attendis une seconde, mais aucune chute ne vint conclure sa phrase.

— Tu es sérieux ? parvins-je à articuler.

Il me regarda comme si j'étais un peu longue à la détente.

— On ne peut plus sérieux.

— C'est parce que je ne porte pas de culotte ?

Cela le fit sourire.

—Non, même si cela n'arrange pas ton cas.

—C'est grotesque! (Je le poussai, mais c'était comme si je m'étais attaquée à un mur de briques.) C'est quoi, un fantasme de domination de morts-vivants?

—Je veux la preuve que tu es déterminée à le faire, rétorqua-t-il calmement. Tu refuses de me laisser entrer dans ton esprit pour me permettre de voir si tu fais ça seulement à cause de Gregor et des goules. Si tu le souhaites réellement pour tes propres raisons, alors cela vaut largement le sacrifice que je te demande. Il y a toujours un prix à payer avec les vampires, Chaton. Tu le sais. (Il haussa les épaules.) Ou bien tu peux me laisser lire dans tes pensées.

Mettre à nu soit mes sentiments, soit mon corps. Génial, comme choix.

—Je n'aurais jamais cru que tu réussirais à te libérer une nuit si rapidement, dis-je dans l'espoir de le mettre en colère pour qu'il change d'avis.

Il releva un sourcil.

—Chacun fait ce qu'il a à faire.

Je ne savais pas comment je me sortirais de l'un ou l'autre des choix qu'il m'offrait. Les deux me laisseraient le cœur en lambeaux.

—Et le fait que je n'aie absolument *aucune* envie de coucher avec toi ne change rien à l'affaire?

Il me fit tourner la tête jusqu'à ce que ses lèvres me frôlent la gorge.

—Tu sais, ma belle… ma mission sera de te faire changer d'avis.

J'entendais dans sa voix le plaisir à venir. Je ne pus m'empêcher de frissonner lorsqu'il fourra son nez contre ma peau. Je maudissais la sensibilité de mon cou. Il me trahissait malgré tous mes efforts pour sembler de marbre.

Mais l'imaginer pénétrer dans mon esprit et voir à quel point il était toujours présent dans chacune de mes pensées était bien plus effrayant que tout le reste. *Échec et mat, Cat. Tu as perdu.*

Mais cela ne signifiait pas pour autant que j'allais me montrer magnanime. Je lui adressai un regard hargneux.

— J'espère que ce sera le pire coup de ta vie, espèce de sale manipulateur sans cœur.

— Tu me fais déjà du charme ? répondit-il avec un petit sourire. Tu cherches à me provoquer, hein ?

Si seulement je ne m'étais pas douchée avant cette fichue conversation… pourquoi n'avais-je pas une bonne mycose bien repoussante ?

— J'ai une condition moi aussi, dis-je. Je me suis douchée dans une chambre d'amis vide. On n'a qu'à le faire là-bas.

Je n'avais vraiment pas envie d'une partie de jambes en l'air dans le lit de Bones, surtout en sachant qu'il avait peut-être passé la nuit précédente à se rouler dans les draps avec une autre. Beurk.

— Comme tu veux. (Il avait toujours le même petit sourire aux lèvres. De toute évidence, je ne parviendrais ni à le mettre en colère, ni à lui faire changer d'avis.) On peut même le faire sur ce canapé, si tu préfères.

En voyant la manière dont sa langue passait le long de sa lèvre inférieure, je compris que c'était une possibilité qu'il envisageait sérieusement. Cela déclencha une bouffée de chaleur en moi, et je le maudis intérieurement. *Je sens que ça va être simple de conserver mes distances émotionnelles pendant qu'on couchera ensemble.*

— La chambre d'amis ira très bien, parvins-je à répondre.

Ses yeux se mirent à briller.

— Parfait. On y va ?

Il y avait beaucoup plus qu'une simple invitation dans ces mots. Je regardai autour de moi, dans l'espoir futile que quelque chose se produirait pour retarder l'inévitable. Un tremblement de terre. Un incendie. Une invasion extraterrestre. N'importe quoi, mais vite !

Mais il ne se passa rien, et nous restâmes seuls, lui et moi, et le marché que je venais de conclure.

—J'imagine que oui.

Chapitre 26

Bones se redressa d'un mouvement souple et me remit moi aussi sur mes pieds. Je ne pus m'empêcher de tressaillir en sentant ses mains s'attarder sur mes hanches, et le seul moyen que j'aurais eu de faire ralentir mon cœur aurait été de le transpercer d'une balle.

Il marchait très près de moi, une main dans mon dos pour me pousser en avant. Je ne traînais pas les pieds, mais j'en avais une furieuse envie. Nous croisâmes quelques personnes dans l'escalier, mais je gardai la tête baissée pour me concentrer sur ce qui allait se passer une fois que nous serions dans la chambre.

Comment parviendrais-je à garder mon calme tout en roulant dans les draps avec lui ? Et si jamais je me mettais à hurler des insanités, du genre « je t'aime » ? Et si jamais j'étais victime d'une crise d'épilepsie et que je me mettais à baver et à cracher ?

Lorsqu'il me tira dans la chambre que j'avais quittée quelques minutes plus tôt, j'étais légèrement paniquée. La robe de chambre que j'avais portée était toujours posée en désordre sur le fauteuil. Bones ferma la porte. En désespoir de cause, je tentai de prendre les choses en main.

— Bon. (Ma voix était plus aiguë qu'à l'accoutumée.) Tu as une idée particulière en tête, ou bien je commence par le début ?

Un rictus déforma ses traits.

— Tu essaies de te convaincre que je ne suis qu'une mission ? Désolé, ma belle, mais c'est ma soirée. Lorsque j'aurai une faveur à te demander, et que ce sera la condition que tu m'imposeras, tu pourras jouer les dominatrices autant que tu le voudras. Mais en attendant, c'est moi qui prends les rênes. Bon, retire tes chaussures. On dirait qu'elles te font mal.

Je lui obéis d'un air grave. Le lit semblait grossir à vue d'œil et les murs rétrécir, jusqu'à ce que la pièce ne contienne plus que le matelas moelleux qui me tendait les bras.

Bones ôta sa chemise. Je détournai les yeux de son corps sculptural et magnifique et m'enfonçai les ongles dans les paumes. La situation empirait de seconde en seconde.

— Retourne-toi.

J'avais à la fois envie et peur de le faire. D'un côté, je n'aurais plus à fixer le tapis pour éviter de le regarder, mais je me sentais également vulnérable. Je ne pourrais pas me défendre si je ne voyais pas ce qui se passait.

Ses doigts froids me firent frissonner lorsqu'il écarta mes cheveux de ma nuque. Il tira légèrement sur ma robe, puis j'entendis le lent et inexorable glissement de la fermeture Éclair qu'il fit descendre jusqu'en bas. Privée de ce soutien, ma robe s'affaissa sur mes épaules et glissa, puis il la fit tomber à mes pieds.

Il poussa un petit soupir. Bêtement, je fermai les yeux, comme si cela pouvait atténuer ma nudité. Je retins ma respiration et me remis à frissonner.

— Tu es gelée, ma belle. Je te mets au lit.

Sa voix était plus rauque, son accent anglais plus marqué. Je franchis les quelques pas qui me séparaient du lit et le laissai repousser les couvertures. Je me couchai et m'emmitouflai immédiatement dedans.

Bones s'agenouilla à côté du lit et tendit la main pour me toucher les cheveux.

— Avec les couvertures remontées jusqu'au menton et tes yeux écarquillés, tu as l'air très jeune.

— Ça fait de toi un pédophile en puissance, alors.

Il inclina la tête.

— Si l'on considère notre différence d'âge et tout ce que j'ai l'intention de te faire, c'est tout à fait exact. (Puis son ton se fit sérieux.) Chaton, malgré tes sarcasmes, ton indifférence et ton incontestable colère, je pense que tu veux toujours de moi, sinon je n'aurais pas insisté pour te faire faire cela. J'admets volontiers que je suis un sale manipulateur sans cœur, comme tu me l'as si aimablement fait remarquer, mais je ne suis pas un violeur. Si tu ne veux vraiment pas de moi, je te laisserai tranquille, et je te changerai quand même demain comme promis. (Il s'interrompit, lâcha la boucle de cheveux avec laquelle il jouait et me prit le visage entre les mains.) Mais je vais tout de même tout faire pour que tu changes d'avis. Là-dessus, je n'ai pas le moindre scrupule.

Oh non, pensai-je, *je suis fichue. Pense à la décharge. À cette puanteur. Au sourire méprisant de Gregor. À tout ce que tu veux, sauf au fait qu'il est en train d'ôter son pantalon.*

Mais il y avait un sujet qui ne manquerait pas de doucher mon enthousiasme.

— Pourquoi est-ce que tu m'as trompée, Bones ?

Il s'arrêta. Le bouton de son pantalon était défait, mais la fermeture Éclair resta fermée.

— Tu penses sincèrement que je t'ai été infidèle ?

Je poussai un ricanement grossier.

— Entre les photos, le témoignage de Fabian, les souvenirs de Cannelle, et tes aveux le soir où Geri t'a évacué de La Nouvelle-Orléans, *ouais.* Je le pense.

J'avais l'impression que son regard me transperçait jusqu'à l'arrière du crâne.

— Sur les photos que tu as vues, j'entrais chez moi avec des femmes, mais tu n'as pas vu ce qui se passait une fois la porte fermée. Je suis allé à La Nouvelle-Orléans sous le prétexte de fêter ma liberté retrouvée, dans l'espoir que Gregor morde à l'hameçon. Et ça a marché. Il m'a même envoyé Cannelle, comme si je n'allais pas sentir son odeur sur elle. Je n'ai eu aucun mal à boire son sang et à la convaincre de rapporter à Gregor que mes nuits de débauche me laissaient sans défense. Lorsque Fabian est venu me parler, il y avait plusieurs espions de Gregor aux alentours. Qu'est-ce que j'étais censé faire ?

Ma détermination vacilla.

— Mais je t'ai entendu. Tu as dit à Cannelle qu'elle avait choisi toutes les filles avec lesquelles vous aviez couché tous les deux !

— C'était ce qu'elle croyait, répondit Bones. Je la laissais choisir une humaine différente tous les soirs, et nous la ramenions chez moi. Ensuite, je buvais leur sang pour leur faire perdre connaissance, et elles se réveillaient nues dans le même lit. C'était une ruse très simple. Je sais ce que tu as dû penser, Chaton, mais tu aurais dû me laisser t'expliquer ce qui se passait, au lieu de t'enfuir avec Tepes.

Mes émotions tentaient de prendre le dessus sur mes soupçons. Après tout ce que j'avais vu et entendu, comment aurais-je pu croire que ce n'était qu'une comédie savamment élaborée, et que mon amant avait seulement fait *semblant* de me tromper ?

— Mais tu m'as quittée. (Je n'arrivais pas à contenir la douleur dans ma voix.) Tu as dit que tu en avais fini avec moi.

Bones soupira.

— Quand j'ai découvert que tu étais partie avec Gregor, je suis devenu fou. Je ne savais pas si tu choisirais de rester avec lui par amour, ou parce que tu y serais forcée… et aucune de ces possibilités ne m'aidait à réfléchir de manière rationnelle. Lorsque tu es revenue, je n'avais toujours pas retrouvé mon calme. Si je suis parti, c'est entre autres pour m'empêcher de te dire des choses que j'aurais regrettées plus tard. Ensuite, je me suis rendu à La Nouvelle-Orléans pour régler ce problème avec Gregor, avec l'intention d'arranger tout cela avec toi après, mais tu m'as devancé.

Une fois de plus, semblait-il ajouter implicitement.

— En te *sauvant la vie* ?

Il me lança un regard exaspéré.

— Tu as oublié que je pouvais voler ? Gregor le savait. Tout comme Marie. Elle voulait que je tue Gregor, et elle lui a donc annoncé qu'elle comptait me forcer à quitter le Vieux Carré, en sachant pertinemment que Gregor se rendrait compte que s'il ne venait pas lui-même me chercher, je réussirais à m'envoler hors de sa portée. Mais tu as envoyé ton ancienne équipe à ma rescousse, et Gregor n'aurait pas tardé à les démasquer, malgré toute la discrétion dont ils pouvaient faire preuve. Je savais qu'ils se feraient tuer si je résistais et si je laissais le temps à Gregor de m'atteindre, ce qui m'a donc forcé à partir avec eux. Mais ça a fichu mon plan en l'air.

Bones n'eut pas besoin de prononcer les mots qui semblaient logiquement conclure sa tirade : une fois de plus. *Et merde.* Si seulement un trou pouvait se matérialiser devant moi, pour que je me jette dedans… *Spade a raison, tu es vraiment une idiote. Avec un grand I.*

Il dut entendre mon autoflagellation silencieuse, car il me consola immédiatement.

— Tu n'es pas une idiote. Charles m'a dit que c'était lui qui t'avait convaincue de le faire, même si personne n'était mieux placé que lui pour savoir que c'était une erreur. Enfin, il m'aurait dit que piéger Gregor à moi tout seul était trop risqué, et c'est d'ailleurs pour cela que je ne lui en ai pas parlé.

— Tu dois me détester, dis-je dans un grognement. C'est la deuxième fois que je gâche tout en pensant t'aider.

Il fronça les sourcils.

— La troisième, en fait. Tu m'as aussi quitté pour t'enrôler chez Don en croyant le faire pour mon bien. J'ai d'abord pensé que c'était une nouvelle preuve du peu de respect que tu avais pour moi en voulant me protéger à tout prix, mais j'ai fini par comprendre que c'était plus fort que toi. C'est dans ta nature. Tu es incapable d'attendre l'issue d'un combat impliquant quelqu'un que tu aimes sans t'en mêler, malgré les promesses que tu fais de changer.

Ses mots s'enfoncèrent dans mon cœur comme un poignard. *C'est pour cela qu'il est parti*, me provoqua ma conscience. *Tu préférerais pouvoir te dire que ce n'était que pour se taper d'autres filles, car dans ce cas-là ce serait sa faute, pas la tienne. Mais c'est bien toi qui es coupable. Bones a raison ; tu ne changeras jamais. Aucune personne sensée ne pourrait te supporter, d'ailleurs.*

Il aurait été inutile que je lui dise que j'étais désolée. Plus qu'inutile : insultant, vu tout ce qui s'était passé. Je fis donc la seule chose possible pour lui montrer combien je désirais que la situation soit différente. J'abaissai mes barrières mentales pour permettre à Bones d'entendre tout ce que je ressentais, et je me défis de tous les artifices que j'utilisais en temps normal pour rationaliser mes actions.

Il ferma les yeux. Un frisson le parcourut, comme si mes pensées l'avaient frappé au sens propre du terme. Une fois libérées des entraves avec lesquelles je les contenais, elles parurent vouloir se précipiter hors de moi, à commencer par les émotions que je dissimulais depuis longtemps.

— Chaton, murmura-t-il.

— Je voulais juste que tu saches que je comprends. (La boule dans ma gorge m'empêchait d'articuler.) Tu as fait de ton mieux, Bones. C'est moi qui ai tout fichu en l'air.

Il ouvrit les yeux.

— Non. C'est mon obstination à m'attaquer seul à Gregor qui a causé notre séparation. J'aurais pu te dire que c'était un piège avant de t'enfermer dans cette pièce sécurisée. J'aurais pu te parler de La Nouvelle-Orléans et te convaincre de prendre ton somnifère pour empêcher Gregor de le voir dans tes rêves. Mais j'ai voulu tout gérer moi-même. Ce sont mon orgueil et ma jalousie qui ont entraîné tout cela. Toutes les erreurs que tu as commises avec moi Chaton, je les ai aussi commises avec toi, mais je ne veux plus en parler. Je ne veux plus parler de rien.

Il descendit sa fermeture Éclair, et je clignai des yeux de surprise.

— Après tout ça, tu veux encore coucher avec moi ?

Bones ôta son pantalon. Il ne portait rien en dessous, comme à son habitude.

— Après tout ça, je t'aime encore.

Cela me cloua le bec. Puis je prononçai les premiers mots qui me passèrent par la tête.

— Tu dois être fou.

Il partit d'un rire doux et désabusé.

— Si je suis tombé amoureux de toi, c'est à cause de ta fougue et de ton courage. Même si ces deux qualités me mettent dans une colère noire depuis quelque temps, j'imagine que je ne t'aimerais probablement pas si tu étais différente.

Je voulais croire à tout prix que l'amour était plus fort que tout. Que Bones et moi pouvions fonder notre relation sur les sentiments et rien d'autre. Mais la vie n'était pas si simple.

— Si ni toi ni moi ne pouvons changer, dis-je, le cœur serré, tôt ou tard, cela nous séparera de nouveau.

Il posa un genou sur le lit.

— Tu as raison : nous ne changerons jamais. J'aurais toujours besoin de te protéger, et cela me mettra hors de moi d'en être incapable. Et tu te précipiteras dans les flammes pour moi, malgré tout mon désir de te voir rester en retrait. Nous devrons combattre constamment notre nature pour que cela fonctionne. Es-tu prête à prendre ce risque ?

Lorsque j'avais commencé à fréquenter Bones, plus de six ans auparavant, je savais qu'une relation amoureuse avec lui me briserait le cœur. Cela s'était produit plusieurs fois, et Bones ne pouvait pas me garantir que ça n'arriverait plus. Pourtant, aujourd'hui comme hier, j'étais incapable de lui résister.

— La prudence, c'est pour les poules mouillées, murmurai-je.

Il s'agenouilla sur le lit, tout en muscles fermes et en chair dure et pâle. Puis il se pencha en avant en prenant le temps de faire traîner sa bouche de mon ventre à mon cou. Mes tétons durcirent, le désir me tordit l'estomac, et je m'avançai vers lui.

Il m'embrassa avec ardeur tout en me prenant dans ses bras. Lorsque je sentis son corps nu contre le mien, je perdis tout contrôle. Je ressentais des fourmillements à tous les endroits où nos peaux se touchaient. Je ne semblais pas pouvoir me rassasier de lui, et je repoussai les couvertures du pied. Bones m'embrassait comme s'il était en train de se noyer. Enroulant sa langue autour de la mienne tandis qu'il continuait à se frotter sensuellement contre moi, à me caresser sans entrer, à me toucher partout à la fois.

Je passais moi aussi mes mains sur son corps en gémissant contre sa bouche. J'avais tellement envie de lui que ça en était presque douloureux lorsqu'il inséra ses doigts en moi, trouva mon point le plus sensible et le caressa intensément. Je commençai à lui labourer le dos. Des larmes me coulaient des yeux. Le sentiment d'extase se mit à grandir démesurément, tendant ma peau à la faire rompre, jusqu'à ce que j'arrache ma bouche à la sienne.

— Bon Dieu, Bones, oui !

C'était à la fois un sanglot et un cri. Il y répondit en me retournant pour que je me retrouve au-dessus de lui. Il me souleva dans le même mouvement et enfouit sa tête entre mes cuisses.

Immédiatement, je fus prise de convulsions et mon corps se crispa. Il m'entoura fermement la taille de ses bras tandis qu'il explorait ma chair de sa langue et la suçotait sans y mettre les canines, comme si c'était de mon plaisir qu'il se gorgeait. Je lui saisis la tête en frissonnant, les dernières vagues de l'orgasme me parcourant encore le corps.

Bones me reposa sur le matelas sans rompre le contact avec sa bouche. J'étais encore pantelante de l'orgasme, à moitié écroulée sur les oreillers. Il releva la tête, ses yeux rivés sur les miens alors qu'il remontait lentement jusqu'à mon visage.

— Regarde-moi, dit-il en s'installant entre mes jambes.

Je lui obéis tout en écartant les cuisses et en m'arc-boutant pour aller à la rencontre de son coup de hanche. Mon Dieu, j'avais oublié l'effet que me faisait Bones après plusieurs jours d'abstinence. Son sexe rigide me remplissait tellement que je sentais les larmes me monter aux yeux. *Oui. Oui. J'avais tellement envie de toi.*

— Plus fort, gémis-je alors qu'il commençait à bouger doucement en moi.

Mais ce n'était pas de la douceur que je voulais. Je désirais ce qu'il n'osait pas déchaîner par souci de tendresse.

Il amplifia son mouvement et m'embrassa, les yeux toujours ouverts. Je ne fermai pas non plus les miens. Voir son visage alors qu'il était en moi était enivrant. Je l'empoignai par les cheveux, rivai mon regard sur le sien, et l'embrassai jusqu'à en perdre haleine.

— Je sens mon goût sur ta bouche, haletai-je. Je veux que tu sentes le tien sur la mienne. Je veux te sucer, t'avaler quand tu jouiras…

— Ne me dis pas des choses comme ça ou je vais jouir tout de suite.

Il raffermit sa prise sur mes hanches. Il était au bord de l'orgasme. Je le sentais à la manière dont il me tenait, et à ses coups contenus et mesurés qui me dévastaient de désir. Le savoir si près du but me remplissait d'une détermination érotique, je voulais le faire basculer.

Je me serrai contre lui en hurlant la plénitude de mon plaisir.

— Encore. Prends-moi plus fort.

Il laissa alors libre cours à sa passion, et l'aveuglante concentration de sensations me coupa le souffle. Cela me faisait mal, mais de la plus douce des manières, et je me raidis encore tout en criant sous le coup de ses mouvements violents et rapides. Lorsqu'il atteignit l'orgasme, il me projeta contre la tête de lit et poussa un cri d'extase en tremblant de la tête aux pieds. Je m'accrochai à lui, tremblante moi aussi, mon cœur battant si fort qu'il semblait sur le point d'exploser.

Au bout de plusieurs secondes, Bones me décolla de lui – et de la tête de lit – pour me reposer sur le matelas.

— Bon sang, Chaton, ça va ?

Si je n'avais pas été à bout de souffle, son inquiétude à propos de mon intégrité physique m'aurait fait rire.

— Reviens par là.

Je l'attirai jusqu'à ce qu'il se retrouve de nouveau couché sur moi. Il répartit son poids pour ne pas m'écraser et passa une main sous ma tête tandis que je glissais vers le bas pour lui suçoter le téton.

Il avait un goût de sel, mais cela provenait probablement de ma propre sueur. Il enroula sa main dans mes cheveux et me serra plus fort contre lui en émettant un grognement sourd du plus profond de sa gorge.

— Je serai plus doux ce coup-ci, mais je te veux encore, tout de suite.

Je le mordis, ce qui le fit frissonner. Ouais, il aimait ça. Moi aussi, d'ailleurs, et je n'arrivais pas à me retenir de le toucher ou de le goûter.

— Ne sois pas doux. J'adore quand tu perds tout contrôle. Recommence.

Je descendis encore plus bas et léchai la partie de son corps dont l'arôme salé n'était pas dû à ma sueur. Je le pris dans ma bouche jusqu'à ce qu'il la remplisse. Puis je commençai à gémir lorsqu'il se retourna pour me rendre la pareille.

Ma vision se brouilla en un entremêlement de peau, de lèvres, de langues et de chair rigide. Plus il comblait mon désir et plus ce dernier augmentait, et il n'arrêtait pas de le combler. Après ce qui me sembla une heure, une lumière s'immisça dans la chambre et me fit plisser les yeux.

— Tu as allumé une lampe ? haletai-je en demandant quand il avait bien pu le faire.

Bones tourna la tête et fronça lui aussi les yeux pour les protéger du rayon de lumière qui venait du coin de la pièce.

— Ce n'est pas possible, marmonna-t-il.

— Quoi ? demandai-je alors qu'il sautait du lit.

La luminosité augmentait encore lorsque Bones tira sur un objet que j'identifiai enfin comme un rideau. Il se retourna vers moi et releva un sourcil.

— C'est le soleil.

Ce ne pouvait pas déjà être le matin ! Mais la preuve était là, irréfutable, avec ces rayons dorés qui l'éclairaient.

Bones me regarda, puis referma les tentures d'un geste sec.

— Je m'en fiche, dit-il en se remettant au lit. Bon, où en étions-nous ?

Chapitre 27

— *S*ale pute !

Le premier coup me projeta en arrière sans me laisser le temps de voir d'où il venait. Il fut suivi d'un deuxième, puis d'un troisième. Je tentai de me défendre, mais mes bras refusaient de m'obéir. Tout comme mes jambes. Il me fallut une seconde pour comprendre pourquoi. Mes membres étaient vissés au sol. Gregor était à genoux à côté de moi et me bourrait sans pitié de coups.

— Tu vas le regretter, déclarai-je à la seconde où il s'arrêta.

— Tu me menaces ? (Un coup de poing brutal dans l'estomac me plia en deux, autant que me le permettaient les entraves métalliques. Quel était le crétin qui avait dit qu'on ne ressentait aucune douleur dans les rêves ?) Je suis ton mari, même si tu ne mérites pas de me nommer ainsi, espèce de traînée !

Tout à coup, il arrêta de me frapper et me caressa la joue.

— Chérie, pourquoi fais-tu cela ? Pourquoi persistes-tu à me mettre en colère ? Tu sais que je suis forcé de te punir pour ton adultère, mais c'est très pénible pour moi.

Je parvins à rire malgré la douleur.

— Pauvre chou. Ça te fait plus mal qu'à moi, hein ? Tu es le roi des enfoirés, Gregor.

— Tu vas m'obéir ! (La douceur hypocrite avait disparu de sa voix. Il avait recommencé à me frapper tous les deux mots.) Tu vas me revenir immédiatement, *ou tu le regretteras.*

— N'hésite pas. Vas-y à fond ! J'ai déjà été battue et torturée, mais avec toi, tout s'évanouit dès que je rouvre les yeux. Tu ne me fais pas peur, Gregor.

Il m'empoigna les cheveux et tira si fort que je sentis qu'il m'en arrachait des touffes.

— Si tu le laisses te transformer en vampire, siffla-t-il, je ferai en sorte que tu souffres. Est-ce que tu me comprends ?

Je le regardai fixement.

— Quand j'avais seize ans, j'avais des sentiments pour toi. Lorsque j'ai retrouvé la mémoire, c'était encore vrai tout au fond de moi. Mais désormais, je jure devant Dieu que je te tuerai. Est-ce que tu *me comprends ?*

Il me frappa si fort que ma vision s'assombrit, mais son impétuosité me servit, car elle me renvoya directement dans le monde réel. J'entendis une voix pleine d'anxiété.

— Chaton, réveille-toi !

Bones était en train de me secouer. Ma joue me picotait légèrement, et je savais que ce n'était pas les derniers échos de la douleur causée par les poings de Gregor. Bones ne s'était pas contenté de me secouer.

— Arrête, j'ai reçu assez de coups comme ça, marmonnai-je en essayant de repousser ses mains.

Il ne me lâcha pas, mais cessa tout de même de me secouer.

— Il te battait ? Tu pleurais dans ton sommeil parce qu'il te *frappait* ?

Je m'assis en tirant sur les couvertures et essayai de me débarrasser des dernières réminiscences du rêve. Les douleurs fantômes s'évanouissaient de seconde en seconde.

— Il était furax.

Bones poussa un grognement sourd. Il était tendu de la tête aux pieds.

— Tu n'as dormi qu'une heure environ, tu devrais peut-être rester éveillée ? Ou tu as encore ton somnifère ?

Je ne supporte pas de penser qu'il pourrait s'en prendre de nouveau à toi si tu te rendors.

— Pas de somnifère. (Le souvenir des effets qu'il me faisait me fit grimacer.) Gregor ne s'est jamais attaqué deux fois à moi dans la même nuit, ou dans la même journée, d'ailleurs. Je crois qu'une seule tentative lui demande déjà beaucoup d'efforts, et il a besoin de reprendre des forces avant de recommencer.

— Il n'en aura pas l'occasion, dit Bones d'une voix sinistre.

Il avait raison : dans quelques heures, je serais un vampire. C'était ce qui avait mis Gregor dans une telle colère. Il savait qu'il ne pourrait plus m'atteindre une fois la transformation accomplie. *Salut, Gregor. Fais de beaux rêves. Je suis sûr que les miens le seront, en tout cas.*

Bones m'embrassa sur le sommet du crâne.

— Dans ce cas, essaie de te rendormir, ma belle. Ce sera bientôt terminé.

Non, pensai-je. *Rien ne sera terminé tant que je n'aurai pas tué Gregor. Une fois que je serai un vampire, j'aurai fait un pas de plus dans cette direction.*

Lorsque je m'éveillai de nouveau, Bones n'était plus là. Les rideaux étaient toujours tirés, mais à vue de nez, j'estimais qu'il devait être largement plus de 13 heures. Ma dernière matinée en tant que semi-humaine était finie. Jamais je ne me lèverais si tôt pendant les quelques mois qui suivraient ma transformation, à moins que toutes mes années d'hybride m'aident à raccourcir cette phase.

À présent que le grand jour était arrivé, je ressentais un peu de nervosité au plus profond de moi. Et si cette transformation m'affaiblissait au lieu de me rendre plus forte, en me faisant repartir de zéro ? La vache, je n'avais pas du tout envie de découvrir à mon réveil que j'étais devenue une lavette. De plus, qu'est-ce qu'on pouvait bien ressentir lorsqu'on ne respirait plus ? Comment allais-je réagir à la disparition définitive des battements de mon cœur ? Combien de temps ma soif de sang durerait-elle ? Quelques jours ? Une semaine ?

Et qu'est-ce que cela me ferait de perdre mon statut à part d'hybride et de devenir tout simplement Cat, le vampire débutant ? En fait, l'idée me plaisait. *Rien qui sorte de l'ordinaire, mesdames et messieurs. Circulez.* Cela, j'en avais rêvé toute ma vie.

La porte s'ouvrit et Spade entra avec détermination. Je tirai hâtivement les draps, car j'étais toujours nue, et lui lançai un regard exaspéré.

— C'est au-dessus de tes forces de *frapper* ?

— J'ai entendu que tu étais réveillée, répondit Spade. Tiens. Je t'apporte ton petit déjeuner, ou plutôt ton déjeuner, vu l'heure qu'il est.

Il posa le plateau sur une table près du lit et m'adressa un sourire diabolique.

— Je vois que Crispin et toi avez résolu vos différends. Vous avez même empêché tout le monde de dormir la nuit dernière.

Je fermai les yeux. Depuis le temps, j'aurais dû être capable de ne plus ressentir de gêne par rapport au fait que mes ébats intimes n'avaient plus aucun secret pour les oreilles des morts-vivants, mais visiblement, c'était un cap que je n'étais pas encore parvenue à franchir.

— J'espère que je ne t'ai pas privé de ton sommeil réparateur, Spade.

Mon ton acerbe ne lui fit aucun effet. Il secoua la main.

— Pas du tout. Ça met Crispin dans de meilleures dispositions, si je peux me permettre. Il était d'une humeur de chien ces derniers temps.

Ce qui amena une question que je me posais depuis mon réveil.

— Où est Bones ?

— Il est allé chercher Mencheres. Je ne peux pas te dire où, bien entendu, si jamais tu faisais une petite sieste avant le grand moment. Il en a pour plusieurs heures.

Oh. Je comprenais parfaitement, mais j'aurais préféré le voir avant qu'il parte. Vu ce que nous avions vécu ces dernières semaines, j'avais très envie de passer du temps avec lui maintenant que les choses allaient mieux.

— Merci pour le petit déjeuner, dis-je.

— Pas de quoi. Je vais aller m'occuper du mien.

Une fois Spade parti, je me demandai ce que j'allais bien pouvoir faire pour tuer l'après-midi. Mon repas et ma douche ne dureraient pas éternellement. Peut-être devais-je prévenir certaines personnes de ce que je m'apprêtais à faire.

Je pouvais appeler Denise. Mais, d'un autre côté, Denise n'avait pas vraiment besoin de nouvelles histoires de vampires ces temps-ci. Après la mort brutale de Randy, voir Spade décapiter un homme sous ses yeux sur le parking du bar texan avait été la goutte d'eau. Je lui en parlerais une fois que tout serait terminé. Comme ça, elle n'aurait pas à s'inquiéter que l'opération tourne mal. Lui éviter des soucis en plus, c'était bien le moins que je puisse faire pour ma meilleure amie.

J'envisageai ensuite de téléphoner à mon oncle, mais je finis par y renoncer. Ses premiers mots ne seraient pas des paroles de félicitations, même s'il savait probablement que ce qui allait se produire était de toute manière inévitable.

Je n'avais aucune intention d'appeler ma mère. Je savais déjà tout ce qu'elle dirait, et la phrase « ne le fais pas » reviendrait en boucle dans son discours. Ce qui me plaisait, en revanche, c'était que même si elle n'approuvait pas ma décision

– et elle l'emplirait de dégoût, je n'en doutais pas une seule seconde – elle ne couperait pas les ponts avec moi. Je n'aurais pas pu en dire autant il y a quelques années.

Je me décidai à appeler Vlad pour lui annoncer que sa participation n'était plus nécessaire, même si au fond de moi, je savais que cela ne le surprendrait pas. Mais au moment même où je prenais mon téléphone, je pensai à une autre personne à laquelle j'avais des choses à dire.

Je fermai la porte et m'agenouillai à côté du lit. *Salut Seigneur, c'est Catherine. Ça fait un bail, je sais…*

J'entendis Bones rentrer. Il demanda à Spade où je me trouvais, puis le bruit de ses longues foulées se déplaça vers le salon où je l'avais retrouvé hier. J'étais en train de lire sur le canapé, car je ne voulais pas risquer de trahir ma position en allumant la télé pour tomber sur une chaîne locale. Je me levai lorsqu'il entra et observai comment il était habillé. Il portait un pantalon et une chemise à manches courtes noirs, ainsi que des chaussures de la même couleur. Les tons sombres lui allaient à merveille. Ils rendaient sa peau encore plus incandescente.

— Tout à fait approprié, remarquai-je pour calmer mon excitation. On dirait la mort incarnée. (Il me regarda en silence pendant un si long moment que je finis par m'éclaircir la voix.) Bon, d'accord, ce n'était pas drôle…

— Tu es sûre de vouloir faire ça, Chaton ? Il est encore temps de changer d'avis.

— Je veux le faire.

C'était vrai. Et j'étais prête.

Bones s'approcha de moi avec une grâce lente et contenue et s'arrêta à quelques centimètres de mon visage. Il me prit les mains et les porta à ses lèvres. Ses yeux restaient rivés sur les miens.

— Tu décides du moment. On peut attendre. Rien ne presse.

Je m'y étais préparée toute la journée. Repousser l'échéance n'aurait été que reculer pour mieux sauter, et je n'avais pas l'intention d'attendre davantage.

— Tout de suite. Est-ce que, euh, on va le faire ailleurs ?

— Ici, c'est très bien.

Je jetai un regard à la pièce. Elle ne me paraissait pas très sûre, vu le nombre d'humains dans les parages, mais je ne pensais pas y rester très longtemps après… après ma mort, pour appeler un chat un chat. Je me demandais combien de temps je resterais morte. Si la mort passerait comme un rêve, ou si je ne me rendrais compte de rien jusqu'à ce que je rouvre les yeux. Il n'y avait qu'un seul moyen de le savoir.

— Très bien.

J'avais déjà vu Bones procéder lorsqu'il avait transformé Tate et Juan, et je savais donc à quoi m'attendre, mais entre spectateur et acteur, le gouffre était immense. Mon cœur se mit à battre la chamade. J'imaginais que ça ne pouvait être qu'utile.

Les yeux de Bones prirent une teinte émeraude et ses canines s'allongèrent. Il repoussa mes cheveux en arrière et me serra contre lui. Je fermai les yeux lorsqu'il se pencha et posa sa joue contre la mienne. Sa peau était fraîche. La mienne n'allait pas tarder à le devenir également.

— C'est normal de s'inquiéter, mais il n'y a pas de quoi avoir peur, murmura Bones. Je l'ai fait très, très souvent, et je contrôlerai la situation à tout moment, du début à la fin.

Ces paroles rassurantes me faisaient du bien. Personne ne peut regarder la mort dans les yeux et lui faire un doigt d'honneur, quelles que soient les circonstances.

— Tu es prête, Chaton ?

Il me posa cette question la bouche contre ma peau tandis que sa langue prenait la mesure de mon pouls. Pour trouver l'endroit idéal pour la morsure.

— Oui… attends !

La pression de ses canines s'interrompit aussitôt. J'inspirai profondément.

— Pas de repas vivant, même si tu penses que la personne l'a mérité. Seulement de la nourriture en sachet. Je n'ai pas envie de me réveiller gorgée du sang de quelqu'un.

Bones recula pour me regarder et me caressa la nuque.

— Tout est déjà prévu. Ne t'en fais pas. Quand tu te réveilleras, je serai là, et tout ira bien.

Je passai les bras autour de son cou, heureuse que ce soit lui et personne d'autre qui me mette dans la tombe et qui m'en sorte.

— Bones.

— Oui ?

— Transforme-moi en vampire.

Je savais que certains détails ne s'effaceraient jamais de ma mémoire. Cette lueur dans son regard lorsqu'il baissa la tête. Ses canines qui s'enfoncèrent lentement et profondément en moi. Sa main qui me serra encore plus fort contre lui tandis que de l'autre il saisissait la mienne pour que nos doigts s'entremêlent. Le flot de sang qui se précipita dans sa bouche après une morsure beaucoup plus profonde que toutes celles que j'avais jamais connues. La vague de chaleur qui m'envahit. Mon cœur, qui battait si vite au début, puis qui se mit à ralentir, lentement et inexorablement. Les battements qui s'espaçaient de plus en plus alors que la chaleur et la vie commençaient à s'échapper de mon corps.

Mes pensées perdirent toute cohérence. *Le bourdonnement est moins fort qu'au début. Je ne vois plus grand-chose.*

C'est drôle, il y avait des lumières tout à l'heure, des milliers de points minuscules. C'était joli. Où sont-ils partis ? J'ai froid. D'où sort ce vent ?

C'était quoi, ça ? Je sens que quelque chose me tire. Où est-ce que je suis désormais ? Je ne peux plus parler. Est-ce que je bouge ? Je ne vois rien. Pourquoi est-ce que je ne vois rien ? Pourquoi est-ce que je ne peux pas bouger ? Où suis-je ? OÙ SUIS-JE ?

Quoi ? Je t'entends à peine... oui ! Oui, c'est moi, je suis là ! Je te vois maintenant. Ce ne sera pas long, j'arrive. Attends, ne t'en vas pas. Reviens ! Arrête, s'il te plaît, cela fait si longtemps que je ne t'ai pas vu.

Non, ramène-moi ! Je veux les voir une dernière fois...

J'étais en enfer.

Les flammes qui me ravageaient me brûlaient avec une férocité qui m'indiquait que le feu que nous avions sur Terre n'était qu'un imposteur inoffensif. Ces flammes étaient sans pitié, et elles étaient partout. Elles me brûlaient sans me tuer. Me faisant subir une indicible agonie. Je ne pouvais pas crier, et je ne savais même pas si j'avais encore une bouche. Je n'avais plus qu'une chose en tête, et une seule, la douleur. *Assez stop stop mal MAL MAL !*

Puis soudain... quelque chose de frais se répandit en moi et éteignit lentement les flammes. Avec le désespoir d'une damnée, je luttai pour en avoir plus, car la douleur commençait au moins à diminuer. *Encore, oh mon Dieu, j'ai encore mal, par pitié, donnez-m'en encore, encore, pitié, j'en veux encore, encore un peu...*

J'ouvris les yeux et vis non pas un lac enflammé, mais de simples murs en béton. Il me fallut une seconde pour reconnaître les gens qui ne me lâchaient pas des yeux, puis les souvenirs me revinrent. *C'est vrai, j'étais chez Bones, et il m'avait transformée en vampire. Je n'étais pas en enfer, j'étais devenue un vampire, et tout allait bien, parce que la douleur avait disparu. Je pouvais voir, entendre, ressentir, respirer, goûter, oh mon Dieu, goûter…*

Une substance délicieuse se trouvait dans ma bouche. Oh, oui, que c'était bon. *Si bon.*

Les derniers lambeaux de réalité se mirent en place. Bon Dieu, j'avais quelqu'un dans les bras. Ce n'était pas à un sac de sang que j'avais bu, mais à la gorge d'une *personne.* Ma bouche était collée à son cou, le sang gouttait de mes canines – la vache, j'avais des canines ! – et je ne sentais aucun pouls sous mes lèvres.

— Mon Dieu ! hurlai-je en rejetant le corps avec un mouvement d'horreur. J'avais dit à Bones que je ne voulais pas d'humains ! Où est-il ?

Je le cherchai du regard, dégoûtée qu'il m'ait laissé tuer quelqu'un, mais l'expression du visage de Spade m'arrêta. Il semblait presque abasourdi.

— Tu viens de jeter Crispin par terre.

Je baissai les yeux. Le cadavre que j'avais repoussé s'assit et me lança un regard incrédule. Un sachet de sang, plein et toujours scellé, se trouvait dans les mains de Bones.

C'est alors que je me rendis compte de mon deuxième problème.

— Euh, les gars…, commençai-je, hésitante. Pourquoi mon cœur bat toujours ?

Chapitre 28

Le battement régulier que j'avais entendu provenait de ma propre poitrine. Cela me laissa perplexe l'espace d'une seconde. La transformation avait-elle échoué ? Les deux canines que je sentais contre ma lèvre semblaient indiquer le contraire, mais dans ce cas pourquoi mon cœur battait-il encore ?

— Il va s'arrêter bientôt, non ?

Avaient-ils oublié de m'expliquer un détail important ? Du style « Oh, tu entendras des *boum boum* pendant les premières minutes, mais ça ne durera pas. » Et vu la manière dont ils me regardaient, ce n'était pas normal.

— Ne vous bousculez pas pour me répondre, surtout.

— Le sang ne te fait pas envie ? laissa échapper Spade.

Je jetai un rapide coup d'œil sur le sachet au contenu violacé que Bones tenait dans la main.

— Pas vraiment.

Bones se leva. Il me regarda de la plus étrange des manières, puis déchira le sachet de sang avec les dents avant de me le tendre.

— Bois.

— Cela ne me dit rien.

— Prends-en juste une gorgée ! exigea-t-il.

Avec une grimace, je collai les lèvres au coin déchiré et aspirai prudemment.

Beurk! J'avais l'impression d'avoir une poignée de pièces rouillées dans la bouche. Je recrachai le tout.

— Qu'est-ce que tu m'as donné tout à l'heure ? C'était délicieux, mais ce truc-là est imbuvable.

Spade pâlit à vue d'œil. Bones me reprit le sachet et le vida en quelques gorgées puissantes.

— Son goût est tout à fait normal, annonça-t-il.

Puis il sortit un couteau de sa ceinture et m'entailla le bras sans prévenir.

— Aïe ! Pourquoi fais-tu ça ?

Je posai la main sur l'entaille, mais presque aussitôt, la douleur s'évanouit pour faire place à un agaçant picotement. Bones retira ma main, mettant à jour une peau souillée de rouge, mais intacte. La blessure avait disparu. Mon avant-bras s'était parfaitement remis.

Malgré les circonstances, un grand sourire se forma sur mes lèvres.

— Ça va m'ôter une *sacrée* épine du pied en combat.

— Tu as remarqué que tu ne respirais pas ? demanda Bones.

Il avait raison… et je ne m'en étais même pas rendu compte ! Comment avais-je pu ne pas m'apercevoir que je n'inspirais plus d'air ? Tout simplement parce que je n'en éprouvais plus le besoin !

— Son rythme cardiaque, dit Mencheres, parlant pour la première fois depuis que j'avais ouvert les yeux, commence à ralentir.

Je regardai ma poitrine, comme si cela pouvait m'aider à comprendre. En effet, les battements puissants et réguliers de tout à l'heure étaient en train de ralentir en rythme et en intensité, et les coups s'espaçaient de plus en plus. Cela me faisait un effet… extrêmement étrange, pour tout dire.

Comme si j'aurais dû paniquer en écoutant mon cœur s'éteindre lentement.

— C'est une bonne chose, non ? Peut-être qu'il lui a fallu quelques minutes pour se rendre compte que je n'avais plus besoin de ses services.

Bones passa le bras autour de ma taille.

— Chaton, comment te sens-tu ?

— Pas mal. Bien, même. Tu sens très bon, tu sais. Vraiment, vraiment, *nnnghghh.*

Lorsque je repris mes esprits, j'avais de nouveau ce goût merveilleux dans la bouche. Mais, contrairement à la première fois, j'étais immobilisée, un bras autour de la poitrine et l'autre sous le cou. Et comme Bones et Spade étaient toujours dans mon champ de vision, il s'agissait donc forcément de Mencheres.

— Que s'est-il passé ? demandai-je.

— Tu m'as mordu, répondit Bones.

— Hein ?

Spade hocha la tête pour le confirmer. J'étais frappée d'horreur.

— Je suis désolée, je ne me rappelle même pas avoir fait ça…

Ma voix se perdit alors, et je respirai le bras de Mencheres. *Cette odeur. Mmmm.*

Une fraction de seconde plus tard, je me retrouvai avec le poignet de Mencheres dans la bouche. J'étais en train de le déchirer avec les dents en secouant la tête dans tous les sens, comme un requin. Lorsque je m'en rendis compte, je le recrachai.

— Est-ce que quelqu'un va enfin m'expliquer ce qui se passe ?

Mais en même temps que je criais ces paroles, je ne pouvais m'empêcher de me lécher les babines. *Ce goût.*

Il était tellement parfait. La vache, je n'avais jamais rien goûté d'aussi bon, et de loin!

— Tu te nourris de sang de mort-vivant.

Mencheres m'assena cette réponse avec son aplomb habituel. Bones releva un sourcil. Puis il s'approcha de moi en s'entaillant le poignet jusqu'au sang d'un coup de canine pour me l'agiter sous le nez.

— Ça te fait envie?

Je me précipitai sur lui, prise d'une soif compulsive à laquelle je n'eus même pas le temps de réfléchir. Mencheres fit un geste de sa main libre, et un mur invisible se dressa soudainement devant mon visage.

— Ne bouge pas.

Je n'avais pas le choix. J'étais figée dans mon élan, les genoux pliés, les mains étendues, et la bouche ouverte dans un grognement avide. Et le pire, c'était que je m'en moquais.

— Donne-moi ça.

Je savais que c'était ma voix, mais je ne reconnus pas ses accents sauvages. La douleur commençait à revenir, et je sentais de nouveau que j'étais en train de brûler de l'intérieur.

— *Donne-le-moi!*

Mencheres me lâcha. Je ne m'en rendis compte qu'une fois que je le vis debout à côté de Bones, qui prit un autre sachet rempli de liquide rouge dans une glacière et en déchira un coin. Cette fois-ci, il m'étala directement le sang sur les lèvres.

— Tu en veux? demanda-t-il en tenant le sachet sous ma bouche.

Je léchai le sang sur mes lèvres.

— Non, grognai-je avec fureur.

Les trois hommes échangèrent un regard. Puis Bones poussa un soupir.

— Bon. Nous allons essayer une autre méthode.

Il avala le contenu du sachet. Je regardai le jeu des muscles de sa gorge du début à la fin, captivée. Lorsqu'il se rapprocha enfin de moi, ma douleur avait atteint son paroxysme, et des larmes coulaient sur mon visage.

— S'il te plaît. Ça brûle, ça brûle!

Bones colla son poignet à ma bouche. J'appris plus tard que je m'étais jetée sauvagement dessus, mais sur le moment, je ne sentis qu'un énorme soulagement lié à la disparition de la douleur. Ce goût merveilleux qui me descendait dans la gorge. La manière dont mon corps semblait soupirer, sous le coup d'une extase qui ressemblait énormément à un orgasme.

— C'est inédit, tu sais, disait Spade.

Sa voix semblait venir de très loin. J'étais toujours frissonnante de plaisir, en train d'aspirer les dernières gouttes qui sortaient du poignet de Bones.

— Il faut bien une première à tout, répondit ce dernier. Tout ce que ça prouve, c'est qu'on a toujours quelque chose à apprendre, même si on pense tout savoir. Écoute. Son cœur s'est arrêté.

Cela me fit dresser l'oreille. Bon, plus rien ne sortait de son poignet, ce qui me poussait peut-être également à m'intéresser de nouveau à ce qui m'entourait.

— Tu penses qu'il ne redémarrera pas?

Ils se regardèrent tous les trois. Enfin, Bones haussa les épaules, sortit un autre sachet de la glacière et me répondit avant de l'avaler.

— On verra bien.

La petite pièce blindée en sous-sol était conçue comme une cellule. Pas de fenêtre, une seule porte, verrouillée de l'extérieur. Un lit double contre le mur du fond. Quelques livres, neufs ou usagés. Des stylos et des feuilles. Et, bien entendu, une glacière.

Elle était remplie de sachets de sang, et, à ma grande surprise, de bouteilles d'eau. Bones m'expliqua qu'elles m'aideraient à ne pas me déshydrater pendant les bouleversements que subissait mon métabolisme. Mon corps absorbait toutes les substances nutritives contenues dans le sang, sans me laisser la moindre goutte de liquide pour m'éviter de me flétrir comme une vieille momie. Je devais donc boire de l'eau pendant la première semaine. Ensuite, m'avait-on dit, il me suffirait d'avaler un verre de n'importe quel liquide par jour. J'avais mis le gin tonic tout en haut de ma liste.

L'odeur de sang emplissait l'air de la cellule. La pièce embaumait également des effluves de Spade, de Bones, de Mencheres, et d'autres personnes qui y étaient passées avant nous. J'essayais d'identifier toutes les différentes odeurs, mais c'était difficile, car mon répertoire olfactif était encore très limité.

J'avais été terrassée trois nouvelles fois par cette faim incontrôlable. Lorsque j'avais repris mes esprits, j'étais chaque fois agrippée à Bones, telle une sangsue déchaînée. Mencheres m'avait libérée de sa camisole invisible lorsque Bones lui avait dit que tant qu'il était en mesure de refaire le plein, je pouvais le vider de son sang autant de fois que nécessaire. Et comme je perdais complètement la tête dès que la soif se faisait sentir, il n'y avait aucune raison de prendre le risque que je m'attaque à quelqu'un d'autre que lui. De plus, j'avais aussi la nette impression qu'ils n'avaient aucune envie de divulguer la nature de mon régime.

—Apparemment, même ça je ne peux pas le faire normalement, dis-je après avoir léché les dernières gouttes de son poignet.

Au fond de moi, je me demandais pourquoi mon comportement ne m'emplissait pas de honte. En être réduite à boire le sang de quelqu'un, c'était le stade ultime de la dépendance, mais malgré tout, je m'en fichais. Peut-être parce que je baignais encore dans l'euphorie que me procurait mon estomac rempli du sang de Bones.

— Faire quoi, ma belle ? Devenir un vampire ? Ou mordre ?

— Parce qu'en plus je ne mords pas correctement ?

Bones gloussa tout en écartant mes cheveux fous de mon visage.

— Tu mords exactement comme le font tous les nouveaux vampires, trop violemment et n'importe comment, mais c'est parfaitement normal, parce que tu ne peux pas refréner tes pulsions. Personne n'avait jamais essayé de transformer d'hybride avant nous. Si cela avait été le cas, il se serait passé la même chose, et tu serais en train de manger ce que tu es censée manger.

— Merci beaucoup. (La lucidité refaisait surface maintenant que ma faim était calmée.) Finement raisonné.

— Oui, bon, j'ai de l'expérience. Allez, Chaton, on va te nettoyer.

Bones ouvrit une nouvelle bouteille d'eau, en versa un peu sur une serviette, puis me la passa sur le menton et la gorge. Elle s'imbiba de rouge, bien entendu, et il recommença l'opération deux fois avant d'être satisfait du résultat. Comme la cellule ne comportait aucun miroir, je ne pouvais vérifier, mais j'appréciais qu'il le fasse lui-même, pour la simple raison qu'il me touchait. Ses mains étaient si fortes, mais il les utilisait avec la plus grande des douceurs. Comme si un geste plus appuyé qu'une caresse m'aurait infligé des dégâts irréversibles.

Une autre odeur m'envahit les narines. J'aspirai cette nouvelle fragrance, et découvris avec étonnement que c'était de moi qu'elle émanait.

Bones inhala lui aussi, et ses yeux s'emplirent de vert. L'air de la cellule fut soudain envahi d'un mélange capiteux de musc, de sucre caramélisé et d'épice… la senteur de Bones, mais plus pénétrante et plus forte.

— Est-ce que tu sens à quel point je te désire ?

Sa voix était plus grave. Dépouillée des intonations rassurantes qu'il avait employées ces dernières heures, tandis que je luttais contre mon incontrôlable faim.

J'inspirai de nouveau à plein nez pour absorber cet entêtant mélange de senteurs entremêlées.

— Oui.

Ma voix était elle aussi plus gutturale, une sorte de ronronnement assourdi alors que je sentais mes canines, revenues à la normale une fois mon repas terminé, se remettre à pousser. Une faim d'une autre nature m'envahit. Même si elle n'était pas douloureuse, elle était tout aussi pressante que l'autre.

J'étais assise par terre – ne me demandez pas comment je m'étais retrouvée là, j'avais le poignet de Bones entre les dents lorsque c'était arrivé – lorsque mon désir prit le dessus. J'allongeai Bones sur le lit et passai les jambes autour de ses hanches.

— Attends, dit-il en tendant la main pour attraper quelque chose par terre.

Je n'avais aucune envie d'attendre. Une vague de désir pur avait déferlé en moi. J'avais déjà arraché mes vêtements et son pantalon, lorsque je poussai un cri de frustration en découvrant qu'il n'était effectivement pas prêt.

Bones poussa un grognement amusé.

— Ce n'est pas pour rien que je t'ai dit d'attendre. Tu m'as vidé, mais ne t'inquiète pas. Il y a ici tout le sang qu'il faut.

Il sortit un nouveau sachet de la glacière – qui, maintenant que j'y réfléchissais, était ingénieusement installée près du lit – et l'avala tout en finissant de se dévêtir. J'étais heureuse que tout ce liquide se rende directement à l'endroit visé, car au cours des quelques secondes qu'il lui fallut pour tout boire, mon désir était devenu plus que pressant.

Bones ne s'encombra pas de préliminaires. Il entra en moi dès que le sachet fut vide. Je poussai un cri et bougeai sur lui. Des mots se mirent à sortir de mes lèvres. Je n'avais aucune idée de ce que je racontais, mais je ne pouvais pas m'arrêter. Bones se redressa, m'agrippa les hanches, me suçota les seins et me mordit les tétons tandis que son mouvement s'accélérait.

L'odeur de notre désir mutuel nous enveloppait d'une incroyable aura érotique. Elle m'enivrait, mais en même temps, je ne m'étais jamais sentie aussi *vivante*. Comme si, jusque-là, toute ma vie n'avait été qu'un songe. Chaque centimètre carré de ma peau était hypersensible, vibrant de passion, et bourdonnant d'une tension électrisante que je n'avais jamais connue auparavant. Elle augmentait à chaque mouvement de Bones et me projetait vers des sommets d'extase qui faisaient s'évanouir tout ce qui nous entourait. Il n'y avait plus rien que ce moment, et l'orgasme – si un terme aussi dérisoire pouvait être utilisé pour décrire les sensations qui m'assaillaient – ne se limita pas à mon entrejambe. Il fit entrer tout mon corps en éruption.

— Oui, grogna Bones en bougeant plus vite. C'est si bon, ma belle. C'est pour bientôt, reste avec moi, reste avec moi…

J'eus une fraction de seconde pour me demander « *Où pense-t-il que je vais aller ?* » avant que tout s'assombrisse.

Chapitre 29

— Tu es prête ?

Je hochai la tête.

— Vas-y.

Bones s'entailla l'avant-bras sur toute la longueur. Le succulent liquide rouge apparut aussitôt dans la plaie. Je me mis à saliver.

Bones s'étala ensuite du sang sur les doigts et me les passa à quelques centimètres des lèvres. J'avalai difficilement ma salive et luttai contre mon envie de lui sauter sur la main et de lécher ses doigts… avant de m'attaquer à son avant-bras.

Puis Bones inséra ses doigts ensanglantés dans ma bouche. Toute tremblante, je parvins à ne pas les lécher ou les mordre. *Tu peux y arriver, Cat. Ne cède pas.*

Bones me tendit une serviette de table.

— Recrache-le, Chaton.

Je lui obéis, la mâchoire douloureusement crispée de n'avoir pas avalé ces gouttes de sang si attrayantes. Si j'en avais encore été capable, j'aurais sué à grosses gouttes.

— Encore.

Bones me tortura de cette manière cinq fois de plus, et je dus recracher ce que mon corps désirait tant. Enfin, Bones me sourit.

— Tu as réussi, ma belle.

— Bien joué, Cat, dit Spade.

— C'est plus que bien joué. (Bones déposa un baiser sur mon front.) Contrôler sa soif en moins de trois jours, c'est extraordinaire.

— Quelle heure est-il ?

— Environ minuit et demi, répondit Spade.

Moins de six heures avant l'aube. C'était l'autre « effet secondaire » de ma transformation. Lorsque le soleil se levait, je m'effondrais. Je n'étais pas simplement gagnée par le sommeil, comme cela m'était arrivé toute ma vie. Je m'endormais d'un seul coup, en plein milieu d'une phrase. En un sens, cela m'inquiétait plus que ma soif de sang frénétique. Si le lever du soleil me surprenait en plein milieu d'un combat, j'étais cuite.

Je m'entraînais à rester éveillée lorsque le soleil apparaissait. Pour l'instant, je parvenais à garder les yeux ouverts pendant quelques minutes, tandis que mon corps prenait la consistance d'une serpillière mouillée. Cela passerait avec le temps, mais ce qui m'inquiétait, c'était de savoir de *combien* de temps je disposais. En l'état actuel, j'étais incapable de bouger avant midi.

— J'ai envie de sortir, dis-je. De prendre ma voiture, de regarder toutes les plaques de rues que je croiserai, de consulter des cartes routières jusqu'à plus soif, de m'arrêter tous les dix mètres pour demander mon chemin. Ah oui, et j'aimerais d'abord prendre un bain. Il n'y a pas d'eau chaude dans la minuscule douche du sous-sol.

Mencheres entra avec détermination dans la pièce. Dès que j'aperçus son visage, je compris qu'il y avait un énorme problème.

— C'est Gregor, n'est-ce pas ? dis-je sans lui laisser le temps de parler. Qu'est-ce qu'il a fait ?

Mencheres posa les mains sur mes épaules.

— Cat, ta mère a disparu.

— Non !

Cette exclamation m'échappa en même temps qu'un flot soudain de larmes. Le bras de Bones se resserra autour de ma taille.

— Comment ? La décharge a été attaquée ? demanda-t-il.

Mencheres fit non de la tête.

— Rodney dit qu'elle a disparu de sa chambre. Sa chemise de nuit était encore dans son lit.

Il l'avait enlevée dans son sommeil. Mon Dieu, Gregor avait réussi à kidnapper ma mère dans ses songes.

— Il a dit qu'il me ferait souffrir, murmurai-je en me remémorant le grognement de Gregor lors de mon dernier rêve avec lui. Je n'avais pas pensé qu'il s'en prendrait à ma mère. Comment est-ce possible, s'il n'a jamais bu son sang ?

Ma question mourut sur mes lèvres. Gregor avait très bien pu le faire. J'avais supposé qu'il s'était contenté d'utiliser la puissance hypnotique de son regard pour forcer ma mère à me dire qu'il était l'un de ses vieux amis le soir où je l'avais rencontré. Mais de toute évidence, il avait également bu son sang.

— Il faut que je parle à Gregor, dis-je immédiatement. Quelqu'un doit bien avoir un moyen de le joindre.

Mencheres ôta ses mains de mes épaules.

— Tu sais que c'est ce qu'il veut. Il te proposera un échange, toi contre elle.

— J'accepterai, dis-je.

Le bras de Bones autour de ma taille se transforma en étau.

— Certainement pas.

— Qu'est-ce que tu veux que je fasse ? Que je dise « tant pis » en *espérant* que Gregor ne la tue pas ? Je sais bien que tu ne l'aimes pas, Bones, mais c'est ma mère. Je ne peux pas l'abandonner !

— Il ne la tuerait pour rien au monde, Chaton, répondit Bones d'une voix dure. Elle est le seul avantage qu'il a sur toi maintenant que tu es un vampire et qu'il ne peut plus t'atteindre en rêve.

La peur, la colère et la frustration bouillonnaient en moi et généraient une odeur âpre rappelant celle du plastique brûlé. *Tu peux te rendre à Gregor, et ensuite Bones pourrait attaquer dès qu'il saurait où il se trouve. Mais non, Gregor l'aura prévu, et il lui tendra un piège. Si Bones venait avec assez de renforts pour se sortir d'une embuscade, Gregor saurait que tu joues un double jeu et il la tuerait probablement de dépit.*

— Mencheres ! m'exclamai-je en le saisissant par la chemise. Vous pourriez m'accompagner. Vous avez déjà emprisonné Gregor une fois, vous pourriez le refaire ! Ou mieux encore, on le tue.

Il secoua la tête.

— Je l'avais emprisonné secrètement pour éviter une guerre entre ses alliés et les miens. Si Gregor disparaît aujourd'hui, tout le monde saura que Bones ou moi y sommes pour quelque chose. Les alliés de Gregor nous attaqueraient certainement pour le venger.

Je cherchai une autre solution.

— Vous pourriez paralyser Gregor et ses hommes grâce à la force de vos pensées ; je vous ai déjà vu le faire. Ensuite, je récupère ma mère et on se sauve.

Je le secouai si fort que je décoiffai quelques mèches de ses cheveux noirs, mais son regard était catégorique… et triste.

— Je ne peux pas faire ça, Cat.

— Pourquoi ? éructai-je.

— Parce que, selon nos lois, Gregor a des droits sur ta mère, répondit calmement Mencheres. Si je l'attaquais parce qu'il s'est emparé d'un membre de sa lignée, cela ne ferait que dresser ses alliés contre nous plus qu'ils ne le sont déjà.

— Gregor n'a aucun droit sur ma mère, rétorquai-je sèchement.

Puis un grand froid m'envahit, qui n'avait rien à voir avec ma nouvelle température corporelle.

Je me trompais. Selon les lois des vampires, j'étais la femme de Gregor, ce qui signifiait que tous ceux qui m'appartenaient étaient également à lui. Et pour couronner le tout, Gregor avait mordu ma mère et en avait fait sa propriété, s'il choisissait de la revendiquer comme telle dans le monde de la nuit.

Mon Dieu. Aucun vampire n'accepterait de violer ces lois pour m'aider à récupérer ma mère, pas même Vlad.

— Si les lois sont si strictes, pourquoi est-ce que je n'ai pas été forcée de retourner aux côtés de Gregor ? demandai-je amèrement. Pourquoi suis-je libre et pas elle ?

— Pour commencer, tu n'as jamais admis en public que tu étais sa femme. Et malgré cela, certains vampires croient Gregor et ont déclaré que tu devais retourner auprès de lui, Chaton. La plupart considèrent cependant que cela ne les regarde pas si tu as choisi quelqu'un d'autre. En revanche, si tu attaques Gregor pour récupérer ta mère, ils seront forcés de se sentir concernés. Tu sais que, d'une manière ou d'une autre, la communauté des morts-vivants pensera qu'elle est à lui. Si nous volions ce qui lui appartient, les gens en viendraient à croire que Mencheres et moi pourrions essayer de spolier sans raison des membres de leurs propres lignées.

— Sans raison ? répétai-je d'une voix menaçante.

Bones me lança un regard courroucé.

— Sans raison pour eux, pas pour toi.

— Je ne peux tout de même pas l'abandonner à Gregor, lois ou pas, déclarai-je.

Il se tourna vers moi pour me faire face.

— Chaton, moi non plus, mais nous devons attendre. Une fois Gregor mort, ta mère sera libre. Il s'attend à ce que tu te précipites sans réfléchir. Il n'aura pas envisagé que tu puisses agir avec prudence. Est-ce que tu acceptes de me faire confiance et d'attendre le bon moment ?

Je me mordis la lèvre. Le sang qui me coula dans la bouche me rappela que mes canines étaient sorties. Malgré mon émoi, la faim s'empara de moi. Comment pouvais-je me contenter d'attendre en priant que Gregor ne perde pas patience et ne m'envoie pas ma mère morceau par morceau pour me forcer à revenir auprès de lui ? D'un autre côté, pouvais-je réellement foncer tête baissée sans plan ni soutien ? Ma tactique du *Tant pis pour les torpilles, en avant toutes !* ne s'était pas révélée très efficace ces derniers temps.

Bones me caressa la joue.

— Je le trouverai, ma belle. Et je le tuerai. Fais-moi *confiance.*

Je déglutis et sentis une larme glisser le long de ma joue, une larme qui, je le savais, était teintée de rose.

— Très bien.

Bones m'embrassa, furtivement mais tendrement. Puis il se tourna vers Mencheres.

— Nous allons annoncer publiquement sa transformation. Un rassemblement formel serait la meilleure solution, pour que son introduction dans le monde des vampires puisse se faire au cours d'une trêve générale qui nous protégera des dangers d'une attaque.

— D'accord, dit Mencheres. Je m'en occupe sur-le-champ.

— Tu veux organiser une fête ? demandai-je n'en croyant pas mes oreilles. C'est *ça*, ta grande idée ?

— Certaines goules te voient encore comme une menace pour leur espèce, répondit Bones. Un individu en particulier,

Apollyon, s'est montré spécialement virulent. Si nous leur prouvons, à lui et aux autres, que tu es un vampire, cela nous permettra de régler ce problème une bonne fois pour toutes. Et les autres vampires de la communauté nous verrons d'un meilleur œil, ce qui nous sera très utile lorsqu'une mort malheureuse et atroce s'abattra sur Gregor.

Froideur et sens pratique. C'était les deux grandes qualités de Bones. Si je comptais retrouver ma mère en vie, je ferais bien de prendre exemple sur lui.

— Bien raisonné, dis-je avec un sourire amer. Si je t'avais écouté plus souvent, ma mère ne serait peut-être pas dans cette situation.

Bones me saisit le menton.

— Tu n'as aucune raison de t'en vouloir. Le nombre de personnes que tu as protégées au cours de ta très courte vie tient du miracle. Ne mets pas une telle pression sur tes épaules. Tout ne dépend plus uniquement de toi, Chaton. Tu n'es plus seule à présent.

À part pendant les deux ans où Bones avait partagé ma vie, j'avais en effet eu l'impression d'être seule au monde. Il n'y avait donc rien d'étonnant à ce que j'aie du mal à changer cet état d'esprit.

— Très bien, en avant pour mon *coming-out* mort-vivant. Je suis même prête à boire au cou d'un humain en public si cela peut aider, car j'imagine que nous n'allons pas divulguer les spécificités de mon régime alimentaire ?

Bones haussa les épaules.

— Je ne vois aucune raison d'alarmer les gens pour un détail aussi insignifiant, donc en effet, nous garderons cela sous silence. Mais tu n'auras pas à aller jusqu'à cette extrémité. De toute évidence, tu es désormais un vampire à part entière. C'est tout ce que les invités auront besoin de voir.

— Et où se déroulera cette petite fête ?

— Ici. On est restés suffisamment longtemps dans cette maison. Le rassemblement se fera ici, puis nous partirons. Et ensuite, très vite, nous trouverons un moyen de sauver ta mère.

J'étais impatiente que cela arrive. Pour l'instant, rien ne m'aurait fait plus plaisir que de décapiter un par un les gardes du corps de Gregor.

Mais si je n'étais plus capable de les décapiter, justement ? J'étais peut-être devenue aussi faible qu'un jeune vampire. Ces derniers jours, je n'avais pas eu le temps de mettre ma force physique à l'épreuve. Tout ce que j'avais pu tester, c'était ma force mentale qui m'avait permis de surmonter ma frénétique soif de sang.

— Bones. Il faut qu'on se batte.

À mon grand soulagement, je découvris que ma force n'était *pas* descendue au niveau de celle d'un jeune vampire. D'ailleurs, j'avais même étonné Bones lors du premier round, en le dominant après avoir pris l'avantage sur son attaque retenue. Bouche bée, il avait regardé la lame – en métal, pas en argent – plantée dans sa poitrine, avant d'éclater de rire en rejetant la tête en arrière. Il m'avait ensuite fait subir un assaut à pleine puissance au terme duquel j'avais eu l'impression d'être tombée du haut d'une falaise puis de m'être fait écraser par un train.

Je me remettais infiniment plus vite qu'avant ma transformation, mais ces améliorations avaient un coût. Tout semblait plus intense. C'était formidable pour le sport en chambre, mais beaucoup moins dans les bagarres. Un membre cassé ou une blessure de couteau guérissaient en quelques secondes, mais pendant ce laps de temps, la douleur était quasiment insoutenable. Bones m'expliqua que c'était parce que mon corps ne se mettait plus en état de choc. Non, il passait directement de la douleur écrasante à la guérison complète, à condition que je me montre assez rapide pour éviter de nouvelles blessures pendant que les anciennes s'évaporaient.

Je fis également une autre découverte : la différence entre les armes en argent et celles faites d'un autre métal. Je ne m'étais jamais rendu compte à quel point les vampires abhorraient l'argent, ni combien mon statut de semi-humaine m'avait protégée de ses effets. Lorsque j'étais blessée par une lame en argent, je ressentais une douleur fulgurante qui explosait dans toutes mes terminaisons nerveuses. C'était une brûlure intense à côté de laquelle une blessure infligée par une lame en acier semblait un véritable délice.

J'allais devoir apprendre à contrôler mes réactions instinctives face à ces nouvelles douleurs accrues. Pour l'instant, elles me handicapaient et me faisaient perdre du temps. Du temps dont je ne disposais pas, à l'approche de la bataille que j'allais devoir mener pour récupérer ma mère.

Quatre jours s'écoulèrent sans nouvelles de cette dernière. Je les passai en activité constante... lorsque je n'étais pas immobilisée par l'effet dévastateur de l'aube. Je découvris que plus je buvais le sang de Bones et plus je réussissais à résister au sommeil. Je parvenais à rester éveillée pendant une heure après le lever du soleil. Bon, d'accord, je passais ce temps dans un état proche de la paralysie, mais c'était tout de même un progrès, même si je n'avais aucun élément de comparaison. Je n'étais pas la seule hybride que le monde avait connue, mais j'étais apparemment la seule à avoir été changée en vampire. Personne ne savait combien de temps la faiblesse matinale des jeunes vampires m'affecterait.

Je serais peut-être en pleine forme dans une semaine… ou cela me prendrait peut-être un an.

Mon *coming-out* eut lieu la cinquième nuit. Je n'étais pas du tout d'humeur à sourire et à accueillir des gens qui réclamaient encore ma tête quelques jours plus tôt, mais je n'avais pas le choix. Si cela pouvait apaiser les tensions entre les vampires et les goules, et aussi améliorer mes chances de récupérer ma mère, j'aurais même accepté de le faire toute nue. Comme il s'agissait d'un rassemblement formel de morts-vivants, il y aurait de la nourriture – de toutes sortes –, des boissons, de la musique, des festivités, pendant que les plus éminents des invités refréneraient l'envie impérieuse de massacrer la moitié de la foule.

En d'autres termes, cela avait tout d'une soirée pour ados.

Je venais juste de terminer de me sécher les cheveux lorsque j'entendis la porte d'entrée claquer, puis des bruits de pas rapides dans l'escalier. Bones était de retour. Il était sorti m'acheter une robe, car, pour je ne sais quelle raison, aucune de celles que j'avais déjà ne trouvait grâce à ses yeux. Il entra dans la chambre avec une housse à vêtements à la main.

— Il était temps, dis-je. J'allais commencer à me friser les cheveux. Bon, voyons cette robe.

Bones ouvrit la fermeture Éclair de la housse et me montra une longue robe noire à fines bretelles, moulante jusqu'à la taille, avec des cristaux incrustés dans le corset. Je pouvais voir à la coupe que ces derniers épouseraient les courbes de ma poitrine, et même dans la lumière tamisée de la chambre, ils scintillaient et brillaient de mille couleurs.

— Magnifique, dis-je avant de sourire d'un air ironique. Malheureusement, je ne pourrai pas porter de soutien-gorge avec cette robe, mais je suis sûre que c'est accidentel.

Il sourit à son tour de toutes ses dents.

— Évidemment.

Cette robe était vraiment superbe. Simple, gothique, mais pourtant étincelante. Tout à fait appropriée au thème de la soirée.

— Elle ira à merveille avec mes nouvelles canines, dis-je d'un ton désinvolte.

J'essayais de camoufler ma nervosité mais son odeur doucereuse – comme celle d'une pêche trop mûre – était partout sur moi. Si seulement j'avais connu le moyen de dissimuler ma tension sous le parfum de la détermination…

Bones embrassa mon épaule nue, ce qui ne lui fut pas difficile vu que je n'étais vêtue que d'une serviette de bain.

— Tout va bien se passer, Chaton.

Je souris sans prêter attention aux protestations de mon estomac qui contredisaient ce propos.

— Je n'en doute pas.

La dernière fois que j'avais dû serrer des mains à la file, c'était lors de l'enterrement de Randy. Cette cérémonie était presque aussi gaie. Pour commencer, ma conversation avec Bones se limitait à « Voici untel. Untel, permettez-moi de vous présenter Cat, le plus jeune membre de ma lignée », et je serrais la main d'une personne qui ne désirait peut-être rien d'autre que de me faire griller à petit feu.

Rodney était présent, le visage aussi sombre que mon humeur. Il s'en voulait de ne pas avoir réveillé ma mère lorsque Gregor l'avait enlevée dans son sommeil. J'avais essayé de lui dire qu'il n'avait aucun moyen de savoir ce qui se passait, mais mes paroles de réconfort avaient été vaines.

Fabian flottait dans les airs, tel un maître d'hôtel vaporeux, et nous avertissait lorsque les boissons ou les hors-d'œuvre venaient à manquer. Spade et Ian firent la queue pour me présenter leurs hommages. Une trentaine de présentations plus tard, ce fut au tour d'Annette.

Elle portait une robe fourreau qui collait parfaitement à ses courbes voluptueuses. De longs gants noirs ajoutaient une touche de classe au côté sexy de sa tenue. À côté d'elle, j'avais l'impression d'être un travesti mal attifé.

Elle passa ses bras autour de mon cou. Prise de court, je me figeai. Elle me serra contre elle une fois avant de murmurer : « Tu as fait le bon choix » et de me relâcher avec un sourire.

— N'es-tu pas magnifique, Cat ? La mort te va si bien.

Je ne m'étais pas attendue à des paroles aussi amicales de sa part.

— Merci, parvins-je à répondre. Il paraît que c'est du dernier chic cette saison.

Elle éclata d'un rire plein de sous-entendus.

— Puis-je espérer que tes penchants exclusivement hétérosexuels ont disparu en même temps que ton pouls ?

Je retrouvais l'Annette que je connaissais. Un requin vorace dissimulé sous les traits d'une jolie femme.

— Aucun changement de ce côté-là, répondis-je sèchement. Mais c'est gentil de demander.

Ses yeux scintillèrent.

— Qui ne tente rien n'a rien, comme on dit. Bon, je te laisse. Après tout, il y a énormément de mâles qui sont venus te voir ne pas respirer.

J'aperçus une silhouette familière près de l'entrée. De longs cheveux raides implantés en V encadrant un visage anguleux et des yeux couleur cuivre teintés de vert qui se posèrent sur les miens.

— Vlad !

La tension de l'heure qui venait de s'écouler était devenue trop forte, et j'étais très heureuse de voir enfin quelqu'un en qui je pouvais avoir confiance. Je quittai ma place pour l'accueillir. *Il a une senteur de cannelle et de fumée,* pensai-je en le serrant dans mes bras. *Très intéressant, comme combinaison d'odeurs.*

Je me rendis alors compte qu'il n'y avait plus un bruit dans la salle. Lorsque je levai les yeux, je vis que tous les invités avaient interrompu leurs activités pour nous observer… et le regard que Bones me lança aurait eu de quoi glacer de la fumée.

— Chaton, dit-il. Aurais-tu l'obligeance de reprendre ta place… *tout de suite*.

Aïe. Je devais avoir commis un faux pas en accueillant un invité sans attendre son tour.

— Il faut que j'y aille, marmonnai-je à Vlad. Merci d'être venu.

— Je comprends. (Son sourire, sincère jusque-là, redevint le rictus sardonique qui lui était coutumier.) Va saluer tes fans.

Mes fans, tu parles. Je ne m'étais jamais sentie jugée ou disséquée à ce point de toute ma vie. À croire que mon absence de pouls et de respiration ne comptait pas ; je n'aurais pas été surprise que quelqu'un m'ouvre grand la bouche pour voir mes canines.

— Désolée, dis-je à Bones.

Je fus surprise de le sentir si raide, la colère émanait de lui comme s'il avait été aspergé d'essence.

— En effet, répondit-il d'un ton plus froid que de la glace. Je te présente Malcolme Untare. Tu le connais sous un autre nom : Apollyon.

Je faillis retirer hâtivement ma main de celle de l'homme auquel j'avais à peine jeté un regard. C'était *ça*, la goule qui avait répandu le plus de rumeurs sur moi ?

Malcolme Untare, ou Apollyon, comme il s'était baptisé, était de la même taille que moi quand je ne portais pas de talons. Ses cheveux étaient noirs, mais tout le monde voyait qu'ils étaient teints, et une mèche était enroulée autour de sa tête, dans le style des hommes qui essaient sans succès de cacher leur calvitie. Je résistai à l'envie soudaine de tirer dessus et de crier « Vu ! » à son crâne nu. Mais comme je venais de le laisser en plan pour courir accueillir Vlad, je me dis que ce serait pousser le bouchon un peu loin.

Je n'avais donc d'autre choix que le saluer.

— Comment allez-vous ? demandai-je en lui serrant plus que vigoureusement la main.

Apollyon me lâcha comme si mon contact lui répugnait. Ses yeux étaient bleus et ternes, et ses grosses joues de bébé semblaient à l'opposé de sa personnalité. Je me dis qu'il aurait dû être couvert de pustules, car il me faisait penser à un gros et méchant crapaud.

— Vous êtes exactement telle que je l'imaginais, dit-il avec un petit sourire méprisant.

Je me redressai au maximum. Avec mes talons, je le dépassais de cinq bons centimètres. Un crétin du genre d'Apollyon ne devait pas apprécier du tout qu'une femme le regarde de haut.

— Permettez-moi de vous retourner le compliment.

— Chaton, m'interrompit Bones d'un ton menaçant.

D'accord, c'était censé être une soirée de trêve.

— Ravie de vous connaître, Apollyon, et n'oubliez pas de me réserver une danse. Je parie que vous avez mis les chaussures idéales pour vous trémousser.

Vlad n'essaya même pas de camoufler son rire. Mencheres me lança l'un de ses regards qui me disait clairement que ma langue bien pendue finirait par m'être fatale, et Bones semblait avoir envie de m'étrangler. Dommage pour eux. Apollyon avait tenté de pousser des gens à me tuer, moi et d'autres vampires, sur le fondement de mensonges et de peur irraisonnée. Pas question que je lui fasse des courbettes.

Apollyon me passa sous le nez, dégageant une forte puanteur de colère – je devenais forte à ce petit jeu des odeurs – et je recomposai mon sourire hypocrite pour accueillir l'invité douteux suivant.

Chapitre 30

Une fois la dernière personne dans la file saluée, Bones se tourna vers moi, la mâchoire crispée.

— Pourquoi as-tu invité Tepes ?

Je jetai un coup d'œil à Vlad, qui se trouvait à l'autre bout de la pièce, en conversation avec un vampire du nom de Lincoln. À ma connaissance, il ne s'agissait pas du président assassiné durant la guerre de Sécession, mais en y regardant bien, il y avait peut-être un petit air…

— Je ne l'ai pas invité.

Bones me regarda fixement, comme s'il essayait de deviner si je disais la vérité ou non.

— Pose-lui la question toi-même si tu ne me crois pas, dis-je sur un ton exaspéré. Sa présence ne me dérange pas, cela dit, mais je n'avais pas songé à l'inviter, vu qu'il ne faisait pas partie de ceux qui réclamaient ma mort.

— Parle moins fort, siffla Bones en me tirant sans douceur par le bras en direction d'une alcôve près de la porte d'entrée.

Je ne comprenais pas pourquoi il était si fâché. Le fait de quitter un instant la file d'invités pour aller saluer Vlad avait-il été une telle bourde ? Ces fichus vampires et leurs codes tordus…

Mais à bien y réfléchir, cette dernière pensée n'était peut-être plus très appropriée. En effet, depuis quelques jours, j'étais désormais moi aussi l'un de ces « fichus vampires ».

— C'est quoi, ton problème ? lui demandai-je d'une voix presque inaudible.

Bones me regarda comme une bête curieuse.

— Mon *problème*, mon chou, c'est que tu me quittes pour aller saluer ton ancien amant comme s'il t'avait énormément manqué.

C'était mon tour de dévisager Bones comme s'il débarquait d'une autre planète.

— Mon ancien amant ? Tu perds la tête ?

Ma surprise était telle que j'avais haussé le ton. Bones crispa la main sur mon bras.

— Tu veux qu'on lave notre linge sale devant tout le monde ? Vas-y.

Je me forçai à me calmer et à me retenir de hurler comme une harpie.

— Qu'est-ce qui a bien pu te faire croire que j'ai couché avec Vlad ? parvins-je à murmurer.

Bones releva un sourcil.

— Charles, qui m'a dit qu'il t'avait téléphoné alors que tu étais au lit avec Tepes.

Oh, Bon Dieu, c'est vrai. Le coup de fil de Spade ce matin-là, alors que Vlad dormait dans ma chambre. Avec tout ce qui s'était passé depuis, j'avais oublié l'effet que cela avait pu produire.

— Tu te souviens lorsque tu m'as dit que j'aurais dû te *demander* ce qui s'était passé à La Nouvelle-Orléans au lieu de me fier aux apparences ? Je te fais la même réponse, Bones. Si tu me l'avais demandé, je t'aurais répondu que Vlad et moi n'avons jamais couché ensemble. Je ne l'ai même jamais embrassé. Nous avons dormi l'un à côté de l'autre parce que nous nous sentions seuls tous les deux, et que nous avions besoin de compagnie. Rien de plus.

Je voyais sur son visage qu'il était en train d'assimiler cette information. Je tapai du pied.

— *Si j'arrive à admettre que tu as ramassé des filles à la pelle avec Cannelle et que tu t'es contenté de les endormir en buvant leur sang, alors je te conseille* fortement *de croire ce que je te dis à propos de Vlad,* pensai-je avec un éclair de colère.

— Très bien, dit-il enfin. Je te crois, et j'aurais dû demander.

— Je n'en reviens pas que tu aies pu imaginer que j'avais couché avec Vlad sans m'en parler.

— Oh, je t'en aurais parlé, mais une fois ta mère bien en sécurité, rétorqua-t-il d'une voix dure. Je pensais que tu l'avais fait parce que je t'avais rejetée et que j'avais couché avec plusieurs autres femmes. Je comprenais comment cela avait pu arriver, même si je n'avais aucune intention de vous laisser continuer.

C'était donc cela, l'autre raison qui avait poussé Bones à défier Vlad à la mort la nuit où il était venu me chercher chez l'Empaleur. Il n'avait donc pas voulu m'éloigner de lui uniquement parce qu'il avait peur que Vlad fasse passer sa lignée avant ma sécurité en cas d'une attaque de goules.

— Tu pensais que je te trompais, et tu es venu me chercher quand même ?

Bones me prit le visage entre les mains.

— Tu m'as sorti de La Nouvelle-Orléans alors que tu croyais que je t'avais quittée et que je t'avais humiliée en couchant avec plusieurs autres femmes. C'est ainsi que les vampires agissent, Chaton. Nous n'abandonnons jamais ce qui est à nous, quelles que soient les circonstances.

J'étais en train de me dire que je n'avais jamais été plus heureuse d'être un vampire lorsqu'une voix glaciale fendit l'air.

— Ôte tes mains de ma femme.

Je me raidis de la tête aux pieds et me retournai, incrédule. Je vis très clairement Gregor entrer à grands enjambées par la porte ouverte derrière moi.

Bones se plaça entre son rival et moi. Je sentis plus que je vis Mencheres se glisser jusqu'à nous.

— Tu n'es pas le bienvenu ici, Marchand de sable, déclara Mencheres sur un ton courtois mais d'une froideur implacable.

— Mencheres, répondit Gregor, un rictus sur les lèvres. Tu pensais avoir gagné après lui avoir volé ses souvenirs et m'avoir emprisonné pendant toutes ces années, mais tu as échoué. Tout le monde sait que Catherine et moi sommes liés par le mariage, et selon nos lois, lorsque l'un des deux époux est présent à un rassemblement formel, on ne peut pas refuser l'entrée à son conjoint.

Gregor avait raison. D'ailleurs, comment avais-je pu ne pas y songer ? Et pourquoi le vampire plus que millénaire qui se tenait à côté de moi n'y avait-il pas pensé lui non plus ? Bon Dieu, pour une fois que ses visions auraient pu nous être utiles, il n'aurait pas pu en avoir une ?

— T'entendre m'appeler ta femme, c'est l'insulte la plus dégradante qu'on m'ait jamais faite, dis-je entre mes dents. Où est ma mère, Gregor ?

Vlad se rapprocha lui aussi. Entre Mencheres et lui, si Gregor osait attaquer, il serait paralysé, puis cuit à petit feu jusqu'à ce qu'il soit à point.

Nous allions peut-être vraiment avoir quelque chose à fêter, après tout.

— Ta langue bien pendue ne fait qu'aggraver ton cas. Ta punition sera exemplaire, répondit Gregor en entrant dans la maison.

Contre toute attente, Bones sourit et fit descendre sa main le long de mon bras en une lente caresse.

— Sa langue ne te plaît pas, on dirait ? C'est curieux. Personnellement, c'est l'une des parties de son anatomie que je préfère.

Gregor s'avança vers lui, plein de fureur... puis s'arrêta. Il lança un regard méfiant à Mencheres et Bones, puis éclata de rire.

— Non, dit-il. Je ne porterai pas le premier coup pendant une trêve générale. Notre heure viendra, chien, mais pas aujourd'hui. D'ailleurs, si je suis ici, c'est parce que j'ai un cadeau pour Catherine.

Rodney, qui jouait des coudes pour se frayer un passage dans la foule, regardait Gregor avec presque autant de haine que moi. Mais Gregor s'en moquait. Il sourit et tourna la tête pour suivre des yeux la femme qui approchait de la maison. Elle était vêtue d'une robe rouge et d'un manteau de fourrure blanc. Elle tenait une laisse à la main, au bout de laquelle rampait un autre vampire.

— Tu es morte, dis-je, incrédule.

La femme aux cheveux auburn rit.

— En effet, Catherine. Tu es bien placée pour le savoir, vu que c'est toi qui m'as tuée. Mais tu as commis une erreur. Tu m'as donné du sang de vampire juste avant de me poignarder, puis tu as renvoyé mon corps à Gregor sans me couper la tête. Je te dois un grand merci. Sans cela, il n'aurait pas pu me transformer en goule.

Cannelle prononça cette tirade avec un petit sourire satisfait. J'avais envie de me donner des claques. Bien entendu. Cannelle avait avalé quelques gorgées du sang de Ian avant que je lui perce le cœur de ma lame. Gregor avait dû l'apprendre en fouinant dans mes rêves, de la même manière qu'il avait appris d'innombrables autres détails. Cannelle avait voulu devenir un vampire, mais j'avais finalement participé à en faire une goule.

Elle frappa le vampire à ses pieds. Je baissai les yeux, vis de longs cheveux noirs qui cachaient un visage de femme… puis mon sang se figea dans mes veines.

— Non, murmurai-je.

Le vampire releva la tête, ses cheveux tombant sur le côté… et je bondis en avant.

— *Maman !*

Bones me tira en arrière. Je résistai et tentai de me débattre, horrifiée par la teinte verte luminescente qui encerclait ses yeux bleus.

— Catherine. (Sa voix vacillait. Elle n'avait plus rien à voir avec son ton strident habituel.) Pitié. Tue-moi.

— Bones, lâche-moi !

Inflexible, il durcit sa poigne et me fit encore reculer. À côté de moi, Spade tenait Rodney de la même manière tandis que ce dernier abreuvait Gregor d'insultes. Mencheres se dirigea vers Gregor et pointa un doigt à quelques centimètres de sa poitrine.

— Qu'est-ce que cela signifie ?

Gregor rejeta la tête en arrière et éclata de rire.

— C'est le cadeau que je fais à ma femme. Tu vois comme je suis magnanime ? Désormais, Catherine aura sa mère à ses côtés pour l'éternité… enfin, lorsque ma loyale Cannelle sera lassée de son esclave.

Cannelle sourit et envoya un coup de pied dans le visage de ma mère. Cette dernière tomba.

— Je te *tuerai* pour cela, Gregor !

Un bruit assourdissant se mit à résonner dans mes oreilles. Je crus tout d'abord qu'il s'agissait des coups de poing que j'assenais à Bones, lequel faisait usage de toute sa force pour me contenir. Mais je compris rapidement que ce n'était pas cela. Le bruit provenait de mon propre corps.

Cannelle écarquilla les yeux. La salle se mit à bruisser de murmures choqués. Tous les regards se rivèrent sur moi. Apollyon fendit la foule pour se placer devant moi, furieux.

— Son cœur bat. Que signifie cette supercherie ?

Je ne sais pas qui fut à l'origine du premier coup de poing, mais tout à coup, une bagarre générale se déclencha. Apollyon et les goules se précipitèrent sur moi en hurlant.

— Évacue-la d'ici, cria sèchement Bones en me passant à Vlad avant de se jeter dans la mêlée.

Vlad m'emprisonna comme dans un étau tout en reculant. Mencheres tenta de faire usage de ses pouvoirs pour immobiliser les combattants et mettre un terme à toute cette violence, mais il y avait trop d'invités puissants pour qu'il parvienne à tous les paralyser. Des cris fendirent l'air, puis des corps, à mesure que la bagarre s'intensifiait, puis des flammes jaillirent lorsque Vlad décida de battre en retraite.

Un mur de flammes se dressa autour de nous pour nous protéger alors qu'il s'élevait droit dans les airs tout en m'agrippant fermement. Une seconde plus tard, le plafond explosa au-dessus de nos têtes. Le même phénomène se reproduisit à chaque nouvel étage, jusqu'à ce que nous nous retrouvions à l'air libre.

— Bon sang, je ne peux pas les abandonner ! criai-je alors que nous franchissions les décombres du toit.

— C'est le seul moyen, marmonna Vlad en me serrant si fort que j'en aurais vomi si j'en avais encore été capable.

Boum. Boum. Boum. Mon cœur continuait à battre dans ma poitrine. Cette sensation, dont j'avais déjà perdu l'habitude depuis une semaine, me faisait tourner la tête. Des tonnes d'images me tourmentaient alors que nous nous éloignions de plus en plus de la maison. Maman. Mon Dieu, *maman*. Transformée en vampire. Battue et traînée au bout d'une laisse. Bones qui se jetait dans la bagarre. Gregor qui riait à la vue de ce spectacle.

— Mencheres va régler tout ça, dit Vlad. (Il devait crier pour se faire entendre à cause du vent alors que nous accélérions encore. Nous laissions même derrière nous une traînée de flammes, comme un astéroïde traversant l'atmosphère.) Mais pas si tu es présente, avec la colère que tu ressens pour Gregor et tes battements de cœur sournois. Si tu restes, ça ne se finira pas tant que la moitié des gens présents ne seront pas morts.

Je voulais me précipiter hors de ses bras pour retourner à la maison, mais j'étais forcée d'admettre à contrecœur que Vlad avait raison. Une fois encore, tous ceux que j'aimais s'en sortiraient mieux si je n'étais pas là.

Lorsque j'ouvris les yeux, il me fallut quelques secondes pour reprendre mes esprits. Je compris tout d'abord que je me trouvais sur la banquette arrière d'une voiture. Ensuite, qu'elle ne semblait pas rouler. Enfin, ma bouche se referma avec férocité sur un cou, et le goût du sang m'indiqua qu'il ne s'agissait pas de celui de Bones.

Je me rejetai en arrière et vis que la personne que je venais d'agresser était Vlad. Sa chemise était déchirée, et je l'avais plaqué contre la portière.

Il se redressa.

— Tu peux m'expliquer ? demanda-t-il calmement.

Je me maudis d'avoir oublié de lui parler d'un détail crucial concernant mon régime alimentaire, même si cela avait été le cadet de mes soucis ces dernières heures. Après notre départ aéroporté de la fête qui s'était terminée en bagarre générale, Vlad s'était saisi de la première personne que nous avions croisée et l'avait hypnotisée pour qu'elle nous conduise à la gare. Nous avions embarqué dans le premier train au départ. Une fois dans le wagon, j'avais insisté pour téléphoner à Bones, qui n'avait pas répondu. Pas plus que Spade et Mencheres.

Vlad avait balayé mes inquiétudes en disant qu'ils étaient probablement trop occupés pour répondre au téléphone. Mes tentatives suivantes pour les joindre avaient été brutalement interrompues par le lever du soleil, et j'avais perdu connaissance. C'était la dernière chose dont je me souvenais.

— Tu as des nouvelles de Bones ?

— Je lui ai parlé il y a quelques heures. Il ne devrait plus tarder.

Je digérai cette nouvelle et remarquai que mon cœur, qui avait battu à tout rompre pendant la bagarre, était de nouveau silencieux. Dire que nous avions organisé ce rassemblement pour calmer les craintes des goules… Ce qui venait de se passer cette nuit risquait d'alimenter encore un peu plus la paranoïa d'Apollyon. Je ne pouvais qu'espérer que Mencheres et Bones étaient parvenus à reprendre le contrôle de la situation, et que les goules me verraient moins comme une menace maintenant que j'étais un vampire, même bizarre, et non plus une semi-humaine.

Vlad rapprocha les bords déchirés de son col, et je me concentrai pour lui expliquer la nature de la pulsion dont j'avais été prise.

— Il s'est passé une chose étrange après ma transformation. Je me jetais sur tous les vampires qui passaient au lieu de boire du sang humain. Pour une raison ou pour une autre, c'est le sang de vampire que je, euh, préfère ; et tu sais désormais que mon cœur se remet parfois à battre.

Je n'avais jamais vu Vlad aussi abasourdi.

— Extraordinaire, murmura-t-il.

Je ne pus m'empêcher de me passer la langue sur les lèvres alors qu'il prononçait ce mot. D'accord, le sang de Vlad avait un goût différent, mais il n'en était pas moins délicieux.

Je m'arrêtai net en voyant qu'il m'observait. Même si je n'avais pas été consciente de ce que je faisais, je ressentais du remords à l'idée d'avoir grignoté un ami.

— Désolée, maugréai-je.

Il retroussa les lèvres.

— Personne ne pourra plus dire que tu es prévisible, Cat.

Si seulement je l'étais. Tout d'abord, j'avais été un monstre hybride, et j'étais désormais un vampire encore plus monstrueux.

Et maintenant, ma mère était un vampire elle aussi. Ma mère, qui haïssait les vampires depuis le jour où elle avait découvert leur existence. Ma mère, qui m'avait suppliée de la tuer hier soir.

— Tu ferais peut-être bien de reconsidérer notre amitié, Vlad, parce que je compte bien récupérer ma mère, même si je dois piétiner toutes les lois vampires en chemin.

Vlad ne cilla pas, ses yeux vert cuivré braqués sur moi.

— Je n'en attends pas moins de toi.

Je ne répondis pas et regardai par la vitre. Le soleil était quasiment au zénith. Il devait être dans les environs de midi. J'étais restée inconsciente pendant plusieurs heures. Lois vampires mises à part, je devais encore trouver le moyen de respecter ma promesse de sauver ma mère, malgré le fait que l'aube me privait de toutes mes forces. Sans parler du fait que je n'avais pas la moindre idée de l'endroit où Gregor pouvait bien la cacher. Elle pouvait se trouver n'importe où à l'heure qu'il était.

— Cat. (Je relevai la tête et vis que Vlad me dévisageait toujours.) Je ne peux pas t'aider sur ce coup, tu le sais.

Un petit sourire triste se dessina sur mes lèvres.

— Ouais, je sais.

Je comprenais, mais mon Dieu, ce que j'aurais aimé que Vlad soit à mes côtés.

— Le plus gros point faible de Gregor, c'est son orgueil, poursuivit-il. Sers-t'en contre lui. Il tombera dans le piège à tous les coups.

Je devinai l'arrivée de Bones plusieurs minutes avant d'entendre sa voiture. Depuis qu'il m'avait transformée, je ressentais sa présence avec une intensité qui défiait la logique. En cet instant, je percevais son impatience, qui irritait mon subconscient comme du papier de verre.

J'étais déjà hors de la voiture lorsque la Mercedes noire se gara à côté de nous. Bones en sortit et m'attira violemment à lui sans me laisser le temps de parler. Il me plaqua sur les lèvres un baiser si vigoureux que j'en aurais eu le souffle coupé si j'en avais encore eu un. Puis il me reposa et passa le doigt sur le contour de mes lèvres tandis que ses yeux devenaient verts.

Je savais qu'il avait repéré le goût du sang de Vlad sur moi. J'hésitais à m'excuser, mais d'un autre côté, Bones était le mieux placé pour comprendre ce qui s'était passé.

— Bones, commençai-je.

— N'y pense plus, dit-il en me passant de nouveau la main sur la bouche. En route. Tepes. (Il adressa un bref hochement de tête à Vlad.) À la prochaine.

Vlad était adossé à sa voiture et arborait son demi-sourire blasé habituel.

— J'ai comme l'impression que ce ne sera pas long.

Chapitre 31

Je fus heureuse d'apprendre que seules trois personnes avaient trouvé la mort la nuit précédente. Comme il s'agissait d'un rassemblement formel pendant une trêve générale, la plupart des invités n'étaient pas armés. Les trois victimes étaient humaines, c'est-à-dire incapables de survivre à une bagarre de morts-vivants à mains nues, contrairement aux vampires et aux goules. Pour ce qui était de l'origine de la rupture de la trêve, personne ne savait – ou ne voulait dire – qui en était responsable. Mencheres et Bones avaient réussi à calmer suffisamment les esprits pour que tout le monde reparte sans qu'aucune guerre soit déclarée. Gregor était parti, suivi de Cannelle et de ma mère. Quant à la manière dont Apollyon et ses goules réagiraient à la nouveauté de mon cœur de vampire bien vivant… seul le temps nous le dirait.

Cela m'inquiétait moins que la manière dont j'allais bien pouvoir secourir ma mère. Je ruminai des idées durant tout le trajet, en voiture et en train, jusqu'à Bucarest. Don et mon ancienne équipe ne pouvaient rien pour moi. Mon oncle avait bien des relations internationales, mais pas dans le genre morts-vivants. Dans ce scénario, il était aussi paumé que moi. Je décidai également de ne pas l'appeler car je n'avais aucune envie de lui expliquer que j'étais devenue un vampire. Surmonter les vieux *a priori* de mon oncle était bien le cadet de mes soucis pour l'instant.

Nous arrivâmes à notre destination, un manoir qui semblait tout droit sorti d'un roman d'horreur, un peu après 3 heures du matin. L'aube n'allait pas tarder, et j'allais de nouveau me retrouver dans un état proche du coma. Avant ma transformation, je m'étais préparée mentalement à l'idée que je pouvais faire une croix sur mes matinées, mais je n'avais pas pris en compte l'urgence de la situation actuelle. Chaque minute perdue me faisait bouillir de rage. Quelles tortures ma mère était-elle en train de subir aux mains de Gregor ? Mon Dieu, et aux mains de Cannelle ? J'avais cru que Gregor ne pourrait rien faire de pire que la tuer. J'aurais dû me douter qu'il n'aurait pas cette bonté.

Rodney sortit pour nous accueillir. On pouvait lire dans ses yeux la même fureur bouillonnante que dans les miens. D'instinct, je le pris dans mes bras, et je sentis une boule enfler dans ma gorge lorsqu'il me rendit vigoureusement mon étreinte. Bones traverserait l'enfer pour sauver ma mère, si cela était nécessaire, mais il le ferait par amour pour moi, car il n'avait aucune affection pour elle. Peu de gens appréciaient ma mère, et elle ne pouvait s'en prendre qu'à elle-même ; mais dans cette situation, je ne pouvais dire combien cela me faisait chaud au cœur de savoir que quelqu'un tenait *vraiment* à elle, malgré tous ses défauts.

— Elle est coriace, dit Rodney. (Sa barbe crissa sur ma joue lorsqu'il se redressa.) Si on réussit à la sauver, elle s'en sortira. On se fiche de ce qu'elle est devenue ou de ce qu'il lui a fait.

— Elle m'a suppliée de la tuer, murmurai-je. Bon Dieu, Rodney, elle a toujours dit qu'elle préférerait la mort à une vie de vampire.

— Elle s'en sortira, répéta-t-il. (Sa voix se durcit.) Tu n'as pas eu une enfance facile, mais elle non plus. Justina a peur et elle est en état de choc, mais elle n'est pas du genre à baisser les bras. Je parierais ma vie là-dessus.

— Rodney, les lois, commença Bones.

— Économise ta salive. (La goule me lâcha pour se tourner vers Bones.) Si tu ne parviens pas à tuer Gregor très vite, je vais la chercher moi-même, lois ou pas… et avec ou sans ton aide.

— Ne sois pas stupide, ce serait du suicide, répliqua sèchement Bones.

Rodney lui adressa un sourire froid.

— Tu dis toujours que personne ne vit éternellement.

J'étais déchirée entre l'envie de le serrer de nouveau dans mes bras et de reconnaître que ce que Bones disait était vrai.

— Elle aura besoin de toi une fois qu'on l'aura secourue, dis-je, en choisissant pour une fois la voie de la logique. Tu sais bien que ma mère et moi ne nous entendons pas. Tu es la seule personne qu'elle semble écouter, mais tu ne pourras pas l'aider à accepter sa condition de vampire si tu es mort.

Rodney me jeta un bref coup d'œil, puis rentra dans la maison sans autre mot. Je ne savais pas du tout si cela signifiait qu'il attendrait ou si c'était sa manière de nous exprimer son refus.

— Ce ne sera pas long, Chaton, dit Bones en brisant le lourd silence. Gregor n'a plus aucun atout dans sa manche. Il sera bientôt forcé de m'affronter, parce que chaque jour qui passera sans qu'il réagisse, les gens se demanderont pourquoi il refuse le duel que lui propose l'homme qui lui a volé sa femme.

Cela me fit oublier ma mère.

— Quand l'as-tu défié ?

Le regard de Bones était sombre et ferme.

— Je l'ai fait publiquement dès que Mencheres m'a appris qu'il envahissait tes rêves.

Je savais que Bones avait prévu d'affronter Gregor à La Nouvelle-Orléans, mais j'ignorais qu'un défi formel avait été lancé. La pensée que Gregor pouvait l'accepter à tout moment, ce qui déclencherait un combat à mort entre Bones et lui, me glaçait.

— Il est plus fort que toi, soufflai-je dans un murmure à peine audible.

Bones renifla.

— Je le sais, ma belle, mais ce ne sera pas la première fois que j'affronterai un type plus puissant que moi. Tout ce dont j'ai besoin, c'est qu'il commette une erreur, et là il sera à moi.

Je ne prononçai pas à voix haute la pensée qui m'emplissait d'effroi.

Mais si Gregor ne commet pas d'erreur ?

Deux jours s'écoulèrent sans la moindre nouvelle de Gregor. Rodney et moi nous relayions pour user les tapis jusqu'à la trame en faisant les cent pas, et Bones ne cessait de nous conseiller la prudence. Si Rodney était dans le même état d'esprit que moi, c'était un mot qu'il ne devait plus supporter d'entendre.

Le stress avait néanmoins un bon côté : il me forçait à rester éveillée et active après le lever du soleil. Je pouvais désormais marcher toute la matinée, même si je devais donner l'impression de tituber comme une ivrogne. Outre l'apport bénéfique du stress, je continuai à remarquer que plus je buvais le sang de Bones le matin, plus je pouvais repousser les effets paralysants des premiers rayons du soleil. La qualité de l'alimentation était peut-être réellement capitale pour être en bonne santé, que l'on soit humain ou vampire.

Ce jour-là, j'avais franchi un cap : j'avais réussi à descendre les deux étages de l'escalier en colimaçon jusqu'à la cuisine, puis à remonter. Cela m'avait pris deux heures, pour un trajet que j'aurais fait en quelques secondes en temps normal, mais je me félicitai néanmoins de mes progrès lorsque je m'écroulai dans le premier fauteuil venu, épuisée.

— Demain, je sors, dis-je.

La lumière directe du soleil me serait encore plus pénible, mais il fallait que je me mette à niveau. Rapidement. Pour l'instant, j'étais encore une proie extrêmement facile de l'aube à la fin de la matinée, même pour un humain paralytique.

— Te rends-tu seulement compte à quel point il est remarquable que tu sois seulement éveillée ? dit Bones en faisant un geste en direction de Mencheres. Dites-le-lui. J'ai dormi de l'aube au crépuscule pendant les deux premiers mois. Et lorsque j'ai réussi à sortir en plein jour au cours du troisième, on trouvait que c'était un progrès admirable. Ce n'est que ta deuxième semaine, Chaton.

— Cela ne s'est jamais vu, ajouta Mencheres.

Quelque chose dans le ton de sa voix me fit lever la tête. Une émotion que je pus identifier passa brièvement sur son visage, puis ses traits reprirent immédiatement leur impassibilité coutumière. Bones avait dû le percevoir, lui aussi, car il haussa un sourcil.

— Désirez-vous ajouter quelque chose, Grand-père ?

Un vampire inconnu entra alors dans la pièce et interrompit la réponse que Mencheres s'apprêtait peut-être à faire. Ce devait être l'un de ses serviteurs, même si ce fut devant Bones, et non devant le vampire égyptien, qu'il s'inclina.

— Qu'y a-t-il ? demanda Bones.

— Excusez-moi, mais quelqu'un demande à vous parler au téléphone pour vous dire qu'une personne désire vous joindre.

Je fronçai les sourcils. Bones également.

— J'ai un appel pour me dire que j'ai un appel ? demanda-t-il avec un scepticisme non dissimulé.

Le vampire, visiblement mal à l'aise, lui tendit un portable.

— C'est mon ami Lachlan. Il m'a appelé pour me dire qu'il avait été contacté par Chill, un vampire qu'il connaît, qui avait été joint par Nathan, un membre de la lignée de Kyoko, qui dit qu'un vampire du nom de Rollo l'a contacté parce qu'il a rencontré un *fantôme* qui affirme dépendre de vous…

— Fabian ! m'exclamai-je en m'apercevant que je ne l'avais plus revu depuis le fiasco de la fête.

Bones prit le portable des mains du vampire, et tout bascula.

Nous attendions à trois kilomètres de la masure moldave dans laquelle Gregor retenait ma mère prisonnière. Rodney était accroupi à ma droite, alourdi par un arsenal de lames en argent aux courbures diaboliques. Bones était baissé sur ma gauche, si immobile qu'il semblait taillé dans la pierre. J'essayais de l'imiter, mais sans succès. Mes yeux voletaient impatiemment dans tous les sens. *Où est Fabian ? Il devrait déjà être de retour.*

Spade sortit en rampant des buissons. Il avait vérifié qu'aucun ennemi ne nous prenait à revers pendant que nous attendions le rapport de Fabian. D'un hochement de tête, il nous confirma que nous étions les seuls à tendre une embuscade dans le froid de la campagne environnante. Le vent fit voler les cheveux noirs de Spade en arrière lorsqu'il tourna le regard dans la même direction que celui de Bones.

Après ce qui me parut une éternité, un éclair brumeux apparut entre les arbres, et nous vîmes Fabian arriver en flottant à quelques centimètres du sol gelé.

— Gregor n'est pas là, mais vu l'attitude de Cannelle, il ne va pas tarder, dit le fantôme en s'arrêtant près de nous.

Pour l'instant, il y a environ une dizaine de gardes. D'autres arriveront avec Gregor à son retour.

Bones ne quitta pas des yeux l'objectif mystérieux qu'il regardait fixement au loin.

— C'est donc le moment idéal. Fabian, monte la garde devant la route. Au premier signe de Gregor et de ses hommes, viens nous avertir.

Le fantôme acquiesça d'un signe de tête, et une expression déterminée se peignit sur ses traits transparents.

— Tu peux compter sur moi.

Ce devait être la dixième fois de la journée que j'avais envie de prendre Fabian dans mes bras. Je n'aurais jamais cru que je serais un jour si redevable à un fantôme, mais j'avais une énorme dette envers Fabian, une dette que je ne pourrais jamais lui rembourser. Après le désastre de la fête, il avait eu la présence d'esprit de suivre Gregor en se glissant dans le coffre des véhicules que ce dernier avait empruntés, ou en montant en douce avec diverses personnes de son entourage. Le mépris avec lequel les morts-vivants traitaient habituellement les fantômes avait fait que Gregor n'avait même pas remarqué qu'il était suivi, même si lui ou l'un des membres de sa suite avait peut-être aperçu Fabian. L'orgueil était la route la plus sûre vers la chute.

Après avoir localisé la cachette de Gregor, le plus dur pour Fabian avait été de réussir à nous contacter. En effet, les fantômes ne pouvaient ni téléphoner, ni taper un e-mail, ni écrire une lettre. Le peu d'estime qu'on leur témoignait généralement, qui lui avait tant facilité la tâche pour espionner Gregor, lui avait en revanche valu toutes les difficultés du monde pour attirer suffisamment l'attention d'un vampire ami capable de déclencher la chaîne d'appels qui avaient fini par aboutir à Bones.

Jusqu'à notre arrivée, nous n'étions même pas sûrs que Gregor serait encore là. Un jour et demi s'était écoulé entre le moment où Fabian avait quitté les lieux et celui où Bones avait répondu au téléphone que lui avait tendu le serviteur plus qu'abasourdi de Mencheres. Il nous avait ensuite fallu plusieurs heures pour nous rendre en Moldavie, puis encore quelques heures de reconnaissance pour nous assurer que ce n'était pas un piège. J'avais la confiance la plus totale en la loyauté de Fabian, mais il existait toujours un risque que Gregor *ait* reconnu le fantôme et fait le rapprochement. Mais jusque-là, il semblait que les occupants de la maison ne se doutaient pas qu'ils allaient bientôt être attaqués.

Je jetai un regard inquiet au ciel. Tout ceci était de bon augure. La mauvaise nouvelle, c'était que nous n'étions qu'à une demi-heure de l'aube.

Comme s'il avait entendu ma pensée, Bones tourna les yeux vers moi.

— Tu devrais rester ici, Chaton.

Je voulais protester. Avec véhémence et une bonne dose de jurons. Il s'agissait de *ma mère*, enfermée dans cette maison, et je n'avais aucune intention de rester à l'écart en priant pour que tout se passe bien.

Je regardai ensuite les visages qui m'entouraient. Toutes les personnes présentes allaient risquer leur vie pour ma mère, en violant de surcroît le code d'honneur des vampires, et j'étais la seule sur qui l'aube avait un tel effet. D'accord, j'arrivais désormais à rester éveillée et même à marcher aux premières lueurs du jour, mais me battre ? Non. Pas même si la vie de ma mère – ou la mienne – en dépendait.

— Je ne bouge pas, dis-je. (Bones haussa les sourcils comme si c'était les derniers mots qu'il s'était attendu à m'entendre prononcer.) Donne-moi le détonateur.

La diversion nous sera peut-être utile si Gregor revient avant que vous ayez récupéré ma mère.

Spade hocha la tête et me tendit le détonateur qu'il avait fixé à sa ceinture. Plusieurs grappes de dynamite avaient été accrochées aux arbres, aussi près de la maison que possible sans risquer de nous faire repérer. Si leur emploi se révélait nécessaire, les explosions ne blesseraient pas les vampires ou les goules, à moins qu'ils se trouvent dans le voisinage immédiat des arbres lors de la détonation, mais elles feraient un raffut d'enfer. Parfois, un moment d'inattention pouvait faire toute la différence entre la vie et la mort… ou entre le salut et la capture.

Bones me donna un baiser court et sec.

— Je ne reviens pas sans elle, me promit-il.

— Ne dis pas ça. (Les mots sortirent instantanément de ma bouche.) Si quelque chose tourne mal, ou si c'est trop dangereux de la sauver maintenant, reviens. On trouvera un autre moyen.

Rodney commença à ramper dans la végétation. Spade me lança un regard sombre avant de le suivre. Bones me caressa une fois le visage, puis partit lui aussi. Fabian l'imita. Je restai là où j'étais et surveillai leur progression en direction de la maison sans avoir besoin de jumelles. Il y avait quatre gardes à l'extérieur et, selon Fabian, au moins huit à l'intérieur, sans compter Cannelle. À un contre quatre, leur seul avantage serait l'élément de surprise, et je me doutais bien que Gregor n'avait pas confié la garde de sa maison à des hommes inexpérimentés.

Ils avaient moins de trois kilomètres à parcourir, mais il leur fallut plus de dix minutes pour couvrir cette distance en rampant, presque sans déranger les hautes herbes qu'ils traversèrent. Lorsqu'ils approchèrent enfin de la maison, j'étais une véritable épave. Un mélange de peur, d'espoir, de frustration et d'excitation me mettait littéralement les nerfs à fleur de peau. Les gardes avaient-ils pour instruction d'éliminer ma mère en cas d'attaque ? Bones, Spade ou Rodney parviendraient-ils jusqu'à elle à temps sans se faire tuer avant ? *Mon Dieu, par pitié, faites que tout se passe bien.*

C'était plus fort que moi. Je me mis moi aussi à ramper en me promettant de m'arrêter à un kilomètre de la maison. Juste assez près pour bien voir ce qui se passait. Les arbres éparpillés ne m'offraient qu'une vision partielle de la bâtisse.

Les hautes herbes s'arrêtaient à une vingtaine de mètres de la maison, et Bones, Rodney et Spade se retrouvèrent complètement à découvert. Tout mon corps se crispa lorsque je vis les trois hommes bondir d'un même geste pour lancer l'assaut.

Les quatre gardes poussèrent des cris d'alerte, mais je constatai avec une joie sauvage qu'ils ne tardèrent pas à être mis définitivement hors d'état de nuire. Bones en abattit deux lui-même, le premier de loin en lui lançant une lame en argent dans la poitrine, et le second en enfonçant tout en le tournant un couteau du même métal dans son cœur. Spade et Rodney ne firent qu'une bouchée des leurs, puis les trois hommes pénétrèrent dans la maison par des entrées différentes.

De nouveaux cris éclatèrent à l'intérieur. Je me mis à ramper plus vite tout en restant le plus possible collée au sol, mais sans perdre la maison des yeux. Des coups de feu résonnèrent en un terrifiant staccato, tirés par ce qui semblait être des armes automatiques. Une voix féminine poussa un hurlement furieux et appuyé. *Cannelle.* Les images de ma mère tenue en laisse et bourrée de coups de pied me revinrent en tête, et je souhaitai sa mort presque autant que celle de Gregor.

J'étais arrivée à ma limite d'un kilomètre lorsque Fabian arriva à toute vitesse en agitant ses bras fantomatiques.

— Gregor est revenu ! s'exclama-t-il.

Et merde.

— Va prévenir Bones, dis-je en tirant le détonateur de ma ceinture.

Le coup d'œil que je lançai au ciel me remplit de désespoir. L'aube était franchement trop proche pour que je prenne le risque de me jeter dans la bataille, mais j'étais tout de même capable d'appuyer sur des boutons. Je pourrai au moins faire cela pour les aider.

Fabian disparut dans l'un des murs sans prendre la peine d'entrer par l'une des fenêtres cassées de la façade. J'attendis qu'il ressorte en comptant les secondes avec une angoisse croissante, puis je le vis réapparaître, flottant au-dessus du toit. Il semblait désigner un point sur ma gauche, d'où provenaient des crissements de freins. Ce fichu Gregor ne nous facilitait décidément pas la tâche. Il n'avait pas l'intention d'arriver en voiture jusqu'à la maison et de nous offrir une cible facile. Non, il allait avancer en douce dans les arbres et la végétation pour nous prendre à son tour en embuscade.

Je fis de grands signes à Fabian en prenant soin de rester au ras du sol, et le fantôme plongea et sembla disparaître dans la terre. Il réapparut devant moi quelques secondes plus tard. Je sursautai en le voyant se matérialiser à quelques centimètres de mon visage.

— Dis-moi où ils sont.

Fabian disparut de nouveau. J'attendis, et les secondes qui s'écoulèrent achevèrent de me mettre les nerfs à vif. Puis la tête transparente de Fabian ressortit soudainement du sol, telle une marmotte translucide.

— Ils encerclent la zone. (Sa voix était si ténue que c'était à peine si je l'entendais.) Ils se dirigent par ici, mais un peu au nord de ta position.

Un sourire sinistre se dessina sur mes lèvres. Ils avançaient tout droit vers les charges de dynamite fixées aux arbres. *Allez, Gregor. Montre-moi où tu es.*

Mon vœu se réalisa lorsque j'entendis des bruits furtifs à une quarantaine de mètres de moi. J'attendis en évaluant mentalement la distance. *Vingt mètres. Dix. Tu y es presque. Presque…*

Je fis sauter les charges au moment précis où Gregor et ses hommes passaient juste à côté de l'arbre le plus chargé. Les explosions s'enchaînèrent les unes après les autres, et les vampires s'éparpillèrent dans la panique en se demandant d'où proviendrait la suivante. C'était également un signal on ne peut plus clair pour avertir Bones et les deux autres qu'ils devaient se replier immédiatement, avec ou sans ma mère. Avec la dizaine de gardes qui accompagnaient Gregor, nous aurions du mal à nous en sortir vivants. Nous ne pouvions nous permettre d'attendre plus longtemps.

Je regardai avec hargne le ciel qui s'éclaircissait. Si seulement il avait été une heure plus tôt, j'aurais pu me battre ! J'aurais pu aider à récupérer ma mère, détourner l'attention de quelques gardes, ou tout simplement *faire* quelque chose, plutôt que d'être forcée de me terrer pour éviter d'aggraver encore la situation en me faisant capturer.

L'une des fenêtres de la maison explosa lorsque deux silhouettes la traversèrent pour retomber sur le sol. Je les reconnus et une satisfaction sinistre s'empara un instant de moi lorsque je vis Bones serrer le bras autour du cou de Cannelle et le tordre violemment, avec pour effet de lui arracher la tête. *Adieu, sale garce*, pensai-je en le regardant rejeter son cadavre au loin. Mais mon instant de victoire ne dura pas. Gregor hurla un ordre en français et ses douze gardes se précipitèrent sur Bones.

Oubliant que je devais rester cachée, j'étais déjà debout lorsque Spade déboula hors de la maison. Il lança des couteaux en argent sur la horde de morts-vivants qui s'étaient jetés sur son meilleur ami pour détourner leur attention et soulager Bones. *Lâche*, pensai-je hargneusement en voyant Gregor rester tapi au coin de la maison. *Qu'est-ce que tu vas faire, Marchand de sable ? T'enfuir pendant que tu en as encore la possibilité, ou risquer ta vie en restant pour te battre ?*

La porte d'entrée s'ouvrit d'un coup de pied. Le souffle coupé, je vis Rodney sortir en portant ma mère. Elle avait passé les bras autour de son cou et elle bougeait. *Elle est vivante. Merci, mon Dieu.*

Gregor grogna quelque chose et sortit une épée. Rodney s'arrêta et se retourna, ma mère toujours dans ses bras. L'épée de Gregor semblait étinceler dans la lueur qui annonçait l'aube alors qu'il marchait à grands pas vers eux.

Bones et Spade étaient chacun aux prises avec une demi-douzaine de vampires. Ni l'un ni l'autre ne pouvaient venir à la rescousse de Rodney. Je me mis à courir tout en tirant des couteaux de ma ceinture et en jurant. Gregor était trop loin pour que je le touche. Bon Dieu, pourquoi est-ce que je n'arrivais pas à accélérer ?

Rodney posa ma mère au sol, caressa un instant sa joue ensanglantée, puis se tourna pour faire face à Gregor. Il ne lui restait plus que deux couteaux, et le vampire était beaucoup plus fort que lui.

— Gregor, hurlai-je.

La tête aux cheveux blond cendré se releva brusquement, et il m'aperçut en train de courir comme une dératée dans leur direction.

— Catherine, le vis-je articuler plus que je l'entendis.

Rodney profita de cette seconde de distraction pour lancer l'un de ses couteaux. Il se planta dans la poitrine de Gregor, mais vu comme ce dernier le retira rapidement, je compris que l'arme ne lui avait pas percé le cœur. Gregor se retourna pour faire face à Rodney, fendant l'air de son épée.

Plutôt que de battre en retraite, Rodney le chargea. Il se lança sur Gregor de toute sa force de mort-vivant. Le vampire vacilla, mais ne tomba pas. La lame que la goule leva pour l'enfoncer dans la poitrine de son adversaire n'arriva jamais à destination. Gregor saisit le poignet de Rodney de sa main libre et le fit violemment tomber en retournant son élan contre lui. La longue épée s'abattit en suivant une trajectoire aussi droite qu'inflexible.

Ma mère se précipita en avant.

— Rodney, non ! cria-t-elle.

Gregor ne leva pas les yeux. La lame traversa le cou de Rodney et ressortit de l'autre côté, dégoulinante de sang. Puis Gregor me regarda bien en face. Et sourit.

Je ne détournai pas les yeux de son regard vert émeraude. Ni lorsqu'il poussa d'un coup de pied la tête tranchée de Rodney en direction de ma mère, ni lorsqu'il se mit à se diriger vers moi à pas lents et mesurés.

Comme dans un rêve, je cessai de courir. J'abaissai mes armes et le regardai venir à moi. J'entendis Bones crier, mais cela semblait venir de très loin. Un battement assourdi se déclencha dans ma poitrine, et je compris que mon cœur s'était remis en marche, mais même cela ne comptait pas. La seule chose sur laquelle j'arrivais à me concentrer, c'était la haine pure qui coulait dans mes veines et qui enflait en vagues de plus en plus grosses, jusqu'à me donner l'impression que j'allais exploser sur place.

Ce qui explique pourquoi je ne fus pas surprise de voir l'herbe qui m'entourait prendre soudainement feu. À travers le prisme de brume rouge qui colorait ma vision, c'était parfaitement logique. L'herbe n'aurait pas dû exister pour aspirer le sang de Rodney. La maison dans laquelle Gregor avait torturé et tué ma mère n'aurait pas dû exister, elle non plus. D'ailleurs, tout ce qui trouvait là devait brûler. Tout. Sans exception.

Des flammes orange et rouges glissèrent sur l'herbe pour venir s'attaquer aux flancs de la maison puis montèrent recouvrir le toit d'un tapis de flammes grouillantes. Gregor se retrouva ensuite prisonnier d'un cercle de feu qui lui lécha les jambes. Voir les membres de Gregor brûler était un spectacle très satisfaisant, mais ce n'était pas suffisant. Je voulais voir sa peau se craqueler et se fendre. Je voulais voir tout ce qui l'entourait tomber en cendres fumantes. Et je le voulais tout de suite.

Les arbres qui m'entouraient explosèrent, mais je ne détachai pas les yeux de Gregor. *Brûle. Brûle.* C'était la seule pensée dont mon esprit était capable. Plus rien ne semblait réel. Ni ma mère qui pleurait sur le cadavre de Rodney en longs sanglots déchirants, ni les cris de Gregor entièrement recouvert par les flammes.

— Catherine, arrête ! hurla-t-il.

Une partie de moi était amusée. Pourquoi Gregor pensait-il que j'étais responsable de ce joli feu ? Spade devait avoir posé d'autres charges explosives sur le chemin de la maison. Ou Bones. Je devrais emmener ma mère, maintenant que Gregor était occupé à se consumer. Mais je ne parvenais pas à me forcer à bouger. Les vagues de colère chaudes et réjouissantes qui battaient en moi me clouaient sur place. *Brûle. Brûle.*

— Chaton !

La voix de Bones brisa ma transe. Je le regardai, surprise de constater qu'il était apparemment coloré de rouge et de bleu. Comme tout le reste, d'ailleurs. Bones passa son épée à travers le corps du vampire qui se trouvait devant lui et le rejeta sur le côté. À présent que plus rien ne me bouchait la vue, je vis son visage crispé d'horreur.

Son regard était rivé sur un point à côté de ma taille. Je baissai les yeux… et eus le souffle coupé. Mes avant-bras étaient bleus jusqu'aux coudes, noyés dans des flammes vibrantes que je ne sentais curieusement pas. Mes mains crachaient des jets rouges et orange qui brûlaient tout sur leur passage, depuis mes pieds jusqu'à la maison.

Bones courut jusqu'à moi et me tira contre lui sans prêter attention aux flammes qui continuaient à jaillir de moi.

— Charles, prends Justina ! cria-t-il, puis mes pieds quittèrent soudainement le sol.

À travers la brume rouge et bleue devant mes yeux, je vis Spade attraper ma mère et s'élancer dans les airs. Gregor et la maison brûlaient toujours en dessous de nous, mais j'aperçus tout de même le vampire se rouler sur le sol et étouffer suffisamment rapidement les vieilles flammes pour empêcher les nouvelles de le consumer.

Assassin, pensai-je en sentant cette même sauvagerie s'emparer de nouveau de moi. Un voile rouge se posa devant mes yeux, puis Gregor hurla et se mit à se rouler frénétiquement sur le sol tandis que de nouvelles flammes l'assaillaient.

Entre deux nuages, mon visage se retrouva baigné par un rayon de soleil. Il me fit l'effet d'un coup de marteau sur la tête, et le voile rouge qui me brouillait la vue se leva un peu. Au même moment, Bones enfonça ses canines dans mon cou et commença à aspirer vigoureusement.

Avant de perdre connaissance, j'aperçus les couleurs éclatantes de l'aube, pareilles aux flammes qui brûlaient toujours en dessous de nous.

Chapitre 32

Lorsque je rouvris les yeux, j'aperçus d'abord des murs de béton nus, puis une tête sombre se pencha au-dessus de moi.

— Ça va, Chaton ?

C'était le visage de Bones, maculé de suie. La pièce était d'ailleurs envahie par une forte odeur de fumée. Je regardai immédiatement mes mains. Elles étaient posées sur mon ventre, pâles et innocentes. *J'ai peut-être imaginé tout ce qui s'est passé.*

Je me redressai si vite que ma tête percuta celle de Bones. Mencheres se tenait à un ou deux mètres de nous. Nous nous trouvions dans ce que j'identifiai comme une cellule pour jeune vampire.

— Doucement, ma belle, dit Bones en me caressant les bras.

J'espérais que j'avais perdu connaissance après avoir déclenché les détonations, et que tout ce qui avait suivi n'avait été qu'un horrible rêve.

— Ma mère ? Rodney ?

— Elle va bien. Il est parti, répondit Bones d'une voix âpre.

La mort de Rodney avait donc bien été réelle, ce qui signifiait qu'il en allait de même pour l'incendie. *Les flammes. Que j'avais provoquées.*

Je ne voulais pas y croire, mais je me souvenais – oh, et quel souvenir ! – de la jouissance que j'avais ressentie en laissant exploser ma haine et ma colère, puis en les regardant se transformer en flammes, je ne sais comment.

— J'ai le don de pyrokinésie.

Je le dis à voix haute en observant le visage de Bones et en souhaitant qu'il ait une autre explication à m'offrir pour ce qui était arrivé. Il n'en avait pas.

— Il semblerait, en effet.

— Mais comment ? demandai-je en balançant mes jambes hors du petit lit pour les voir s'écrouler comme des serpillières mouillées. (Bon, tant pis pour les cent pas. Je me sentais complètement épuisée.) Tu m'as dit qu'il fallait des dizaines d'années aux pouvoirs individuels d'un vampire pour émerger, et je pensais également qu'ils étaient directement liés aux pouvoirs de son créateur. Mais tu n'as pas le don de pyrokinésie, Bones, à moins que tu me caches quelque chose depuis tout ce temps.

— Je ne te cache rien du tout, et même si l'on ajoutait tes années humaines à l'équation, je n'ai jamais vu de vampire, Maître ou pas, manifester des pouvoirs aussi tôt après sa transformation.

Bones semblait agacé. Je jetai un coup d'œil à Mencheres et croisai son regard calme. Je ne lus ni surprise, ni confusion dans ses yeux couleur charbon. Et tout à coup, je compris pourquoi.

— Espèce d'enfoiré, murmurai-je.

Bones crut tout d'abord que c'était à lui que je m'adressais, puis suivit mon regard jusqu'au vampire aux cheveux noirs qui n'avait toujours pas dit un mot.

— Il le savait depuis le début. (Ma voix se fit de plus en plus forte, tout comme ma colère.) Il savait que Gregor ne s'était pas entiché de moi après une vision parce que j'étais hybride, ou parce qu'il était amoureux de moi. Il savait qu'il m'avait vue en tant que *vampire*, en train d'allumer des feux de joie tout autour de moi. C'est pour *cette* raison que Gregor me convoitait, pour contrôler ce pouvoir à travers moi. Mais c'était également l'objectif de Mencheres. C'est l'autre raison pour laquelle il m'a enlevée à Gregor, qu'il a ensuite enfermé pendant toutes ces années. Il voulait ce pouvoir de *son* côté. C'est *tout* ce qu'il y a là-dessous !

Bones ne demanda pas à Mencheres si ce que je venais d'affirmer était vrai. Ses yeux bruns devinrent verts alors qu'il dévisageait l'homme qu'il connaissait depuis deux cent vingt ans.

— Vous mériteriez que je vous tue pour cela, gronda-t-il plus qu'il n'articula.

L'expression de Mencheres ne changea pas. Il trahissait autant d'émotions qu'une plaque de verre.

— Peut-être cela doit-il arriver. Mes visions de l'avenir s'arrêtent toutes à ce matin, ce qui m'incite à penser que ma mort est proche. Maintenant que tu es mon maître associé, et que Cat est devenue ce qu'elle était censée être, ma lignée sera protégée lorsque je ne serai plus là. (Son masque impénétrable tomba, et ses traits se firent provocants, affichant d'un coup sa détermination.) Oui, j'ai enlevé Cat à Gregor il y a douze ans pour que ma lignée, et non la sienne, puisse profiter de son pouvoir. C'est même moi qui t'ai conseillé de te rendre dans ce bar de l'Ohio, la nuit où vous vous êtes rencontrés, Bones. Tu me trouves trop manipulateur ? Pas moi. Les milliers de membres de ma lignée comptent sur moi pour les protéger, et cela m'importe évidemment plus que le sentiment de trahison qui t'habite en ce moment. Si jamais tu survis aussi longtemps que je l'ai fait, tu apprendras à devenir froid et calculateur quand les circonstances l'exigeront, même avec ceux que tu aimes.

Bones poussa un ricanement amer, au diapason de ma pensée.

— Vous dites que vous m'aimez ? De toute évidence, je ne suis rien de plus qu'un pion pour vous.

Le regard de Mencheres ne dévia pas.

— Je t'ai toujours aimé. Comme un fils, pour dire la vérité.

Bones s'avança vers Mencheres. Il ne s'était pas changé depuis l'assaut sur la maison, ce qui faisait qu'il était couvert de sang, de suie, de poussière… et qu'il portait encore quelques couteaux en argent.

Mencheres ne bougea même pas un cil, et pas une once de son immense puissance ne se manifesta, même lorsque Bones tira un couteau de sa ceinture.

— Êtes-vous si sûr de vous ? demanda Bones en passant la pointe de la lame sur la poitrine de Mencheres. Êtes-vous réellement certain de pouvoir m'arrêter avant que je vous enfonce ceci dans le cœur ?

J'avais envie de bondir pour m'interposer entre eux. Pas parce que je m'inquiétais pour Mencheres, mais parce que si Bones attaquait et que son Grand-père décidait de se défendre, c'était dans son cœur à lui que le couteau risquait de finir. Mais mes jambes refusaient toujours de fonctionner.

— Je pourrais t'arrêter, mais je ne le ferai pas, répondit Mencheres d'une voix très lasse. Si tu penses devoir le faire pour te venger de ce que j'ai fait, alors vas-y. Ma vie a déjà été plus qu'assez longue comme ça.

— Bones, murmurai-je sans savoir si c'était pour l'encourager à lâcher le couteau… ou à s'en servir.

Bones crispa le poing sur le manche de l'arme. Mencheres ne bougeait toujours pas. J'attendis, en sentant que je retenais ma respiration, même si je ne respirais plus depuis deux semaines.

En un éclair, il rangea le couteau.

— Vous avez été en droit de me tuer un jour, Mencheres, mais vous m'avez laissé la vie sauve. C'est aujourd'hui mon tour de vous laisser vivre, et nous sommes donc quittes. Mais si vous me mentez de nouveau, ou que vous nous utilisez encore, elle ou moi, je n'hésiterai pas.

Bones recula d'un pas. J'eus l'impression que Mencheres se détendit un peu, de soulagement ou de surprise, mais je n'en étais pas sûre. Bones s'assit ensuite à mes côtés et posa une main sur ma jambe toujours amorphe.

— Plus de secrets. Comment ce pouvoir lui est-il venu ? Elle est trop jeune, et elle ne l'a pas hérité de moi, alors comment est-ce possible ?

Mencheres passa la main dans ses longs cheveux noirs avant de répondre.

— Les vampires boivent du sang humain pour absorber la vie des mortels dont ils sont privés. Mais elle ne boit pas du sang de mortel, car elle n'est pas vraiment morte.

Je restai bouche bée. Bones ne réagit pas.

— Continuez.

— Son cœur bat lorsqu'elle est sous le coup d'émotions fortes, poursuivit Mencheres. C'est la preuve que la vie est toujours présente en elle. C'est à cause de cette vie que son corps rejette le sang humain, puisqu'elle n'a pas besoin de sa vitalité. Mais ce dont son corps a besoin pour exister, c'est de puissance. Tout comme un humain en train de mourir absorbe la puissance contenue dans le sang de vampire pour se transformer, Cat, perpétuellement aux portes de la mort, absorbe de la puissance de mort-vivant chaque fois qu'elle se nourrit d'un autre vampire.

Mais le seul sang que j'avais bu était celui de Bones… non, attendez. *Vlad.*

J'avais mordu Vlad, et il avait le don de pyrokinésie. Était-il réellement possible que j'aie absorbé sa maîtrise des flammes en buvant son sang ? C'était forcément ça. Rien d'autre ne pouvait expliquer les feux d'artifice qui avaient jailli de mes mains, et j'avais déjà remarqué que je me sentais plus forte chaque fois que je me nourrissais de Bones. Bien plus forte que n'aurait dû l'être un jeune vampire.

Je déglutis.

— Gregor sait-il d'où je tiens ce pouvoir ?

— Ses visions ne sont ni aussi précises, ni aussi fréquentes que les miennes. Tout ce qu'il a vu, c'est ton pouvoir. Il s'est probablement dit que tu aurais besoin de temps pour le développer, sinon il t'aurait transformée quand il t'a enlevée à seize ans.

Vu ce que je savais de Gregor, l'hypothèse de Mencheres me paraissait parfaitement plausible. Cela expliquait également pourquoi Gregor n'avait pas craint que j'utilise ces capacités d'emprunt sur lui jusque-là. Il ne pensait pas que je les acquerrais si tôt.

— Ces pouvoirs sont-ils permanents ? Ou bien est-ce qu'ils vont s'estomper si je ne bois pas le sang de vampire possédant des dons spéciaux ?

Mencheres détourna les yeux.

— Je ne sais pas, dit-il. Je te l'ai dit ; je ne vois plus l'avenir. Ni le tien… ni celui de personne d'autre.

Comme il n'y avait plus rien à faire pour ma « condition », comme je l'appelais, j'allai voir ma mère. Elle avait connu pire que l'enfer ces deux dernières semaines. Mais pour convaincre mon corps de bouger, je dus boire au cou de Bones, remarquant avec un certain malaise à quelle vitesse cela me permettait de me sentir mieux. J'avais été très fière de mes progrès, mais visiblement, ils n'avaient rien à voir avec moi. D'hybride, j'étais devenue une sorte de sangsue presque morte et avide de puissance. Je n'avais pas l'impression d'être un vampire, mais un imposteur, ou plus exactement, une créature encore plus monstrueuse qu'auparavant.

Nous ne montâmes pas dans la maison pour voir ma mère, mais nous empruntâmes un étroit couloir en sous-sol, et j'eus la surprise de découvrir qu'elle se trouvait dans une sorte de cellule pour vampire.

— Pourquoi ? demandai-je. Elle ne parvient toujours pas à dominer sa soif de sang humain ?

— C'est pour sa propre protection, répondit Bones d'un ton sec. Elle a tenté de se tuer. Plusieurs fois.

Oh non. Je tentai de me donner du courage pendant que Bones faisait un signe de tête au garde pour que ce dernier nous ouvre la porte, puis nous entrâmes.

Ma mère était assise par terre, dans un coin de la petite pièce. À son allure, je vis qu'elle ne s'était pas douchée, ni même changée. Ses longs cheveux bruns étaient souillés de sang et de poussière, tout comme le reste de sa personne. Elle ne leva même pas les yeux pour voir qui était entré.

— Maman, dis-je doucement. C'est Catherine.

À ces mots, elle leva la tête. J'eus le souffle coupé lorsque ses yeux verts et brillants se tournèrent vers les miens, et que je vis le soupçon de canines sous sa lèvre.

— Si tu m'as jamais aimée, dis-moi que tu es venue pour me tuer, parce que je ne pourrai *jamais* vivre comme cela.

Je crispai les poings et mon cœur se serra de douleur.

— Si tu savais comme je suis désolée de tout ce qui s'est passé, commençai-je. (Jamais je ne m'étais sentie aussi impuissante.) Mais tu peux…

— Je peux quoi ? m'interrompit-elle d'une voix cinglante. Avoir des morts sur la conscience ? J'ai tué des gens, Catherine ! Je leur ai arraché la gorge et je les ai *assassinés* alors qu'ils tentaient de se sauver. Je ne peux pas vivre avec ce poids sur la conscience.

Seule ma colère me retenait d'éclater en sanglots. Cette ordure de Gregor avait enfermé des humains avec ma mère après l'avoir transformée, en sachant pertinemment ce qui allait se produire. Aucun jeune vampire ne pouvait s'empêcher de vider une personne de son sang lorsque l'envie impérieuse de se nourrir s'emparait de lui. Si Bones n'avait pas déjà été mort, je l'aurais moi-même tué plusieurs fois sous l'emprise de ma faim.

— Ce n'était pas ta faute, tentai-je, désespérée.

Elle détourna les yeux avec dégoût.

— Tu ne comprends pas.

— Moi, si.

Au ton mesuré de Bones, ma mère releva la tête.

— Je comprends parfaitement, poursuivit-il. Ian m'a transformé contre mon gré en me saignant à blanc alors que j'essayais de lui résister. Ensuite, je me suis réveillé dans un cimetière, un jeune homme dans les bras. La gorge de ce pauvre type avait été arrachée à coups de dents, et je sentais un goût merveilleux dans ma bouche. Cela s'est reproduit six fois avant que je parvienne à maîtriser suffisamment ma faim pour ne plus tuer, et je peux vous assurer, Justina, que je me détestais un peu plus chaque fois. Pourtant, j'ai survécu, et vous en ferez de même.

— Je ne veux pas survivre, rétorqua-t-elle, désormais debout. C'est *mon* choix, et je refuse de vivre comme cela !

— Rodney croyait en toi. (Ma voix s'étrangla à la mention de mon ami disparu.) Il disait que si on parvenait à te secourir, tu survivrais. Quoi que tu aies pu subir.

— Rodney est *mort*, répondit-elle, les yeux scintillant de larmes roses.

En une fraction de seconde, Bones souleva ma mère par son chemisier jusqu'à ce que ses pieds pendent à plusieurs centimètres du sol.

— Rodney avait six ans lorsque je l'ai découvert, orphelin et affamé dans les rues d'une ville de Pologne. Je l'ai éduqué, je l'ai aimé comme mon propre enfant, puis je l'ai aidé à devenir une goule, et tout cela un siècle avant votre naissance. Il est mort pour vous sauver, et il n'est pas *question* que vous fouliez son sacrifice au pied en vous suicidant. Je me fiche que vous détestiez ce que vous serez désormais jusqu'au dernier jour de votre vie, vous allez vivre parce que vous devez bien ça à Rodney. C'est compris ?

Bones la secoua une fois, puis la lâcha. Ma mère retomba par terre en titubant, mais je n'avais pas le cœur à faire des reproches à Bones. La douleur dans sa voix avait été trop vibrante, trop profonde.

La porte s'ouvrit et Spade entra. Il semblait aussi abattu que moi, et son regard couleur de tigre, habituellement si moqueur, était terne et dur.

— Gregor est vivant, et il a décidé d'accepter ton défi. Il sera là demain soir.

Je fermai les yeux un instant. *Pourquoi maintenant ? Pourquoi si tôt après le revers qu'il vient de subir ?*

Bien entendu, c'était probablement la raison même du choix de Gregor, qui espérait profiter de la douleur qu'éprouvait Bones face à la perte de son ami. Ou peut-être l'ego de Gregor ne supportait-il pas d'admettre que très bientôt, tout le monde saurait que Bones lui avait soustrait ma mère tout en conservant sa femme. *Le plus gros point faible de Gregor, c'est son orgueil,* avait dit Vlad. Cet orgueil était peut-être incapable d'encaisser les coups répétés qu'il avait reçus ces derniers temps.

— Demain, dans ce cas, déclara Bones.

— Qu'est-ce que c'est, ce défi ? demanda ma mère.

— Un combat à mort, répondit sèchement Bones.

Ma mère était toujours étalée par terre, mais ses yeux luisants et remplis de larmes roses n'avaient plus la même expression. Le dégoût de soi et le désespoir avaient laissé place à la colère.

— Tuez-le. Si vous y parvenez, j'accepterai cette existence, même si elle me répugne, grogna-t-elle.

— Je le tuerai, répondit Bones sur le même ton inflexible.

Un sentiment de terreur m'envahit. Demain soir, soit Bones tiendrait sa promesse… soit il serait mort.

Chapitre 33

Bones se tenait devant moi, vêtu seulement d'un ample pantalon noir. Je tentai d'étouffer ma panique, mais malgré tous mes efforts pour ne rien laisser transparaître sur mon visage, j'étais trahie par l'odeur désagréablement aigre qui émanait de moi.

Il me serra les mains. Les siennes étaient chaudes, car il venait de se nourrir, et les miennes glacées en comparaison.

— J'aurais peut-être pu achever Gregor en le carbonisant hier, si tu m'en avais laissé le temps, dis-je, furieuse en pensant aux mots qui allaient suivre. Pourquoi est-ce que tu m'as mordue lorsque tu nous as fait prendre la fuite ? Tu n'en serais peut-être pas là si tu ne m'avais pas prélevé autant de sang.

Bones poussa un éclat de rire désabusé.

— Peut-être, mais pas comme tu l'entends. Tu me brûlais pendant que je te tenais dans mes bras, Chaton. Soit je te laissais me carboniser, soit je te mordais en espérant que la saignée combinée à l'effet de l'aube éteindrait tes flammes, soit je te lâchais. Mon choix te paraît toujours aussi discutable ?

J'avais aussi brûlé *Bones* ?

— J'espère que ce pouvoir disparaîtra, dis-je sincèrement.

Il haussa les épaules.

— C'est possible. L'effet du sang humain sur un vampire ne dure que quelques jours avant qu'il lui faille se nourrir de nouveau pour reconstituer ses forces. Ce phénomène s'applique peut-être aussi à toi, et je n'ai pas très envie que tu mordes de nouveau Tepes pour renouveler tes capacités de pyromane.

— Plus jamais, répondis-je.

La pensée que j'avais brûlé Bones me faisait frissonner. Qui voudrait d'un pouvoir incontrôlable qui risquait de blesser ceux que vous aimiez ?

Spade entra sans frapper.

— C'est l'heure, dit-il.

Son visage était tendu et dénué d'émotion, même si je savais qu'il était aussi nerveux que moi.

Les yeux marron foncé de Bones se posèrent sur les miens. Il sourit, ce que je n'aurais jamais pu faire moi-même, même si ma vie en avait dépendu. Sa puissance m'effleura comme une caresse. Je la sentis calmer ma peur, s'entremêler à mon subconscient et nous unir encore plus solidement.

— T'inquiète, ma belle, dit-il doucement. Ce sera bientôt fini, et Gregor sera mort.

Je hochai la tête, car je ne me sentais pas la force de parler. Mon Dieu, si seulement j'avais pu prendre la place de Bones, je l'aurais fait. Sans hésiter une seule seconde.

— Je te demanderais bien de rester ici, poursuivit-il, mais quelque chose me dit que tu refuserais.

Je ne pus retenir un petit ricanement.

— *Tout juste,* comme tu dirais. (Il n'était pas question que je me terre dans un coin pendant que Bones affrontait Gregor dans un duel à mort.) Mais ne t'en fais pas pour moi. Concentre-toi sur lui. Moi, ça ira.

— Oh, il aura droit à toute mon attention, Chaton, répondit Bones d'une voix sinistre. Tu peux compter là-dessus.

J'avais envie de dire à Bones qu'il n'avait pas à faire cela, que nous trouverions une autre solution, mais je savais que cela ne servirait à rien. Quoi qu'il arrive, Bones n'accepterait jamais d'annuler ce combat, même si Gregor promettait contre toute attente de nous laisser tranquilles et que ma mère décidait qu'elle était impatiente d'entamer sa vie de vampire. Gregor avait tué Rodney. Je n'étais pas la seule raison qu'il avait de se battre.

Mencheres apparut dans l'encadrement de la porte, Ian derrière lui. Je regardai les deux vampires, le premier avait un visage au charme oriental sous de longues mèches noires, alors que le second avec ses cheveux brun roux avait des traits d'une beauté plus classique. L'un comme l'autre étaient à l'origine de l'existence de Bones, car Mencheres avait transformé Ian, qui avait à son tour changé Bones en vampire. Tellement d'événements s'étaient enchaînés pour arriver à ce moment.

La senteur âpre de mon désespoir m'enrobait. Bones mit les mains sur mes épaules et les serra tendrement.

— Ce n'est pas la première fois que j'affronte la mort, Chaton, et je n'ai pas l'intention que ce soit la dernière. J'ai choisi de vivre une existence très dangereuse, mais c'est ma nature. C'est la tienne, également, et ce serait le cas même si nous ne nous étions jamais rencontrés.

Je savais quel était le sens caché de ces mots. *Si je meurs, ce ne sera pas ta faute*. Oui, il était vrai que Bones et moi aurions vécu des vies tout aussi dangereuses même si nous ne nous étions jamais rencontrés, mais au bout du compte, s'il mourait aujourd'hui, ce serait *entièrement* ma faute.

— Je t'aime.

C'était tout ce que je pouvais dire en ce moment. Toute autre phrase n'aurait fait que l'angoisser, et il avait besoin de toute sa concentration pour battre Gregor.

— Je le sais, murmura-t-il. Et je t'aime. Pour toujours.
Puis il se retourna en un éclair et sortit.

Il avait été décidé que le duel aurait lieu sur la pelouse du domaine de Mencheres. Elle était largement assez grande, avec ses hectares de terrain bordés de grands arbres. Une zone de la taille d'un terrain de football avait été dégagée pour former une arène de terre battue, et c'était là que Bones et Gregor s'affronteraient. Je me demandais pourquoi un tel espace était nécessaire, mais c'était la première fois que je faisais l'expérience d'un tel événement. J'espérais de tout cœur que ce serait aussi la dernière.

Gregor était déjà là, aux côtés de Lucius, son serviteur blond. Je fus surprise de voir ce dernier en vie, car j'avais supposé qu'il faisait partie des vampires que Bones, Spade et Rodney avaient tués dans la maison. Il me semblait bizarre qu'il n'ait pas été là hier, car Lucius avait toujours été présent chaque fois que j'avais vu Gregor. Mais j'avais des soucis plus pressants que le mystère de l'absence de Lucius lors de l'embuscade.

Gregor et Lucius n'étaient pas les seules nouvelles têtes de la maison. Un duel formel était visiblement un grand événement. J'aperçus plusieurs Maîtres vampires que je ne reconnus pas. Les alliés de Gregor, m'apprit Mencheres, ainsi que plusieurs membres de la lignée de Bones, et aussi quatre vampires, trois hommes et une grande femme blonde, qui me furent présentés sous le nom de Gardiens des Lois.

Cette dernière crépitait d'une puissance telle que j'en étais mal à l'aise. Elle donnait l'impression de n'être âgée que de dix-huit ans, mais elle devait en avoir environ cinq mille, et les trois autres Gardiens qui l'accompagnaient étaient eux aussi des méga Maîtres. Bones, Spade et moi avions violé la loi en enlevant ma mère à Gregor. Tout comme Rodney, bien sûr, mais ce dernier n'était plus là pour répondre de ses actes. Peut-être allions-nous être punis pour ce que nous avions fait.

Quant à ma mère, elle était présente également. J'aurais cru qu'elle éviterait de se retrouver en présence de Gregor, mais elle se tenait à l'autre bout de la pelouse, les yeux aussi lumineux que des torches et braqués sur son ennemi. La colère et la haine qui émanaient d'elle étaient perceptibles à dix mètres à la ronde. Je n'osais imaginer les autres tortures qu'elle avait dû subir pendant la période durant laquelle elle était restée prisonnière de Gregor. Ma fureur était telle que j'avais peur que mes mains se remettent à faire des étincelles.

Bones m'avait évitée depuis qu'il avait quitté la pièce vingt minutes plus tôt. Je comprenais pourquoi ; il se vidait l'esprit de tout ce qui ne concernait pas le combat qui allait suivre. Il avait même coupé la connexion que je sentais entre nous depuis ma transformation en vampire. Je ne ressentais plus rien du tout venant de lui. Son absence créait un grand vide dans mon subconscient. J'avais l'impression d'avoir perdu un membre. Très souvent, Bones m'avait parlé des liens qui rattachaient les vampires à leur maître. Ce n'était que maintenant qu'ils avaient disparu que je me rendais compte de leur importance.

Bones se tenait dans la zone de l'arène, en conversation avec Spade. Je ne les entendais pas, soit à cause du bruit des personnes présentes, soit parce qu'ils parlaient trop bas.

La lumière de la lune luisait sur la belle peau pâle de Bones, et la teinte sombre de ses cheveux était soulignée par les rayons d'albâtre. Je ne pouvais m'empêcher de le regarder, et mon anxiété grandissait à mesure que les minutes passaient. *Bones ne peut pas mourir cette nuit. C'est impossible.* Le destin n'aurait tout de même pas la cruauté d'accorder la victoire à Gregor, après toutes les horreurs qu'il avait commises, n'est-ce pas ?

J'espérais que non.

De l'autre côté du cercle de terre rouge et froide, j'aperçus une tête sombre et familière entre les spectateurs. Vlad.

Il me regarda brièvement, mais continua à marcher dans la direction opposée. Je fronçai les sourcils lorsque Bones lui fit signe d'approcher. Les deux Gardiens des Lois qui encerclaient Bones s'écartèrent pour laisser passer Vlad. Les cheveux de ce dernier cachèrent son visage lorsqu'il se pencha pour écouter ce que Bones avait à dire. Je ne pouvais rien deviner sur le visage fermé de Spade, et je n'entendais pas un mot. Frustrée, je dus me contenter de regarder Vlad articuler sa réponse, elle aussi inaudible, à laquelle Bones réagit par un hochement de tête. Puis Vlad s'éloigna, cette fois-ci dans ma direction.

— Qu'est-ce qu'il a dit ? lui demandai-je dès qu'il arriva près de moi.

Vlad haussa les épaules.

— Ce que tu pouvais t'attendre qu'il dise.

L'effroi me glaça la colonne vertébrale. Connaissant Bones, il avait dû demander à Vlad de prendre soin de moi si Gregor le tuait. Même s'il le détestait, c'était le genre de choses que Bones ferait. Était-ce une simple précaution, ou bien savait-il qu'il n'avait aucune chance de terrasser Gregor ? Bon Dieu, Bones s'était-il lancé là-dedans en sachant pertinemment qu'il trouverait la mort et en refusant obstinément de renoncer ?

Je m'apprêtais à me précipiter vers Bones et à le supplier d'annuler le combat lorsque la grande Gardienne des Lois blonde s'avança au centre du cercle.

— Le duel va maintenant commencer. Comme il l'a été décidé, il ne se terminera qu'à la mort de l'un des deux combattants. Tous ceux qui interviendront seront tués.

Mencheres me saisit la main.

— Il est trop tard pour l'arrêter, dit-il doucement, comme s'il avait deviné mes intentions. Si tu t'en mêles, tu mourras.

Je déglutis par habitude, mais ma bouche était complètement sèche. Vlad posa une main sur mon épaule lorsque Bones pénétra dans l'arène, suivi de Spade. Gregor l'imita, accompagné par Lucius. Je ne compris la raison de leur présence que lorsque Spade et Lucius présentèrent un couteau à leur ami puis reculèrent pour sortir du cercle irrégulier. *Des témoins*, me dis-je. Spade et Lucius ne portaient que trois couteaux chacun, et ils s'en étaient déjà délestés d'un. Une fois les deux autres utilisés, il n'y en aurait plus.

Je déglutis de nouveau.

La Gardienne des Lois sortit elle aussi de la zone dégagée. Il n'y restait plus désormais que Gregor et Bones, face à face, à trois ou quatre mètres l'un de l'autre. Leurs yeux étaient verts, leurs canines sorties, et la puissance qui émanait d'eux alourdissait et électrifiait l'atmosphère. Lorsque la Gardienne des Lois annonça le début du combat, j'étais si tendue que je me sentais sur le point de me briser en mille morceaux.

Bones et Gregor se précipitèrent l'un sur l'autre à la vitesse de l'éclair et se percutèrent à plusieurs mètres du sol. Pendant une seconde, je n'arrivai pas à les identifier dans le tourbillonnement frénétique de peau blanche, car Gregor était torse nu lui aussi. Puis ils se séparèrent, tous deux portant sur le corps des plaies rouges déjà en voie de guérison.

Malgré la colère que je ressentais contre lui, je serrai la main de Mencheres et sentis qu'il me répondait de la même façon. À la périphérie de mon regard, je vis Annette qui se tenait près de Ian, livide. Ian avait le visage fermé lui aussi. Je fus prise d'une nouvelle vague de peur. Pensaient-ils que Bones allait trouver la mort ? Tout le monde le savait-il sauf moi ?

Gregor et Bones se jetèrent de nouveau l'un sur l'autre dans un accès de violence frénétique. Cette fois-ci, je vis les lames en argent pénétrer dans la chair, luisantes sous les rayons de lune avant de ressortir rouges de sang alors que les deux vampires se lardaient de coups. Aucun des deux n'émettait le moindre son. Pas plus que les spectateurs, d'ailleurs. Ce silence était presque plus effrayant que des cris.

D'une roulade, Bones évita un coup qui lui visait le cœur et se releva à quelques mètres de là, couvert de poussière. Il lança immédiatement son couteau qui s'enfonça jusqu'à la garde dans le sternum de Gregor… mais pas avant que ce dernier ait lancé sa propre lame, qui se planta dans l'œil de Bones.

J'étouffai mon cri, de peur que le moindre bruit ne s'avère fatal pour la concentration de Bones. Il retira la lame sans attendre et contra l'attaque de Gregor tandis que ce dernier ôtait l'arme fichée dans sa poitrine et se jetait sur son adversaire avec une vitesse incroyable. Si je n'avais pas été un vampire, j'aurais vomi à la vue du liquide rouge et gluant sur le couteau de Bones, mais il continua à lutter sans faiblir tandis que son œil se reconstituait lentement.

Gregor feinta sur la gauche, puis se baissa jusqu'au sol en glissant sous Bones pour se relever de l'autre côté, si rapidement que je ne compris ce qu'il avait fait que lorsque je vis Bones se cambrer de douleur, un manche de couteau enfoncé dans le haut du dos. Gregor hurla un ordre à Lucius, attrapa au vol le poignard que ce dernier lui lança et chargea Bones qui était en train d'essayer de saisir le couteau planté dans son dos. Mais il ne pouvait pas faire cela tout en se défendant contre la nouvelle attaque de son adversaire.

Gregor accéléra encore. Il semblait avoir quatre bras, et non pas deux, alors qu'il s'acharnait sur Bones, faisant apparaître de nouvelles blessures sur son corps tandis que Bones luttait pour éviter que la lame en argent finisse dans sa poitrine. *Gregor se retenait jusque-là,* compris-je, horrifiée et paniquée. Il était encore plus rapide qu'il l'avait laissé croire.

Bones était contraint de battre en retraite, l'autre couteau toujours planté entre les omoplates, devant les assauts implacables de Gregor. On n'entendait que l'entrechoquement des lames en argent, ou le bruit déchirant des blessures faites à la chair et aux os… jusqu'à ce que les lents et monotones battements de mon cœur commencent à résonner dans ma poitrine.

Mencheres me serra la main si fort qu'il me fit mal, mais j'étais incapable d'empêcher mon cœur de battre. Chaque nouveau coup, chaque nouvelle entaille, chaque nouvelle tache écarlate sur la peau de Bones semblaient faire accélérer le tempo dans ma poitrine. Des murmures éclatèrent dans la foule, principalement chez les nouveaux venus, à mesure que la cadence de mon cœur se faisait plus soutenue et plus audible.

Gregor tourna furtivement les yeux vers moi… et Bones se précipita en avant et lui donna un coup de tête tout en lui enfonçant son couteau dans le ventre de bas en haut si violemment qu'il lui en écarta les côtes. Gregor hurla, mais recula assez vite pour éviter que la lame remonte plus haut dans sa poitrine. Il balaya les jambes de Bones et lui bondit dessus, sans se soucier du fait que cela ne faisait qu'enfoncer davantage la lame plantée dans sa cage thoracique.

Je ne compris pourquoi qu'en voyant Bones se figer, le visage tordu par la douleur. *Le couteau dans son dos.* Le poids combiné des deux hommes l'avait enfoncé entièrement dans son corps, et la pointe en argent ressortait de sa poitrine, dangereusement près de son cœur. Lorsque Bones se cabra pour repousser Gregor au loin et qu'il se tourna pour affronter l'assaut suivant, je vis que le bout de la poignée était complètement incrusté dans son dos. *Il ne réussira plus à le ressortir,* pensai-je en sentant les battements de mon cœur s'intensifier encore. *Comment Bones pourrait-il battre Gregor avec une lame en argent qui le brûle de l'intérieur ? Quand chaque mouvement et chaque coup ne font que rapprocher le couteau de son cœur ?*

Mais Bones continuait à se battre avec une vitesse et une férocité qui, vu son état, défiaient l'entendement. Il força Gregor à reculer, le fit trébucher d'un mouvement trop rapide pour ma vision, et entailla profondément les yeux de son adversaire à l'aide de son couteau lorsque ce dernier bougea pour protéger son cœur. Bones se dégagea immédiatement pour éviter la lame que Gregor tenta de lui planter dans le dos et lui envoya de la poussière dans les yeux pour l'aveugler encore un peu plus. Lorsque Gregor leva le bras pour se défendre, Bones l'entailla avec une telle force qu'il trancha la moitié du membre, qui tomba dans la poussière.

Je me dégageai de l'emprise de Mencheres et serrai mes mains l'une contre l'autre, en une prière fervente pour que ce coup sonne le glas de Gregor. Mais ce dernier évita la lame que Bones faisait descendre sur lui et bondit tout droit dans les airs tout en criant à Lucius de lui lancer son troisième et dernier couteau. Les yeux de Gregor devaient s'être suffisamment remis pour capter l'éclair de la lame en argent sur le ciel nocturne lorsque Lucius l'envoya, si haut que Gregor dut tendre le bras pour l'attraper.

Bones l'attaqua juste à cet instant. Le coup que Bones avait destiné à la poitrine de Gregor s'enfonça dans son ventre à cause de la parade de son adversaire. Bones trancha alors latéralement et se vit recouvrir d'entrailles rougeâtres. Les deux hommes retombèrent au sol. Bones se retourna pour atterrir sur ses pieds, mais Gregor chuta comme un poids mort, les mains plaquées sur l'immense blessure de son ventre.

Lorsque Bones chargea le Marchand de sable, et que ce dernier n'esquissa pas le moindre geste pour se défendre, j'eus un instant de joie triomphante. Mais alors que le couteau de Bones s'abattait sur le dos exposé de son ennemi, au niveau de son cœur, Gregor propulsa son poing en avant, et le couteau qu'il tenait se planta profondément dans le ventre de Bones.

La douleur envahit mon subconscient lorsque le mur que Bones avait érigé entre nous s'effondra pour laisser déferler ses émotions. Je sentis la souffrance insoutenable que lui infligeaient les lames en argent fichées dans son dos et dans son ventre. Cette dernière blessure le brûlait beaucoup plus intensément, et je posai instinctivement les mains sur mon propre ventre. Si ce n'était qu'une fraction de ce que ressentait Bones, alors la douleur devait bouillir comme de l'acide en fusion dans tout son corps.

La lame de Bones trembla et glissa le long du dos de Gregor au lieu de s'y enfoncer. Avec effroi, je le vis tituber en arrière et porter sa main au couteau fiché dans son ventre. Il l'en retira au moment même où Gregor se relevait, remis de son bras coupé et de sa propre blessure handicapante à l'estomac. Bones reculait toujours en chancelant. Je ne pus me retenir de crier lorsque Gregor prit brusquement le couteau dans la main de Bones et lui décocha un violent coup de pied qui le fit s'étaler sur le dos.

L'anxiété et la colère m'envahirent, s'entremêlant si intimement à mes émotions que je ne savais pas si elles venaient de moi ou de Bones. Il avait retiré la lame en argent de son ventre, mais la douleur ne s'estompait pas pour autant. Aussi incroyable que ça puisse paraître, je la sentais même augmenter pour atteindre une intensité insoutenable. Elle s'abattait sur moi en vagues, et bientôt seul le bras de Vlad passé autour de mon épaule me permit de rester droite sur mes jambes.

Quelque chose n'allait pas. La douleur n'aurait pas dû empirer ; il avait retiré la lame. Pourquoi ne parvenait-il pas à bouger ? *Relève-toi,* criai-je mentalement. *Relève-toi !*

Boum. Boum. Mon cœur battait à tout rompre dans ma poitrine, et je vis Gregor sauter sur Bones, qui était désarmé. J'entendis vaguement Annette sangloter, je sentis la main de Vlad se crisper sur mon épaule, mais tout le reste semblait s'évanouir, à part les deux silhouettes sur le fond sombre du sol en terre.

Comme au ralenti, je vis Gregor lever son couteau, puis écraser ses genoux sur les bras de Bones pour le clouer au sol et l'empêcher de se débattre. Je regardai le couteau entamer sa descente en direction de la poitrine maculée de sang qui se trouvait directement en dessous de lui. Je sentis le désespoir de Bones, amer comme du poison. Je vis les yeux émeraude de Gregor balayer la foule pour me localiser. Puis il sourit.

C'était le même sourire qu'il m'avait adressé après avoir tué Rodney. Satisfait. Triomphant. Sans pitié. La lame toucha la poitrine de Bones et en trancha la peau, et son sourire s'élargit encore.

Un voile rouge apparut devant mes yeux, et mon corps vibra d'une unique pensée : *Non.*

Des flammes jaillirent sur le corps de Gregor, si vite qu'il fut en feu avant que le sourire s'efface de son visage. Je pus lui sourire à mon tour l'espace d'un instant… puis sa tête explosa. Ses mains enserraient toujours le couteau dans la poitrine de Bones, puis son corps s'écroula sur le côté, des flammes jaillissant de son cou à l'emplacement de sa tête.

À côté de moi, Vlad poussa un juron de surprise. Ce fut alors que je me rendis compte que tous les regards étaient tournés vers moi et que mes mains baignaient dans des flammes bleues.

— Elle meurt, dit la Gardienne des Lois.

Chapitre 34

Personne ne s'interposa pour empêcher ses trois collègues masculins de s'emparer de moi. Pour dire la vérité, je ne réagis même pas. J'essayais avant tout d'apercevoir Bones maintenant que des gens bloquaient ma vue de l'arène. Il n'avait pas bougé depuis la dernière fois que je l'avais entraperçu. Le couteau de Gregor avait-il été arrêté à temps ? Ou bien avait-il pénétré trop profondément ?

— Cat, qu'est-ce que tu as fait ? me demanda Vlad d'une voix grinçante.

Il semblait hypnotisé par le spectacle de mes mains. Les flammes s'éteignaient doucement, certainement au grand soulagement des Gardiens qui me tenaient par les bras.

— Bones va bien ? demandai-je sans prêter attention à sa question.

Un calme étrange s'empara de moi. Je n'avais pas consciemment envoyé cette boule de feu mortelle à la tête de Gregor, mais je ne la regrettais pas. De cette manière, même si je n'avais pas réussi à sauver Bones à temps, je ne tarderais pas à le rejoindre, et la mort de Gregor était synonyme de liberté pour ma mère. Il existait des raisons beaucoup plus futiles de mourir.

Mencheres semblait aussi abasourdi que Vlad. Il devait réellement avoir perdu son don de clairvoyance, car l'expression de son visage indiquait clairement qu'il n'aurait jamais imaginé que les choses puissent prendre une telle tournure.

Ma mère se fraya un chemin à travers la foule. Ses yeux étaient toujours illuminés de vert, et elle assena un coup de poing au premier Gardien qui se dressa devant elle.

— Ne touchez pas à ma fille ! cria-t-elle.

— Vlad, dis-je, s'il te plaît…

Son visage s'assombrit et il hocha la tête. Puis il attrapa ma mère et la tint fermement contre sa poitrine, en une étreinte contre laquelle elle n'était pas capable de lutter. Je lui adressai un sourire reconnaissant, car je savais qu'il venait d'accepter de la protéger non seulement maintenant, mais pour toujours.

— Tu es mon ami, dis-je.

Ce fut tout ce qu'on me laissa le temps de dire. L'un des Gardiens referma son bras autour de ma gorge, étouffant les adieux que j'essayais de faire à ma mère, puis on me traîna jusqu'au centre de l'arène. La Gardienne blonde m'y attendait, un long poignard en argent dans la main.

Ils ne traînent pas pour mettre leurs sentences à exécution, à ce que je vois, me dis-je en rassemblant mon courage. Je n'avais pas la force de regarder le groupe de gens agglutinés autour de Bones. S'il était en vie, je ne voulais pas qu'il voie cela. J'espérais que les Gardiens ne traîneraient *vraiment* pas et que tout serait terminé avant que Bones se rende compte de ce qui se passait.

— *Arrêtez.*

Je reconnus la voix épuisée de Bones, et mon cœur bondit. *Il est vivant. Mon Dieu, faites que cela aille vite, et par pitié, empêchez-le de regarder.*

— Elle a violé la loi, dit sèchement la Gardienne blonde.

Elle m'attrapa par les cheveux et tira ma tête en arrière au moment où Bones entra en titubant dans mon champ de vision.

Je le regardai dans les yeux, en tentant de lui exprimer en ce bref instant que je l'aimais, et que je n'avais pas peur, mais ce qu'il dit ensuite stoppa la Gardienne dans son élan.

— Gregor a triché.

La Gardienne me lâcha si abruptement que je tombai par terre. Cette fois-ci, Bones ne me regarda pas. Toute son attention était focalisée sur la femme qui s'approchait vivement de lui.

— Si tu mens, tu la rejoindras dans la mort, dit-elle sur un ton menaçant.

Bones lui montra son ventre, où un étrange tourbillon sombre était visible même sous les taches de sang.

— De l'argent fondu, expliqua-t-il. (Il lui tendit le couteau de Gregor.) Il contient un système d'injection. Gregor m'a empoisonné lorsqu'il m'a frappé au ventre pour me ralentir et m'affaiblir. Il a dû se dire que personne ne se rendrait compte de rien une fois mon cadavre flétri.

C'était donc l'explication du supplice que j'avais senti chez Bones : il avait été causé par l'argent qui se répandait dans ses veines après ce coup de couteau perfide. Je savais que la douleur avait été trop handicapante pour avoir été causée par une blessure normale. C'était Gregor tout craché : il avait triché sans vergogne après avoir compris qu'il n'aurait jamais le dessus sur Bones en combat régulier.

La Gardienne prit le couteau et l'examina attentivement. Elle le retourna dans tous les sens, et lorsqu'elle appuya sur le pommeau, un liquide brillant s'écoula le long de la lame.

— Ingénieux, murmura-t-elle. (Puis son regard se durcit lorsqu'elle tourna de nouveau les yeux vers moi.) Il est impossible qu'elle l'ait su. Sa sentence reste donc inchangée.

— Je savais.

La Gardienne se retourna vers moi.

— J'ai senti la brûlure que Bones ressentait en lui, poursuivis-je. Nous sommes liés, car il est mon créateur et également mon époux. C'est ce qui m'a permis de m'en rendre compte.

Lucius vint vers moi à grands pas.

— C'est Gregor ton époux, pas lui !

Bones tourna la tête vers le cadavre de ce dernier en levant un sourcil.

— Feu son époux, tu veux dire. Elle n'a désormais plus qu'un seul mari, n'est-ce pas ?

En voyant l'expression qu'arborait le visage de la Gardienne, je compris que mon explication ne suffisait pas. Je me raidis. C'était une chose de mourir pour sauver Bones, mais si j'avais une chance de vivre…

— De plus, Gregor m'avait montré un couteau comme celui-ci lorsque j'étais adolescente, ajoutai-je. C'était il y a si longtemps que je l'avais oublié. Mais quand Bones a commencé à se comporter bizarrement après avoir reçu ce coup, et quand j'ai senti que sa douleur s'intensifiait même une fois l'arme retirée…

— Menteuse, cria Lucius. Gregor n'a jamais possédé aucune arme de ce genre avant que je lui trouve celle-ci hier !

La Gardienne braqua ses yeux sur lui. Lucius comprit son erreur, mais il était trop tard.

— Tu as participé à cette duperie, déclara-t-elle. Emparez-vous de lui.

Deux des autres Gardiens l'attrapèrent alors qu'il tentait de prendre la fuite. Vu leur force, je savais que Lucius n'avait quasiment aucune chance de s'en sortir. Tout comme moi, d'ailleurs.

Les yeux verts et perçants de la Gardienne se reposèrent ensuite sur moi, débordant de soupçons.

— Tu jures sur ton sang que tu n'as interféré dans le duel qu'après avoir compris que Gregor avait triché ?

— Oui.

Après tout, c'était en grande partie la vérité. J'avais su que quelque chose ne tournait pas rond ; je n'avais pas identifié quel était le problème, voilà tout. De ce point de vue, je n'étais intervenue qu'après m'être rendu compte que Gregor avait triché. Et d'ailleurs, si Gregor n'avait pas triché, je n'aurais pas eu besoin d'intervenir, parce que Bones aurait fini par le tuer.

La Gardienne me regarda avec intensité pendant un long moment, mais je ne vacillai pas. Puis elle dévisagea le reste de l'assemblée. Bones la regardait avec dureté, tout comme Mencheres, Spade et Vlad. Comme le doute ne pouvait raisonnablement pas être exclu, si elle me déclarait coupable, Bones ne l'accepterait pas et la scène se transformerait en bain de sang. Elle le savait forcément. Mais cela influerait-il sur sa décision ?

Finalement, elle haussa les épaules.

— Je n'ai aucun moyen de prouver que tu mens, et comme la culpabilité de Gregor est établie, tu es libre.

Bones me saisit immédiatement et me serra si fort dans ses bras que j'aurais fini étouffée, si j'avais encore respiré. Je lui rendis son étreinte en entendant certains alliés de Gregor pousser des objections indignées. *Il y aura des répercussions,* me dis-je. Tout comme il y en aurait pour avoir montré à tant de gens ce que j'étais capable de faire avec le feu, même si je ne savais pas combien de temps je conserverai ce pouvoir. Mais je repoussai toutes ces inquiétudes à un autre jour.

— Il faut qu'on retire tout l'argent qui est en toi, Crispin, entendis-je Spade dire par-dessus l'épaule de Bones.

— Pas tout de suite, répondit Bones.

Je le repoussai doucement.

— Si, tout de suite. Tu es fou ?

Il ricana en me lâchant et me couvrit d'un regard intense.

— Non, ma belle. C'est toi qui es folle.

Bones savait que je n'étais pas intervenue parce que j'avais percé à jour la tricherie de Gregor. *Pour ça aussi, il y aura des répercussions,* pensai-je, mais chaque chose en son temps.

À ma grande stupeur, il fallut de nouveau entailler Bones pour le purger de l'argent fondu. C'était un processus répugnant et sanglant qui me fit souhaiter que Gregor soit encore en vie pour que je puisse lui infliger mille morts supplémentaires. Je comprenais pourquoi une telle chose était interdite en duel. Je n'aurais jamais utilisé une arme aussi sournoise, même contre mon pire ennemi. Bones dressa de nouveau ses barrières entre nous lorsque Spade lui taillada les veines, mais je n'avais pas besoin de notre connexion surnaturelle pour en souffrir moi aussi.

Lucius fut exécuté par les Gardiens des Lois pendant ce temps-là.

Une fois le sort de Lucius réglé, la Gardienne en chef nous informa que nous devions nous acquitter d'une amende pour avoir enlevé un membre de la lignée de Gregor : ma mère. Je restai bouche bée à l'énoncé de la somme, mais Bones se contenta d'acquiescer et de dire qu'il s'en occupait. Maintenant que Gregor était mort, je me demandais qui encaisserait le chèque, ou s'il irait directement dans les poches des Gardiens des Lois, mais une fois encore, je repoussai cette question à plus tard.

Mencheres s'agenouilla à côté de nous dans la terre souillée de sang. Il tendit la main à Bones, qui l'examina pendant quelques secondes avant de l'accepter.

— Vous n'avez rien vu de tout cela ? lui demanda-t-il.

L'ombre d'un sourire passa sur le visage du vampire égyptien.

— Pas le moindre fragment. Je découvre que j'ai horreur de ne pas savoir ce qui va se passer.

Bones ricana.

— Bienvenue dans le monde du commun des vampires.

Spade retira les dernières gouttes d'argent du corps de Bones et s'assit avec un grognement.

— Bon Dieu, Crispin, j'espère ne jamais avoir à refaire ça.

Bones ricana de nouveau.

— Là-dessus, on est d'accord, mon pote.

— On peut y aller ?

Maintenant que Bones était purgé de l'argent qui empoisonnait son organisme, je me dis que c'était le moment idéal pour tirer notre révérence. Les amis de Gregor nous lançaient toujours des regards chargés d'hostilité, même si la présence des Gardiens – et des alliés de Bones – les retenait d'agir. Mais ce n'était pas une raison pour tenter le diable. Les chats, paraît-il, ont neuf vies. Cette nuit-là, Bones et moi les avions probablement dépensées toutes les neuf à nous deux.

— Excellente idée, ma belle, dit Bones en se levant. Où veux-tu aller ?

Je poussai un rire plein d'ironie.

— N'importe où, sauf à Paris, Bones. N'importe où sauf là-bas.

CPi
AUBIN IMPRIMEUR

IMPRIM'VERT
Votre imprimeur agit pour l'environnement

Achevé d'imprimer en février 2012
N° d'impression 1202.0245
Dépôt légal, mars 2012
Imprimé en France
81120469-2